Aeryn Vescori

Traumweber

www.AERYN-VESCORI.de

Aeryn Vescori

Traumweber

Incubus Verlag

Incubus Verlag
1. Auflage 2014

Coverzeichnung: Creationwarrior
Layout: Casandra Krammer
Lektorat: Kira Wolf-Marz
Satz: Julia Schwenk
Druck und Verarbeitung: CPI Books GmbH, Ulm
Printed in Germany

ISBN 978-3-9815948-6-7
http://www.incubusverlag.de

Gewidmet allen Träumern da draußen

Kette oder Schwert

Es war Nacht, als sie ihn holen kamen, und das Land lag friedlich schlummernd unter der silbrigen Decke des Mondes. Es war eine dieser besonderen Nächte, in denen die Schatten dunkle Versprechen bargen und die Luft mit geflüsterten Möglichkeiten erfüllt war.

Der Junge saß träumend am Rande der Klippen und lauschte dem Spiel der Naturgewalten, wie er es oft zu tun pflegte, wenn die Einsamkeit ihm den Schlaf raubte. Tief unter seinen Füßen warf sich das kalte Nordmeer mit tosender Wucht gegen die Felswände, unnachgiebig an ihnen nagend, in der sicheren Gewissheit, dass es sie irgendwann in ferner Zukunft vollständig in seine nasse Umarmung ziehen würde.

Das Rauschen und Donnern der Fluten übertönte jedes andere Geräusch, doch der Junge, der mit wehmütigem Blick hinabsah, wusste von dem glockenhellen Lachen, das zwischen den Wellen auf und ab tanzte. Er sah auch das Glitzern silberner Schuppen und grüner Flossen, die einladend winkenden Hände und schelmisch blitzenden Augen, die ihn aus den Abgründen des Meeres heraus beobachteten. Fremdartig und wild waren sie, die Kinder der See, und des Nachts trieben sie aus den lichtlosen Gefilden empor und tanzten im Mondlicht.

Der Junge lächelte kurz und winkte zurück, dann jedoch wurde seine Aufmerksamkeit von den knirschenden Schritten auf dem Sandpfad hinter ihm in Beschlag genommen. Er machte sich nicht die Mühe, sich umzublicken, und es war auch gar nicht nötig. Furcht und Misstrauen eilten ihnen voraus, ergossen sich wie eine eiskalte Woge über ihn und ließen ihm den Atem stocken.

Fröstelnd zog er die Schultern hoch und murmelte ein leises Lebewohl an die stürmische See. Sie war ihm stets eine geduldige, wenngleich auch stumme Freundin gewesen, und er wusste, er würde sie nicht mehr wiedersehen.

Ein Seufzen entfloh seinen Lippen, das sogleich vom Nachtwind fortgerissen wurde und sich in der Dunkelheit verlor. Er konnte regelrecht spüren, wie sein bisheriges Leben zu Ende ging; wie mit einem entschiedenen Federstrich ein großes Kapitel geschlossen wurde und er in die Leere der ungeschriebenen Seiten stürzte.

Eine Stimme ertönte hinter ihm, die ihn zusammenfahren ließ. Sie war herrisch und bestimmt. Die Kälte in ihr erinnerte ihn an die unbarmherzigen Schneestürme des Winters.

»Bist du der Junge, den man Aiden Valorn nennt?«

Für einen winzigen Moment überkam ihn der Impuls sich zu verleugnen, doch er verging genauso schnell, wie er gekommen war. Die Tatsache, dass sie sich überhaupt den langen, steilen Pfad zu ihm hinauf bemüht hatten, machte aus ihrer Frage eine Farce. Sie wussten genau, wen sie suchten. Das konnte nur bedeuten, dass jemand aus dem Dorf ihn nach all der Zeit des widerwilligen Duldens endlich verraten hatte.

Er war überrascht, dass es überhaupt so lange gedauert hatte, bis sie sich durchgerungen hatten, das störende Element in ihrer Mitte zu entfernen. Was wäre wohl nötig gewesen, um ihre Gunst zu gewinnen und hätte es irgendetwas an seinem Schicksal geändert? Er würde wahrscheinlich nie eine Antwort auf diese Frage erhalten, und was nutzten ihm derlei Überlegungen? Es war zu spät und das Urteil bereits gefällt worden.

Zögernd rückte er vom Rand der Klippe weg, stand auf und erwiderte unsicher den Blick der beiden hochgewachsenen Männer, die ihn aus den Schatten ihrer grauen Kapuzen ausdruckslos betrachteten. Obwohl er ihnen auf Augenhöhe begegnen konnte, fühlte er sich klein und eingeschüchtert in ihrer Präsenz, wie ein in die Ecke gedrängtes Tier. Der Wind, der an ihren Mänteln zerrte, ließ diese vorne auseinanderklaffen und offenbarte ein metallisches Glitzern an den Gürteln der Männer; eine mahnende Erinnerung, was geschehen würde, wenn er Widerstand leisten sollte.

Aiden zwang sich dazu, ihren Blicken standzuhalten, auch wenn er wusste, wie sehr ihn das, was er in ihren Augen lesen konnte, ängstigte. Sie waren hager und blass und wirkten mit ihren knochigen Händen und den eingefallenen Augen mehr tot als lebendig. Dennoch umgab sie eine Aura der Macht, die jedoch weniger von ihnen selbst ausging, sondern vielmehr von dem, was sie repräsentierten.

Aiden musste nicht erst das Amulett aus geschwärztem Eisen mit der eingravierten Faust sehen, um zu wissen, wer sie geschickt hatte. Er konnte es hören, wenn er sie nur anblickte: das Summen und Knistern lebendiger Energie, die durch kristallene Leitungen jagte und die Welt in Licht und Wärme tauchte, gespeist von den großen Maschinen, die sich unaufhaltsam drehten, gefangen in einem endlosen, monotonen Rhythmus, der schon so lange durch die Welt hallte und sie mit der Zeit hatte taub werden lassen.

Die Kontrolleure kamen direkt aus dem Zentrum der Macht in Serinis, dorther, wo inmitten des tadellos funktionierenden Uhrwerks des Reiches ein faulendes Herz pulsierte. Die Häscher mochten zwar meilenweit von der schwarzen Feste entfernt sein, doch den Odem dieses schrecklichen Ortes hatten sie mitgebracht und er atmete Aiden seinen Pesthauch aus erstickten Träumen entgegen.

Der Junge schauderte und rang sich schließlich zu einer Antwort durch: »Ja, ich bin Aiden.«

Er erntete weder ein Nicken noch sonst ein bestätigendes Zeichen der beiden Männer, die ihn weiterhin aus ihren tot wirkenden Augen anstarrten und offenbar auf etwas Bestimmtes warteten. Um nicht länger ihrem schneidenden Blick ausgesetzt zu sein, wollte Aiden sich schon abwenden, als er plötzlich eine Präsenz wahrnahm, die ihren Ursprung hinter den Kontrolleuren hatte und nur von einer dritten Person stammen konnte.

Eine Woge verschiedenster Emotionen spülte ihm entgegen: Trauer und Mitleid, eine Spur Selbsthass und nagende Verzweiflung. Wider besseren Wissens bediente sich Aiden seiner Gabe und griff nach diesem fremden Bewusstsein, um sich in es hineinzubohren und zu wühlen, bis er schließlich auf den tieferen Ebenen die schlummernden Fragmente schweißgebadeter Nächte fand. Wie Mosaiksteine setzte er die einzelnen Stücke zusammen, und dann kippte die Wirklichkeit plötzlich zur Seite.

Er ist dort. Eine Kammer, spärlich beleuchtet vom Schein einer tropfenden Kerze. Ein wackeliger Tisch, vor dem er sitzt und mit zitternden Händen in fiebriger Hast eine Feder über die Seiten eines Buches fliegen lässt. Von jenseits seines Gemachs hört er klagendes Flüstern und Wimmern, nur ab und zu unterbrochen von dem entnervenden Geräusch langer Fingernägel, die unstet über das Holz der Tür fahren. Panik droht ihn zu überkommen, und seine Bewegungen werden fahrig. Er muss weiterschreiben, doch er kann sich nicht mehr erinnern, warum es so wichtig ist. Da bemerkt er die klaffende Wunde in seiner Brust, direkt über dem Herzen, aus der beständig ein dünnes Rinnsal seiner Lebensessenz fließt. Entsetzt starrt er die Feder in seiner Hand an. Der spitze Federkiel schimmert im Kerzenlicht rötlich, genau wie auch die Seiten des Buches, die er bis eben noch so eifrig gefüllt hat.

Mit einem Zischen, das durch Mark und Bein geht, erlischt die Kerze und stürzt den Raum in tiefe Dunkelheit. Verzweifelt sucht er nach der Schachtel mit den Zündhölzern. Er weiß, dass er sie eben noch gesehen hat. In dem Moment, da seine Finger die Schachtel finden, hört man das Knarren einer Tür, die sich öffnet und kurz darauf leises Rascheln und Schaben. In höchster Not nimmt er eines der Hölzer heraus und versucht es zu entzünden, während unsagbar böse Dinge durch die lebendig gewordenen Schatten auf ihn zukriechen.

Gleich, gleich ist es geschafft, gleich wird sich der helle Schein der Flamme ausbreiten und die Dämonen vertreiben, gleich ... Ein Winseln ertönt dicht an seinem Ohr. Dann legt sich etwas Kaltes um seinen Hals und drückt zu, immer weiter zu, bis ihm die Sinne schwinden und er ...

... stand schwer atmend da und zitterte am ganzen Leib. Nur langsam verblassten die Eindrücke des Traumes, und noch immer spürte er den Druck kalter Finger an seiner Kehle.

Aiden schluckte und schalt sich selbst einen Narren. Er hatte mehr über den unsichtbaren Dritten erfahren wollen. Dazu wäre es aber nicht notwendig gewesen, vollständig in dessen Träume einzudringen. Er hätte sich mit den ersten Eindrücken zufriedengeben sollen, doch die Fragmente, die bei seiner Suche aufgewirbelt worden waren, hatten eine Qualität des Grauens besessen, die eine morbide Faszination in ihm ausgelöst hatte. Da war etwas Vertrautes in ihnen gewesen, das zu seinen eigenen geheimen Ängsten gesprochen hatte.

Trotzdem hätte er der Versuchung widerstehen sollen. Erlebnisse wie diese laugten ihn sowohl geistig als auch körperlich aus, und er wusste, dass er all seine Kraft für das Bevorstehende brauchen würde. Sein Mitleid mit dem Fremden, in dessen Bewusstsein er gelesen hatte, war jedoch geweckt. Auch wenn er nichts Näheres über den Schöpfer des Albtraums sagen konnte, so war er sich doch sicher, dass er dem Todeskampf einer sterbenden Seele beigewohnt hatte.

Unsicher sah er zu den beiden Männern auf, die nach wie vor regungslos vor ihm standen. Der Blick der Kontrolleure offenbarte Irritation. Die plötzliche Veränderung, die Aiden durchlaufen hatte, schien für sie aus heiterem Himmel gekommen zu sein.

Der Junge beschloss, sie für den Moment zu ignorieren, und sprach mit brüchiger Stimme in die ungefähre Richtung, in der er den Unsichtbaren vermutete: »Gib nicht auf, noch ist es nicht zu spät. Wenn du das nächste Mal in der Kammer ohne Licht bist, erinnere dich daran, dass du selbst Licht in dir trägst.«

Ein Keuchen war zu hören, und auf einmal flimmerte die Luft und aus dem Nichts wurde eine weitere Gestalt sichtbar. Es war ein älterer Mann in einer zerschlissenen Kutte mit schütterem Haar, dem die Entbehrungen und die Last seines Lebens tiefe Furchen ins Gesicht gegraben hatten.

Furchtsame, dunkel umrandete Augen bohrten sich in die des Jungen. In ihnen stand ein Begreifen, das Aiden ahnen ließ, wer oder vielmehr was dieser Mann war, und warum die Kontrolleure auf sein Urteil gewartet hatten.

Das schwere eiserne Band, das sich um seinen Hals schmiegte, beseitigte jeden verbliebenen Zweifel und unterstrich die Funktion des Mannes. Er war ein Spürhund der Häscher. Nicht mehr als ein Sklave ihrer alles verschlingenden Furcht vor dem Unbekannten, ausgesandt, um diejenigen zu überführen, die wie er selbst das Pech hatten, von der Norm abweichende Talente in die Wiege gelegt bekommen zu haben.

Kurzum, er war ein Magier, ein Angehöriger einer seltenen Art von Mensch, denen die Schöpfung eine tiefe Einsicht und ein besonderes Verständnis für die geheimen Kräfte der sie umgebenden Welt geschenkt hatte.

Auf die fragenden Blicke der Kontrolleure hin nickte der Magier schwach und sah dann zu Boden. Mit kühler, emotionsloser Stimme wandte sich der ältere der Häscher, der offenbar der Wortführer der Gesandtschaft war, an Aiden.

»Im Namen des Groß-Serinischen Reiches und seiner Majestät, König Liam Acero, erkläre ich dich, Aiden Valorn, zum Verstoß gegen die Normalität. Dein magisches Potenzial wurde hiermit von einem Experten in unserem Beisein bestätigt, weswegen wir nun gemäß dem gängigen Protokoll die Entscheidungsfrage stellen: Kette oder Schwert?«

Da war sie also, die gefürchtete Frage, die schon so viele Schicksale besiegelt hatte. Auch wenn Aiden diese Szene im Kopf schon oft durchgespielt hatte, konnte er angesichts der Todesdrohung – denn nichts anderes war diese Frage – seine Angst kaum verbergen. Sollte er sich der Kette verweigern, war sein Leben verwirkt, und sie würden ihn an Ort und Stelle töten. Ein freier Magier, der unkontrolliert herumlief, stellte ein zu großes Risiko für den Orden dar und musste beseitigt werden, bevor er zu einer Gefahr für die Sicherheit des Reiches wurde.

Er spürte die Anspannung der Kontrolleure. Bei dem Jüngeren der beiden Männer, der bislang geschwiegen hatte, nahm er sogar eine gewisse Befangenheit wahr. Dennoch hatte Aiden keinen Zweifel daran, dass sie ihren Auftrag ausführen und im Notfall Gewalt anwenden würden, ihr Gewissen geschützt durch Protokoll und Gesetz.

Es würde jedoch nicht dazu kommen. Aiden hatte nicht vor, sich zu wehren. Er wusste, dass sie ihn mühelos überwältigen konnten, denn er war kein Kämpfer, und Gewalt hatte er schon immer verabscheut. Zwar mochte er ihnen körperlich ebenbürtig sein, allein schon aufgrund seiner Jugend, doch war er sich sicher, dass sie ihre Schwerter nicht nur zur Schau trugen.

Ernsthaften Widerstand gegen die Häscher des Ordens gab es ohnehin selten. Die meisten Magier, die eingefangen wurden, besaßen nur geringe Kenntnisse über die eigenen Fähigkeiten. Viel zu wenig, um eine ernsthafte Gefahr darzustellen. Wer hätte es ihnen auch beibringen sollen, wo doch die einzige Akademie vor vielen Jahren in einer Nacht aus Feuer und Blut untergegangen war?

Manchmal gab es jedoch Ausnahmen. Menschen, die intuitiv oder durch das Studium verbotener Schriften ihr Potenzial erschlossen hatten. Dann kamen die Kontrolleure und ihre Schergen gleich zu Dutzenden, bis an die Zähne bewaffnet und ausgestattet mit anti-magischen Kleinoden, gefertigt von eben denen, die sie damit versklavten.

Für Aiden war die Wahl eindeutig. Er wollte nicht sterben. Solange er lebte, gab es auch noch Hoffnung, und diese Hoffnung beruhte auf einem Umstand, der den Kontrolleuren nicht bewusst war: Aiden war kein Magier. Seine Fähigkeiten entsprangen einem Mysterium, das die Menschen seit Anbeginn der Zeit begleitet hatte. Ein treuer, wenngleich auch heimlicher Begleiter, der sie stets umgab und des Nachts in bizarre Welten entführte, wo sich die Träume mit den Gefilden der Feen und Geister und all der anderen unzähligen Geschöpfen der Anderswelt mischten.

Aiden atmete einmal tief durch und sagte dann leise: »Ich wähle die Kette.«

Für einen winzigen Augenblick vermeinte er im Blick der Männer so etwas wie Erleichterung zu sehen, aber vielleicht täuschte er sich auch.

Der ältere Kontrolleur nickte knapp und nahm ein mit glühenden Runen besetztes Halsband aus einem Beutel. Er trat auf den Jungen zu und legte ihm das Metall um den Hals, dessen zwei Enden sogleich mit einem endgültig klingenden Geräusch zuschnappten. Für den Bruchteil einer Sekunde war Aiden zurück im Albtraum des Magiers und hatte das Gefühl zu ersticken, doch der Eindruck verflog wieder und zurück blieb nur die Kühle des Eisens auf seiner Haut.

Der Mann, der ihm das Band umgelegt hatte, erklärte in einem sachlichen Tonfall: »Dies ist ein Absorbierer. Er wird von deinen magischen Energien gespeist und verhindert, dass du sie nutzen kannst. Sobald man für dich einen sinnvollen Einsatzbereich gefunden hat, wird er genau auf dich abgestimmt und einige der Beschränkungen wieder aufgehoben, sodass du in einem sicheren Umfeld deine Kräfte für das Wohl des Reiches einsetzen kannst.«

Schwach nickend betrachtete Aiden kurz das Halsband des Magiers, das offensichtlich keinerlei Runen besaß. Der Kontrolleur war seinem Blick gefolgt und lächelte wohlwollend.

»Er hat es weit gebracht und seine Rolle in unserer Gesellschaft akzeptiert. Dafür wurde er belohnt und kann seine Kräfte nun beinahe uneingeschränkt nutzen. Vielleicht kommst du auch einmal in den Genuss dieser Freiheit. Das Reich ist großzügig zu denen, die zu dienen wissen.«

Der Junge beschloss, darauf lieber nicht zu antworten und vermied es, den Magier anzusehen.

Gebrochen, wie ein gesprungener Spiegel, in dessen Fragmenten nur noch verzerrte Schatten leben.

Mühsam drängte Aiden die bedrückenden Gedanken zurück, die an die Oberfläche seines Bewusstseins strömen wollten. Er musste versuchen, einen klaren Geist zu bewahren, wenn er die bevorstehenden Strapazen überstehen wollte.

Schweigend machten sie sich auf den Weg zurück zum Dorf. Es lag an der nördlichen Küste zum Grauen Meer, kaum mehr als ein Fleck auf der Landkarte, und doch war es Aidens gesamte Welt gewesen, der Ort seiner Kindheit und eines großen Teils seiner Jugend. Als er es dort unter ihnen friedlich schlafend liegen sah, überkam ihn Bestürzung.

Er hätte etwas fühlen sollen, eine Art Verbundenheit mit dem Land und den Menschen, die mit ihm in diesem Dorf gelebt hatten. Es hätte schmerzen sollen, von hier fortzugehen, doch wenn er in sich ging und lauschte, so war da lediglich ein leichtes Bedauern darüber, dass er kaum etwas von seinen Mitmenschen wusste und mitnehmen würde.

Schon als seine Mutter noch gelebt hatte, war es Aiden schwergefallen, sich als Teil der dörflichen Gemeinschaft zu fühlen. Für die anderen Kinder seines Alters war er stets der schweigsame Junge mit den seltsamen Anwandlungen gewesen, der ständig mit den Gedanken woanders war und mit unheimlicher Genauigkeit zu wissen schien, was gerade in ihnen vorging. So war er stets gemieden worden, und hinter seinem Rücken hatte man getuschelt. Wenn er versuchte, sich an seine Kindheit zu erinnern, so gab es nur wenige klare Momente, die hervorstachen, und sie alle schmeckten nach Einsamkeit.

Es hatte einfach keine Berührungspunkte gegeben, die ihn mit den anderen Dorfbewohnern verbunden hätten, so gern er auch sein Leben und seine Gedanken mit jemandem geteilt hätte.

Hinzu kam, dass Aiden selbst nicht genau wusste, was er nun eigentlich war. Seine Mutter hatte keine Zeit gehabt, ihm zu erklären, warum er Dinge sah und tun konnte, die sonst niemand um ihn herum wahrnahm oder verstand. Sie hatte ihn damals mit wenig mehr als einem vagen Begriff zurückgelassen, in dieser schrecklichen Nacht, die sich für immer in sein Gedächtnis eingebrannt hatte.

Er hatte an ihrem Bett gestanden und sie stumm angeschaut, wie sie bleich und erschöpft dagelegen hatte, ihr Körper gezeichnet von dem Fieber, das sie von innen heraus verbrannt hatte. Er war sich auch des dunklen Boten im Raum bewusst gewesen, der gelächelt hatte, während seine schwarz gefiederten Schwingen sanft den sterbenden Körper bedeckten.

»Du bist ein Traumtänzer, Aiden«, hatte seine Mutter schließlich mit einem letzten Aufbäumen geflüstert, stolz und traurig zugleich, und er hatte sich die Tränen fortgewischt und versucht, stark zu sein.

In den darauf folgenden Jahren hatte er sehr oft stark sein müssen, denn die Ausgrenzung und Furcht, mit der man ihm in seinem Dorf begegnet war, hatten an ihm genagt.

Es kam ihm vor, als würde mit dem Bilde seiner sterbenden Mutter ein Damm in ihm brechen, aus dem tosend die Erinnerungen auf ihn einströmten, und das Gefühlschaos schüttelte ihn durch wie die Wasserfluten ein Stück Treibgut. Sein ganzes Leben spulte sich vor seinem inneren Auge ab, und mit Schrecken musste er feststellen, dass er Schwierigkeiten hatte, etwas zu finden, das man als Leben bezeichnen konnte.

Einen Augenblick lang war er beinahe froh, das Dorf und damit auch seine eigene Vergangenheit hinter sich lassen zu müssen, aber dann dachte er daran, was die Zukunft für ihn bereithielt. Mit einem Mal war er sich nicht mehr so sicher, das bessere Los getroffen zu haben.

Dies änderte sich schlagartig, als sie das Dorf erreichten und auf die Bewohner trafen. Durch die Ankunft der Kontrolleure geweckt, standen sie vor ihren Häusern, lehnten in Fenstern und Türrahmen und starrten. Niemand sagte oder unternahm etwas.

Schweigen begleitete die Prozession der kleinen Gruppe, und etwas fühlte sich unglaublich falsch an. Selbst die Kontrolleure schienen irritiert zu sein, und das, obwohl sie ablehnende Reaktionen auf ihre Anwesenheit gewohnt sein mussten.

Aiden blickte umher und versuchte verzweifelt, so etwas wie Vertrautheit und Anteilnahme in den Gesichtern der Leute zu finden. Es war beinahe so, als hätten sie vergessen, dass Aiden jemals ein Teil ihrer Gemeinschaft gewesen war.

Er ging zwischen den Kontrolleuren, während sich der Magier auf ihre Anweisung hin erneut in Unsichtbarkeit gehüllt hatte, um die Leute nicht zu verschrecken. Aiden wäre jedoch für ein weiteres Ziel der Aufmerksamkeit sehr dankbar gewesen, da die Blicke der Dorfbewohner nun allein auf ihm ruhten. In den wenigsten Mienen las er Mitleid, eher Verwirrung und Besorgnis.

Am meisten schmerzte aber die Angst, die von vielen ausging, und er wusste, dass sie nicht den Kontrolleuren, sondern ihm galt. Hatten sie ihn wirklich so sehr gefürchtet?

In seiner Nähe waren manchmal unerklärliche Dinge geschehen, doch ob sie auf Magie oder einer übersteigerten Fantasie beruht hatten, hatte man nie mit Bestimmtheit sagen können. Diese Ungewissheit war der Grund gewesen, dass Aiden überhaupt so lange im Dorf geduldet worden war.

Ein bitterer Geschmack machte sich in seinem Mund breit. Wie viel sein Leben und seine Freiheit wohl wert gewesen waren?

Aiden spürte, wie sich Angst, Schmerz und Wut in ihm Bahn brachen. Bevor er seine Fassung wiedererlangen konnte, war es bereits geschehen. Ein Riss bildete sich zwischen den Ebenen, und plötzlich war die Dunkelheit erfüllt mit glühenden Augen, gespenstischem Flüstern und Schatten mit unmöglich langen Armen, die mit spindeldürren Fingern nach den entsetzten Dorfbewohnern tasteten.

Aiden biss sich schmerzhaft auf die Unterlippe und rief sich zur Vernunft. Solche Aussetzer durfte er sich nicht erlauben. Der Schleier zwischen den Traumreichen und dieser Ebene war in seiner Nähe ohnehin schon sehr dünn, und wenn er die Beherrschung verlor, drohte der Schleier zu zerreißen. Dann vermischten sich die Welten, und das konnte schnell gefährlich werden. Nicht alle Wesen der Anderswelt waren den Menschen wohlwollend gesinnt.

Mit großer Willensanstrengung versiegelte er den Riss in der Realität und bannte damit die Albtraumgestalten zurück in ihr Schattenreich. Die Angst jedoch, die das Dorf nun gefangen hielt, war beinahe greifbar.

Die Kontrolleure nahmen den Aufruhr um sich herum irritiert zur Kenntnis und schauten sich suchend um. Ihre Sinne für die Welten außerhalb ihres eigenen Geistes waren zwar abgestumpft, doch konnten sie aus den Reaktionen der Leute folgern, was geschehen sein musste, und wandten sich zornig an den Jungen.

Der ältere Kontrolleur packte Aiden unsanft am Arm und herrschte ihn an: »Kein unerlaubter Einsatz deiner magischen Kräfte! Ich weiß zwar nicht, was du gerade getan hast und wie du trotz des Absorbierers etwas bewirken konntest, aber ich rate dir, unverzüglich damit aufzuhören. Du musst ein größeres Potenzial haben, als man uns mitgeteilt hat. Sobald wir in der Feste sind, wird sich darum gekümmert werden. Bis dahin ist dir jeder weitere Einsatz verboten. Zuwiderhandlung wird mit dem Tod bestraft. Haben wir uns verstanden?«

Aiden nickte und blinzelte die Tränen fort, die ihm in die Augen gestiegen waren. Er hatte nicht die Beherrschung verlieren wollen, aber er war so aufgewühlt und verletzt, dass er einen Augenblick lang unvorsichtig geworden war. So sehr er auch hasste, es zuzugeben, in einem Punkt hatten die Kontrolleure recht. Ungebunden waren seine Fähigkeiten tatsächlich eine Gefahr, und daher war ein gewisses Maß an Kontrolle nötig. Doch gab dies anderen Menschen das Recht, so über ihn zu bestimmen?

Trotz Aidens Versprechen beschleunigten die Kontrolleure ihre Schritte merklich, sodass sie bald die Grenzen des Dorfes hinter sich gelassen hatten.

Als sie den langen Weg zur südlichen Station einschlugen, meinte der jüngere Kontrolleur kopfschüttelnd zu Aiden: »Du warst ja nicht gerade der Beliebteste im Dorf. Wir haben zwar schon gehört, dass die anderen Menschen dich meiden, aber ihre Reaktion war beinahe erschreckend. Was hast du mit ihnen angestellt?«

»Ich weiß es nicht.« Aiden sah zu Boden. »Vielleicht ist es ja wirklich meine Schuld, und ich habe mich nie richtig um ihre Gunst bemüht. Sie erscheinen mir ebenso fremd wie ich ihnen. Wenn ich ehrlich bin, kenne ich sie genauso wenig wie sie mich, und das, obwohl ich mein ganzes Leben mit ihnen verbracht habe.«

Der Kontrolleur tauschte einen kurzen, vielsagenden Blick mit seinem Kollegen und wandte sich erneut kopfschüttelnd ab.

Für eine geraume Zeit herrschte Schweigen, ein jeder von ihnen in seine eigene Gedankenwelt versunken.

Die Zugstation lag ein gutes Stück entfernt, sodass sie eine geraume Zeit auf dem steinigen Weg wanderten, der sich durch die hügelige Landschaft wand.

Die Kontrolleure ließen es sich nicht nehmen, ein paar herablassende Kommentare über die Rückständigkeit der Gegend fallen zu lassen, woraus mehr als deutlich wurde, dass sie Kreaturen der Stadt waren. Die neuesten Errungenschaften der magischen Technologie hatten diesen Teil des Reiches bislang nicht erreicht. Es würde sicher auch noch einige Zeit dauern, bis die Mecha-Magie hier Einzug hielt und das Kristallnetz den letzten Flecken unberührter Natur überwuchert hatte.

Schweigend trottete Aiden hinter seinen Wächtern her. Sie verzichteten darauf, ihn zwischen sich laufen zu lassen. Keiner von ihnen ging davon aus, dass er einen Fluchtversuch wagen würde, und der Junge hatte auch nicht vor, ihnen Grund für eine solche Annahme zu geben.

Wohin hätte er auch gehen sollen? Jetzt, da er zum ersten Mal die Grenzen des Dorfes hinter sich ließ, fiel ihm auf, wie wenig er eigentlich über die Welt wusste. Sie erschien ihm plötzlich so unfassbar groß, gefüllt mit so vielen Dingen, die er nicht verstand und vor denen er sich fürchtete. Wie sollte er auf sich allein gestellt darin überleben?

Während er diesen unangenehmen Gedanken nachhing, kamen sie an einem dichten Wäldchen vorbei, das sich am Rande einer Wiese über eine Hügelkuppe erstreckte. Aiden wäre es wahrscheinlich gar nicht aufgefallen, da er den Blick starr vor sich auf den Boden gerichtet hatte, wenn er nicht ein fernes Rufen vernommen hätte, und das Gefühl, als striche etwas sanft über seine Wange.

Vorsichtig sah er zu den Kontrolleuren, die jedoch unbeirrt ihren Weg fortsetzten, und auch der Magier, der mittlerweile seine Unsichtbarkeit aufgegeben hatte, zeigte keinerlei Reaktion.

Aiden schloss kurz die Augen und lauschte mit seinen anderen Sinnen, und da hörte er es wieder. Leise Stimmen oder vielmehr ein Flüstern im Wind, das über die Grashalme strich und seinen Namen wisperte. Er öffnete die Augen, allein schon um nicht auf dem unwegsamen Pfad zu stolpern. Einem Instinkt folgend ließ er seinen Blick über die Landschaft hinauf zu dem Wäldchen schweifen.

Es dauerte nicht lange, bis er sein Ziel gefunden und zwei Bäume am Waldesrand ausgemacht hatte, die dicht nebeneinander standen und deren knorrige Stämme und Äste wie zufällig eine Art Torbogen formten. Aiden wusste, dass dies alles andere als ein Zufall war.

Im Schatten eines der Bäume stand eine schlanke Gestalt, gehüllt in grüne Stoffe, die ihr das Aussehen eines Jägers verliehen. Der fremdartige Verstand hinter den smaragdgrünen Augen, die ihn aus den Schatten heraus anfunkelten, verriet jedoch die wahre Natur dieses Wesens. Je länger Aiden herüberschaute, desto mehr Details fielen ihm auf, als sich die Anderswelt in den Vordergrund drängte.

Sphärische Klänge von goldenen Lauten wehten herüber, das sanfte Schimmern regenbogenfarbener Flügel und der Duft betörender Blüten nahm die Sinne gefangen und versprach dem geneigten Betrachter so viel mehr.

Einen Augenblick lang überkam ihn ein solches Sehnen, dass es ihm beinahe körperliche Übelkeit verschaffte, und er stockte in seinem Schritt, um sich wieder zu fangen.

Die Kontrolleure wandten sich um und bedeuteten ihm mit einer knappen Geste, seinen Weg fortzusetzen. Aiden sah zu der elfenhaften Kreatur am Waldrand hinüber, die ihn mit einem unergründlichen Ausdruck betrachtete. Es lag die Andeutung einer Frage in der Luft, und die Haltung des Wesens wirkte freundlich und einladend. Der Junge wusste, es war ein einmaliges Angebot. Wenn er rannte, wie noch nie zuvor in seinem Leben, konnte er es bis zum Waldrand schaffen und dann ...

Aiden wusste selbst nicht, was ihn davon abhielt, das Angebot anzunehmen. Vielleicht war es das Gefühl, dass es sein Leben irgendwie sinnlos machen würde, wenn er dieser Welt einfach den Rücken kehrte.

Wozu war er dann überhaupt hergekommen? Wozu hatte er gelebt und so viel erduldet? Außerdem war da noch die Angst, dass er mit dieser Flucht seinem Problem nicht entkommen würde. Was, wenn auf der anderen Seite eine Welt wartete, in der er immer noch ein Fremder war?

Als habe es seine Gedanken gelesen, lächelte das Wesen und winkte ihm noch einmal zu, bevor es zu verblassen begann, bis nichts mehr blieb außer einem Paar seltsam verwachsener Bäume.

Da Aiden sich nicht gerührt hatte, waren die Männer seinem Blick gefolgt und sahen ihn nun verständnislos an.

»Was ist los, Junge? Hast du was gesehen?«, wollte der ältere Kontrolleur wissen, während der Jüngere etwas spöttisch meinte: »Habt ihr hier Räuber im Wald oder was?«

Aiden schüttelte den Kopf und erwiderte kleinlaut: »Verzeiht, ich dachte, da wäre etwas gewesen, aber ich habe wohl nur geträumt.«

Der ältere Kontrolleur schnaubte abfällig. »Das kannst du dir mal gleich aus dem Kopf schlagen. Dort, wo wir hingehen, wirst du keine Zeit zum Träumen haben.«

Aiden fühlte Panik in sich hochsteigen und kämpfte sie mühsam nieder, doch das Entsetzen stand ihm wohl deutlich ins Gesicht geschrieben.

Der andere Kontrolleur legte seinem Kollegen sacht eine Hand auf die Schulter: »Nun lass gut sein. Er wird sich noch früh genug mit der neuen Realität auseinandersetzen müssen.«

Der Ältere murmelte etwas in seinen Bart, schwieg aber und wies sie mit einer unwirschen Handbewegung an, weiterzugehen. Diesmal kam Aiden der Aufforderung ohne zu zögern nach.

Der Bahnhof war klein und unscheinbar, passend zu der Gegend, deren Endstation er darstellte. Er wurde von einem stillen, stoisch arbeitenden Mann betrieben, der nur ungern aus seinem beschaulichen Domizil herauskam, um in seine offizielle Rolle als Beamter des Reiches zu schlüpfen. Es gab auch nicht viel, um das er sich hätte kümmern müssen, hier am nördlichsten Punkt des Reiches, wo der Wind ein beständigerer Gesprächspartner war als die Menschen, die verstreut entlang der Sturmküste lebten.

Der Zug, der sich widerwillig ab und an blicken ließ, brachte kaum neue Gesichter mit sich. Anders als die großen Flüsse, die sich ins Graue Meer ergossen, floss der Strom der Menschen stockend, aber unablässig in die andere Richtung, landeinwärts, hin zur Stadt, die neue Möglichkeiten und Abenteuer versprach. Die Tatsache, dass der Zug überhaupt zu dieser Zeit gekommen war und geduldig auf den Gleisen wartete, verriet Aiden, dass die Kontrolleure ihn für ihre Zwecke beschlagnahmt hatten.

Das Gefährt kam ihm wie ein gigantischer metallener Sarg vor, mit runden Gucklöchern, aus denen man das vorbeiziehende Land beobachten konnte. Er sah die Kristallleiterbahnen, die über die stählerne Hülle des Zuges liefen, knisternd und strahlend mit der magischen Essenz, die das Konstrukt nährte und antrieb. Er spürte die machtvolle Ausstrahlung der Generatoren, die tief in den Eingeweiden des Zuges die Energie verteilten, welche sie von den antennenartigen Umwandlern an der Außenseite bezogen, die wiederum die elementare Energie aus der Umgebung extrahierten.

Der Junge war sich der Ironie durchaus bewusst, dass das Gefährt, das ihn von der Freiheit in die Sklaverei bringen würde, ein Meisterwerk der mecha-magischen Technologie war, ersonnen von den fähigsten Magiern des Reiches.

Vielleicht würden sie versuchen, auch ihn dazu zu bringen, neue Maschinen zu entwerfen, von deren Nutzen er allenfalls in den Zeitungen lesen würde. Vorausgesetzt, es war ihnen überhaupt erlaubt, Nachrichten aus der Welt zu beziehen.

Im Inneren des Zuges waren die Gänge verlassen und die Abteile leer, was darauf hindeutete, dass der Orden diese Fahrt tatsächlich nur für einen Zweck in Auftrag gegeben hatte: die Überführung des neuen Magiers nach Serinis zum Hauptsitz des Ordens. Trotz des Mangels an Passagieren konnte Aiden das Echo spüren, das ihre Präsenz hinterlassen hatte. Wenn er sich konzentrierte, sah er sogar die blassen Schemen vor seinen Augen erscheinen.

Ein Mann und eine Frau, die sich im Abteil gegenübersitzen, beide müde und sorgenvoll. Sie haben vieles zurücklassen müssen, damit sie diese eine Reise gemeinsam antreten können. Ein Junge steht vor einem der Gucklöcher und schaut gebannt hinaus. In Gedanken ist er bereits bei seiner neuen Familie, die ihn in der großen Stadt erwarten wird. Ein älterer Mann sitzt allein in einem Abteil, die Augen geschlossen, scheinbar schlafend. Sein Geist aber ist hellwach, und er lauscht den Geräuschen des Zuges, spürt das Brummen der Maschinen und genießt das Gefühl zu ruhen und doch unterwegs zu sein.

So viele Geschichten schlummerten innerhalb des stählernen Ungetüms, und mit jeder Reise kamen neue hinzu. Aiden wünschte sich, eine schönere Geschichte mit dem Zug teilen zu können.

Seine Gedanken wurden plötzlich von einem durchdringenden Ton unterbrochen. Dann gab es einen Ruck, der durch das ganze Gefährt ging, als dieses sich langsam in Bewegung setzte, noch während sie auf dem Gang standen.

Die Kontrolleure hatten sich das Abteil direkt neben der Fahrerkammer ausgesucht, das für gewöhnlich von den Reichsbeamten benutzt wurde. Es war ein wenig geräumiger als die anderen und besaß ein größeres Fenster, wodurch mehr Licht hineinfiel und es freundlicher wirken ließ.

Der Blick des Jungen hing fasziniert an der Szenerie, die er draußen beobachten konnte, während sie durch die nächtliche Landschaft fuhren. Es ging alles so schnell vorüber; da mal ein Haus, dort ein Waldstück, dann ein weites Feld. Aiden hätte gern ab und zu die Zeit angehalten, um sich näher mit einzelnen Details zu befassen. So vieles von dem, was er dort sah, kam ihm fremd und unverständlich vor. Zumindest war es interessant genug, dass er für einen Moment seine Misere vergaß und sich ganz den Eindrücken der Zugfahrt hingab.

Auch wenn Aiden es gerne vermieden hätte, so wurden ihm seine Wärter während der Reise vertrauter. Er hätte es bevorzugt, wenn sie namenlose Figuren ohne Hintergrund und Motive geblieben wären, sodass er sie leichter für das hätte hassen können, was sie ihm antaten. In der ungewollten Intimität des engen Abteils ließ es sich aber kaum vermeiden, dass er ihren Gesprächen beiwohnte, und sie gaben sich auch keinerlei Mühe, diese vor ihm geheim zu halten. Für sie war seine Gefangennahme und Überführung lediglich eine weitere Aufgabe im Rahmen ihres Dienstes am Reich. Das Schlimmste daran war, dass sie offenbar glaubten, etwas Gutes zu tun.

Jetzt, wo er neben ihnen saß, sie beobachtete und ihren Gesprächen lauschte, die verschiedenen Emotionen aufnahm, die von ihnen ausgingen, und einen Einblick in ihre Träume und Hoffnungen gewann, fiel es dem Jungen schwer, sein Feindbild aufrecht zu halten. Er wehrte sich zwar dagegen, doch im Laufe der Fahrt wurden aus den beiden grauen Gestalten zwei Menschen mit Namen und Persönlichkeit. Es war eine Veränderung, die ihm sehr zu schaffen machte.

Aiden erfuhr, dass der hagere Mann, der ihm den Absorbierer umgelegt hatte, Armin hieß und schon seit vielen Jahren für die Sicherheitsabteilung des Ordens arbeitete. Seine Zeit als aktiver Häscher näherte sich ihrem Ende und in ein paar Monaten würde er sich mit einer angemessenen Abfindung zur Ruhe setzen können.

So kurz vor dem Ablauf seiner Dienstzeit schickte man Armin nur noch auf Jagden mit geringem Risiko. Aiden fand es wenig schmeichelhaft, dass er offenbar als harmlos eingeschätzt worden war, aber er war auch froh, dass die Kontrolleure blind für die Macht seiner Gabe waren.

Armins jüngerer Begleiter hieß Martin. Aiden war überrascht zu erfahren, dass dieser einen Sohn hatte, mit dem er jede freie Minute verbrachte, so weit es sein gut gefüllter Dienstplan zuließ. Da die Jagden auf potenzielle Magier mitunter lebensgefährlich waren, bekam er einen ordentlichen Gefahrenzuschuss und seine Familie war im Fall seines Ablebens gut versorgt.

Es fiel Aiden schwer, die Unmöglichkeit dieser widersprüchlichen Realitäten zu begreifen. Was würde dieser Mann wohl denken und fühlen, wenn er später im Kreise seiner Familie saß und den liebevollen Vater spielte? Würde er sich der Tränen und Angst seines Gefangenen erinnern, wenn er am Bett seines Sohnes saß und Gutenacht-Geschichten vorlas?

Aiden erinnerte sich an das kurze Aufflackern von Anteilnahme, das er im Blick des Mannes gesehen hatte, kurz bevor sie ins Dorf zurückgekehrt waren. Martin hatte ihn gefragt, ob es jemanden gebe, von dem sich der Junge verabschieden müsse. Er hatte daraufhin kaum merklich mit dem Kopf geschüttelt, und für den Bruchteil einer Sekunde war ein Ausdruck der Betroffenheit über die Gesichtszüge des Kontrolleurs gehuscht. Dann war seine Maske wieder wie ein Visier heruntergeklappt, und sie hatten ihre Beute vorwärtsgedrängt.

Je näher sie ihrem Ziel kamen, und je interessierter Aiden den Gesprächen der Männer lauschte, desto mehr musste er zu seinem Schrecken feststellen, dass er noch viel weniger von der Welt und seinen Mitmenschen wusste, als er angenommen hatte. Ihre Motive und Handlungen erschienen ihm fremdartig und verwirrend, und ihre Gedanken schienen gänzlich anderen Mustern zu folgen als seine eigenen.

In einem war er sich jedoch sicher: Er durfte nicht aufgeben und sein Schicksal hinnehmen. Vielleicht würde er ja mit der Zeit einen Weg finden können, mit seinen besonderen Fähigkeiten gegen die Herrschaft des Ordens vorzugehen. Es musste einfach eine Möglichkeit geben, ins Herz des unermüdlich mahlenden Uhrwerks vorzudringen, um im richtigen Moment einen Traum zu weben, der die Zahnräder für immer anhalten würde.

Das war zumindest die Hoffnung, mit der er gegen die Angst ankämpfte, die an ihm nagte. Wie er das schaffen sollte, und was danach kam, wusste er auch nicht. Aber irgendetwas musste er tun. Solange er noch Hoffnung besaß, hatte er auch noch Kraft zu kämpfen und konnte der Resignation und Verzweiflung Widerstand bieten. Um zu wissen, was geschah, wenn er diesen Kampf verlor, musste er nur hinüber zu der zusammengesunkenen Gestalt des Magiers sehen, der wie ein Leck geschlagenes Schiff schief an der Wand lehnte und abwesend in die Ferne starrte, während ihm ab und zu unverständliche Satzfragmente aus dem Mund tropften. Ihn zu beobachten, verursachte dem Jungen fast körperliche Schmerzen.

Schließlich hielt Aiden es nicht mehr aus. Die Kontrolleure waren gerade in ein Gespräch vertieft und zollten dem Magier und ihm nur wenig Aufmerksamkeit. Die Gelegenheit war günstig. Aiden blinzelte ein paar Mal schläfrig, rutschte auf seinem Sitz in eine gemütlichere Position und schloss die Augen. Er wartete noch ein paar Atemzüge lang und tat dann, als wäre er eingenickt.

Die Wahrheit sah jedoch ganz anders aus, denn wann immer Aiden in der zur Wirklichkeit erklärten Ebene seine Augen schloss, öffneten sich dafür unzählige andere, die alle nach innen blickten, hinein in Welten voller Geheimnisse und Wunder.

Der Junge verlor keine Zeit und tastete vorsichtig nach dem Bewusstsein des gepeinigten Wesens vor ihm. Er fand, wie zu erwarten, Aufruhr und Chaos, und inmitten dieses rasenden Wirbelsturms dunkler Emotionen pflanzte er eine Vision des Friedens und der Ruhe.

Er spürte, wie das fremde Bewusstsein alarmiert aufschreckte, als es die andere Präsenz bemerkte, und dann ...

... sitzen sie auf einer Wiese im sanften Licht eines neuen Tages. Das Gras wiegt sich flüsternd im Wind, der ihre warme Haut angenehm kühl umschmeichelt. Die Luft ist erfüllt mit kleinen weißen Flocken, die verspielt umhertanzen. Es sind Kirschblüten, die von einem nahegelegenen Hain stammen und den Duft des Frühlings mit sich tragen. Eine dieser Blüten legt sich auf die feuchte Wange des Magiers, der sie vorsichtig nimmt und in seiner Hand betrachtet.

Aiden berührt ihn sacht an der Schulter. »Du kannst jederzeit hierher zurückkehren. Hier können sie dir nichts tun, hier kannst du ruhen und neue Kraft sammeln. Sie können dir diesen Traum nicht wegnehmen, es sei denn, du glaubst, dass sie es können.«

Der alte Mann nickt langsam, und zum ersten Mal seit einer kleinen Ewigkeit schleicht sich so etwas wie ein Lächeln auf sein Gesicht.

»Ich bin ... ich heiße Marius«, meint er schließlich zögerlich. Man merkt ihm an, wie schwer es ihm fällt, auch nur diese Kleinigkeit von sich preiszugeben. Plötzlich geht ein Ruck durch die Landschaft und ...

... sie saßen wieder in dem engen Abteil und schauten sich an. Der Blick des Magiers war nun ungetrübt, und etwas lebte darin, das vorher schmerzlich gefehlt hatte: Hoffnung. Langsam, ganz langsam, um die Kontrolleure nicht zu alarmieren, drehte Marius seine rechte Hand und öffnete sie. Darin ruhte, klein und unscheinbar, eine weiße Kirschblüte.

Aiden lächelte erschöpft und schloss die Augen. Diesmal jedoch, um wirklich zu schlafen, denn das Weben des Traumes hatte ihn viel Kraft gekostet und erschöpft zurückgelassen.

Lange, bevor er Erholung finden konnte, wurde er unsanft durch Armins Hand geweckt, der ihn an der Schulter rüttelte. Widerwillig öffnete Aiden die Augen und blinzelte verschlafen. Wie gerne wäre er gleich wieder in die andere Welt geflohen. Dort hatte er in einem Moment des Friedens vergessen können, in welcher Lage er sich befand und die letzten Ereignisse waren ihm lediglich wie ein böser Traum vorgekommen.

Die Illusion wich jedoch schlagartig der trüben Realität, die ihn schon bald durch das Pfeifen des Zuges, die sich vor dem Fenster auftürmende Stadt und natürlich durch die Anwesenheit der Kontrolleure daran erinnerte, dass er ein Gefangener auf dem Weg zu seiner Endstation war.

Mit hängendem Kopf folgte er den beiden Wärtern auf den Gang hinaus. Sie begaben sich in Richtung des Ausgangs, um vor der Einstiegstür auf das Halten des Zuges zu warten. Aiden spürte sein Herz vor Aufregung klopfen, jetzt, wo er kurz davor war, eine völlig neue Welt zu betreten. Nur die metallene Wand des Zuges trennte ihn von dem Anblick des großen Verschlingers, der gierig auf neue Seelen wartete. Er konnte die Präsenz in jeder Faser seines Seins spüren, wie sie ihn umschmeichelte und willkommen hieß.

Serinis, die Endlose, Zentrum der Macht des Groß-Serinischen Reiches und Sitz des Ordens der Kontrolleure. Eine Stadt, die sich in alle Richtungen ergoss, ganz gleich, wohin man auch blickte. Trotzdem hätte niemand, der in ihr lebte, sagen können, wie sie zu dem ausufernden Ungetüm geworden war, das in diesen Tagen die Welt beherrschte. Sie war still und heimlich gewachsen, genährt durch die prominente Position als Knotenpunkt vieler Handelsrouten, die stetig Geld und Menschen zu ihr gebracht hatten und von denen viele geblieben waren, um am Reichtum und Luxus teilzuhaben.

Einen großen Beitrag zu ihrem Wohlstand hatte die Einführung und Verbreitung der Kristalltechnologie gebracht. Sie beruhte auf den Erfindungen der mecha-magischen Forschung, die herausgefunden hatte, dass die magische Essenz am Besten in speziellen Kristallen gebunden und transportiert werden konnte, die tief unter Serinis in Höhlen wuchsen. Wo in der Vergangenheit durch mangelhaftes Material Unmengen an Energie verloren gingen, konnten Leiterbahnen aus Kristall die magische Energie nahezu verlustfrei durchschleusen. Je nachdem, welche Art Kristall man benutzte, wurden bestimmte Funktionen begünstigt. Die Einsatzmöglichkeiten waren vielfältig, und die magische Forschung brachte immer neue Technologien hervor. Mit der Zeit hatten diese nach und nach das Gesicht der Stadt und schließlich des ganzen Reiches verändert.

Aiden spürte, wie eine Flut magischer Energie heranrollte, als sie in den Bahnhof einliefen und der Zug von den energetischen Feldern abgebremst wurde.

Für die Wartenden am Bahnsteig war es selbst nach all der Zeit und der einsetzenden Gewöhnung ein beeindruckender Anblick, wenn die Kristalle innerhalb der massiven eisernen Ringe zu leuchten begannen und dem Zug schließlich mehrere Wellen purer gebündelter Energie entgegenschleuderten, die das Gefährt sanft zum Halten brachten.

Aiden konnte ihre Bewunderung deutlich spüren. Ihm war bewusst, dass seine Hände vor Aufregung zitterten. Er starrte die Eingangstür des Zuges an, als wäre sie das Tor zu den Höllen. Wenn er diese Pforte einmal durchschritten hatte, würde er den Einflüssen der Stadt ausgesetzt sein, und sie würde ihn verändern. Sie wollte ihn haben. Er war ein Traumtänzer und konnte zu ihr sprechen und ihrer Stimme lauschen, doch wollte er wirklich die Aufmerksamkeit eines Wesens wie Serinis?

Fast hätte er den Arm ausgestreckt, um Armin aufzuhalten, als dieser energisch nach dem Türhebel griff und den Weg nach draußen öffnete. Das kühle Licht eines neuen Tages begrüßte sie und ließ sie die müden Augen reiben. Der Bahnsteig war zu dieser Zeit bereits gut gefüllt. Als sie hinaustraten, kam es Aiden vor, als wäre er gegen eine Wand gelaufen.

Die Flut an neuen und fremdartigen Eindrücken prasselte wie ein Sturzregen auf ihn ein und ließ ihm den Kopf schwirren. Hier gab es so viele Menschen mit so wenig Zeit, die alle in Gedanken schon längst dort waren, wo sie erst ankommen mussten. Was ihn am meisten verstörte, war das Fehlen von Träumen, die für gewöhnlich die Menschen begleiteten. Die meisten schienen in dem hektischen Rhythmus der Stadt gefangen, der sie wie ein mächtiger Bann ergriffen hatte und sie nach seinem Willen tanzen ließ.

Er sah es an der Leere in ihren Augen, wenn sie vorbeieilten, den Blick in die Ferne gerichtet und blind für ihre Umgebung. Es war, als hätten sich die Menschen tief in ihre Köpfe zurückgezogen und eine Maske aufgesetzt, die zwar funktionierte, aber kein Leben durchdringen ließ. Aiden durchlief ein Schaudern, das nicht nur der Kälte des Morgens zu verdanken war. Wie konnte sich ein Ort, der so sehr mit Leben pulsierte, gleichzeitig so tot anfühlen?

Ihrer Gruppe wurde nur wenig Aufmerksamkeit geschenkt. Die Leute wandten sich schnell ab, sobald sie das Zeichen des Ordens oder die Absorbierer um den Hals von Marius und Aiden bemerkten.

Der Junge war ganz dankbar dafür, da allein schon die Eindrücke der fremdartigen Umgebung ihn zu überwältigen drohten. Eine unüberschaubare Anzahl starrender Menschen hätte ihm den Rest gegeben.

Noch während sie auf dem Bahnsteig standen und die müden Glieder streckten, geschah etwas Unerwartetes. Armin wandte sich an Marius und wies ihn an, zur Feste zurückzukehren und dort ihre baldige Ankunft zu verkünden. Der alte Magier nickte stumm, wandte sich ab und machte sich auf den Weg, wobei er mit jedem Schritt ein wenig mehr verblasste, bis er schließlich unsichtbar geworden war. Offenbar vertraute man dem Magier genug, um ihn ohne Aufsicht herumlaufen zu lassen. Wohin hätte er auch fliehen sollen, in einem System, in dem seiner Art die Türen verschlossen blieben?

Nachdenklich sah ihm Aiden hinterher. Er hatte den Blick bemerkt, den Marius ihm zum Abschied heimlich zugeworfen hatte. Dankbarkeit hatte darin gelegen, und eine neu erwachte Bestimmtheit, die nur jemand haben konnte, der etwas Essenzielles wiedergefunden hatte: eine Aufgabe. Die beiden Kontrolleure hatten es nicht bemerkt, aber für Aiden war die Veränderung unübersehbar gewesen. Diesmal war die müde und traurige Gestalt, die davongeschlurft war, nur noch eine Maske gewesen.

Statt unverzüglich ihren Weg zur Feste fortzusetzen, steuerten Armin und Martin erst einmal zielstrebig auf einen gut besuchten Stand zu. Dort wurde ein seltsam riechendes Gebräu verkauft, das die Lebensgeister wecken sollte, wollte man dem bewerbenden Schild davor Glauben schenken. Das Auftauchen der Ordenshäscher führte dazu, dass sich die Menschentraube alsbald lichtete. Sehr zum Missfallen des Händlers natürlich, der sich hinter dem zuvorkommenden Lächeln insgeheim vorstellte, wie er die Kontrolleure mit einem mächtigen Fingerzeig in Luft auflöste.

Aiden beschloss, seine Sinne auf etwas anderes als die Menschen zu richten, die das eine sagten und das andere meinten, und die er sowieso nie richtig verstehen würde.

Während er darauf wartete, dass die Männer ihr morgendliches Ritual beendeten, versuchte er sich auf das Wesen der Stadt einzustellen. Er konnte sie hören, wenn er sich seiner Gabe bediente. Die Stadt sang ein anderes Lied als das Dorf an der Küste, aus dem er stammte. Dort hatte der Wind im Schilf geflüstert und die Luft nach Salz, Torf und Melancholie geschmeckt.

Hier inmitten der sich türmenden Mauern war es still bis auf das hallende Echo ihrer Schritte und das gedämpfte Gemurmel der Menschen. Es war, als wollte niemand die Erhabenheit der Stadt stören. Vielleicht war es aber auch der Wunsch, die eigenen Gedanken nicht allzu laut der Umwelt mitzuteilen, damit sie nicht in falsche Ohren und Köpfe drangen oder wirkungslos vom gleichgültigen Stein aufgesogen wurden.

Aiden kam es vor, als wate er durch ein totes Gewässer. Licht mochte sich zwar immer noch glitzernd an der Oberfläche brechen, darunter jedoch war alles erstarrt und faulte vor sich hin.

Ein reich verzierter Sarg, in dem die Maden feiern und tanzen.

Die Stadt selbst war eine lebendige Entität, und je stärker ihr Pulsschlag wurde, desto mehr übertönte sie den der Menschen, die in ihr lebten. Aiden konnte es spüren, wenn er ganz still stand und lauschte. Ein Pochen, Hämmern und Stampfen unter seinen Füßen, das dumpf aus den verschlungenen Eingeweiden der Stadt empordrang. Es war das geisterhafte Murmeln der Maschinen, die rastlos im Verborgenen ihr Werk verrichteten. Dort, wo nur der matte Schein trüb gewordener Kristallleiterbahnen die Dunkelheit der Schächte im Zaum hielt und niemand den Schemen begegnen wollte, die sich manchmal aus den Schatten herausschälten. Es war eine fremdartige Welt, die nur den Maschinen, und denjenigen, die sie speisten und in Betrieb hielten, gehörte. Selbst die Kontrolleure scheuten sich, dieses Niemandsland zu betreten und überließen es lieber den Magiern, nach dem Rechten zu sehen. Vielleicht fürchteten sie sich vor dem Hunger der Stadt, die nach der Energie gierte, die durch ihre glitzernden Adern floss.

Aiden hatte Mühe, die neuen Eindrücke zu verarbeiten. Er konnte nicht genau sagen, woher er manche Dinge wusste. Sie kamen ungefragt zu ihm. Es war, als wäre er mit der Welt auf eine besondere Art und Weise verbunden und sie offenbarte sich ihm dann und wann, wenn der richtige Moment gekommen war.

Vielleicht war es auch die Traumebene, die ihn stets umgab und durch die manchmal Bilder und Stimmen zu ihm drangen. Später konnte er nicht mehr sagen, ob es seine eigenen Gedanken gewesen waren.

Jetzt, wo er davor stand, in ein neues Leben einzutreten, wurde ihm bewusst, dass er sich nicht einmal selbst besonders gut zu kennen schien. Er kam sich ausgeliefert vor, als hinge sein Schicksal von der Willkür eines anderen ab.

Aiden musste an Marius und dessen Albtraum denken. Wie vielen Dämonen würde er wohl im Laufe der Zeit gegenübertreten müssen und womit würden sich die Seiten seiner eigenen Geschichte füllen?

Am liebsten hätte sich der Junge an Ort und Stelle zu einer Kugel zusammengerollt und in die Sicherheit seiner eigenen Welt zurückgezogen, doch er wusste, dass dieser Tag noch lange nicht vorüber war. So blieb ihm nichts weiter übrig, als unruhig von einem Bein auf das andere zu treten und darauf zu warten, dass seine Wärter sich anschickten, ihren Weg fortzusetzen.

Als die Kontrolleure schließlich Anstalten machten aufzubrechen, war Aiden beinahe froh, dass es weiterging. Die Bewegung würde ihm helfen, ein wenig Klarheit in das Gedankenchaos in seinem Kopf zu bekommen.

Schweigend schritt er hinter den Männern her, die sich ihren Weg durch die bevölkerten Straßen und Gassen bahnten. Ihr Marsch wurde ein weiteres Mal aufgehalten, als sie an einem Haus stehen blieben, vor dem Martin sich von ihnen verabschiedete. Armin und er wechselten ein paar Worte. Dann setzten sie ihren Weg fort, den jüngeren Kontrolleur zurücklassend, dessen Blick der Junge noch eine Weile im Rücken spürte.

Das Gedränge auf den Straßen setzte Aiden erheblich zu. Er versuchte das beklemmende Gefühl abzuschütteln, das auf ihn eindrang, doch unter all den Leuten fiel es ihm zunehmend schwerer. Je mehr Menschen sie umgaben, desto einsamer fühlte er sich. Alles schien ihm entgegenzuschreien, dass er nicht dazugehörte, dass er ein Fremdkörper war, ein Feind. Während Aiden sich vorkam wie auf dem Präsentierteller, war Armin mit dem Strom verschmolzen. Vor dem Grau der Stadt konnte man ihn kaum wahrnehmen, wie ein Chamäleon, das die Farbe seiner Umgebung angenommen hatte.

Aiden fand diesen Umstand faszinierend und hatte ihn schon öfter beobachten können. Menschen waren wie Gestaltwandler, die stets in die passende Haut schlüpften, je nach Situation und Umgebung. Selbst ihre Gedanken passten sich dieser Maskerade an. Die meisten taten dies, ohne darüber nachzudenken, manche aber waren sich dessen sehr wohl bewusst, nutzten es für ihre Zwecke aus und narrten diejenigen, die für diese Wahrheit blind waren.

Fast wäre der Junge gedankenverloren in den Kontrolleur hineingelaufen, als dieser abrupt stehen blieb, sich umwandte und ihm in weiser Voraussicht einen Arm entgegenstreckte.

Der Grund dafür offenbarte sich schnell. Ein Mann in prunkvoller Uniform war ihnen in den Weg getreten und sah sie auffordernd an, offenbar auf etwas Bestimmtes wartend. Aiden sah Hilfe suchend zu Armin, der nach einer kleinen Ewigkeit leicht den Kopf neigte und ihm mit einer knappen Handbewegung bedeutete, es ihm gleichzutun.

Ein schmales Lächeln erschien auf dem Gesicht des Mannes. Er nahm ihre Respektsbekundung mit einem Nicken zur Kenntnis und trat dann auf den Jungen zu, um ihn eingehend zu mustern. Aiden spürte, wie ihm das Herz bis in den Hals schlug. Beinahe wäre er instinktiv zurückgewichen, konnte sich aber gerade noch zusammennehmen. Kurzzeitig wirkte es, als wolle Armin einschreiten, doch der Moment zog ungenutzt vorüber und Aiden sah sich dem prüfenden Blick des Uniformierten ausgeliefert.

Der Fremde war unübersehbar in offizieller Funktion zu ihnen gekommen. Er hatte seine Rolle wie einen Mantel um sich gelegt und war darin aufgegangen. Sie verschmolz nahtlos mit seiner tatsächlichen Persönlichkeit, sodass Aiden Mühe hatte zu erkennen, wo der Mensch begann und die Maske endete. Ähnlich wie die Kontrolleure strahlte er eine Autorität aus, die Gehorsam erwartete. Dieser Umstand verwirrte Aiden, der bis eben seine Wärter für die ultimative Macht im Reich gehalten hatte. Wer war dieser Mann, dem selbst Armin einen gewissen, wenn auch widerwilligen Respekt gegenüber zeigte?

Aiden beschloss, vorsichtig nach Eindrücken zu forschen, die ihm mehr über den Uniformierten verraten würden. So griff er behutsam mit seinen geistigen Fühlern nach dem Bewusstsein hinter der aufgetragenen Fassade. Er hatte nicht viel Zeit, um den Mann auszulesen, doch was an Bildern und Emotionen auf ihn eindrang, war äußerst aufschlussreich.

Schlanke Türme, die sich stolz gen Himmel recken. Goldene Kuppeln, die im Sonnenlicht beinahe weiß glänzen. Flatternde Banner, rote Stoffe, über die reich gekleidete Menschen in bunten Farben wandeln. Das Geräusch schmetternder Posaunen und Trompeten. Das Gesicht eines Mannes, streng und Ehrfurcht gebietend, das Haupt mit einem goldenen Diadem besetzt, dessen Rubin in der Mitte wie ein Auge funkelt. Ein Schemen, nicht mehr als die Andeutung einer Figur, die in den Schatten hinter dem ersten Mann steht und ...

»... gefragt, warum du so starrst, Junge!«

Erschreckt fuhr Aiden zusammen und blickte in das zornige Gesicht des Fremden. Er schalt sich selber einen Narren. Erneut hatte er sich zu sehr von den Eindrücken gefangen nehmen lassen und zu spät zurückgezogen.

Eingeschüchtert blickte er zu Boden und meinte kleinlaut: »Verzeiht, Herr, aber ich habe noch nie zuvor eine so prachtvolle Gewandung wie die Eure gesehen. Ihr müsst sehr reich und mächtig sein, nicht wahr?«

Seine Unterwürfigkeit und Naivität schien den Mann zu besänftigen. Der zornige Ausdruck verschwand und wurde durch Belustigung und Spott ersetzt.

Kopfschüttelnd wandte er sich an Armin, der mit unbewegter Miene zugesehen hatte. »Gerade frisch gefangen, nehme ich mal an? Ihr solltet Euch beeilen und dem Jungen die wichtigsten Grundlagen beibringen, damit er beim nächsten Mal weiß, wem er gegenübersteht und entsprechend Respekt zollt.«

Armin war um einen neutralen Tonfall bemüht, aber man konnte seinen Worten die Abneigung anhören, die er dem Mann gegenüber hegte. »Man wird sich um seine Ausbildung kümmern, Herr Adjutant. Ihr könnt Seiner Majestät versichern, dass wir nach wie vor für den Fortschritt und Wohlstand des Reiches sorgen, indem wir die Talente junger Magier trainieren und sinnvoll einsetzen.«

Ein Anflug von Unmut huschte über das Gesicht des Uniformierten, als er entgegnete: »Wie könnten wir das jemals vergessen, Kontrolleur? Dürfte ich Euch jedoch daran erinnern, dass auch Seine Majestät durchaus Verwendung für Magier hat und es mehr als rechtens wäre, wenn Euer Orden nicht alle Neuzugänge für sich beanspruchen würde?« Bevor er fortfuhr, rümpfte er die Nase, als hätte er etwas Unangenehmes gerochen. »Ihr wisst um die angespannten Beziehungen zum Reich der Loazi. Diese Wilden mit ihrer ungezügelten Kultur und ihren Geisterschamanen sind eine Bedrohung, die sich eindeutig zu nah an unseren Grenzen befindet. Daher brauchen wir Abschreckungsmittel. Und sagt selbst, was wäre da besser geeignet als ein paar gefährliche Hunde, die man jederzeit von der Leine lassen kann und von denen man weiß, dass die Loazi sie fürchten?«

Als Armin antwortete, war sein Tonfall so frostig, dass selbst Aiden ihn erstaunt anblickte. »Verzeiht, Herr Adjutant, aber ich denke nicht, dass Magier für reines Säbelrasseln verschwendet werden sollten. Zudem ist der Kriegseinsatz von Magiern aus gutem Grund verboten worden, denn um sie – wie Ihr es so schön formuliert habt – von der Leine zu lassen, müsstet Ihr ihnen vollen Zugriff auf ihre Kräfte geben. Ich glaube nicht, dass Ihr dieses Risiko tragen wollt.«

Im Gesicht des königlichen Gesandten arbeitete es. Der zornige Ausdruck war zurückgekehrt, nur dass diesmal Armin Ziel seines Unmuts war. »Ihr seid impertinent, Kontrolleur, und ich rate Euch, gut auf Eure Worte zu achten. Ihr seid immer noch Diener des Königshauses, auch wenn Euch viele Privilegien und Rechte zugesichert wurden. Viel zu viele für meinen Geschmack, aber das ist ein Thema für ein anderes Mal.«

»Dann wollen wir Euch auch nicht weiter aufhalten. Ich bin mir sicher, Ihr werdet alles weitere mit dem Obersten Kontrolleur persönlich besprechen wollen«, gab Armin kurz angebunden zurück.

»Das werde ich, verlasst Euch darauf.«

Mit diesen Worten und einem letzten, finsteren Blick verabschiedete sich der Fremde und rauschte davon.

Der Junge sah vorsichtig zu Armin auf, der dem Uniformierten ausdruckslos hinterherstarrte, bevor er sich schließlich an Aiden wandte: »Da ich deine Frage ahnen kann, lass mich dir gleich klarmachen, dass ich nicht dein Lehrer bin. Das werden andere übernehmen, und es wird an ihnen liegen, dir die Augen für die Realität zu öffnen. Komm jetzt, die Feste ist nicht mehr weit, und ich will endlich Feierabend machen.«

Aiden wollte sich aber nicht mit dieser Antwort zufriedengeben und fragte: »Sagt mir wenigstens, wer dieser Mensch war, und warum er in der Hierarchie über Euch steht.«

Als er Zorn in den Augen des Kontrolleurs aufblitzen sah, wusste Aiden, dass er seine Antwort bekommen würde. Armin gab sich keinerlei Mühe mehr, die Verachtung aus seiner Stimme fernzuhalten. »Dieser aufgeblasene Schnösel war Claudius Mercurio, einer der königlichen Adjutanten. Im Grunde ein glorifizierter Laufbursche Seiner Majestät. Sie versuchen schon seit Längerem, Magier für den Hof zu gewinnen, um sie für ihre politischen Ränkespiele zu missbrauchen. Sei jedoch unbesorgt, mein junger Freund. Sie sind viel zu abhängig von den Annehmlichkeiten, die ihnen durch unsere Forschungen ermöglicht werden. Sie werden es nicht wagen, ihre Forderungen durchzusetzen. Ihr gehört dem Orden, und der Orden wird sich gut um euch kümmern, das verspreche ich dir. Sofern du keine Schwierigkeiten machst, heißt das. Und nun vorwärts.«

So schritten sie in Schweigen gehüllt durch die Straßen der Stadt, vorbei an hell erleuchteten Fenstern, hinter denen Menschen ihren Beschäftigungen nachgingen. Es war, als liefe man an unzähligen kleinen Gucklöchern vorbei, die einen Blick in viele verschiedene Realitäten erlaubten. Alles einzigartige Welten, in denen sich das Leben ereignete.

Aiden wäre gerne stehen geblieben, um an einem der Fenster zu verweilen. Der Kontrolleur duldete jedoch keinen weiteren Aufschub und schritt zügig voran. Es sollte noch eine ganze Weile dauern, bis schließlich die drohenden Schatten der Feste auf sie fielen.

Lange, bevor sich die geschwärzten Mauern vor ihnen erhoben, spürte man die Veränderung anhand der Häuser und Menschen, die zunehmend abweisender und verschlossener wurden.

Einst hatten Magier und ihre Angehörigen in diesem Viertel gelebt, stets in Sichtweite der Garde, deren Stützpunkte sich nahtlos aneinanderreihten und wie ein Ring um die Feste zogen. Schon damals war man den magisch begabten Dienern des Reiches misstrauisch begegnet, und die ständige Anwesenheit der Garde hatte sie daran erinnert, dass ihre Freiheit nur geschenkt war und kein natürliches Anrecht.

Mittlerweile standen die meisten Häuser leer, ebenso wie viele der Garnisonen. Bewohnt wurden sie beinahe ausschließlich von Kontrolleuren, da die Nähe zur Feste und die Distanz zum Rest der Stadtbevölkerung manchem sehr gelegen kam.

Wohin die Magier und ihre Familien verschwunden waren, wusste niemand aus dem Volk genau, aber es hielt sich das Gerücht, sie seien tief unter der Feste eingesperrt worden und ständen unter strenger Bewachung. Niemand wagte es, sich nach den Magiern zu erkundigen, denn wer unbequeme Fragen stellte, bekam Besuch von der Garde und verschwand auf Nimmerwiedersehen.

Das Gebiet unmittelbar um die Feste war eine Sperrzone, die kaum jemand außer den Kontrolleuren und hohen Beamten des Hofes betrat. Aiden konnte die Furcht und das Misstrauen spüren, das dieser Ort ausstrahlte. Jeder Stein schien es ihm entgegenzuatmen, jedes leere Fenster hinauszuschreien, und je näher sie dem lauernden Ungetüm im Zentrum kamen, desto stärker wurde das beklemmende Gefühl in seiner Brust. Die letzten Schritte, kurz bevor sie am gewaltigen schwarzen Tor ankamen, waren die schwersten. Es war, als müsse er sich durch eine zähe Masse kämpfen, die nicht nur wie Blei an seinen Füßen hing, sondern auch seinen Geist in Ketten legte. Er wusste, es war nur seine Einbildung, doch hatte er das Gefühl, dass mit jedem Schritt der Absorbierer um seinen Hals enger wurde und ihm die Luft abschnürte.

In dem Moment, in dem Aiden begriff, was die schwarze Feste wirklich war, strömten die Bilder auch schon auf ihn ein.

Sonnenlicht, das auf grüne Parkanlagen fällt. Wind, der die Banner auf den Zinnen träge winken lässt. Gruppen von Menschen, die zusammenstehen und angeregt miteinander diskutieren. Emsiges Treiben an der offen stehenden Eingangspforte. Gardisten mit königlichem Emblem und Magier im Gespräch. Die Stimmung ist gelöst, und auf manchen Gesichtern sieht man ein Lächeln. Im Schatten hoher Bäume spielen Kinder, und in der gemütlichen Laube sitzt ein Paar in trauter Zweisamkeit.

Aiden fühlte die Veränderung kommen und versuchte verzweifelt, seine Sinne abzuschirmen, aber es war zu spät und die Flut an Eindrücken, die dieser Ort gespeichert hatte, zu stark.

Ein Feuersturm. Grelle Blitze, die durch die Flammen schneiden. Klingen, die auf kauernde Gestalten herabfahren. Eine gewaltige Erschütterung, Schreie verstummen und Stille herrscht. Die Parkanlage ist verschwunden. Geblieben sind geschwärzte Türme, Erdreich, das zu Glas geschmolzen ist und die verzerrten Karikaturen der ehemals anmutigen Statuen, die den Wegesrand gesäumt haben.

Mit einem erstickten Keuchen sank der Junge auf die Knie und presste die Hände an die Schläfen. Die Intensität der Gewalt und Zerstörung, die sich an diesem Ort entladen hatte, ließ ihn nicht aus ihren Klauen. Sie bohrte sich tief in seinen Geist und vermittelte ihm das Gefühl, innerlich zu verbrennen. Er bekam kaum mit, dass Armin fluchend auf ihn zustürzte und ihn zu schütteln begann: »Verdammt noch mal, was ist denn los, Junge? Reiß dich gefälligst zusammen, wir sind ja bald da.«

Es war weder das Schütteln, noch die Worte, die Aiden aus der Trance rissen. Es war vielmehr die plötzliche Erkenntnis, dass einige der Eindrücke nicht von der Feste, sondern von dem Kontrolleur kamen, in dem die verbrannten Mauern Zorn und Trauer auslösten.

Aiden starrte den Mann überrascht an. Bevor er sich besinnen konnte, hatte er es bereits ausgesprochen: »Ihr wart dabei, als es geschah!«

Ein Ausdruck des Erschreckens erschien auf Armins Gesicht, doch dann verfinsterte sich seine Miene. Der Kontrolleur blickte sich rasch um und vergewisserte sich, dass niemand in der Nähe war. Er packte den Jungen, zog ihn auf die Beine und drängte ihn gegen die Mauer.

Seine Stimme war gefährlich leise, und in seinen Worten lag ein tödlicher Ernst. »Jetzt pass mal gut auf, Junge. Ich weiß zwar nicht, wie du das machst, aber du hast gerade deine Kräfte gegen mich eingesetzt, und ich hätte jedes Recht, dich an Ort und Stelle dafür zu töten. Genau das wäre auch geschehen, hättest du dir diesen Spaß bei einem anderen Kontrolleur erlaubt. Zu deinem Glück bin ich aber mit dem Alter etwas sentimental geworden und sehe auch nicht ein, warum ich mir kurz vor meinem Ruhestand noch die Stimmung durch einen Bengel wie dir versauen lassen sollte. Letzte Warnung also, und auch nur, weil du mir leidtust: Halt deine Kräfte unter Kontrolle, bis dein Absorbierer auf dich abgestimmt ist.«

Der Kontrolleur trat einen Schritt zurück und atmete ein paar Mal tief durch. Seine Hände zitterten leicht, und es dauerte eine Weile, bis er sich soweit gefangen hatte, dass er hinzufügte: »Ich werde dem Adjustierer empfehlen, bei dir besonders hohe Einschränkungen einzustellen, da du offenbar kaum gewillt bist, dich an Anweisungen zu halten.«

Aiden war innerlich wie zu Eis erstarrt und nickte schwach. Wäre er nicht so schockiert gewesen, hätte er sich für seine eigene Dummheit verflucht. Ohne nachzudenken, hatte er etwas ausgesprochen, dass der Mann mit sehr viel Mühe in sich begraben hatte. Wenn er so weitermachte, würden sie am Ende doch noch darauf kommen, dass er kein Magier, sondern etwas vollkommen anderes war, und dann war es um ihn und seine Hoffnung, etwas zu ändern, geschehen.

Nach einer gefühlten Ewigkeit, wie es Aiden vorkam, bedeutete Armin, ihm zu folgen und steuerte auf das Haupttor der Feste zu. Immer noch etwas wackelig auf den Beinen setzte sich Aiden in Bewegung.

Sie mussten nicht lange warten. Auf den Zinnen über ihnen erschien ein Schemen, der nach einer grüßenden Handbewegung Armins wortlos wieder verschwand. Kurz darauf ertönte ein Mahlen und Knirschen, als der Öffnungsmechanismus des Tores zu arbeiten begann. Aiden kam es vor wie das Maul eines Ungeheuers, das sich langsam öffnete, um seine Beute zu verschlingen.

Der Kontrolleur bemerkte den ängstlichen Blick des Jungen und schüttelte den Kopf. »Nun stell dich nicht so an. Du tust ja, als ob es zu deiner Hinrichtung gehen würde, und glaube mir, das sähe ganz anders aus. Ich hatte das Vergnügen, ein paar davon mitzuerleben.« Dann deutete er auf den langsam sichtbar werdenden Innenhof und sagte: »Da du es scheinbar schon erfasst hast: Ja, die Feste war einst die magische Akademie, bis die Dummheit der Magier alles zerstörte. Glücklicherweise waren wir in der Lage, die meisten Einrichtungen zu retten und die Schäden am Fundament zu reparieren. Allerdings waren das Mauerwerk und der Boden zu verbrannt, um sie wieder in der ursprünglichen Form herzustellen. Außerdem wurde entschieden, dass das Schwarz der neuen Feste ein Mahnmal sein soll, damit niemand vergisst, was passiert, wenn man den Magiern zu viel Freiraum lässt.«

Aiden sah ihn nur mit großen Augen an und flüsterte: »Alles, was ich sehe, ist ein Monument der Gewalt, in Form gegossenes Leid, gewachsen aus Angst und Schmerz.«

Armin lachte rau. »Du bist noch jung. Mit der Zeit wirst du lernen, die Dinge im richtigen Licht zu sehen. Du verstehst noch nicht, wie die Welt funktioniert. Aber mach dir keine Sorgen, man wird sich um deine Ausbildung kümmern, und bald schon wirst du vollständig in die Gesellschaft integriert sein. Ein kleines, effizientes Zahnrad im großen Getriebe. Wir werden dafür sorgen, dass du funktionierst, auch wenn wir dafür ein paar Ecken und Kanten abschleifen müssen.«

Aiden lief es bei diesen Worten eiskalt den Rücken herunter. Müde entgegnete er: »Ihr müsst es nicht in schöne Worte kleiden. Ihr wollt mich brechen, wie all die anderen zuvor auch.«

Armin sah ihn an. Als er antwortete, sprach aus seinen Augen und seiner Stimme kein Mensch mehr, sondern das verdorbene System, dem er diente: »Wenn etwas fehlerhaft ist, muss man es manchmal auseinandernehmen und in seine Einzelteile zerlegen. Dann kann man die störenden Elemente entfernen, neue Teile hinzufügen und es nach den gewünschten Vorgaben wieder zusammensetzen.«

»Und was ist, wenn es nach all den Änderungen immer noch nicht ins Getriebe passt?« Aiden konnte die Antwort bereits ahnen, doch er stellte die Frage trotzdem.

Der Kontrolleur lächelte bedauernd. »Dann war es wohl nie für diese Ordnung vorgesehen und muss aussortiert werden.«

Nach diesen Worten verbrachten sie den Rest des Weges stumm. Ab und zu begegneten ihnen andere Kontrolleure, die Armin freundlich grüßten und den Jungen geflissentlich ignorierten. Ganz selten sah Aiden auch Magier, die müde und mit stumpfem Blick einhergingen. Die wenigen, die ihn registrierten, sahen ihn nur traurig an und wandten sich schnell ab. Aiden schauderte und zog die Schultern hoch, doch Seelenfrost drang tiefer als nur unter die Haut.

Wie gern hätte er seine Gabe angewandt, um den bedrückenden Bildern etwas entgegenzusetzen. In Armins Nähe wagte er es jedoch nicht. Er wollte nicht herausfinden, ob der Mann ihn nicht doch noch exekutieren würde, wenn er sich weiterhin gegen die Anweisungen sträubte. Es hatte ihn schon gewundert, überhaupt so viel Skrupel zu finden.

In einem schmucklosen Raum, in dem sich lediglich eine schlichte Holzbank befand, blieben sie stehen.

Armin deutete mit dem Kinn zu der Bank. »Setz dich und warte hier. Der Potenzialmesser muss vorbereitet werden, und ich muss noch ein Wörtchen mit dem Adjustierer wechseln bezüglich der Einstellung deines Absorbierers. Es kann sein, dass vorher noch jemand auftaucht und dich offiziell in den Orden aufnimmt, aber meines Erachtens nach ist das Zeitverschwendung. Als ob irgendwer von den Neuen begreifen würde, wie gut sie es hier haben.« Der Kontrolleur seufzte und deutete auf die gegenüberliegende Tür. »Dort geht es zum Test. Man wird dich informieren, wenn alles vorbereitet ist. In der Zwischenzeit hast du hier still und leise zu sitzen und keinen Ärger zu machen, ist das klar? Und denk gar nicht erst daran wegzulaufen. Es gibt hier Verwendungszwecke für unwillige Magier, gegen die eine Hinrichtung erfreulich erscheint.«

Er schnaubte noch einmal verächtlich und verließ den Raum. Die Tür fiel hinter ihm zu.

Zurück blieb ein verängstigter Junge, der sich fragte, wie er in diesen Hallen überhaupt einen Tag überstehen sollte, geschweige denn ein ganzes Leben. Natürlich dachte er daran zu fliehen, aber die Angst, was geschehen würde, wenn sie ihn noch einmal fassten, war zu groß. Außerdem, wohin hätte er schon gehen können?

Außer seinem Heimatdorf hatte er nichts von der Welt gesehen, und dorthin konnte er nicht zurückkehren. Er befand sich mitten in einer ihm fremden Stadt, in einem Reich, in dem Magier entweder versklavt oder gejagt waren und jeder, der ihnen half oder Unterschlupf gewährte, mit dem Tod zu rechnen hatte.

Aiden hatte sich noch nie zuvor in seinem Leben so allein und ausgeliefert gefühlt wie in diesem Augenblick, da er auf der Bank zusammengesunken seinem Schicksal harrte.

Er wusste nicht, wie viel Zeit verging, denn in seinem Kopf purzelten die Gedanken nur so durcheinander und das langsam stärker werdende Gefühl von Panik lähmte seine Sinne. Daher entging ihm auch, dass die Tür sich geöffnet hatte und jemand eingetreten war.

Erst, als ein Schatten auf ihn fiel, schreckte Aiden hoch und sah sich einem älteren Mann gegenüber, der eine schlichte schwarze Robe und ein silbernes Amulett mit dem Zeichen des Ordens um den Hals trug. Kurzes, graues Haar rahmte ein asketisch geschnittenes Gesicht ein, in dem sich buschige weiße Augenbrauen über einem Paar stechender hellblauer Augen türmten.

Wortlos musterte der Mann Aiden und strich sich nachdenklich über das Kinn. Sein Blick bohrte sich in den des Jungen, und zu Aidens Entsetzen war da nichts zu spüren, was ein Gefühl oder einen Gedanken verraten hätte. Seine Sinne trafen auf eine undurchdringliche Mauer, die der Mann um seinen Geist gelegt hatte, um die Welt um sich herum auszusperren. Es war, als existiere in seinem Kopf ein exaktes Replikat der schwarzen Feste mit ihrer abweisenden Fassade, den Verteidigungsanlagen und dem eisernen Tor, das sich langsam und widerwillig öffnete, um nur diejenigen hineinzulassen, die ein berechtigtes Anliegen hatten.

Als er sprach, war der Klang seiner Stimme weniger hart, als Aiden erwartet hatte, sondern beinahe angenehm und nachdenklich. Der Inhalt seiner Worte wurde dadurch nicht weniger grausam.

»Du wirst dich sicherlich fragen, warum das Schicksal dir so übel mitgespielt und dich von Geburt an mit einem Stigma versehen hat, das dich in den Augen deiner Mitmenschen zu einer Gefahr werden lässt. Du wirst aufbegehren und der Welt verkünden wollen, wie ungerecht sie dich und die anderen Magier behandelt, und du wirst bereits Pläne schmieden, wie du dich von diesem Joch befreien kannst.«

Ein schmales Lächeln umspielte seine Lippen, als er das Erschrecken auf den Zügen des Jungen sah. Er ließ einen Augenblick verstreichen und meinte dann: »Lass mich dir einen Rat geben, junger Magier: Versuche es erst gar nicht. Es führt zu nichts und wird dich nur unnötig in Schwierigkeiten bringen. Deine Art war nie dazu bestimmt, nach freiem Wissen und Gewissen zu schalten und walten, dazu fehlt euch die nötige Reife und Demut im Umgang mit euren Kräften. Glaub mir, es wurde bereits versucht, und was für einen Preis haben sie dafür zahlen müssen. Du bist zu jung, um es miterlebt zu haben, doch das letzte Mal, als Magier gegen die natürliche Ordnung aufbegehrten, endete im Desaster.«

Aiden schrumpfte unter dem sezierenden Blick des Mannes immer weiter zusammen. Er hatte das Gefühl, von einem großen Raubtier umkreist zu werden, einer Bestie, die sich hinter wohlmeinenden Worten und einem Lächeln verbarg. Er hätte gerne etwas erwidert, aber im Moment fühlte er sich zu ausgeliefert, und die eisige Präsenz des Kontrolleurs lähmte ihn.

Dieser musterte ihn prüfend. Als er fortfuhr, lag plötzlich etwas Verständnisvolles und Beruhigendes in seiner Stimme: »Du bist nicht der Erste, der hier ankommt und von der neuen Umgebung überwältigt ist. Gib dem Ganzen etwas Zeit, und du wirst dich schon bald eingelebt haben. Schenke den Gruselgeschichten keinen Glauben, die du vielleicht über diesen Ort gehört hast. Es geht den Magiern, die für das Reich und den Orden arbeiten, den Umständen entsprechend gut. So manchen haben wir davor bewahrt, sich in einem unkontrollierten Ausbruch seiner Kräfte selbst zu schaden, was zweifelsohne geschehen wäre, wenn man sie sich selbst überlassen hätte. Du wirst sehen, dass es durchaus Vorteile mit sich bringt, für den Orden zu arbeiten und einer gewissen Führung und Kontrolle zu unterliegen.«

Da sich sein ganzes Sein gegen diese Worte sträubte, nahm Aiden allen Mut zusammen und entgegnete trotzig: »Aber ihr beraubt uns unserer Freiheit! Ihr nehmt uns die Möglichkeit, selbst über unser Leben zu bestimmen.«

»Freiheit?« Der Kontrolleur lächelte mitleidig. »Freiheit ist nur eine Illusion, mein Junge. Kein Mensch ist frei, weder Magier noch normale Menschen. Wir alle müssen Teile unserer persönlichen Freiheit opfern, wenn wir innerhalb einer Gemeinschaft leben wollen. Keiner will einsam sein, und als Magier bist du einsamer als die meisten. Wir tun euch sogar einen Gefallen, aber ich erwarte nicht, dass du das bereits begreifst.«

Er machte eine kurze, wohlüberlegte Pause und fuhr dann fort: »Eines aber solltest du bereits jetzt verstehen: Du bist jetzt Teil des Ordens, und dieser Orden und alle, die ihm angehören, unterliegen meiner Verantwortung. Ich erwarte, dass du dich in diese Gemeinschaft einfügst. Für Träumer und Freiheitskämpfer haben wir hier weder Platz noch Verständnis. Diene gut und du sollst belohnt werden. Stellst du dich jedoch quer, wirst du sterben.«

Aiden hatte den letzten Teil kaum mitbekommen. Entgeistert starrte er den Mann an. »Ihr seid der Oberste Kontrolleur!«

Dieser lachte trocken und meinte spöttisch: »Du scheinst eine schnelle Auffassungsgabe zu haben, das ist gut. Und ja, ich bin der Leiter des Ordens. Wahrscheinlich hast du ein Monster mit glühenden Augen und riesigen Fangzähnen erwartet, aber da muss ich dich enttäuschen.« Er machte eine auffordernde Handbewegung in Richtung der Tür. »Geh nun, der Tauglichkeitstest wartet auf dich.«

Aiden konnte der Nähe des Obersten Kontrolleurs gar nicht schnell genug entfliehen. Er steuerte hastig auf die Tür zu. Bevor er jedoch den Raum und diesen Menschen hinter sich lassen konnte, hörte er noch einmal dessen Stimme in seinem Rücken: »Fast hätte ich es vergessen: Willkommen beim Orden, Junge.« Seine Worte brannten sich unauslöschlich in das Gedächtnis des Jungen ein.

Aiden warf die Tür hinter sich zu und lehnte sich keuchend dagegen.

Das war er also gewesen, der Mann, der mit gnadenloser Härte die Geschicke des Ordens und damit auch jedes Magiers im Reich lenkte.

Der Oberste Kontrolleur war zwar verschlossen wie ein Buch mit sieben Siegeln, aber Aiden hatte trotzdem die Macht spüren können, die er ausstrahlte. Sie war aus dem sicheren Wissen geboren, über Leben und Tod anderer Menschen entscheiden zu können. Es war genau die Art von Macht, die Aiden Übelkeit bereitete, denn sie hatte nichts Natürliches an sich.

Der Junge hoffte inständig, dass er diesem Menschen in Zukunft aus dem Weg gehen konnte, allerdings wusste er im Moment nicht recht, was der Dienst im Orden für ihn bereithalten würde. Eines wusste er jedoch ganz genau: Er musste erst einmal die nächsten Tage überstehen, ohne einen tödlichen Fehler zu begehen. Danach würde sich zeigen, welche Möglichkeiten ihm offen standen und wo sich Gelegenheiten boten.

Dieser Gedanke führte ihn zurück zu der vor ihm liegenden Aufgabe. Er hatte keine Vorstellung davon, wie dieser Test aussehen würde, doch wenn es mit seinem magischen Potenzial zu tun hatte, würde er Schwierigkeiten bekommen. Wie sollten sie bei ihm etwas finden, das nicht vorhanden war?

Aiden löste sich von der Tür und tat zaghaft ein paar Schritte in den Raum hinein. Er musste nicht lange warten. Ein Mann in einer abgenutzten grauen Robe begrüßte ihn freudig und musterte ihn über den Rand seiner Brille hinweg. »Ah, du musst der neue Magier sein, den sie gefunden haben. Schön, dich kennenzulernen.«

Er reichte Aiden die Hand, die dieser verdutzt schüttelte. Der Blick des Jungen war zum Hals des Mannes gewandert, wo ein schmales eisernes Band zu sehen war. Fast hätte man es für ein Schmuckstück halten können, wäre da nicht der matte Schein der magischen Runen gewesen.

Der Mann bemerkte sein Interesse und lächelte Aiden an. »Ja, ich bin auch ein Magier. Ich bin Xaver, einer der Mecha-Magier des Ordens und für die Einstellung der Absorbierer zuständig.«

»Und Ihr könnt es verantworten, dem Orden zu helfen, unser Potenzial einzuschränken?« Aiden sah Xaver ungläubig an.

Der Magier seufzte und zuckte mit den Schultern. »Es gibt keinen, der es sonst machen könnte. Die Absorbierer beruhen auf der magischen Forschung und benötigen jemand mit magischen Kräften, der die Maschinen bedient und die Feineinstellungen vornimmt. Und wenn ich es nicht tue, zwingen sie einen anderen dazu. Es tut mir leid, aber so laufen die Dinge halt.«

Frustriert schüttelte Aiden den Kopf und sah am Magier vorbei zu der Konstruktion in der Mitte des Raumes. Die Maschine war von einer Machart, die ohne jeden Zweifel die Identität ihrer Erbauer verriet. Sie sah aus wie ein stehender Sarkophag ohne Deckel, mit einer Einhöhlung, die der menschlichen Form nachgebildet war. Der obsidianartige Stein war durchzogen von silbrig schimmernden Adern, die sich an mehreren Punkten konzentrierten, dort, wo voraussichtlich Hände, Rücken und Kopf eines Menschen ruhen würden. Im oberen Bereich war ein kugelförmiger Kristall eingelassen, der in einem weißen Licht gleichmäßig pulsierte und die Energie durch die gesamte Konstruktion verteilte. Kristallene Leiterbahnen führten von der Maschine weg zu einer Art Messpult, auf dem eine Reihe kleinerer Kristalle in unregelmäßigen Abständen blinkten.

Xaver schien erleichtert, das Thema wechseln zu können, und deutete auf den Sarkophag. »Das ist der Potenzialmesser. Er wird deine Begabung und deine Affinität zu den magischen Schulen messen und leitet diese Ergebnisse weiter zu diesem Pult hier drüben. Dort kann ich dann anhand der Intensität und Farbe, in der die Kristalle am Pult aufglühen, sehen, wie begabt du bist und in welchem Bereich du Stärken hast. Eine besondere Neigung zur elementaren Magie würde sich zum Beispiel in den Farben Rot, Blau, Grün und Türkis ausdrücken, abhängig davon, zu welchem Element du eine größere Verbundenheit hast. Es gibt natürlich auch andere Arten wie heilende Fähigkeiten, die hier golden angezeigt würden, oder Grau bis Schwarz für Kräfte, die mit der Geisterwelt in Verbindung stehen.«

Aiden musste nicht erst seine Gabe anwenden, um zu spüren, dass Xaver nur zu gerne über dieses Thema sprach. Man konnte es am Glitzern in seinen Augen sehen und der Begeisterung in seiner Stimme entnehmen. Wie es schien, hatte sich der Magier mit seiner Situation gut arrangiert. Das konnte der Junge zwar nicht nachvollziehen, aber es fiel ihm auch schwer, Zorn gegenüber dem Mann zu empfinden.

Xaver schien nun auch keine Zeit mehr verlieren zu wollen und bedeutete dem Jungen, sich in den Sarkophag zu stellen. »Sei unbesorgt. Außer einem leichten Kribbeln wirst du nichts spüren, und es geht schnell. Sobald du Position bezogen hast, aktiviere ich den Potenzialmesser, und es geht los.«

Widerwillig stellte sich Aiden in die Vorrichtung und versuchte sich zu beruhigen. Seine Bemühungen waren von wenig Erfolg gekrönt. Der Stein des Sarkophages war kalt und ließ ihn schaudern. Was ihm aber am meisten Angst machte, war die Aussicht, hier und jetzt als Nicht-Magier entlarvt zu werden. Aiden überlegte krampfhaft, wie er die Maschine austricksen konnte, doch Xaver ließ ihm keine Zeit.

Der Magier legte eine Hand auf das Aktivierungsfeld des Pults und sandte einen magischen Impuls aus. Ein leises Summen ertönte, als die Energie durch die Leiterbahnen schoss und in die silbrigen Adern fuhr, die sich daraufhin vom Stein lösten und wie halb durchsichtige Geisterhände nach dem Jungen tasteten. Kaum hatten sie ihn berührt, zuckten sie wie vom Blitz getroffen zurück und verwandelten sich schlagartig wieder in unbelebte Materie.

Vom Pult war ein überraschter Ausruf zu hören. Als Aiden sich behutsam vorbeugte und hinüberschaute, sah er sogleich, was den Magier in Staunen versetzt hatte. Die Kristalle des Pultes flackerten hektisch auf und ab, und das in allen nur erdenklichen Farben.

Der Magier hob fassungslos die Hände. »Da stimmt etwas nicht, da muss irgendetwas schief gelaufen sein. Ich brauche ein eindeutiges Ergebnis, und das hier war eine Kombination aus allen nur erdenklichen Magierichtungen und mit wechselnden Intensitäten. Hast du dich vielleicht während der Abtastung bewegt?«

Aiden wollte schon verneinen, als ihm bewusst wurde, dass es vielleicht klüger war, den Mann in seiner Vermutung zu bestätigen. Mit etwas Glück würde ihm das die Zeit erkaufen, die er brauchte, um sich eine Lösung für das Problem einfallen zu lassen.

Er setzte eine möglichst schuldbewusste Miene auf und meinte entschuldigend: »Verzeiht, ich habe mich erschreckt, als diese seltsamen Geisterhände erschienen.«

Ein erleichterter Ausdruck erschien auf dem Gesicht des Mecha-Magiers, und er nickte verständnisvoll.

»Sei unbesorgt, die tun nicht weh. Ich hatte schon befürchtet, die Maschine wäre beschädigt worden. Das wäre ziemlich übel für uns gewesen, daher mach so etwas bitte nicht noch einmal.«

»Werde ich nicht, versprochen. Tut mir leid.«

Aiden lehnte sich zurück in die Umarmung des Sarkophags und schloss die Augen. Er konnte sich so besser konzentrieren, und er musste die Zeit nutzen, die Xaver brauchen würde, um die Maschine neu vorzubereiten.

Er zermarterte sich das Gehirn, als ein fernes Echo an seine Sinne drang. Fast hätte er es in seiner Aufregung nicht bemerkt. Ein Zupfen und Zerren an seinem Geist, wie ein sanftes Flüstern, das von der Maschine zu ihm drang und ihn auf die Idee brachte, die er so dringend benötigte.

Er würde sich einen Umstand zunutze machen, der allen unbelebten Objekten zu eigen war. Jeder Gegenstand und Ort, der mit einem Lebewesen in Berührung gekommen war, nahm etwas von dessen Essenz in sich auf und speicherte sie in seiner Struktur. Aiden würde die Maschine wie ein fremdes Bewusstsein behandeln und sich hineinfühlen. Mit etwas Glück würde er finden, was er suchte und es verwenden, um die Maschine zu überlisten.

Auch wenn es in seinem aufgewühlten Zustand schwierig war, zwang sich Aiden zur Ruhe und richtete seinen Fokus nach innen. Vorsichtig griff er mit seinen geistigen Fühlern hinaus und tauchte in das kristallene Adergeflecht des Sarkophages ein.

Fast wäre er sofort von der Wucht des Ansturms hinausgeschleudert worden, als eine gewaltige Flut verschiedenster Eindrücke auf ihn eindrang. Mühsam stemmte er sich gegen die Strömung und begann, das Chaos zu durchsuchen. Er sah die vielen Menschen, die vor ihm diese Prozedur über sich hatten ergehen lassen müssen, und er spürte das Echo ihrer Angst, Trauer und Wut.

Wie Vieh waren sie von der Maschine begutachtet und geprüft worden und hatten schließlich einen Stempel erhalten. Aiden wusste nicht, welches Ergebnis zu einem halbwegs angenehmen Aufgabenbereich führte. Er hatte auch nicht die Zeit, um sich näher mit den einzelnen Personen zu beschäftigen. Er musste etwas finden, und zwar schnell.

Plötzlich tauchte vor seinem inneren Auge das Gesicht eines Jungen auf, der vor Jahren diesen Test durchlaufen hatte. Deutlich waren seine Furcht und sein Widerwillen gegenüber der Prozedur zu spüren, doch was Aiden in Bann schlug, war das vage Gefühl von Vertrautheit, das er für dieses Kind empfand, so als hätte er es schon einmal getroffen. Das war jedoch unmöglich. Aiden hatte das Dorf nie zuvor verlassen, und keines der Kinder von dort kam infrage.

Und dennoch sprach dieses Gesicht auf eine Art und Weise zu ihm, die er sich nicht erklären konnte. Er hatte jedoch keine Zeit, diese Seltsamkeit näher zu ergründen. Entschlossen tauchte er tiefer in die Struktur der Maschine ein, sammelte die Fragmente der fremden Essenz zusammen und verband sie zu einer einzigartigen energetischen Signatur. Wie einen Umhang streifte er sie über seine eigene und ließ die geisterhaften Sensoren der Maschine über sie hinwegstreichen.

Unmittelbar darauf ertönte vom Pult her ein Ausruf der Zufriedenheit. Aiden richtete seine Sinne wieder auf die Außenwelt, wo er nervös beobachtete, wie sich Xaver eifrig auf einem Stück Pergament Notizen machte.

Es dauerte nicht lange, dann kam der Magier zu ihm und hielt ihm ein Blatt vor die Nase, während er verkündete: »Der Eignungstest ist abgeschlossen, dein Potenzial wurde gemessen. Du kannst zufrieden sein, Junge, dein Ergebnis ist beachtlich. Es scheint, als hättest du ein enormes Talent für die elementaren Kräfte. Ich sehe hier vor allem eine besondere Gabe für das Feuer.«

Feuer also.

Aiden war nicht allzu überrascht. Da war eine Stärke in dem Blick des Kindes gewesen, die wie eine unbezähmbare Sonne von innen heraus geleuchtet hatte, trotz aller Furcht. Er fragte sich, was aus ihm geworden war. Leicht würde er es nicht gehabt haben. Auch wenn Aiden nur für einen kurzen Augenblick die Essenz des fremden Bewusstseins geschmeckt hatte, war der Kontakt ausreichend gewesen, um ihm zu verraten, dass das Kind von einem Geist beseelt war, der sich nur schwer zähmen ließ.

Aiden schob die Gedanken an den Fremden beiseite und konzentrierte sich wieder auf seine eigene Situation. Er war froh, dass die Maschine nicht in der Lage war, vorherige Ergebnisse zu speichern, da er sonst in erhebliche Erklärungsnot geraten wäre.

Xaver schien äußerst zufrieden zu sein und bedeutete ihm zu folgen. Sie betraten gemeinsam einen Nebenraum, in dessen kühlem, blauem Licht eine weitere Apparatur lauerte, der es gelang, noch abschreckender als der Sarkophag zu wirken.

Es war eine Säule mit einem zangenartigen Auswuchs, die ebenfalls mit dem Kristallnetz verbunden war. Aiden konnte sich denken, was ihr Zweck war, und er sollte recht behalten. Der Magier wies ihn an, sich vor den Apparat zu stellen und sich an der Markierung auf dem Boden zu orientieren. Aiden tat wie ihm geheißen, während Xaver zu einem weiteren Kontrollpult ging, das nach seiner Aktivierung zum Leben erwachte.

»Bitte versuch, dich so ruhig wie möglich zu verhalten. Der Adjustierer wird nun deinen Absorbierer an die Ergebnisse des Tests anpassen. Dazu wird er spezifische Runen eingravieren, die dein Potenzial auf etwa ein Viertel deiner Macht beschränken. Das ist die Standardeinstellung für alle neuen Magier. Ich habe zwar eine Empfehlung bekommen, dich stärker zu regulieren, aber ich denke, das wird nicht nötig sein, oder?«

»Keine Sorge, ich bin der Gehorsam in Person«, meinte Aiden seufzend.

Xaver runzelte die Stirn und sah ihn eindringlich an. »Es ist hauptsächlich zu deinem eigenen Schutz, das musst du uns glauben. Ich weiß auch, dass es nicht freiwillig geschieht, aber es gab wirklich Vorfälle, bei denen sich unerfahrene Magier überschätzt und dabei sich und andere verletzt haben. Der Absorbierer verhindert das, indem er lediglich einen Teilbereich deiner Kräfte zulässt und den Rest in seine eigene Struktur aufnimmt.«

Aiden schnaubte. »Das mag ja alles sein, es ist aber trotzdem wenig mehr als ein Werkzeug zur Kontrolle und Unterdrückung.«

Nun war es an Xaver zu seufzen. »Glaub mir, es gibt Schlimmeres. Gib dem Leben im Orden doch erstmal eine Chance. So, und nun halt bitte still.«

Der Magier hantierte am Pult, und die Apparatur erwachte zum Leben. Der Greifarm fuhr auf die Höhe von Aidens Hals, zuckte ruckartig nach vorn und öffnete die Klaue. Es kostete den Jungen alle Selbstbeherrschung, um nicht zurückzuweichen. Beinahe sanft legte sich die Klaue um den Absorbierer und schnappte dann zu. Energie schoss von der Säule durch das Kristallgeflecht in den Greifarm. Aiden spürte ein Kribbeln am Hals, das jedoch nicht unangenehm war. Die Klaue öffnete sich wieder, der Greifarm fuhr zurück und schon war die Prozedur überstanden.

Zögernd tastete der Junge nach dem Halsband. Er konnte die neuen Runen spüren, die sich beinahe lückenlos über die gesamte Länge des Absorbierers zogen.

Xaver kam zu ihm und begutachtete sein Werk kritisch, nickte aber schließlich zufrieden. »Alles problemlos verlaufen. Dein Absorbierer ist nun auf dich abgestimmt, und du bist einsatzbereit. Ich bin gespannt, in welche Abteilung sie dich stecken werden.«

»Ich dachte, der Potenzialmesser legt fest, wo ich arbeiten werde?«, fragte Aiden überrascht.

Der Magier schüttelte den Kopf. »Nein, nur indirekt. Je nach Veranlagung kommen bestimmte Arbeitsbereiche mehr oder weniger infrage. Letztendlich legt aber dein Aufseher fest, worin deine Aufgaben bestehen.«

»Aufseher? Ist das so etwas wie ein Gefängniswärter?«

»Nun, wie der Name schon sagt, er weist Magiern ihre Aufgaben zu. Diese können sich natürlich auch ändern, manchmal sogar von Tag zu Tag. Nur wenige haben einen festen Einsatzbereich, so wie ich zum Beispiel. Ich bin lediglich für die Absorbierer und alles, was damit zu tun hat, zuständig, aber das ist auch mehr als genug Arbeit.«

Xaver führte Aiden zurück in den Hauptraum und aktivierte einen Kristall an der Wand, in den er hineinsprach: »Ihr könnt ihn jetzt abholen. Er ist bereit.« Dann wandte er sich wieder dem Jungen zu. »Dein Aufseher wird gleich vorbeikommen und dich zu den Quartieren führen. Außerdem wird er dir erste Instruktionen geben, aber keine Sorge, du wirst heute noch nicht arbeiten müssen. Sie geben dir mindestens einen Tag, um dich zurechtzufinden.«

Aiden nickte schwach. Er wollte nichts lieber als sich hinlegen und die Augen schließen. Zu viel Neues drang in sein Leben ein, ohne dass ihm die Zeit gelassen wurde, sich damit auseinanderzusetzen. Er sehnte das Ende des Tages herbei, doch irgendetwas sagte ihm, dass es dauern würde, bis sie ihn endlich in Ruhe lassen würden. Außerdem war er sich sicher, dass die unangenehmen Erfahrungen noch lange nicht vorbei waren.

»Wie sind denn die Quartiere?«, fragte er nach einigen Sekunden unangenehmen Schweigens.

Xaver schien plötzlich etwas ungemein Interessantes auf seiner Schuhspitze entdeckt zu haben, und seine Stimme klang eine Spur zu unbekümmert, als er sagte: »Oh, die Quartiere sind ganz in Ordnung. Wir Magier haben sogar ein eigenes Viertel, direkt unterhalb der Feste. Es wird die Enklave genannt.«

»Und wie lebt es sich dort?« Aiden sah ihn forschend an.

Sein Gegenüber wand sich etwas, bevor er antwortete: »Ich denke, man kann dort ganz gut leben. Es ist eine Weile her, dass ich selbst dort gewohnt habe. Mittlerweile habe ich eine Kammer oben in der Feste.«

»Mhm, verstehe«, meinte Aiden. »Wie kommt man denn zu diesen Ehren?«

Xaver fuhr sich nervös durch das Haar. »Nun ja, man muss bewiesen haben, dass man die Regeln und Gesetze des Ordens akzeptiert hat. Wenn sie sehen, dass sie einem vertrauen können, können sie recht zuvorkommend sein.« Nach einer kurzen Pause fügte er schnell hinzu: »Ich bin mir sicher, auch du kannst schnell eine Kammer in der Feste bekommen. Deine Testresultate sind vielversprechend, und wenn du dich nicht quer stellst, wirst du nicht lange in der Enklave bleiben müssen.«

»So schlimm also?« Der Junge schüttelte müde den Kopf. »Darf ich auch mit Ketten und Peitschenhieben rechnen?«

Der Magier hob entsetzt die Hände. »Schöpfer bewahre, nein, so ist es nun wirklich nicht. Es ist nur so, dass ... es kann einem halt schnell auf das Gemüt schlagen. Die Umgebung ist etwas rau und die Stimmung bei vielen gedrückt.« Er runzelte verärgert die Stirn. »Und sieh mich nicht so vorwurfsvoll an. Ich kann ja auch nichts dafür, wie die Dinge sind.«

Aiden winkte ab. »Ist schon gut. Ich sollte mich wirklich nicht beklagen. Ist immerhin noch besser, als sofort hingerichtet zu werden, nicht wahr?«

Xaver beschloss, darauf nicht einzugehen und wandte sich dem Kontrollpult zu, wo er auf Aidens Frage hin vorgab, einige Routineuntersuchungen durchzuführen. Dem Jungen war es recht, so hatte er Zeit, sich innerlich auf das vor ihm Liegende vorzubereiten.

Viel zu wenig für seinen Geschmack, als die Tür sich öffnete und ein Kontrolleur mittleren Alters zu ihnen trat, der Xaver grüßend zunickte. An Aiden gewandt raunzte er: »Auf geht's, Junge. Zeit, dich zur Enklave zu bringen. Ich bin Jannik, dein Aufseher. Was das genau bedeutet, wirst du früh genug lernen, aber für den Augenblick stell dir einfach vor, ich wäre der König.«

Aiden warf einen Hilfe suchenden Blick zu Xaver, der stumm zu Boden sah.

Der Kontrolleur bedeutete dem Jungen, sich in Bewegung zu setzen. »Während du dem Test unterzogen wurdest, wurde in der Enklave ein Quartier für dich vorbereitet. Dort wirst du alles finden, was du brauchst, um problemlos zu funktionieren. Und nun komm, ich habe nicht den ganzen Tag Zeit.«

Als Aiden widerwillig zu ihm trat, marschierte Jannik energischen Schritts los. Der Junge überlegte, ob er sich von dem Magier verabschieden sollte, verzichtete jedoch darauf und folgte dem Kontrolleur.

Der Weg zur Enklave führte sie tief in die Eingeweide der ehemaligen Akademie, vorbei an vielen leerstehenden Räumen, die aufgrund von Schäden teilweise abgesperrt worden waren. Verbranntes Mauerwerk und Böden, die von einem Spinnennetz aus Rissen durchzogen waren, kündeten von der Zerstörungswut, die sich einst an diesem Ort entladen hatte.

Aiden hatte das beklemmende Gefühl, sich im Inneren eines ausgebrannten Kadavers zu bewegen, aus dessen verkrusteten Wunden selbst nach all der Zeit nach wie vor Trauer sickerte. Das Schlimmste war, dass er immer noch die Präsenz des einstigen Bewusstseins spürte, das die Akademie beseelt hatte. Aber es war schwach und konnte sich der Eindringlinge, die sich in seinem Körper eingenistet hatten und ihn für ihre Zwecke missbrauchten, nicht erwehren.

Während sie nebeneinander einhergingen, sagte Jannik: »An deiner Stelle würde ich den heutigen Tag nutzen. Ab morgen werde ich dich nämlich einspannen. Uns fehlt es an Leuten, die das Leiterbahnennetz überprüfen und warten. Daher kommst du gerade richtig. Solange du in deinen Kräften so sehr eingeschränkt bist, kann ich dich für die komplexeren Aufgaben ohnehin nicht gebrauchen, also wirst du mit den mühseligen und langweiligen Aufgaben vorlieb nehmen müssen.« Er lachte trocken und fügte hinzu: »Sieh es als Ansporn, keinen Unfug zu machen und dich zu integrieren. Sobald wir sehen, dass du diszipliniert arbeitest, heben wir ein paar der Beschränkungen deines Absorbierers auf, und du kannst dich wichtigeren Aufgaben zuwenden.«

Aiden beschloss, dass es an dieser Stelle besser war, diplomatisch zu sein. »Ich werde mich bemühen, versprochen.«

»Das solltest du auch.« Der Kontrolleur lachte wieder. »Sonst gibt es da immer noch die Zuchtkammern für die Kristalle, und glaub mir, da willst du nicht enden.«

Aiden verzichtete darauf, weiter nachzufragen. Sein Maß an Schreckensmeldungen war bereits reichlich gefüllt. Was ihn jedoch neugierig machte, war der Aufseher selbst. Zu seinem Bedauern war ihm schnell klar geworden, dass dieser Mensch in Zukunft über seine Zeit und über einen Großteil seines Lebens bestimmen würde, und dieser Gedanke behagte ihm ganz und gar nicht.

Behutsam richtete Aiden seine Sinne auf den vor ihm gehenden Mann und versuchte, die Impulse des fremden Bewusstseins aufzufangen. Es war beinahe zu leicht, die Eindrücke auszulesen, doch der Inhalt erschreckte ihn zutiefst. Er sah Zahlen, lange Listen mit Produktionserträgen, Namen mit Effizienzangaben dahinter und möglichen Verwendungszwecken, durchsetzt mit einer Spur Gehässigkeit und Befriedigung, die der Mann dabei verspürte, Menschen wie Objekte zu betrachten.

Aiden schauderte und zog sich zurück. Von diesem Mann würde er kaum Menschlichkeit erwarten können, dazu sah Jannik ihn viel zu sehr als Werkzeug an, über das er frei verfügen konnte.

Von der Person hinter der Rolle des Aufsehers hatte er nicht viel erkennen können. Der eigentliche Mensch hatte sich still und leise zurückgezogen und war spurlos hinter der Maske verschwunden. Um mehr herauszufinden, hätte er tiefer bohren müssen, doch das erforderte deutlich mehr Konzentration, als er im Moment aufbringen konnte. Außerdem fehlte ihm die Motivation. Was hätte es auch gebracht, weiter nach dem Menschen zu suchen, wenn doch die meiste Zeit über die Maske sprach und der Mensch schlief?

Aiden zweifelte nicht daran, dass der Kontrolleur ihn beim leisesten Aufbegehren aussortieren würde wie eine Maschine, die nicht mehr funktionierte. Für den Aufseher waren Menschen nur Zahlen, seelenlos und ohne Persönlichkeit, und wenn diese Zahlen sich nicht zu dem gewünschten Ergebnis addierten, wurden sie ausgetauscht. Erst recht, wenn es sich dabei um Magier handelte, gegen die der Mann eine ausgeprägte Abneigung zu hegen schien.

Sie mussten sich mittlerweile tief unter der Oberfläche befinden. Das Gefühl, von tausenden Tonnen Stein und Erdreich erdrückt zu werden, trug nur noch mehr zu Aidens steigender Angst vor der Magierenklave bei. Schließlich hielten sie vor einer massiven Tür am Ende eines lang gewundenen Gangs an, wo der Kontrolleur seitlich einen Hebel betätigte und abwartend zurücktrat.

Die wuchtige eiserne Tür öffnete sich langsam und gab den Blick auf eine Höhlenlandschaft frei, die sich weit in die Ferne erstreckte. Fackeln waren an verschiedenen Positionen angebracht und warfen zuckende Schatten auf die zerklüfteten Felsen. Von hoch oben tröpfelte kränklich wirkendes Licht durch Löcher und Ritzen und schuf ein schmutziges Zwielicht.

Sie warteten, bis sich die Tür hinter ihnen geschlossen hatte und folgten dann einem schmalen Pfad, der sich durch das Höhlenlabyrinth schlängelte.

Aiden hatte bereits Schreckensbilder von lichtlosen Gruben vor Augen, in denen sich zusammengekauerte Gestalten aneinanderdrängten, als sie um eine Ecke bogen und unter ihnen die Enklave in Sicht kam. Das Erste, was ihm auffiel, war die Größe des Gebiets. Wenn er sich an den Lichtquellen orientierte, zog sich das Magierviertel nicht nur über mehrere Höhlen in die Länge, sondern wucherte auch an Wänden entlang über mehrere Plateaus in die Höhe. Er bemühte sich um eine grobe Schätzung und blinzelte erstaunt.

»Da leben überall Magier?«

Der Kontrolleur lachte, wurde aber sofort wieder ernst und brummte: »Dachte, man hätte dir zumindest die grundlegendsten Dinge über die Enklave erzählt. Eigentlich ist es nicht meine Aufgabe, aber ich mache mal eine Ausnahme.« Er klang, als erwiese er Aiden einen großen Gefallen, und der gönnerhafte Ton trieb dem Jungen die Zornesröte ins Gesicht. Der Kontrolleur fuhr unbeirrt fort: »Du musst verstehen, dass nicht nur Magier hier untergebracht sind. Ihr seid ziemlich selten, daher wäre es Verschwendung gewesen, diese Höhlen nur für euch auszubauen. Wir haben also noch zwei weitere Arten von Menschen untergebracht, die euch Gesellschaft leisten.« Er schnaubte herablassend. »Ich will es kurz machen, da du das Ganze auch in den Instruktionen in deinem Quartier nachlesen kannst. Also, da wären zunächst mal die Begabten. Darunter fallen all die Leute, deren Fähigkeiten nicht eindeutig der Magie zuzuordnen sind oder deren magisches Potenzial zu schwach war, um sie als nützlich zu klassifizieren. Außerdem ...«

»Es gibt andere Fähigkeiten neben der Magie?« Aiden war hellhörig geworden.

»Nichts Vernünftiges.« Der Aufseher winkte verächtlich ab. »Du weißt schon: Hellseher, Kartenleser, Giftmischer und so ein Gesindel. Kein Vergleich zu eurer Herrschaft über die Elemente. Also in anderen Worten: unnütz.«

Aiden biss sich auf die Unterlippe, bevor ihm etwas herausrutschte, dass er bereuen würde, und beließ es bei einem »Verstehe«.

Während sie dem Eingangstor näherkamen, setzte der Kontrolleur seine Erläuterung fort: »Nun ja, dann wären da noch die Sympathisanten. Das sind Angehörige, die sich nicht von ihren magisch begabten Verwandten trennen wollten und lieber mit ihnen hier unten leben. Oder es sind Leute, die zu viel Unsinn über die angeblichen Rechte der Magier und dergleichen verbreitet haben und denen schließlich die Chance ermöglicht wurde, ihren Schützlingen ganz nah zu sein.«

Er lachte rau auf, während Aiden Mühe hatte, dem Drang zu widerstehen, ihn über den abschüssigen Hang seitlich des Pfades zu stoßen. Er konzentrierte sich stattdessen darauf, das eben Gehörte zu verarbeiten. Eine ganze Gemeinschaft in Ungnade gefallener Menschen lebte also auf engem Raum fern vom Auge der Öffentlichkeit. Das warf eine ganze Reihe weiterer Fragen auf.

Aiden war zwar wenig darauf erpicht, dem Kontrolleur weitere abfällige Bemerkungen zu entlocken, aber seine Neugier war größer. »Kann man die Enklave auch eigenständig verlassen?«

Der Kontrolleur warf ihm über die Schulter einen spöttischen Blick zu. »Was denn? Willst du etwa schon wieder gehen? Bist doch noch nicht mal angekommen. Aber um deine Frage zu beantworten: ja, aber nur in Ausnahmefällen.«

»Die da wären?«

»Nur in Begleitung eines Kontrolleurs oder nach Erreichen eines bestimmten Ranges innerhalb der Ordenshierarchie. Es gibt auf dem höchsten Plateau übrigens einen Stützpunkt des Ordens, von dem aus alle Aktivitäten innerhalb der Enklave koordiniert werden. Du wirst deine Aufgaben von mir in diesem Stützpunkt erhalten, und dort wirst du dich auch jeden Tag bei mir an- und abmelden.«

Aiden seufzte. »Ein Gefängnis also.«

Der Kontrolleur schüttelte den Kopf. »Oh nein, ganz und gar nicht. Laut königlichem Erlass seid ihr nicht wie Gefangene zu behandeln, und die Enklave ist auch kein Gefängnis. Der Orden hat lediglich ein paar Regeln aufgestellt, die sicherstellen, dass alles reibungslos abläuft und niemand zu Schaden kommt. Außerdem gibt es keine Wachen, und ihr dürft sogar in begrenztem Maße eure Kräfte einsetzen. Zum Licht machen oder Wasser kühlen zum Beispiel.«

»Zu gütig von Euch.«

Aiden fluchte innerlich und rief sich zur Ordnung. Es würde ihm wenig gut tun, gleich am ersten Tag seinen Aufseher zu verärgern.

Jannik grinste spöttisch. »Wir beide werden noch richtige Freunde, das sehe ich schon. Übrigens, es führen auch andere Wege aus der Enklave heraus. An deiner Stelle würde ich aber nicht auf die Idee kommen, dort herumzulaufen.«

Aiden befand, dass es auf eine weitere schlechte Neuigkeit an diesem Tag nicht mehr ankam und fragte: »Wohin führen diese Wege denn?«

Jannik gab zum wiederholten Mal sein humorloses Lachen von sich. »Nirgendwohin, das ist es ja. Im besten Fall in den Tod. Es gibt einen Zugang, dort ist ein Teil des Höhlenbodens eingebrochen und darunter liegen weitere Höhlen, aber viel verschlungener und weitläufiger als der

Bereich der Enklave. Aber das ist es nicht, was sie so gefährlich macht. Man hat Überreste von Gebäuden gefunden, mit seltsamen Zeichen an Wänden und Boden. Irgendetwas Altes und Mächtiges haust dort unten inmitten der Trümmer und Ruinen, und es hat uns bereits mehrere Leute gekostet.«

Aiden funkelte ihn an. »Lass mich raten, ihr habt ein paar von den Menschen aus der Enklave hineingeschickt?«

Der Kontrolleur schüttelte den Kopf. Anhand des Ausdrucks auf seinem Gesicht sah der Junge, dass dieses Thema dem Mann mindestens genauso viel Angst machte, wie er in ihm hatte wecken wollen. »Nein, Junge, es war eine Gruppe aus Kontrolleuren und Magiern, von denen die wenigen, die zurückkehrten, den Verstand verloren hatten. Am Ende waren sie nur noch für die Zuchtkammern zu gebrauchen.«

Der Junge seufzte innerlich. Seine neue Heimat wurde zunehmend idyllischer.

Den Rest des Weges verbrachten sie schweigend, wofür Aiden dankbar war, da er sich so besser auf die Eindrücke der Umgebung konzentrieren konnte.

Kurz darauf ging die Höhle unmerklich in das Gebiet der Enklave über. Die geduckten Behausungen tauchten links und rechts entlang des Pfades auf, und das Dämmerlicht der Höhle wurde mit einem Mal von Feuerschein durchbrochen. Vor den Holz- und Steinhütten befanden sich Kochstellen und Lagerfeuer, die nicht nur für eine rauchige Luft sorgten, sondern auch zum Zwielicht des Ortes beitrugen. Zwar zog der Rauch aufwärts und entwich schließlich durch die vielen Nischen und Ritzen an der Decke, doch verblieb er lange genug in der Enklave, um ihr den Anschein einer Siedlung im Moor zu geben, die im Bodennebel versunken war.

Insgeheim gestand Aiden sich, dass ihm die geisterhafte Atmosphäre und das Glimmen der Feuer durchaus gefielen. Die Unwirklichkeit der Szenerie schien ihn willkommen zu heißen, ganz im Gegensatz zu den wenigen Menschen, die ihm auffielen. Sie saßen oder standen vor ihren Hütten und starrten ihn an, doch war es anders als in seinem Heimatdorf. Statt Furcht sah er in den meisten Gesichtern Mitleid und Verständnis. Aiden war sich nicht sicher, ob es ihm besser als die Reaktionen der Dorfbewohner gefiel. Diese hatten ihn wenigstens nicht angesehen, als ob er gerade zu seiner eigenen Hinrichtung erschienen wäre.

Was ihm weiterhin auffiel, während sie auf einen Pfad abbogen, der sich in die Höhe zu einem der Plateaus wand, war das Fehlen von Magiern. Von den Menschen, denen sie begegnet waren, hatte keiner einen Absorbierer getragen.

Der Kontrolleur musste seine suchenden Blicke bemerkt haben, denn er brummte: »Musst dir keine Mühe geben, Junge. Deinesgleichen wird sich kaum offen zeigen. Die meisten deiner Art bevorzugen eine gewisse Abgeschiedenheit und zeigen sich nur in seltenen Fällen. Erwarte also keine Willkommensfeier.«

Wieder dieses Lachen, für das Aiden ihn gerne getreten hätte. Er schluckte seinen Zorn und seine Enttäuschung herunter und begnügte sich damit, die Lage seines neuen Zuhauses einzuschätzen.

Vom Eingang der Enklave aus gesehen befanden sie sich auf dem ersten Plateau, das zudem am Niedrigsten gelegen war. Zwei weitere türmten sich im hinteren Bereich der Höhle auf und waren nur mit einem Seillift zu erreichen.

Jannik ließ es sich nicht nehmen, ihm seine zukünftige Nachbarschaft schmackhaft zu machen. »Dies ist das Gräberviertel. Hier leben eigentlich nur Sympathisanten und eine Handvoll Begabte, die für die Instandhaltung der Enklave, das Ernten der Kristalle in den Zuchthöhlen und das Anlegen neuer Stollen verantwortlich sind. Das beinhaltet natürlich auch eine Menge Graben, aber der Name des Viertels ist doppelt zutreffend, denn bei den meisten der Arbeiten ist die Lebenserwartung eher kurz.«

Aiden schloss für einen Moment die Augen. Als er sie wieder öffnete, war das Lachen verklungen, doch die nächsten Worte des Kontrolleurs machten es nicht besser: »Das ist übrigens einer der Gründe, warum du hier untergebracht wirst. Es ist vor Kurzem eine Hütte frei geworden. Armer Teufel, war aber abzusehen. Die Zuchtkammern haben ihn erwischt. Naja, gut für dich, würde ich sagen. Hat sich mit der Zeit eine ganz nette Behausung geschaffen. Ich hoffe, sie findet Gefallen bei Eurer Lordschaft.«

Aiden überging den beißenden Spott und sagte leise: »Danke, ich werde schon zurechtkommen.«

Jannik schien etwas enttäuscht, dass seine Provokation keine Früchte trug und grummelte: »Erwarte nicht, dass dir die Leute besonders freundlich begegnen. Als Magier wirst du immer Neider unter den Begabten haben, und die Sympathisanten sind nur wegen euch hier unten gelandet. Außerdem wirst du der erste Magier sein, der in diesem Bereich untergebracht ist. Normalerweise hätten wir dich ja zu den anderen auf das oberste Plateau gesteckt, ganz in die Nähe des Ordensstützpunktes, aber es war keiner bereit, dir dort Platz einzuräumen. Da siehst du mal, was für nette Kollegen du hast.«

Aiden ballte die Hände zu Fäusten und zwang sich zur Ruhe, bevor er die Beherrschung verlor. Die Erschöpfung und die bedrückenden Ereignisse zehrten an ihm, doch wenn er jetzt die Fassung verlor, war sein Leben verwirkt. Das Flüstern im Stein war jedoch kaum zu überhören. Die gesamte Umgebung war mit so viel negativen Emotionen und Gedanken gefüllt, dass der Junge das Gefühl hatte, in einem Meer aus klebrigem Pech zu schwimmen, dessen Wellen über ihm zusammenzubrechen drohten.

Wie verlockend wäre es gewesen, dem Drängen nachzugeben, und seinen aufgestauten Frust, seine Wut und Angst auf den vor ihm stehenden Mann zu entladen. Schon konnte er spüren, wie sich die Realität um ihn herum zu verformen begann und dünne, faserige Arme aus schwarzem Nebel aus dem Stein wuchsen und nach den Beinen des Kontrolleurs zu tasten begannen.

Mit letzter Willenskraft hielt Aiden sich zurück und presste mühsam hervor: »Zeig mir einfach meine Hütte. Ich bin erschöpft und möchte schlafen. Bitte.«

Etwas von der albtraumhaften Welt, die kurz davor gewesen war, in die Realität einzufallen, musste sich in seinen Augen widergespiegelt haben. Der selbstgefällige Blick des Kontrolleurs war Furcht gewichen, und statt einer weiteren schnippischen Antwort nickte er nur hastig und beschleunigte seine Schritte.

So kam es, dass Aiden schließlich vor seinem neuen Heim stand und, ohne weitere Worte zu verlieren, hineinging, um sich mit einem Seufzer auf das grobe Bett fallen zu lassen, das er im ersten Raum entdeckte.

Der Kontrolleur war an der Türschwelle stehen geblieben und bemerkte knapp: »Nutze die Zeit, um dich zu erholen. Ab morgen wird gearbeitet. Ich werde jemanden schicken, der dir Bescheid gibt, wann und wo du gebraucht wirst.«

Aiden murmelte etwas Unverständliches in das Kissen hinein, das Jannik offensichtlich als Bestätigung ausreichte. Mit einem letzten abfälligen Schnauben verschwand er, und Aiden war zum ersten Mal nach langer Zeit wieder allein. Eine Weile lag er still da und lauschte seinen Atemzügen. Er spürte wie die ungeheure Anspannung, unter der er seit seiner Ergreifung gestanden hatte, nach und nach abfiel und das Gewicht auf seiner Brust leichter wurde. Leise weinte er in das Kissen, bis er keine Tränen mehr übrig hatte, auch wenn er es sich gewünscht hätte. Manchmal reichten alle Tränen der Welt nicht aus, um die Leere im Innern zu füllen.

Anpassung

Als nach einer gefühlten Ewigkeit der erste Sturm an Emotionen abebbte, begann Aiden allmählich die Impulse wahrzunehmen, die von seiner unmittelbaren Umgebung ausgingen. Sie erzählten ihm etwas über den Menschen, der vor ihm in dieser Behausung gelebt hatte.

Es war eine traurige, einsame Existenz gewesen. Der vorherige Bewohner war jedoch keinesfalls unfähig gewesen, Fürsorge zu zeigen. Er hatte diese Fürsorge nur nicht mit anderen Menschen geteilt, sondern sie in sein Quartier fließen lassen und es wie einen Freund behandelt. Tisch und Stühle, Schmuckwerk an den Wänden und auf Regalen, all das war nicht gedankenlos hingestellt, sondern sehr bewusst platziert und angeordnet worden. Es war nach einem einzigartigen Bild entstanden, das nur im Geist dieses Mannes existiert hatte. Mit der Zeit war ein Refugium inmitten der Misere entstanden, eine Oase des Friedens für einen Mann, der zu verdursten drohte.

Die Hütte war wie eine fremde Welt, die man Aiden zugewiesen hatte. Ihr Schöpfer war fort und würde nicht mehr zurückkehren.

Er hoffte inständig, dass er eines Tages in der Lage sein würde, diesen Ort zu seiner eigenen Domäne zu machen. Aus Respekt nahm er sich jedoch vor, das Vermächtnis seines Vorgängers in Ehren zu halten.

Aiden streifte sich die Schuhe ab und zog die Decke über den Kopf, um endlich die lang ersehnte Ruhe zu finden. Zu seiner wachsenden Frustration musste er feststellen, dass der Schlaf nicht kommen wollte. Nach einer geraumen Weile des Hin- und Herwälzens stand er auf und wanderte ziellos in der Hütte auf und ab. Dabei kam er auch zu einem Wandspiegel, dessen Metallrahmen ein stumpfes, schmutziges Grau aufwies, das von Kratzern durchzogen war.

Er stellte sich vor den Spiegel und betrachtete sich kritisch. Zu seiner Enttäuschung konnte er kaum etwas erkennen. Das Glas war trübe geworden und wies an einigen Stellen Beschädigungen auf. Vielleicht waren es auch die schlechten Lichtverhältnisse und Aidens Erschöpfung, die es ihm unmöglich machten, ein klares Bild von sich zu bekommen. Alles, was er wahrnehmen konnte, war ein schmaler Schemen, der in Schatten gehüllt war.

Er wusste nicht, wieso, aber der Anblick machte ihm Angst. Ein kalter Schauer durchlief ihn, der ihn veranlasste, schnell vom Spiegel zurückzutreten. Mangels besserer Alternativen nahm Aiden das Instruktionshandbuch vom Tisch, das er bislang bewusst ignoriert hatte, und beschäftigte sich eine Weile damit. Kurz darauf warf er es in die nächste Ecke und ließ sich am Tisch nieder, wo er den Kopf in die Hände stützte und seufzte.

Er hatte die Anweisungen nur überflogen, aber es war nicht schwer gewesen, die Botschaft herauszufiltern, die das Handbuch vermittelte. Solange er während seiner Arbeit brav parierte und den Mund hielt, war alles in Ordnung. Während der übrigen Zeit blieb er am Besten in seiner Hütte und starrte gegen eine Wand, sodass auch ja keine Möglichkeit bestand, Ärger zu verursachen. Aiden verstand nicht, wie die anderen Gefangenen das aushielten, ohne den Verstand zu verlieren.

Der Gedanke an seine Leidensgenossen brachte ihn auf eine Idee. Wenn er sowieso nicht schlafen konnte, warum sollte er dann nicht die Zeit nutzen und sich die Nachbarschaft einmal ansehen?

Ohne lange zu zögern, zog er sich die Schuhe an und trat vor seine Hütte. Das Gräberviertel machte seinem Namen alle Ehre, denn trotz seiner Größe war es sehr still. Erschöpfung und Resignation herrschten unangefochten in diesem Reich und begrüßten den Jungen mit raubtierhaftem Lächeln.

Aiden schüttelte sich leicht. Vielleicht war das der Grund, warum die Menschen unter diesen Umständen zurechtkamen. Sie gaben sich der bedrückenden Stimmung hin, die sie zwar lähmte, aber auch betäubte und dadurch unzugänglich für den Schmerz und den Zorn machte.

Er rückte seine geistigen Schilde zurecht und verschloss sich vor den negativen Eindrücken. Dann brach er auf, um seine Umgebung näher zu erforschen.

Während er das Plateau erkundete, kam es ihm vor, als wäre er ein Geist. Er schwebte durch eine bizarre Welt, die von Menschen bevölkert war, die so in ihrem eigenen Kopf gefangen waren, dass sie die Realität verdrängt hatten, die sie miteinander teilten. Niemand schenkte ihm große Beachtung, ab und zu einmal ein Stirnrunzeln oder ein verwundertes Blinzeln, aber keiner kam auf ihn zu, um ihn willkommen zu heißen. Vielleicht hatte der Aufseher ja recht gehabt, und die Leute in diesem Viertel hatten tatsächlich Vorbehalte gegen Magier.

Schließlich kam Aiden zu einer größeren Menschenansammlung, die sich um ein Lagerfeuer versammelt hatte. Die Gruppe bestand aus Männern und Frauen unterschiedlichen Alters, deren Gewandung verriet, welchen Status sie einst in der Gesellschaft besessen hatten. Inzwischen waren Rang und Namen für sie bedeutungslos geworden. In der Enklave waren sie Gräber.

Aiden sah, wie sie verhalten miteinander sprachen oder stumm in die tanzenden Flammen starrten. Manche hatten sich aneinandergelehnt und schenkten sich Halt und Trost. Niemand sah jedoch zu der Stelle, an der Aiden stand und wartete. Eine Art Bann schien über ihnen zu liegen, der sie blind für ihre Umgebung machte.

Trotz der friedlichen und beruhigenden Stimmung, die vorherrschte, war sie durchtränkt vom Geist des Ortes, der den Grundton bestimmte. Er entzog den positiven Schwingungen eine Menge Kraft, sodass sie nur noch gedämpft nach außen drangen.

Schließlich hielt Aiden es nicht mehr aus. Er musste etwas tun, um den lähmenden Bann zu brechen und der kraftzehrenden Atmosphäre etwas entgegenzusetzen.

Er atmete einmal tief ein und aus und streckte dann die Hand nach dem prasselnden Feuer aus. Die Realität begann sich zu biegen und winden, während die Essenz der Traumebene durch den geöffneten Spalt strömte. Der Junge verwob die beiden Welten miteinander, und mit einem Mal erhob sich ein feuriger Schmetterling aus den Flammen und schlug Funken sprühend mit den Flügeln.

Ein Ruck ging durch die versammelten Menschen. Mit aufgerissenen Augen folgten sie der Bahn des emsig flatternden Schmetterlings, der sich einige Male um seine eigene Achse drehte und anschließend in die Höhe schraubte, wo er in einem Funkenregen zerbarst.

Aiden konnte sehen, wie der lähmende Bann des Ortes seiner Traumweberei wich und die Menschen aufwachen ließ. Ein Teil des Feuers und des Lebens des Traumkonstrukts war in die Augen der Menschen gezogen, die aufgeregt miteinander über das Erlebte diskutierten. Es dauerte auch nicht lange, bis einigen der Junge auffiel, der sie aus den Schatten heraus mit einem Lächeln betrachtete.

Aiden sah sich unvermittelt der vollen Aufmerksamkeit der Gruppe ausgesetzt und trat zögernd näher. Ihre Blicke blieben an seinem Absorbierer hängen, und einige begannen, hinter vorgehaltener Hand zu tuscheln.

Eine ältere Frau erhob sich und klopfte sich den Staub aus den Kleidern. Sie winkte Aiden heran und sagte: »Du bist also der neue Magier, den sie zu uns gesteckt haben. Ich schätze, wir haben gerade gesehen, was dein Fachgebiet ist.«

Aiden blinzelte überrascht, bevor er sich seiner geliehenen Identität erinnerte und hastig bestätigte: »Ja, ich bin ein Feuermagier.«

»Das ist das erste Mal, dass ich 'nen Feuermagier sowas Hübsches hab' machen sehen«, meinte ein Mann aus der Gruppe anerkennend.

Aiden lächelte verlegen und sah sich Hilfe suchend um, da er nicht recht wusste, wie er sich verhalten sollte. Die Frau, die ihn zuerst angesprochen hatte, deutete auf den Platz neben sich am Feuer. »Setz dich ruhig, wir beißen nicht.«

Der Junge tat, wie ihm geheißen und ließ sich im Kreis der anderen nieder. Die Arme um die angezogenen Beine geschlungen erwiderte er vorsichtig die Blicke, die durchaus freundlich waren.

Die Frau lachte gutmütig und setzte sich neben ihn. Freundschaftlich legte sie einen Arm um ihn und sagte scherzhaft: »Nur nicht so schüchtern, mein Junge. Wir sind zwar nicht gerade bekannt dafür, die höchste Meinung von Magiern zu haben, aber glaub mir, dass hängt auch sehr von dem Verhalten des Einzelnen ab. Und was ich bisher von dir gesehen habe, scheint ganz in Ordnung zu sein.«

»Na, hoffen wir mal, dass das auch so bleibt«, warf ein anderer Mann trocken ein. »Halt dich besser von den Typen auf der Empore fern, wenn du es vermeiden kannst. Wir haben schon genügend Leute, die auf uns herabblicken. Noch einen können wir nicht brauchen.«

Die Frau neben ihm erklärte: »Was er meint, ist das dritte Plateau, dort, wo die meisten Magier hausen.«

Aiden nickte schwach und blinzelte schläfrig. Jetzt, wo er bei den anderen Bewohnern des Gräberviertels saß und die Wärme des Feuers und der Gemeinschaft verspürte, drohten ihm die Augen zuzufallen. Peinlich berührt rutschte er unruhig auf der Stelle.

Die Fremde zog ihn näher an sich und meinte: »Ruh dich ruhig aus. Wir alle waren ziemlich erledigt an unserem ersten Tag. Schlaf ein wenig, wir passen schon auf. Nachher kannst du immer noch in dein Bett wechseln. Für alles weitere ist später noch Zeit.«

Aiden nickte dankbar und schloss die Augen. Es dauerte nicht lange, da hatte der Schlaf ihn endlich in sein Reich gezogen.

Es war spät in der Nacht, als Aiden zu seinem neuen Heim zurückkehrte. Er hatte sich von den Gräbern verabschiedet und versprochen, am nächsten Tag vorbeizukommen, um sich richtig vorzustellen und die anderen besser kennenzulernen.

Er steuerte gerade auf die Tür seiner Behausung zu, als er eine Gestalt bemerkte, die an einer der benachbarten Hütten lehnte und zu ihm herübersah.

Da die Person außerhalb des Fackelscheins stand und zudem einen Kapuzenumhang trug, war wenig von ihr auszumachen. Aiden war sich jedoch sicher, dass er es hier nicht mit einem der Gräber zu tun hatte. Zögernd blieb er stehen und schaute fragend zurück. Plötzlich löste sich der unbekannte Beobachter von der Wand und kam bis auf zwei Schritte heran.

Aiden wich zurück. Er hatte das Aufblitzen von Stahl am Gürtel gesehen, als der Umhang des Fremden bei der Bewegung aufgeklafft war. Es erinnerte ihn an eine ähnliche Situation, die noch gar nicht so lange her war. War er aufgeflogen und die Kontrolleure hatten einen ihrer Häscher geschickt?

Umso überraschter war er, als der Fremde unvermittelt das Wort an ihn richtete. Die Stimme klang jung, war angenehm weich und gehörte einem Mädchen: »Willkommen in der Enklave, Aiden.«

Es dauerte einen Moment, bis der Junge seine Überraschung überwunden hatte. »Woher weißt du, wer ich bin?«

»Ich bin hier, um dich zu warnen«, fuhr das Mädchen fort, seine Frage geflissentlich ignorierend. »Du ziehst zu viel Aufmerksamkeit auf dich, und Aufmerksamkeit ist das Letzte, was du haben willst. Es gibt gewisse Elemente hier, die dich sehr genau beobachten werden und nicht alle in der Enklave sind dir wohlgesinnt. Ehrlich gesagt sind es die wenigsten.«

Aiden spürte sein Herz bis zum Hals schlagen. Die Fremde gehörte zwar aller Wahrscheinlichkeit nach nicht zu den Kontrolleuren, aber sicherer fühlte er sich durch ihre Anwesenheit und Aussagen trotzdem nicht. Sehnsüchtig glitt sein Blick zur Tür seiner Hütte, schalt sich dann aber insgeheim einen Narren. Als ob es ihm etwas gebracht hätte, ins Innere zu flüchten.

»Gibt es noch mehr, das ich wissen sollte?«, entgegnete er so gelassen wie möglich, was dank seiner bebenden Stimme wenig überzeugend klang.

Sein Gegenüber überlegte kurz. »Im Moment konzentriere dich erst einmal darauf, dich einzuleben und niemandem in die Quere zu kommen.«

»Sag mal, bekommen eigentlich alle Neuen diese Warnung von dir?«, fragte Aiden misstrauisch. Er konnte sich beim besten Willen nicht vorstellen, dass jeden Magier ein geheimes Empfangskomitee erwartete. Überhaupt kam ihm die ganze Situation absurd vor.

»Nur diejenigen, die sich und anderen gefährlich werden können.« Ihre Stimme klang kühl, distanziert.

»Was soll das denn heißen?« Aiden starrte sie in einer Mischung aus Wut und Unglauben an. »Hat dich irgendwer zu mir geschickt, um mich einzuschüchtern?«

Abrupt wandte sich das Mädchen ab und huschte zurück in den Schutz der Dunkelheit. Aiden ballte frustriert die Hände zu Fäusten und rief ihr hinterher: »Sag mir wenigstens deinen Namen!«

Für einen winzigen Moment verharrte die mysteriöse Fremde und sah über die Schulter zurück. Dann war sie verschwunden, doch Aiden hatte ihre geflüsterte Antwort vernommen.

»Melody.«

In der restlichen Nacht suchte er vergeblich nach Schlaf. Er hätte ihn dringend gebraucht, aber es gelang ihm nicht, seiner Unruhe Herr zu werden. Rastlos wälzte er sich von der einen Seite auf die andere, die Gedanken in seinem Kopf so aufgewühlt wie die Laken, auf denen er lag. Er war unsanft in eine verwirrende neue Welt hineingestoßen worden und hatte das Gefühl, den unbekannten Mächten, die nun sein Leben bestimmten, hilflos ausgeliefert zu sein. Es waren nicht einmal die Kontrolleure, die ihm am meisten Sorgen bereiteten. Es war der Gedanke an die Magier und ihre Ablehnung ihm gegenüber. Warum wollten sie ihm keinen Platz bei sich auf dem erhöhten Plateau einräumen? Natürlich hätte er sich mit der Erklärung trösten lassen können, dass es vielleicht wirklich nur ein Mangel an freien Behausungen gewesen war, der ihn ins Gräberviertel verwiesen hatte.

Wäre er nur nicht so sicher gewesen, dass sein Aufseher diesbezüglich nicht gelogen hatte. Er hatte mittels seiner Gabe geprüft, ob Jannik eine Geschichte gesponnen hatte, um ihn zu demütigen, doch da war nichts dergleichen gewesen. Nur die offene Abneigung, die der Mann für Aiden und die Magier hegte, begleitet von der unangenehmen Wahrheit.

Der Junge beschloss, in Zukunft vorsichtiger mit dem Nachbohren zu sein. Manche Dinge, die ihm seine Traumsinne enthüllten, wollte er gar nicht wissen. Außerdem taten seinem geschundenen Geist ein paar tröstende Illusionen gut. Er würde Zeit brauchen, um sich zu sammeln und zu Kräften zu kommen, bevor er überhaupt an Widerstand denken konnte. Hinzu kam, dass er viel zu wenig über die Vorgänge innerhalb der Enklave wusste oder über seine neuen Herren. Ihm fehlte ein Ansatzpunkt. Und wer war eigentlich dieses seltsame Mädchen, das ihn gewarnt hatte? Wer hatte sie geschickt und warum?

So viele Fragen schwirrten ihm durch den Kopf, und er wusste, dass die Antworten nur noch mehr Fragen aufwerfen würden. Was aber für ihn feststand, war, dass er sich nicht mit seinem Schicksal abfinden und in Resignation verfallen würde. Die Kontrolleure hatten eine Wirklichkeit geschaffen, die keinen Spielraum für Andersdenkende zuließ. Wie ein zu enges Korsett raubte die Vision des Ordens einem den Atem, und es war nur eine Frage der Zeit, bis man der Ohnmacht erlag. Aiden wollte kein Zahnrad im Getriebe des Ordens werden. Er wollte nicht auseinandergenommen, abgeschliffen und an das große Uhrwerk angepasst werden. Er war von dem Wunsch beseelt, unbeschwert und frei durch das Leben zu tanzen, mit all seinen Ecken und Kanten.

»Und ist mein Traum nicht genauso viel wert wie jeder andere?«, fragte er leise in die Dunkelheit seiner Kammer.

Sie blieb ihm eine Antwort schuldig, und so lag er wach in seinem Bett, bis er am Morgen von einem Boten des Ordens abgeholt wurde.

Im ersten Moment war er verwirrt über den Jungen, der vor seiner Hütte auftauchte und sich als Norwin vorstellte. Aiden hatte mit einem offiziellen Würdenträger des Ordens gerechnet, doch dann fiel ihm ein, dass er für so viel Aufmerksamkeit wahrscheinlich nicht wichtig genug war. Der Botenjunge gehörte zu den Kindern, die in den Höhlen unterhalb der Feste mit ihren Eltern in Gefangenschaft lebten. Ein bedrückendes Schicksal, das aber die meisten in Kauf nahmen, um nicht getrennt zu werden. Aiden gestand sich ein, dass es ihm im Grunde ganz recht war, so wenig wie möglich von den Ordensschergen zu sehen. Daher lächelte er schwach und gab Norwin zu verstehen, dass er bereit war, ihm zum Stützpunkt auf der Empore zu folgen. Als Antwort bekam er lediglich ein ausgiebiges Gähnen, dann trottete sein Begleiter los.

Aidens erster Tag begann recht ereignislos, doch die Flut an neuen Informationen, die er verarbeiten musste, war enorm.

Den Morgen verbrachte er in Gesellschaft einer Vielzahl von Handbüchern über das Kristallnetz und die Funktionsweise der Maschinen, die es in Gang hielten. Jannik hatte ihn auf einen Stuhl in die Ecke des Raumes verbannt, wortlos die Unterlagen in die Hand gedrückt und war zu seinem Schreibtisch zurückgekehrt, von wo aus er manchmal missmutig zu dem Jungen herübersah.

Aiden gefiel es, dass sein Aufseher ihm nicht allzu viel Beachtung schenkte, da er so seine Kräfte einsetzen konnte, um sich durch den Stapel Bücher zu arbeiten. Im Grunde konnte er gar nicht lesen. Niemand hatte ihn gelehrt, die seltsamen Symbole zu entziffern und ihnen Sinn zu verleihen. Dafür konnte er, wenn er mit den Fingern über die einzelnen Zeilen strich, die Worte in seinem Geist widerhallen hören, und erhielt Eindrücke von der Person, die sie einst auf die Seiten gebannt hatte.

Es fiel ihm allerdings schwer, sich zu konzentrieren, da seine Gedanken stets zu einem Ereignis zurückkehren wollten, das ihm auf dem Weg zum Stützpunkt widerfahren war.

Ein Magier hatte ihn von der Türschwelle seiner Behausung aus beobachtet, war aber schnell nach drinnen verschwunden, als Aiden herübergeblickt hatte. Es schien tatsächlich, als würden sie ihn meiden wollen. Der Junge war mehr als enttäuscht über diese Reaktion. Er hatte insgeheim gehofft, eine vertraute Gemeinschaft der Magier anzutreffen, die ihn in ihrer Mitte willkommen hießen. Stattdessen stieß er auf eine Mauer der Ablehnung und Gleichgültigkeit.

Der Wunsch nach Distanz hatte sich sogar in der Architektur der Behausungen ausgedrückt, an denen Aiden vorbeigekommen war. Abweisende Steinbauten, die eher gewachsen als gebaut wirkten. Aiden ging davon aus, dass sie unter Einsatz elementarer Magie entstanden waren. Was ihn überraschte, da er gedacht hatte, dass ein solcher Einsatz ihrer Kräfte untersagt war. Vielleicht durften sie ja doch mehr als nur Licht entzünden, entgegen Janniks Behauptungen.

Nach der ausgiebigen Lektüre wurde Aiden von Jannik zu verschiedenen Bereichen abgefragt. Anschließend eröffnete ihm der Kontrolleur, welche Art von Tätigkeit er für den neuesten Magier vorgesehen hatte. Wie Jannik bereits am vorherigen Tage angedeutet hatte, fehlten den Kontrolleuren Arbeiter, die durch das Netzwerk an Schächten unterhalb der Stadt liefen und Wartungsarbeiten an den Kristallleitungen durchführten.

Niemand ging gerne in die Schächte. Sie waren eng, unerträglich heiß und die Luft war stickig und abgestanden.

Dennoch musste diese Arbeit getan werden, denn Ausfälle im Kristallnetz konnten die Energieversorgung ganzer Stadtviertel unterbrechen. Wenn dies geschah, sah sich der Orden kurz darauf einer Reihe wütender Beschwerden der Bevölkerung ausgesetzt.

Für gewöhnlich war die Wartung der Schächte eine Aufgabe für die nicht-magischen Bewohner der Enklave, aber da Aiden als Neuankömmling der maximalen Sicherheitseinschränkung seines Absorbierers unterlag, war er für keine der Tätigkeiten zu gebrauchen, die für Magier vorgesehen waren.

Zu seiner Erleichterung musste er beim ersten Mal aber nicht allein in die Schächte. Jannik befahl ihm, sich einen erfahrenen Begleiter auszusuchen und verwies auf die Bewohner des Gräberviertels, die diese Art von Tätigkeit bereits öfter ausgeübt hatten. Aiden wusste sofort, an wen er sich wenden wollte, und setzte sein Vorhaben am Ende des Tages in die Tat um.

Der flackernde Schein des Lagerfeuers warf zuckende Schattenspiele auf Hüttenwände und müde Gesichter. An diesem Abend hatten sich nur wenige Gräber eingefunden. Vereinzelt saßen ein paar Gestalten um den Lichtkreis herum und wärmten sich die Hände. Zu Aidens Erleichterung war auch die ältere Frau vom Vortag anwesend, die ihn so herzlich in den Kreis der Gemeinschaft aufgenommen hatte. Er lauschte eine Weile den Gesprächen und wartete auf eine Gelegenheit, sie anzusprechen. Er war nervös. Es behagte ihm nicht, die Aufmerksamkeit auf sich zu ziehen. Als ob sie sein Vorhaben geahnt hätte, wandte sie den Kopf und machte eine auffordernde Geste: »Nur nicht so schüchtern, Junge. Du siehst aus, als läge dir was auf dem Herzen.«

»Danke, Marisa. Du hast recht. Ich brauche deine Hilfe«, gab Aiden ertappt zu und kam von seiner Position ein Stück abseits des Feuers zu ihr herüber und ließ sich neben ihr nieder. Die Frau schmunzelte und betrachtete ihn nachdenklich. »Wie ich sehe, hast du dich bereits über mich informiert?«

»Hm? Oh ... ich habe deinen Namen aufgeschnappt.« Verlegen biss er sich auf die Unterlippe. Er musste besser achtgeben. Seine Sinne verrieten ihm oft mehr, als er wissen durfte.

»Da bist du mir in diesem Punkt voraus.« Sie hatte recht. Am vergangenen Abend hatte er in seiner Erschöpfung gar nicht daran gedacht, sich vorzustellen. Schnell holte er es nach. »Ich bin Aiden.« Er erntete Nicken und Brummen von den Versammelten.

»Schön dich kennenzulernen«, entgegnete Marisa und legte fragend den Kopf schief. »Was kann ich denn für dich tun?«

Der Junge machte eine vage Geste in Richtung des Plateaus, das in der Ferne thronte. »Sie schicken mich in die Schächte unterhalb der Stadt, um die Kristallleiterbahnen zu prüfen. Ich kenne mich dort nicht aus und soll zunächst von einer erfahrenen Person begleitet werden. Würdest du mir helfen, Marisa?«

Ihr Blick wurde nachdenklich. »Warum gerade ich? Versteh mich nicht falsch: Ich helfe gerne, aber ich bin neugierig, was den Grund deiner Wahl angeht.«

Aiden sah sie erstaunt an. »Du warst nett zu mir. Und ich habe mich sicher gefühlt.«

Leises Lachen und Getuschel erklang um das Lagerfeuer, doch Marisa lächelte nur sanft: »Das freut mich zu hören. Ich werde dir über die nächsten Tage verteilt die gängigsten Routen durch das Netz der Schächte zeigen, wichtige Knotenpunkte und die unteren Ebenen, wo die Elementargeneratoren untergebracht sind.«

»Danke ...« Aiden blinzelte ein wenig überrascht. Das war einfacher gewesen als angenommen. »Ich hoffe, ich stehle nicht zu viel Zeit von dir. Nicht, dass du woanders dringender gebraucht wirst?«, erkundigte er sich besorgt.

Die ältere Frau lachte auf. »Ich hätte es dir nicht angeboten, wenn es so wäre. Mein Aufgabenbereich und Zeitplan ist anders als die der meisten Gräber. Ich bin keiner der Arbeiter, die sie Schächte und Tunnel ausheben lassen oder in die Kristallhöhlen schicken. Ich gehöre offiziell zu den Begabten und habe naturmagische Kräfte. In Wahrheit kenne ich mich lediglich mit Kräutern und Salben aus und weiß, wie man Wunden versorgt und Schmerzen lindert. Daher bin ich so etwas wie die Heilerin des Viertels und eine der Wortführerinnen innerhalb unserer Gemeinschaft, da ich jeden hier kenne und mich um sie kümmere.«

Aiden lauschte interessiert, kaum seine Freude verbergend, dass sie zugestimmt hatte. »Wenn du keine Magie beherrschst, wieso haben sie dich dann in den Dienst des Ordens gezwungen?«, fragte er neugierig, bereute die Frage aber sofort wieder, als ein Schatten auf das Gesicht der Frau fiel.

»Neid und Missgunst haben mich hergebracht, mein Junge.« Marisa stocherte mit einem Zweig in der Asche des Feuers. »Ich bin der Frau des Dorfvorstehers ein Dorn im Auge gewesen, da ihr Mann mit mir zu freundlich umgegangen ist. Einige geschickt gestreute Gerüchte und Anschuldigungen später bin ich von den Kontrolleuren abgeholt worden, unter dem Verdacht, mit Pflanzen und Bäumen sprechen zu können und Wunderheilungen zu bewirken. Den Orden hat es nicht gekümmert, ob ich schuldig im Sinne der Anklage gewesen bin. Auch ohne magisches Potenzial hat man meine Dienste brauchen können.« Ihr Stochern wurde wütender. »Gerechtigkeit, mein Junge, ist ein Luxus, in dessen Genuss nur die Wenigsten kommen. Das einzige Recht, das man mir zugesprochen hat, war das Recht zu schweigen.«

Aiden sah sie betroffen an, was sie mit einem Achselzucken quittierte und leichthin meinte: »Ist schon in Ordnung. Sie haben mir im Grunde einen Gefallen getan. Ich konnte die Leute im Dorf sowieso nicht leiden.«

Der Schmerz in ihren Augen erzählte jedoch eine andere Geschichte. Betreten beschloss Aiden, das Thema ruhen zu lassen. Stattdessen legte er eine Hand auf ihren Arm und drückte ihn mitfühlend. Marisa seufzte und warf ihren Zweig ins Feuer, der hell aufflammte und schließlich Teil der Asche wurde.

Am darauffolgenden Morgen setzte sie ihr Versprechen in die Tat um und begleitete Aiden auf seinen ersten Ausflügen in das Dämmerlicht der Schächte. Es zogen einige Tage ins Land, in denen er sich nach Kräften bemühte, still und unauffällig seiner Arbeit nachzugehen und den Eindruck zu vermitteln, sein Schicksal als Teil des Ordens akzeptiert zu haben. Des Nachts jedoch, wenn er in seiner Kammer lag und die Decke über seinem Bett anstarrte, kamen Sorgen und Ängste leise zu ihm geschlichen und raubten ihm den Schlaf. Er befand sich in angespannter Erwartung, dass etwas passieren würde, konnte aber beim besten Willen nicht sagen, worauf er eigentlich wartete. Die Ungewissheit zehrte an seinen Nerven.

Das mysteriöse Mädchen sah er nicht wieder. Manchmal glaubte er jedoch, ihre Gestalt in den Schatten zu erspähen, und war enttäuscht, wenn es sich dann als Trugbild oder Eingebung seiner Traumsinne herausstellte. Zudem fiel es ihm schwer, das Gefühl abzuschütteln, ständig beobachtet zu werden. Es geschah jedoch nichts.

Die Geschehnisse außerhalb der Enklave drangen nur schwerlich zu ihnen vor, da die Aufseher es nicht für nötig hielten, sie über die aktuellen Entwicklungen im Reich zu informieren. Was hätten sie auch damit anfangen können, in ihrer abgeschiedenen Welt, in der nur schweigender Gehorsam und Effizienz zählten und niemand sich für die Person interessierte, die die Arbeit verrichtete?

Aiden wurde es schwer ums Herz, wenn er in die müden, verlebten Gesichter der anderen blickte. Die Angst, die an ihm nagte, flüsterte ihm zu, dass er seine Zukunft in ihren Gesichtern geschrieben sah.

Auch wenn er es kaum für möglich gehalten hatte, wurde die Stimmung innerhalb der Enklave mit der Zeit noch bedrückender. Zwar erzählte ihnen niemand, was sich in der Feste ereignete, doch die Veränderungen waren kaum zu übersehen. Das Auftauchen königlicher Gesandter, die mit abschätzendem Blick durch die Viertel streiften und sich Notizen machten, versprach nichts Gutes, und auch die finstere Miene der sie begleitenden Kontrolleure verkündete nahendes Unheil. Aiden versuchte mithilfe seiner speziellen Sinne etwas in Erfahrung zu bringen und tastete behutsam nach den Emotionen und Eindrücken, die er von seinem Aufseher unbemerkt aufschnappen konnte. Was er von Jannik empfing, beunruhigte ihn nicht nur, sondern verwirrte ihn obendrein.

Offenbar hatte das Königshaus den Orden gehörig unter Druck gesetzt und hielt ihn mit einer wahren Flut königlicher Inspektoren und Würdenträger in Atem. Aiden sah seine Befürchtung bestätigt, dass es tatsächlich um die Magier und ihre Ausbildung ging. Der königliche Adjutant, dem er bei seiner Ankunft in der Stadt begegnet war, hatte ja bereits angedeutet, dass der Hof zu Wallenstein gerne selbst über die Magier und vor allem zukünftige Neuzugänge bestimmen würde. Die langwierigen Gutachten, die nun im Auftrag des Königs erstellt wurden und mitunter die bürokratischen Abläufe innerhalb des Ordens gehörig verlangsamten, dienten letztendlich dazu, einen Grund zu finden, dem Orden das Hoheitsrecht über die Ausbildung der Magier abzusprechen.

Was Aiden jedoch verwirrte, war die Tatsache, dass Jannik trotz all seiner Flüche auf die königlichen Gesandten insgeheim äußerst zufrieden mit der Entwicklung war. Die einzige Erklärung, die ihm dafür einfiel, war, dass Jannik das Königshaus als Chance sah, endlich die Magier loszuwerden, die er so sehr verabscheute.

Aiden dagegen war sich nicht sicher, ob er sich über die Aussicht freuen sollte, statt der Kontrolleure das Königshaus als Herren vorgesetzt zu bekommen. Ob nun aus geschwärztem Eisen oder aus Gold, eine Kette blieb eine Kette.

Wie gerne hätte er etwas unternommen, um seine Situation und die der anderen Menschen in der Enklave zu verbessern, doch wenn er ehrlich war, hatte er nach wie vor keinen Ansatzpunkt, geschweige denn einen Plan.

Die Untätigkeit machte ihn rastlos. Er spürte den lähmenden Bann dieses Ortes, und wie leicht es war, sämtlichen Widerstand aufzugeben und sich der Lethargie und Routine des Alltags hinzugeben. Er wusste, dass er sich an eine kümmerliche Hoffnung klammerte, doch etwas in ihm weigerte sich aufzugeben und wehrte sich gegen den Strom, der ihn mitzureißen drohte.

Als er dann endlich fand, wonach er gesucht hatte, war es für ihn wie ein Schluck Wasser für einen Verdurstenden.

Aiden hatte in der Nacht zuvor wieder einmal wach gelegen und sich den Kopf über mögliche Auswege aus seinem Dilemma zerbrochen. Irgendwann war er in einen erschöpften Halbschlaf verfallen, der ihn ausgelaugt in den erwachenden Tag entlassen hatte.

Es war in den frühen Morgenstunden, als Aiden müde blinzelnd vor seine Hütte trat. Im Gräberviertel herrschte dämmeriges Zwielicht, doch ein paar seiner Bewohner waren schon auf den Beinen und unterhielten sich leise. Ziellos schlenderte er durch das Viertel, nickte hier und da den vertrauten Gesichtern zu und lächelte, wenn ihn jemand wahrnahm und zurückgrüßte.

Nachdem er eine Zeit lang umhergeirrt war, ließ er sich im Schatten einer Hütte nieder, lehnte sich gegen die Wand und schloss die Augen. So saß er eine Weile dort und wartete darauf, dass das Zwielicht der Enklave die richtige Färbung annahm, anhand derer er den Zeitpunkt bestimmen konnte, zu dem er zu seinem Dienst im Stützpunkt erscheinen musste.

Inzwischen verzichtete sein Aufseher darauf, jeden Morgen einen Botenjungen wie Norwin zu schicken, nachdem Aiden stets pünktlich und ohne Murren zu seinem Dienst angetreten war.

Als das Licht nicht mehr dunkelgrau, sondern schmutzig gelb in die Höhlen tröpfelte, stand er auf und wollte sich schon auf den Weg zur Empore machen, als plötzlich gedämpfte Stimmen aus dem Inneren der Hütte an sein Ohr drangen.

Es war nicht die Tatsache, dass sich dort zwei Personen unterhielten, die ihn aufhorchen ließ, sondern der verschwörerische Tonfall, in dem sie es taten.

Neugierig presste er sich gegen die Wand und lauschte. Er hatte zwar Schwierigkeiten, sie zu verstehen, doch konnte er vereinzelt Sätze ausmachen, von denen einer ihn stutzig werden ließ. »Sie haben eines der Verstecke in der Unterstadt gefunden.«

Aiden runzelte die Stirn und rückte in die Nähe des Fensters. Er hatte von der Unterstadt bereits gehört, und meist in wenig erfreulichen Beschreibungen. Es war der Rückzugsort der kriminellen Elemente der Stadt und bot selbst dem Orden und der königlichen Garde die Stirn.

Das Gespräch war nun besser zu verstehen, und anhand der Stimmen und ihrer Ausstrahlung konnte Aiden die Flüsternden als Riku and Daan identifizieren, zwei der Gräber, die bei der Konstruktion der Tunnel und Schächte für die Kristallleiterbahnen eingesetzt wurden. Sie waren ab und an am Lagerfeuer dabei, blieben aber die meiste Zeit für sich und führten ihre Gespräche nur untereinander in enger Vertrautheit. Den Gerüchten nach, die um sie kursierten, schienen sie weit mehr als nur Worte miteinander zu teilen, und Aiden ging davon aus, dass sie wahrscheinlich auch gemeinsam aßen und tranken.

In diesem Moment jedoch waren sie damit beschäftigt, sich über etwas auszutauschen, das zu gefährlich war, um es außerhalb der eigenen vier Wände zu diskutieren. Aiden war sehr gespannt herauszufinden, über was er da gestolpert war.

»Ich habe davon gehört, Riku. Zum Glück war das Versteck leer. Der Widerstand ist schließlich nicht dumm, und ein paar der Banden sind auf seiner Seite.«

»Die Garde soll mit einer halben Armee angerückt sein, und das, obwohl das Versteck mitten im Gebiet des Schattenkonzils lag.«

»Tja, viel Mühe für nichts. Der Widerstand scheint ihnen immer einen Schritt voraus zu sein.«

»Mag sein, Daan, aber manchmal frage ich mich, ob es diesen Widerstand überhaupt gibt. Es ist zwar noch nie jemand von ihnen gefasst worden, aber es ist auch noch nie etwas passiert. Keine Angriffe auf Kontrolleure, keine Sabotage der Maschinen, einfach gar nichts.«

»Das stimmt wohl. Wer weiß schon, was wahr ist und was nicht. Wir Gräber sicherlich nicht. Uns beachtet ja kaum jemand, und vor allem nicht diese aufgeblasenen arroganten

Magier von der Empore. Wenn überhaupt jemand etwas davon weiß, dann nur sie, und sie werden es für sich selbst behalten.«

Schwer atmend zog Aiden sich zurück und versuchte, Herr seiner Aufregung zu werden. Was er da belauscht hatte, war genau der Ansatzpunkt, auf den er gewartet hatte. Wenn ein Widerstand existierte, dann erklärte das vielleicht auch die Verschlossenheit der anderen Magier.

Aiden beschloss, mehr über die Rebellen herauszufinden. Er würde äußerst bedacht vorgehen müssen, denn er konnte sich denken, was geschah, wenn man ihn erwischte. Er brauchte jemanden, dem er vertrauen konnte und der mehr über die Magier wusste.

Es dauerte nicht lange, da stand sein Entschluss fest. Es missfiel ihm zwar, diesen Umstand auszunutzen, aber er würde sich an die einzige Person wenden, die ihm einen Gefallen schuldete.

Das Schwierigste an dem Unterfangen war, einen Grund zu finden, sich ungehindert in der Feste bewegen zu können. Schnell kam Aiden der Einfall, ein besonderes Interesse an den magischen Maschinen vorzutäuschen, die er beim Potenzialtest gesehen hatte. Jannik hörte sich seine Erklärung stirnrunzelnd an, doch Aiden versicherte ihm mit gespieltem Enthusiasmus, dass er in Zukunft gern in diesem Bereich arbeiten und sich der Erforschung neuer Anwendungsmöglichkeiten der mechanischen Magie widmen wolle.

Das Schauspiel überzeugte den Kontrolleur zumindest soweit, dass er dem Jungen einen Tag Freiraum einräumte, um sich mit Xaver über dessen Lieblingsthema zu unterhalten. Diese Gelegenheit war alles, was Aiden benötigte.

Am nächsten Morgen ließ er sich von Jannik bis zum Heiligtum des Mecha-Magiers eskortieren, wo der Kontrolleur ihn mit Xaver allein ließ. Dieser wirkte im ersten Moment überfordert. Verlegen rückte er sich die Brillengläser zurecht und schaute Aiden prüfend an. »Ja, nun, wo sollen wir anfangen. Verzeih, aber ich hatte bislang selten interessierte Besucher.«

Der Junge zuckte mit den Schultern und deutete dann wie zufällig auf den sargähnlichen Apparat in der Mitte des Raums.

Xavers Gesicht hellte sich auf. »Natürlich, der Potenzialmesser.« Er kratzte sich am Kinn. »Einerseits eine exzellente Wahl, um die kristallmagische Technologie zu erklären, andererseits die schlechteste, da das Messgerät selbst gar nicht auf unserer Forschung beruht.«

»Wo kommt es denn dann her?« Aiden war trotz seines vorgespielten Interesses neugierig geworden. Er erinnerte sich an das geisterhafte Aderngeflecht, das während seiner Untersuchung nach ihm getastet hatte. Etwas daran war ihm seltsam vertraut vorgekommen. Wenn er im Nachhinein darüber nachdachte, ähnelte es seiner eigenen Methode, um Kontakt mit seiner Umgebung aufzunehmen. Vielleicht hatte er deswegen die Maschine so gut beeinflussen können.

Xaver hatte schon auf die fremdartige Konstruktion zutreten wollen, entschied sich aber dann anders und kehrte zu dem Kontrollpult zurück, das über die Kristallleitungen daran angeschlossen war.

»Stimmt was nicht?« Aiden war schon beim ersten Mal aufgefallen, dass der so eifrig wuselnde Magier stets einen kleinen Bogen um das zentrale Stück seiner Domäne machte.

»Nein, nein, alles in Ordnung. Es ist nur ...« Xaver strich nervös unsichtbare Staubkörner von den blinkenden Kristallanzeigen. »Sie haben ihn damals von einer Expedition mitgebracht, bei der einige Menschen zu Schaden gekommen sind.«

»Du redest nicht zufällig vom abgesperrten Schacht in der Enklave?«, fragte Aiden angespannt.

»Oh. Du hast bereits davon gehört. Warum auch nicht, es ist eine der berühmteren Schauergeschichten des Ordens in Serinis.« Der Magier lehnte sich nachdenklich gegen das Pult und fuhr fort: »Sie haben ihn in den Ruinen unterhalb der Enklave gefunden, in den Trümmern eines größeren Komplexes. Wir wissen nicht, was sein ursprünglicher Zweck war. Dafür haben wir herausgefunden, dass er sich in Kombination mit unserer Kristalltechnologie hervorragend zur Bestimmung der magischen Begabung und der Affinität zu einem bestimmten Element einsetzen lässt.«

Aiden hatte aufmerksam gelauscht und sich eine mentale Notiz gemacht, dem Mysterium des Artefakts bei späterer Gelegenheit auf den Grund zu gehen. Jetzt galt es jedoch, seinen Plan einzuleiten.

»Ich habe mich schon die ganze Zeit über gewundert, ob Marius, der alte Magier, so etwas wie ein menschlicher Potenzialmesser ist«, fragte er wie beiläufig. Zu seiner Freude sprang der Mecha-Magier sofort darauf an.

»Marius und ein Potenzialmesser? Ich bitte dich«, lachte Xaver und meinte herablassend: »Ein Mensch wird niemals die Genauigkeit und Effizienz einer Maschine erreichen. Alles, wofür er gut ist, ist ein erster genereller Eindruck.« Aiden hatte das Gefühl, dass dem Techniker der Gedanke an seinen älteren Kollegen nicht behagte.

»Ich hatte gedacht, ihn in der Enklave wiederzutreffen.«

»Da wirst du ihn nicht finden, Junge. Er lebt, wie ich auch, hier in der Feste. Sie haben ihm ein Turmgemach im östlichen Flügel gegeben.« Eine Spur Neid klang in seiner Stimme mit.

Aiden nickte bloß. Er hatte, weswegen er gekommen war. Zusammen mit dem Eindruck, den er im Zug von Marius' Essenz gewonnen hatte, würde er sein Ziel ausfindig machen können. Er zwang sich zu einem Lächeln und deutete auf die Kontrollen, vor denen Xaver stand: »Das ist also die Kristalltechnologie. Ich bin ja derzeit in den Schächten eingesetzt und habe viel mit den Leitungen und Verteilern zu tun. Vielleicht könntest du mir ein wenig mehr dazu erzählen?«

Der Magier war mehr als bereit, diesem Wunsch nachzukommen, und so ließ sich Aiden noch eine ganze Weile von technischen Details berieseln, während er innerlich immer unruhiger wurde.

Als er den Zeitpunkt für günstig hielt, hob Aiden die Hand, um Xaver zu unterbrechen, und verzog das Gesicht. »Das war jetzt eine ganz schön ausführliche Lektion über die Kristalltechnologie. Ich sehe schon, dass ich noch eine Menge zu lernen habe, wenn ich irgendwann mal an den Generatoren oder Elementarumwandlern arbeiten will. Ich fürchte nur, dass mir mittlerweile der Kopf schwirrt. Ich brauche wirklich eine Pause. Vielleicht können wir ja das Gespräch ein andermal fortsetzen?«, fragte er matt.

Der Mecha-Magier wirkte enttäuscht, nickte aber dann verständnisvoll. »Natürlich, Aiden. Verzeih, ich muss die ganze Zeit wie ein Wasserfall geredet haben. Es kommt halt selten vor, das sich jemand für die komplexeren Anwendungen und Mechaniken unserer Technologie interessiert.«

»Es war sehr aufschlussreich, ich danke dir.« Aiden rieb sich die Schläfen. »Ich werde dich dann mal zurück zu deiner Arbeit lassen. Bis demnächst, Xaver.«

Der Magier lächelte freundlich, schob sich die Brille zurecht und wandte sich umgehend seinen Kontrollen zu. Aiden war aufgefallen, dass er während seines Vortrags stets in ihrer Nähe geblieben und sie kaum aus den Augen gelassen hatte. Ein seltsames Verhalten. Dienten sie vielleicht zu mehr als nur der Einstellung des Potenzialmessers und der Absorbierer?

Aiden entschied, der Sache ein anderes Mal nachzugehen. Als er die Tür hinter sich schloss, musste er erst einmal tief durchatmen. Seine Kopfschmerzen waren nicht gespielt gewesen. An Ruhe war jedoch nicht zu denken, denn nun kam der schwierige Teil seines Vorhabens. Er beschloss, kein Risiko einzugehen und ungesehen den Ostflügel der Feste zu betreten. Es war zwar kein Verbrechen, sich in der Festung aufzuhalten, doch er wollte keine Aufmerksamkeit auf sich oder das Ziel seines Besuches richten.

Er stellte kurz sicher, dass niemand in der Nähe war, und wandte sich dann einer der Wände zu, auf die er sacht eine Hand legte. Aiden weckte die in ihm schlummernden Kräfte und fokussierte sie auf den Bereich vor sich. Mit großer Willensanstrengung ließ er die Essenz der Traumebene nach und nach in den dunklen Stein fließen, der daraufhin unruhig zu wabern begann, wie die Oberfläche eines Sees, in den ein Stein geworfen wurde. Als der Bereich groß genug war, trat er entschlossen einen Schritt vor und tauchte in die Wand ein.

Für einen kurzen Moment berührte er den Geist der Feste, mit all den Erinnerungen, die sie in den Jahren aufgenommen hatte. Er sah, wie der Grundstein gelegt wurde, wie mittels Magie und Technik eine prächtige Akademie entstand und wie sie schließlich in einem Ausbruch gewaltiger Kräfte in ihren Grundfesten erschüttert wurde und der ehemals weiße Stein sich schwarz verfärbte.

Auch die Akademie hatte einen Traum gehabt, den Traum, den ihre Erbauer in sie gesetzt hatten. Mittlerweile war ein Albtraum daraus geworden, denn ihre Erbauer waren fort oder tot, und die neuen Bewohner fütterten sie mit Bitterkeit und Angst. Der Akademie blieb nichts anderes übrig, als die verdorbenen Eindrücke weiterzugeben und nach außen zu strahlen, sodass aus einem Hort für Forschung und Entfaltung ein Denkmal des Schreckens und der Unterdrückung geworden war.

Aiden hörte das Gebäude mit tausend Stimmen zu ihm sprechen. Auch wenn er im Moment nicht wusste, wie er es anstellen sollte, veranlasste ihn der Schmerz des gepeinigten Bewusstseins der Akademie dazu, ein Versprechen abzugeben. Er würde alles daran setzen, um Licht und Hoffnung in ihre Hallen zurückzubringen.

Entschlossen schritt er voran und konzentrierte sich darauf, seinen Weg durch die Feste zu finden. Er eilte durch eine bizarre Schattenwelt entlang sich windender Korridore, wimmernder Gemälde und zusammengekauerter Statuen. Sie alle unterlagen dem dunklen Geist der Feste, der wie Gift in die Traumebene geflossen war und seine Qual mit ihr geteilt hatte. Für die Augen der Menschen war er so gut wie unsichtbar. Ein unbeteiligter Beobachter hätte lediglich einen Schemen gesehen, der über die Wände huschte, so wie Wind, der über einen Fluss streicht.

So fand der junge Traumtänzer alsbald seinen Weg in den Ostflügel der Feste, wo er sich kurz vor Erreichen seines Ziels aus dem Stein löste und in die physische Ebene zurückkehrte.

Als Aiden auf die Tür der kleinen Kammer zutrat, wusste er bereits, was er dahinter vorfinden und wie es sich anfühlen würde. Er hatte es damals im Albtraum des Magiers gesehen. Es war ein seltsames Gefühl, die Szenerie eines Traumes in ihrer physischen Wiedergabe zu betreten, vertraut und doch fremdartig. Natürlich würden in der realen Welt nicht urplötzlich Dämonen und Geister aus den Schatten springen, doch die Erinnerung an die Furcht einflößende Erfahrung jagte Aiden ein Schaudern über den Rücken.

Nun, da er kurz davor stand, etwas gegen den Orden zu unternehmen, kamen ihm plötzlich Zweifel an der Richtigkeit seines Vorhabens. Was, wenn Marius ihm nicht helfen wollte? War er ihm überhaupt dankbar für die seelische Linderung, die er durch Aiden erfahren hatte? Würde er den Kontrolleuren von Aidens Interesse am Widerstand erzählen, sobald er fort war?

Mühsam drängte Aiden die Angst und die Bedenken zurück. Wenn er an diesem Punkt schon Schwäche zeigte, hatte er keine Chance, etwas zu verändern. Er verharrte, straffte die Schultern und pochte dann dreimal an das Holz.

Von drinnen ertönte ein gedämpftes »Ist offen.«

Aiden schob die Tür auf und betrat den dahinter liegenden Raum. Das Zimmer des alten Magiers empfing ihn mit einer Flut von Bildern und Eindrücken, die sich mit den Jahren angestaut und in der Struktur des Raumes gesammelt hatten. Der Schreibtisch mit dem knarrenden Stuhl erzählte ihm von langen Stunden des dumpfen Brütens, das Bett von schweißgebadeten Nächten der Angst und Verzweiflung, das windschiefe Bild eines Vogels an der Wand von Sehnsucht und dem Wunsch zu fliehen.

Eine unscheinbare Stelle vor dem ovalen Turmfenster verriet ihm, dass der Magier dort oft gestanden und in die Ferne geblickt hatte. Doch hatte er nicht die endlose Stadt gesehen, die sich bis zum Horizont erstreckte, sondern saftige Wiesen und einen sich windenden Bach, der sich fröhlich plätschernd durch ein Tal zog. Die damit einhergehenden Emotionen konnten nur eines bedeuten: Heimat.

Mühsam löste sich Aiden von den Eindrücken und schirmte seine Sinne ab, um sich auf den Mann einstimmen zu können, wegen dem er hergekommen war. Er fand Marius an seinem Schreibtisch sitzend, den Kopf in die Hände gestützt und mit starrem Blick die Seiten eines Buches betrachtend, das aufgeschlagen vor ihm lag.

Aiden schloss leise die Tür zur Kammer und trat auf den Magier zu. Dieser blickte einmal zu ihm auf, dann wieder auf sein Buch und fuhr erschreckt zusammen, als er erkannte, wer da vor ihm stand.

»Dich gibt's ja noch!« Das Erstaunen in seiner Stimme ließ Aiden die Stirn runzeln.

»Schön auch dich wiederzusehen, Marius«, meinte er trocken.

»Entschuldige meine Verwunderung.« Marius kniff die Augen zusammen, so als hätte er Mühe, den Jungen vor sich zu sehen. Vielleicht lag es aber auch an den Kerzen, deren Rauch die Luft erfüllte. »Ich hatte nicht damit gerechnet, dich noch einmal wiederzusehen. Ich ging davon aus, sie hätten dich bereits an den Hof geschickt.«

Aiden blinzelte fragend, woraufhin Marius erläuterte: »Nun ja, dorthin kommen all die Magier, deren Talente innerhalb der magischen Schule als Abweichung gelten. Im Prinzip jeder, der nicht mit den vier Elementen verbunden ist. Magier mit besonderen Heilkräften oder Verbindungen zu Geistern und Dämonen. Das Königshaus geht da keinerlei Risiko ein, und du wärst dort unter ständiger Bewachung.«

Aiden war verwirrt. »Aber müsste ich nicht zu den Begabten gezählt werden, wenn meine Kräfte außerhalb des normalen magischen Spektrums liegen?«

Marius fuhr bedächtig mit den Fingern die Furchen im Holz des Tisches nach. »Begabte haben zwar gewisse Fähigkeiten, die sie von normalen Menschen abheben, aber ihr magisches Potenzial ist zu gering, um sie als Magier klassifizieren zu können. Sie können ihre Kräfte nicht wirklich kontrollieren und auf Befehl anwenden. Vor allem sind ihre Möglichkeiten, direkt in verändernder Weise auf ihr Umfeld einzuwirken, eher gering bis gar nicht vorhanden. Das ist der große Unterschied zu Magiern.«

Aiden legte den Kopf schief. »Das habe ich übrigens nie verstanden: Wieso hast du mich als Magier bestätigt?«

Nun war es an Marius, irritiert auszusehen. »Soll das ein Scherz sein? Du strahlst Magie aus wie eine kleine Sonne. In deiner Nähe zu sein, ist, als würde man neben einem der Hauptgeneratoren stehen, mit denen sie die Stadt speisen.«

»Aber ich beherrsche keine Magie«, entgegnete Aiden. »Ich kann auch keine Gedanken lesen oder dergleichen, auch wenn es manchmal so wirken mag. Ich nehme nur Eindrücke wie Emotionen oder Bilder wahr, die ein anderes Wesen aussendet. Oder Träume, vergangene und gegenwärtige.«

Der alte Mann zuckte mit den Schultern. »Das mag ja alles sein, aber mein Sinn hat mich noch nie getäuscht. Ich muss allerdings gestehen, dass mir schleierhaft ist, welcher Art deine Magie entspringt. Das ist die Frage, die mir die ganze Zeit im Kopf herumspukt, seit du im Zug meinen Geist berührt hast: Was genau bist du eigentlich?«

Aiden sah angesichts dieser Frage betreten zu Boden. Das hätte er selbst gern gewusst. »Ich wünschte, ich wüsste die Antwort auf diese Frage. Für mich war es nie Magie, die Dinge tun zu können, die ich von Geburt an konnte. Sie kommen mir so natürlich vor wie das Atmen. Ich weiß wirklich nicht, was ich bin, aber man hat mich einmal als Traumtänzer bezeichnet, und das ist der einzige Anhaltspunkt, den ich habe.«

Marius blickte ihn einen Moment lang schweigend an und nickte schließlich. »Ein Traumtänzer also. Für mich war ein Traumtänzer bislang lediglich jemand mit zu viel Fantasie. Fest steht aber, dass du eine seltsame Gabe besitzt, die den Geist anderer Menschen beeinflussen kann. Meine Träume hast du jedenfalls gründlich durcheinandergewirbelt. Oh, und bevor ich es vergesse: danke für deinen Ratschlag bezüglich meines Albtraumes. Beim letzten Mal haben sie mich nicht erwischt.«

Aiden lächelte erfreut und überlegte kurz, wie er sein Anliegen vorbringen wollte.

Der alte Magier kam ihm jedoch zuvor. »Du bist aber wahrscheinlich nicht gekommen, um mit mir über meine Träume zu reden. Nicht, dass sie kein gutes Thema abgeben würden. Doch in diesen Tagen gibt nur einen Traum, der mich interessiert, und das ist, dieses Buch fertig zu schreiben.« Er deutete auf das aufgeschlagene Buch auf seinem Schreibtisch und fuhr fort: »Ich habe in ihm meine Lebensgeschichte festgehalten, all die Dinge, derer ich während meiner Zeit beim Orden Zeuge wurde. Vielleicht wird es irgendwann einmal jemanden berühren und den Anstoß zum Umdenken geben. Unsere Lebensbedingungen sind unwürdig und der Umgang mit uns ein Verbrechen. Wenn nur genug Leute davon wüssten, könnte sich vielleicht etwas ändern. Sie müssten es halt nur erfahren.«

Aiden richtete seine Sinne auf das Buch und nickte. Er spürte die geballte Macht, die in den Seiten schlummerte. Marius hatte seine ureigenste Essenz in die Erschaffung seines Werkes gelegt, mit Schweiß und Blut die Wörter dem Nichts entrissen und mit Feder und Tinte auf das Papier gebannt. Der Junge wusste zwar nicht, welche Geschichte dieses Buch erzählen würde, doch er erkannte einen Traum, wenn er vor ihm lag. Dieses Buch war Marius' großer Traum, an den er sich klammerte, um nicht unterzugehen.

Wehmütig blickte Marius aus dem Erkerfenster seiner Kammer und auf die Dächer der Stadt, die sich bis zum Horizont streckten.

»Im Gegensatz zu dir weiß ich nicht, was in den Köpfen der Menschen vorgeht, aber ich kann Vermutungen anstellen. Und ich vermute, dass Unwissenheit und Ignoranz hauptverantwortlich dafür sind, dass es soweit mit uns gekommen ist, und das, obwohl nun schon seit Jahren die Magier unter ihnen leben. Ach, was rede ich, die Magier sind der einzige Grund, warum die Stadt überhaupt in dieser Form existiert. Wir haben die Mecha-Magie ersonnen, wir haben die Maschinen gebaut und die Maschinen wiederum speisen das Kristallnetz der Stadt, das den Menschen Wärme und Licht bringt. Ohne uns Magier sähe es düster aus, im wahrsten Sinne des Wortes.«

Er seufzte und blickte dann entschuldigend zu seinem Gast herüber. »Verzeih, ich wollte nicht lamentieren. Du hast sicherlich Besseres zu tun, als einem alten Mann über seine Unzufriedenheit mit der Welt schimpfen zu hören.«

Aiden sah Marius nachdenklich an. »Genau deswegen bin ich sogar hergekommen. Ich möchte etwas an unserem Schicksal ändern. Niemand hat das Recht, einen anderen Menschen derart auszunutzen und ihn seiner Freiheit zu berauben. Außerdem sollte niemand einem Anderen die Träume stehlen dürfen oder die eigenen aufzwingen.«

Marius lachte trocken. »Das erzähle mal den Kontrolleuren.«

»Das würde ich gerne, nur bezweifele ich, dass man mir zuhören würde. Ich glaube nicht, dass die Kontrolleure an einer Veränderung der Situation interessiert sind«, entgegnete Aiden betrübt.

»Wozu auch?« Marius ballte die Hand zur Faust, bis die Knöchel weiß wurden. »Ihnen geht es ja gut, und solange sie ungehindert ihre Macht ausüben können, werden Menschen wie wir darunter zu leiden haben. Das Königshaus segnet ihre Aktionen ab, trotz allem Machtgerangel zwischen ihnen, und so wagt niemand gegen sie aufzubegehren, da es einem Verrat an Seiner Majestät gleichkommen würde. Es kümmert den Orden nicht einmal, ob man gefährlich ist oder nicht. Ich selbst habe nicht einmal großartig Potenzial, aber eben genug, um nützlich zu sein. Ich hatte damals gehofft, dass sie mich bei meinem geringen Talent vielleicht wieder gehen lassen würden, aber zu meinem Unglück fanden sie einen Verwendungszweck für mich. Der darin bestand, Menschen, die dem Orden als Magier gemeldet wurden, auf ihr magisches Potenzial hin zu überprüfen.«

Aiden winkte ab. »Wenn du es nicht getan hättest, dann hätten sie einen anderen dazu gezwungen. Und in meinem Fall schienen sie sowieso sehr sicher zu sein. Jemand aus dem Dorf muss mich verraten haben. Sie sind wahrscheinlich froh, mich endlich los zu sein. Du hast ja gesehen, dass sie getan haben, als würden sie mich nicht mehr kennen.«

Marius nickte grimmig. »So ist das als Magier. Du wirst wie ein Aussätziger behandelt. Plötzlich will keiner mehr etwas mit dir zu tun haben.« Er warf einen letzten Blick auf das Buch, schloss es behutsam und wandte sich vollends seinem Gast zu. »Aber nun sag mir, warum du hergekommen bist. Wenn ich dir irgendwie helfen kann, will ich es versuchen.«

»Ich suche Kontakt zum Widerstand.« Aiden spannte sich an, auf alles gefasst, doch auf den Lippen des Magiers erschien nur ein müdes Lächeln.

»Dachte ich mir schon. Du wärst nicht der Erste, der es versucht. Ich habe mich nie getraut. Sollten sie dich erwischen, wie du versuchst, Kontakt aufzunehmen, wirst du exekutiert. Außerdem bin ich mir nicht einmal sicher, ob es den Widerstand überhaupt gibt. Angeblich soll er bereits den Orden unterwandert haben und nur auf den richtigen Moment zum Zuschlagen warten. Aber ehrlich gesagt glaube ich eher, dass die Kontrolleure ein Gerücht in die Welt gesetzt haben, um uns die Illusion von Hoffnung zu lassen. Vielleicht gibt es ihn ja wirklich, doch selbst wenn, so hat er es bislang nicht geschafft, etwas zu bewegen. Mir ist jedenfalls nichts aufgefallen. Das könnte allerdings daran liegen, dass die anderen Magier mich aufgrund meines geringen Talents ignorieren. Arrogantes Pack.«

Marius wirkte nach dem Ausbruch etwas verlegen und sah Aiden entschuldigend an. Der nickte jedoch nur und wünschte, er hätte etwas zur Verteidigung sagen können, doch vor nicht allzu langer Zeit waren seine Gedanken über die Magier der Empore in ähnlichen Bahnen verlaufen. Um ein unangenehmes Schweigen zu verhindern, knüpfte er sofort wieder an: »Mal angenommen, es gäbe den Widerstand wirklich. Wie könnte ich ihn kontaktieren?«

Marius lachte kurz auf. »Da fragst du mich was. Alles, was ich weiß, habe ich aus Gesprächen der Kontrolleure entnommen. Die scheinen auch nur Gespenstern hinterherzujagen. Sie schicken manchmal Suchtrupps in die Unterstadt, wo sich der Widerstand angeblich aufhalten soll, doch bislang ergebnislos. Ich fürchte, einen anderen Anhaltspunkt kann ich dir nicht anbieten.«

Die Enttäuschung war Aiden wohl deutlich anzusehen, denn Marius hob beschwichtigend die Hände. »Ich habe nicht gesagt, dass es hoffnungslos ist. Wenn es den Widerstand gibt, dann ist die Unterstadt ein gutes Versteck für derlei Machenschaften. Ich frage mich nur, ob du wirklich dein junges Leben für so etwas riskieren willst? Natürlich ist es deine Entscheidung, und vielleicht ist ein schnelles Ende die bessere Wahl als ein Leben, das einen nicht als das akzeptiert, was man ist.« Er schwieg für einen Augenblick, während er mit sich zu ringen schien. Schließlich fuhr er fort: »Du hast mich vor dem Abgrund gerettet, in den ich immer tiefer zu fallen drohte. Und du hast mir Hoffnung zurückgegeben, also kann man wohl mit Recht behaupten, du hättest mein Leben gerettet. Daher schulde ich dir den Versuch, mit dem Widerstand Kontakt aufzunehmen. Wie schon gesagt, weiß ich nicht viel darüber. Aber ich kann mich in der Unterstadt umhören, wo angeblich die Augen und Ohren des Widerstandes verkehren.«

Aiden sah ihn ernst an. »Danke. Das werde ich dir nicht vergessen, Marius. Sei bitte vorsichtig bei deinem Unterfangen. Du musst dein Leben nicht für mich opfern, nicht bei einer so geringen Chance auf Gelingen.«

»Mach dir keine Sorgen um mich.« Marius lächelte schwach. »Vergiss nicht, ich mag zwar kein besonders guter Magier sein, aber immerhin beherrsche ich einen Trick, der für diese Art von Unternehmen recht nützlich sein sollte.«

»Natürlich, deine Unsichtbarkeit!« Aidens Gesicht hellte sich auf.

Ein Hauch Bitterkeit lag in der Stimme des Magiers, als dieser entgegnete: »Ich bin schon immer gut darin gewesen, für andere unsichtbar zu sein. Geh nun, ich werde Vorbereitungen treffen müssen.«

Aiden bedankte sich erneut und wollte schon den Raum verlassen, doch Marius hielt ihn noch einmal zurück: »Sollte etwas schiefgehen und sie schnappen mich, versprich mir nur eines, Aiden. Mein Buch, mein Vermächtnis, ist fast fertig. Bevor ich mich auf den Weg mache, werde ich es beenden. Wenn mir etwas zustoßen sollte, bringe mein Buch unter die Menschen und lass es seine Geschichte erzählen. Sie haben ein Recht, die Wahrheit hinter der Propaganda des Ordens gezeigt zu bekommen.«

Aiden sah ihn erschrocken an und sagte leise: »Ich hoffe doch sehr, dass du es ihnen persönlich überreichen kannst.« Er versuchte, trotz seiner Besorgnis möglichst zuversichtlich zu klingen. »Aber ja, ich werde dafür sorgen, dass der Inhalt deines Buches einen Weg in die Träume der Menschen findet.« Da fiel ihm plötzlich auf, dass er eine entscheidende Sache vergessen hatte. »Wie nehmen wir Kontakt auf, wenn du Neuigkeiten hast?«

Marius strich sich nachdenklich den Bart. »Am Besten gar nicht. Wenn ich Erfolg habe, wirst du vom Widerstand hören. Falls es fehlschlägt, solltest du besser von mir fern bleiben. Du wirst dann früh genug von meinem Schicksal erfahren.«

»Riskiere nicht zu viel, Marius. Ich will nicht, dass du wegen mir leiden musst«, bat Aiden eindringlich.

Der alte Magier lachte und meinte leichthin: »Sei versichert, das hier ist meine freie Entscheidung. Dir habe ich es zu verdanken, dass ich überhaupt wieder Leben verspüre. Und es gibt da eine uralte Regel: ein Leben für ein Leben. Also mach dir nicht so viele Gedanken um mich. Die Chancen stehen gut, dass ich ungeschoren davonkomme, und wenn nicht, dann bezahle ich den Preis für etwas, das ich schon vor langer Zeit hätte tun sollen.«

Mit diesen Worten entließ er Aiden in die bange Ungewissheit des Wartens, die den Jungen fortan Tag und Nacht begleitete. Ständig sah er sich um, jederzeit damit rechnend, dass ein Kontrolleur auftauchen und ihn zur Rede stellen würde, doch die nächsten zwei Tage verliefen ereignislos. Daher traf es ihn um so unvorbereiteter, als ihn die Konsequenzen seines Handelns schließlich einholten.

Es geschah auf einer seiner Routineuntersuchungen in den Schächten unterhalb der Stadt. Sein Aufseher hatte ihn dieses Mal ohne Begleitung losgeschickt, damit er sich daran gewöhnte, selbstständig zu arbeiten. Aidens Protest hatte nichts an seinem Schicksal geändert, aber wenigstens hatte Jannik ihm eine grobe Karte des Wartungsnetzes mitgegeben, auf der die Stelle markiert war, die er sich ansehen sollte.

So hatte Aiden sich schweren Herzens auf den Weg gemacht, sich der Einsamkeit der Schächte zu stellen. Normalerweise hätte er die Ruhe genossen, doch die Stille hier unten besaß eine Qualität, die bedrückend war. Im Grunde war es noch nicht einmal wirklich still, denn das Summen und Knistern der Leiterbahnen blieb ein beständiges Geräusch im Hintergrund; es war vielmehr das Fehlen natürlicher Geräusche, kleine Anzeichen für die Existenz eines lebenden Wesens.

Aiden hatte sich noch nie zuvor an einem einsameren Ort befunden als in diesem Niemandsland, das unter den Straßen der Stadt verlief. Er versuchte, nicht an die Geschichten zu denken, die er über dieses Gebiet gehört hatte. Es war schon schlimm genug, das beständige Flüstern der Schächte zu vernehmen, das sich, je länger man lauschte, zunehmend nach einer einzigen hungrigen Forderung anhörte: »Mehr!«

Gelegentlich schnappten Aidens Sinne Echos auf, wenn er an Stellen vorbeikam, an denen vor ihm ein anderer Mensch verweilt hatte. Sie trugen nicht gerade zu seinem Wohlbefinden bei, waren sie doch ausnahmslos von Traurigkeit und Leid geprägt. Wie gerne wäre er in die verhältnismäßige Sicherheit des Gräberviertels zurückgekehrt, aber der Befehl seines Aufsehers war eindeutig gewesen. Einer der Verteiler im zugewiesenen Sektor musste überprüft werden, da es zu energetischen Schwankungen gekommen war, die in der Stadt zu Ausfällen geführt hatten.

Glücklicherweise sollte Aiden lediglich einen Blick auf die Installation werfen und eine Messung vornehmen. Er war dankbar, dass er nicht beauftragt worden war, den Verteiler zu reparieren. Ihm fehlten sowohl das Wissen als auch die Fähigkeiten. Seine Talente waren nicht für den Umgang mit der Technologie geeignet, und mit den starken elementaren Energien konnte er erst recht nicht umgehen.

Für die Messung hatte man ihn mit einem simplen Werkzeug ausgestattet, das energetische Schwankungen wahrnahm. Drei verschiedenfarbige Kristalle waren in die stabförmige Apparatur eingelassen, die auf den Verteiler gelegt wurde und dann für einige Minuten den Strom der magischen Energie maß. Aiden hoffte inständig, dass der blutrote Kristall am Ende leuchten würde, der für niedrige Fluktuationen stand. Andernfalls würde Aiden statt seinem Aufseher dem Leiter der Sicherheit Bericht erstatten müssen, und er fürchtete sich vor diesem Mann mit seiner kalten, berechnenden Art.

Als er endlich am Verteiler ankam, schien eine Ewigkeit vergangen zu sein, in der er durch das dämmerige Zwielicht gewandert war. Um das Gefühl zu verdrängen, vom Gewicht des Erdreiches über ihm langsam erdrückt zu werden, versuchte er, sich mit Gedanken an seine einstige Heimat abzulenken. Dabei stellte er jedoch fest, dass die kurze Zeit in der Enklave ihn bereits in ihren Bann geschlagen hatte. Seine Erinnerungen an das Dorf, das Graue Meer und die Sturmküste waren in einem dichten Nebel verschwunden, aus dem vereinzelt Fragmente ragten.

Es wurde Zeit, dass etwas geschah, bevor sein neues Leben die vergangene Existenz vollkommen ausgelöscht hatte.

Mit einem Seufzer der Erleichterung platzierte der Junge das Messgerät auf dem Verteiler und ließ sich an der Schachtwand in eine Sitzposition sinken, die Arme um seine angezogenen Beine geschlungen, das Kinn auf die Knie gestützt. Es würde eine Weile dauern, bis das Gerät fertig war.

Seine Wartezeit war nur von kurzer Dauer, aber nicht das Messgerät unterbrach ihn, sondern der plötzliche Eindruck, angestarrt zu werden.

Erschrocken blickte Aiden auf und hätte beinahe aufgeschrien, als er neben sich einer Gestalt gewahr wurde, die offenbar aus dem Nichts getreten war. Er hatte weder Schritte gehört, noch hatte er im matten Licht des Schachts eine vage Bewegung gesehen, die die Ankunft eines Menschen verraten hätte. Was ihn am meisten verstörte, war die Tatsache, dass auch seine besonderen Sinne ihn nicht vorgewarnt hatten.

Die Gestalt war in einen tiefroten, samtenen Kapuzenumhang gehüllt, unter der sie eine schwarze lederne Hose, ein weißes Rüschenhemd und eine schwarze Weste trug. Es verlieh ihm – denn es handelte sich dem Gesicht und Körperbau nach zu urteilen um einen Mann –, ein elegantes und gleichzeitig verwegenes Äußeres. Das Verwegene wurde zusätzlich durch die Narbe unterstrichen, die sich entlang seines Halses über das Kinn zur linken Wange zog und aussah, als wäre die Haut dort einst unter dem Einfluss großer Hitze aufgeplatzt.

Der größte Schreck kam jedoch, als er in die Augen des Fremden blickte. Sie waren hellblau, ein eisiges, klares Blau von einer Intensität, die ihn in ihren Bann zog. Den Jungen überkam mit einem Mal ein starkes Schwindelgefühl. Er sackte an der Wand in sich zusammen, wobei er sich mühsam mit beiden Händen auf dem Boden abstützte, um nicht vollends zusammenzubrechen. Was war nur los mit ihm?

Aiden kämpfte sich mühsam wieder in eine halbwegs aufrechte Position, doch da war der Fremde auch schon bei ihm und legte ihm die Hand auf die Schulter, um ihn zu stützen.

»Alles in Ordnung mit dir?«

Die Stimme war angenehm weich und klang jünger, als Aiden erwartet hatte. Er widerstand dem Drang, vor der plötzlichen Nähe zurückzuweichen, da er eine helfende Hand ganz gut gebrauchen konnte. Aus einem unerfindlichen Grund spielte sein Körper verrückt. Er fühlte sich benommen. Gleichzeitig kam es ihm vor, als würde er schweben.

Stockend brachte Aiden schließlich heraus: »Danke, es geht schon. Es wird sicherlich gleich besser.« Nach kurzem Zögern fügte er hinzu: »Dürfte ich wissen, wer Ihr seid, Herr?«

Die Antwort kam schnell, umso überraschender, da er mit keiner gerechnet hatte. »Ich bin Kellin.«

Die klaren Augen musterten ihn aus den Schatten der Kapuze heraus. In ihrem Blick lag eine Eindringlichkeit, die Aiden instinktiv zurückweichen ließ, doch er fing sich gerade noch rechtzeitig und widerstand dem Drang, zu Boden zu sehen. Er wollte vor dem seltsamen Fremden keine Furcht zeigen, auch wenn ihm durchaus bewusst war, dass er sich in einem verlassenen Korridor befand und mögliche Hilfe fern war.

Er rang sich zu einem unsicheren Lächeln durch und fragte mit einem angespannten Unterton in der Stimme: »Verzeiht, Herr, seid Ihr einer der Aufseher? Ich war gerade dabei, diesen Verteiler hier zu überprüfen, wie mir befohlen wurde.«

Die vermummte Gestalt schüttelte sacht den Kopf. »Nein, ich bin kein Aufseher. Ich bin einer der Verdammten, und ich habe dich gesucht.«

»Einer der Verdammten? Was ...«

Statt einer Antwort zog der Fremde Weste und Hemd am Halsansatz ein Stück herunter. Darunter kam ein Absorbierer zum Vorschein, dessen kunstvolle Runen matt im Zwielicht des Schachtes glühten. Dabei wurde jedoch auch sichtbar, dass sich die Narbe in seinem Gesicht weiter als bis zum Halsansatz zog und auch nicht die einzige war, die seinen Körper zierte.

Ein wenig verlegen wandte sich Aiden ab, aber sein Gegenüber hatte den Blick gesehen und seufzte. »Bevor du fragst: Es war ein Unfall. Und nein, ich will nicht darüber reden.« Der Tonfall wurde eindringlicher. »Du hast viel riskiert, um unsere Aufmerksamkeit zu gewinnen. Wohin uns das führt, müssen wir noch sehen. Im Moment ist nur wichtig, dass wir uns über ein paar Punkte klar werden. Zunächst einmal möchte ich dich fragen, warum du einen Magier wie Marius ins Vertrauen gezogen hast. Woher wusstest du, dass er dich nicht an die Kontrolleure verrät? Er war schließlich einer ihrer treuesten Mitarbeiter und ihr Spürhund für Magier.«

Aiden drängte die aufsteigende Furcht zurück und erwiderte den prüfenden Blick so gelassen wie möglich. »Ich weiß nicht, wovon Ihr redet. Ich kenne Marius nur flüchtig, und Euch habe ich noch nie gesehen. Was wollt Ihr überhaupt von mir?«

»Sehr gut«, nickte der Magier und lachte anerkennend auf. »Du solltest generell immer misstrauisch gegenüber anderen sein, erst recht, wenn du vorhast, in dieses gefährliche Spiel einzusteigen. Du weißt nicht einmal annähernd, um was es hier geht und wie die Lager aufgeteilt sind. Dennoch hast du dich entschieden, den ersten Schritt selbst zu tun und dein Schicksal in die Hand zu nehmen, und dafür gebührt dir Respekt.«

Aiden war sich nicht sicher, ob ihm gefiel, in welche Richtung sich das Gespräch entwickelte, doch er beschloss, erst einmal mitzuspielen. »Ich weiß nicht, was Ihr meint, ich bin ...«

»... der Junge, der versucht, den Widerstand zu kontaktieren, ich weiß.« Ein Lächeln umspielte kurz die Mundwinkel des Magiers, als lache er innerlich über einen besonders gelungenen Scherz. Dann wurde er übergangslos wieder ernst. »Du hast mit Marius geredet. Ein guter Mann, ich war mir nur nicht sicher, ob sie ihn nicht schon gebrochen hatten. Du hast ihn offenbar aus seiner Lethargie aufwachen lassen, was beeindruckend ist. Hinzu kommt, dass du uns dadurch einen Spion innerhalb des vertrauten Kreises der Kontrolleure geschenkt hast. In meinem Gespräch mit ihm habe ich mich von seiner Aufrichtigkeit überzeugen lassen. Er wird fortan ein Verbündeter für unsere Bemühungen sein.«

Aiden konnte sich immer noch nicht dazu durchringen, den Worten des Fremden Glauben zu schenken, aber das musste er auch nicht. Er hatte andere Möglichkeiten, um Geheimnisse zu entlocken. Behutsam streckte er seine geistigen Fühler nach dem Magier aus, um sich einen ersten Eindruck zu verschaffen.

»Tu es nicht.«

Der Blick Kellins bohrte sich in den des Jungen. »Ich habe mit Marius geredet, und er hat mich vor deinen besonderen Talenten gewarnt. Heb dir dein Schnüffeln für den Feind auf. Wenn ich etwas von mir preisgeben will, dann tue ich es selbst, verstanden?«

Aiden sah ihn mit großen Augen an. »Entschuldige, ich ... ich wollte nicht unhöflich sein. Ich war mir nur nicht sicher, ob ...«

»... du mir trauen kannst?«, beendete der Magier den Satz. Er seufzte und meinte dann etwas versöhnlicher: »Du tust natürlich gut daran, niemandem zu vertrauen, und natürlich helfen dir deine Talente dabei, dir Gewissheit zu verschaffen. In diesem Fall wirst du dich jedoch auf deine Intuition verlassen müssen. Ich kann dir bei dieser Entscheidung nicht helfen.«

Aiden rang mit sich. Es war offensichtlich, dass der Magier Dinge über ihn wusste, die er nur von Marius erfahren haben konnte, doch was war, wenn sie den alten Magier geschnappt und ausgehorcht hatten? Dieser hatte zwar versprochen, Aiden herauszuhalten und zu schützen, aber würde er auch unter Androhung von Folter schweigen?

Er betrachtete Kellin skeptisch, als ihm eine Eingebung kam. Sie beruhte auf dem eigenartigen Gefühl, das seit dem unverhofften Auftauchen des Mannes an ihm genagt hatte. Es schien fast unmöglich, aber der Fremde kam ihm vertraut vor. Die Erkenntnis traf ihn wie ein Schlag, und bevor er sich zurückhalten konnte, platzte er heraus: »Du bist dieser Junge!«

Aiden hatte damals zwar nur ein geringes Echo der Essenz gefunden, doch hatte es ausgereicht, um ihn mit der einzigartigen Signatur des Jungen vertraut zu machen. Er spürte von dem Magier dieselbe Vertrautheit ausgehen, die aus dem Gedächtnis der Maschine zu ihm gesprochen hatte.

Sein Gegenüber sah ihn irritiert an. »Wovon redest du?« Zu seinem Erstaunen bemerkte Aiden einen geradezu erschrockenen Ausdruck auf dem Gesicht des Magiers. Kellin hatte sich jedoch schnell wieder unter Kontrolle und musterte ihn stirnrunzelnd.

Aiden entschied, dass er die künstliche Distanz zwischen ihnen fallen lassen konnte, und wechselte zur persönlicheren Anrede. »Es hört sich für dich bestimmt seltsam an, aber als sie mich auf meine magische Begabung hin untersucht haben, bin ich mithilfe meiner Gabe durch die Prüfung gekommen. Ich habe in den Erinnerungen der Maschine gesucht und schließlich die Essenz eines Kindes gefunden, das vor ein paar Jahren demselben Test unterzogen wurde. Und wenn mich nicht alles täuscht, bist du dieser Junge.«

Da war er wieder, dieser erschrockene Ausdruck, und auch wenn der Magier versuchte, möglichst gleichgültig zu wirken, so verriet das schwere Atmen seine Aufregung.

Nachdem einige Augenblicke verstrichen waren und er immer noch nichts gesagt hatte, fragte Aiden vorsichtig: »Kellin? Stimmt etwas nicht?«

Der Magier nickte knapp, dann schüttelte er energisch den Kopf. »Nein, ist schon gut, es ist nur ... ich bin nur überrascht, was für Fähigkeiten du besitzt.«

Aiden war sich sicher, dass der wahre Grund ganz woanders lag, aber Kellin sah nicht aus, als würde er mit der Wahrheit herausrücken wollen. Also beschloss er, zum ursprünglichen Thema zurückzukehren: »Ich denke, ich kann dir erst einmal vertrauen, zumindest im Bezug auf den Widerstand. Ich habe damals einen Geschmack deiner Persönlichkeit bekommen, und ich weiß, dass du nie diese Art von Freiheitsberaubung akzeptieren könntest. Daher stehen die Chancen gut, dass du tatsächlich vom Widerstand geschickt wurdest und kein Scherge der Kontrolleure bist.« Er zog eine Grimasse: »Außerdem wäre es den Kontrolleuren wahrscheinlich egal, ob ich die Sache mit Marius zugeben würde oder nicht.«

Kellin schnaubte. »Da hast du leider recht. Du hast ihre Willkür in Fragen der Schuld sicherlich schon kennengelernt. Die meisten Menschen in deinem Viertel haben nie etwas verbrochen, aber der Orden braucht nun einmal günstige Arbeiter für die unpopulären Aufgaben, wie zum

Beispiel unter der Erde herumzukrabbeln, Schächte auszuheben und Leitungen zu verlegen.« Sein Gesicht verfinsterte sich. »Oder für die Arbeiten, die einen töten können. Wahrscheinlich haben sie dir bereits mit der Arbeit in den Zuchtkammern gedroht?«

Aiden nickte kaum merklich, woraufhin der Magier fortfuhr: »Die Kristalle, auf denen die magische Technik beruht, werden dort gezüchtet, wobei das eigentlich nicht die richtige Bezeichnung ist. Sie wachsen von ganz allein. Allerdings gedeihen sie nur an bestimmten Stellen, an denen die magische Strahlung sehr hoch ist.«

Der Junge verzog das Gesicht, da er bereits ahnte, wo der Haken an der Sache war.

Kellin bestätigte seine Befürchtungen auch sofort. »Wir wissen nicht, was zu diesen hohen Konzentrationen roher magischer Energie geführt hat. Aber feststeht, dass diese Strahlung ohne Dämmung äußerst ungesund für den menschlichen Körper ist. Übrigens war die Kristalltechnik auch eine Entdeckung unserer Art, doch hat man die Warnungen natürlich ignoriert und die Leute sahen nur die Vorteile, die ihnen die neue Technologie brachte. Mittlerweile wird die Kristalltechnik überall angewendet, und dann wundern sich die Menschen, wenn sie manchmal unerklärlich krank werden. Am Schlimmsten ist es aber, wenn man gezwungen wird, die Kristalle roh abzubauen, doch dafür gibt es ja die Enklave.«

Er sah Aiden eindringlich an, der spürte, dass sie jetzt zum kritischen Punkt kamen.

»Ich könnte stundenlang Monologe halten über die unzumutbaren Zustände in der Enklave, aber ich glaube, wir sind uns beide bereits über eines im Klaren: Es muss etwas getan werden. Und daher nun die entscheidende Frage an dich: Willst du uns helfen und versuchen, etwas zu verändern? Nicht nur für uns Magier, sondern für alle Menschen des Reiches? Überlege gut, denn entscheidest du dich, für den Widerstand zu arbeiten, riskierst du alles, was du hast.

Du wirst in einen Konflikt hineingezogen, der schon seit Jahren das Lager der Magier spaltet, und du wirst einigen sehr unbequemen Wahrheiten ins Auge sehen müssen.«

Aiden sah zu Boden und dachte nach. Die Anspannung in der Luft war beinahe greifbar, und er spürte, dass dies einer der großen Momente seines Lebens war. Diese Entscheidung würde seine Zukunft maßgeblich bestimmen und ihm, wenn er Pech hatte, ein zwar ereignisreiches, aber kurzes Leben bescheren. Es war ein Augenblick, in dem er sich fragte, ob es überhaupt so etwas wie eine freie Wahl gab. Denn wenn er sich selbst treu bleiben wollte, gab es nur eine richtige Entscheidung.

Er hob den Kopf und blickte den Magier fest an. »Du sagst, ich riskiere alles, was ich habe. Nun, ich besitze nicht viel außer meinen Träumen. In einem dieser Träume lebe ich in einer Welt, in der ich mich wohlfühle und in der ich frei über mich bestimmen kann. Wenn der Widerstand und unsere Bemühungen dabei helfen, dass unsere Welt, die wir teilen, eines Tages ein kleines bisschen diesem Traum entspricht, so will ich gerne dazu beitragen.« Um seine Aussage zu unterstreichen und weil er das Gefühl hatte, die Situation erfordere ein wenig mehr Dramatik, fügte er hinzu: »Mein Leben und meine Fähigkeiten gehören euch.«

Aiden sah, wie die Schultern des Magiers plötzlich nach vorn sanken, als ob eine ungeheure Anspannung seinen Körper verließ. Wenn der Gedanke nicht so absurd gewesen wäre, hätte er geschworen, dass Kellin den Atem angehalten hatte.

»Sehr gut, Aiden. Ich wusste, dass ich mich nicht in dir getäuscht hatte.« Die Stimme des Magiers klang ruhig und gefasst, doch das leichte Beben darin war nicht zu überhören.

Der Junge legte nachdenklich den Kopf schief, die Schweißperlen auf der Stirn seines Gegenübers betrachtend. »Wie meinst du das? Sind wir uns schon begegnet?«

Kellin schmunzelte amüsiert. »Nicht direkt, aber du glaubst doch wohl nicht, dass wir dich nicht schon beobachtet hätten. Ehrlich gesagt waren wir etwas überrascht, dass du selbst so schnell die Initiative ergriffen und dich an Marius gewandt hast. Eigentlich hatten wir vorgehabt, dich von uns aus zu kontaktieren.«

Der Junge sah den Magier konsterniert an. Die Begegnung mit Melody kam ihm in den Sinn. »Dann war dieses mysteriöse Mädchen, das mich in der ersten Nacht besuchen kam, eine von euch?«

»Sie ist keine Magierin, aber eine gute Freundin und Verbündete in unserem Kampf gegen die bestehende Ordnung. Du wirst sie später besser kennenlernen.«

Aiden lächelte schwach. »Na, ich bin froh, dass ihr überhaupt existiert. Ich hatte schon befürchtet, der Widerstand wäre nur ein Gerücht.« Er überlegte kurz und fragte dann: »Und was machen wir jetzt? Muss ich Prüfungen ablegen, bis du mich zum Anführer bringst, oder stellst du mir erst einmal die anderen Mitglieder des Widerstandes vor?«

Der Magier erwiderte sein Lächeln. »Alles zu seiner Zeit. Du wirst noch genügend Gelegenheit bekommen, dich zu beweisen. Für den Moment verhalte dich wie bisher, sodass keiner Verdacht schöpft. Sobald wir ein paar Dinge vorbereitet haben, kontaktieren wir dich wieder.«

Aiden fiel plötzlich etwas auf. »Sag mal, willst du gar nicht wissen, welche Fähigkeiten ich besitze und ob ich überhaupt nützlich für euch bin?«

Kellin sah ihn ausdruckslos an. »Marius hat mir erzählt, du könntest Illusionen erschaffen und den Verstand manipulieren. Hört sich ganz nützlich an«, sagte er leichthin.

Aiden presste die Lippen aufeinander. Forderte der Magier ihn heraus? Er beschloss, den Einsatz zu erhöhen. »Ich besitze Fähigkeiten, die es mir erlauben, trotz meines Absorbierers Magie zu wirken. Nun ja, zumindest so eine Art Magie.«

Die Frage kam so schnell, als ob Kellin nur darauf gewartet hatte. »Und was für eine Art Magie kannst du wirken?«

»Ich kann die Realität mithilfe meiner Traumfähigkeiten verändern und auch neue Träume erschaffen, in einem gewissen Maße wenigstens.«

Kellin verzog keine Miene. »Du bringst Veränderung. Das ist alles, was wir benötigen werden.«

Aiden war sichtlich verwirrt und auch ein wenig enttäuscht von dieser Reaktion. »Fragst du dich gar nicht, was genau Traumfähigkeiten sind und warum die Absorbierer bei mir nicht funktionieren?«

»Ich glaube, dass jedem Menschen Geheimnisse zustehen, die nur ihm allein gehören. Es ist sowieso besser, wenn niemand zu genau über deine Fähigkeiten Bescheid weiß«, erklärte der Magier.

Aiden wusste zwar, wie die Antwort ausfallen würde, fragte aber trotzdem: »Und was ist mit dir? Hast du Geheimnisse?«

Er sah die Andeutung eines Lächelns, doch es lag Bitterkeit darin. »Zu viele. Vielleicht teile ich sie eines Tages mit dir, vielleicht auch nicht. Wir werden erstmal sehen müssen, ob es für uns überhaupt eine Zukunft geben wird.«

Aiden musste sich in diesem Moment mit aller Willenskraft davon abhalten, seine geistigen Fühler auszustrecken und den Geist des Magiers zu berühren. Er würde dort wahrscheinlich Antworten finden, doch was würde das für ihn und seine Zukunft bedeuten? Wenn er selbst niemandem vertraute, ohne vorher in dessen Erinnerungen und Träumen gelesen zu haben, wie konnte er da erwarten, dass andere ihm vertrauten?

Und dennoch, irgendetwas an dem jungen Magier ließ sämtliche Alarmglocken in ihm läuten. Er konnte aber beim besten Willen nicht sagen, was genau es war, dass ihn an Kellin störte.

Dieser war währenddessen zu dem Verteiler gegangen und hatte das Messgerät entfernt, das mittlerweile seine Arbeit erledigt hatte. Aiden sah, dass der rote Kristall schwach leuchtete, und atmete erleichtert auf.

Kellin lachte und gab ihm das Messgerät zurück. »Keine Sorge, die schicken dich am Anfang nicht zu den wirklich kritischen Bereichen im Netz. Falls du es noch nicht erkannt hast: Die erste Zeit für einen neuen Magier besteht hauptsächlich darin, diese Zeit totzuschlagen. So lange, bis sie die Beschränkungen deines Absorbierers weiter lockern können und die richtige Arbeit beginnt.«

»Na danke, ich hatte gerade angefangen, mich halbwegs nützlich zu fühlen.« Aiden warf ihm einen säuerlichen Blick zu und rappelte sich mühsam auf.

Der Magier grinste nur. »Ich muss jetzt wieder zurück und meine Rolle als gehorsamer Diener des Ordens spielen. Ich schlage vor, dass auch du zu deinem Kontrolleur zurückkehrst. Wir werden uns bald wiedersehen, und dann erkläre ich dir im Einzelnen, wie die Dinge laufen und auf was wir uns vorbereiten müssen.«

Verhalten hob Aiden eine Hand. »Auf bald, Kellin. Ich hoffe, ich kann euren Erwartungen gerecht werden.«

Kellin sah ihn ernst an, doch sein Blick schien in die Ferne zu schweifen, als er leise meinte: »Meine hast du bereits weit übertroffen, Aiden.« Mit diesen Worten wandte er sich um und verschwand im Zwielicht der Schächte.

Natürlich konnte Aiden in der darauffolgenden Nacht keinen Schlaf finden. Die Begegnung mit Kellin ließ ihm keine Ruhe. Jetzt, da der Widerstand ihn kontaktiert hatte, rechnete er damit, dass jederzeit etwas Unvorhergesehenes geschah. In Gedanken bereitete er sich schon auf die zukünftigen Treffen vor, da er einen guten Eindruck beim Widerstand machen wollte, und, wenn er ehrlich war, vor allem bei dem mysteriösen Magier, den er getroffen hatte.

Er hatte allerdings nicht damit gerechnet, dass Kellin noch in derselben Nacht erscheinen würde, und fiel daher vor Überraschung fast aus dem Bett, als dieser in den frühen Morgenstunden unvermittelt in seiner Hütte auftauchte.

Der Ausdruck auf Kellins Gesicht verhieß nichts Gutes. Aiden fiel auf, dass der Magier übernächtigt aussah und seine Bewegungen fahrig waren. Wahrscheinlich hatte er ebenso wenig Schlaf gefunden wie Aiden selbst, aber dass der Magier so bleich und merkwürdig ausgelaugt erschien, wunderte den Jungen doch ein wenig.

Kellin kam ohne Umschweife zur Sache. »Sie haben Wind von Marius' Versuchen bekommen, uns in der Unterstadt zu kontaktieren! Ich weiß, das hätte nicht passieren dürfen, aber bei dem Katz-und-Maus-Spiel, das wir in der Unterstadt mit der Stadtwache und dem Orden spielen, besteht immer die Gefahr, dass die falschen Leute etwas mitbekommen.« Er sah Aiden ernst an. »Sie werden ihn wahrscheinlich verhören, und das können wir uns nicht leisten.«

Aiden sprang auf und zog sich hastig an. »Dann müssen wir ihm helfen! Wir *können* ihm doch helfen, oder?«

Der junge Magier nickte knapp. »Ja. Wenn wir ihn zuerst in die Hände bekommen, heißt das. Glücklicherweise sind die Pläne rechtzeitig zu mir durchgesickert. Wir müssen schnell handeln. Sollten sie seiner habhaft werden, sieht es schlecht für uns aus. Sie werden alles versuchen, um an Informationen über unser Netzwerk heranzukommen. Marius weiß zwar nicht viel, doch das wenige reicht aus, um andere von uns in Gefahr zu bringen.« Kellin schüttelte frustriert den Kopf und fluchte leise.

»Ich hätte ihn sofort nach dem Treffen da rausholen sollen, aber die Chance, einen weiteren Spion direkt in der Feste zu haben, dessen Loyalität die Ordensleitung nicht anzweifelt, war einfach zu verlockend. Jetzt müssen eben ein paar Dinge beschleunigt werden, aber das ist keine Katastrophe.«

Aiden hatte zwar das Gefühl, dass Kellin dies vor allem zu seiner eigenen Beruhigung sagte, aber er wollte dem aufsteigenden Gefühl von Panik keinen Raum bieten. Er beließ es bei einem wortlosen Nicken und folgte dem Magier in die Dunkelheit.

Gemeinsam durchquerten sie das schlafende Gräberviertel und hielten auf den Pfad zu, der aus der Enklave zum Zugang der Feste führte. Aiden stolperte dem energisch voranschreitenden Kellin hinterher und fragte sich insgeheim, wie sie wohl in die Feste kommen sollten.

Nicht nur befand sich der Hebel, der die Öffnungsmechanik in Gang setzte, auf der anderen Seite der Tür. Hinzu kam auch, dass der Mechanismus nachts deaktiviert war und vom zentralen Kontrollraum aus gesteuert wurde, der unter der ständigen Aufsicht des wachhabenden Kontrolleurs lag.

Als sie vor der wuchtigen Metalltür ankamen, wollte Aiden schon nachfragen, aber da öffnete sich die Tür bereits schwerfällig, und eine Gestalt trat aus dem Gang zur Feste. Aiden blieb fast das Herz stehen. Vor ihnen stand niemand anderer als Jannik, der einen gehetzten Gesichtsausdruck trug.

Kellin schien vom Auftauchen des Kontrolleurs wenig beeindruckt, sondern nickte ihm nur knapp zu. »Gut gemacht. Wir müssen das hier schnell durchziehen und es aussehen lassen, als sei Marius auf eigene Faust entkommen. Geh in den Kontrollraum und gib uns Zugang zur Ostsektion der Akademie.«

Jannik brummte bestätigend. Er vermied es, seinem Unterstellten in die Augen zu blicken, der ihn entgeistert anstarrte. Kellin ignorierte Aidens offenkundige Verwirrung und drängte ihn sanft in den Gang. An den Kontrolleur gewandt meinte er: »Es ist bald soweit. Ein paar Vorbereitungen noch und wir können die Fesseln sprengen. Erst recht mit unserer neuen Verstärkung.«

Der Magier deutete auf Aiden, doch nach wie vor vermied es der Kontrolleur, den Jungen anzublicken. Stattdessen murmelte er: »Freut mich, dass es funktioniert hat, Kel. Ich verstehe davon nichts. Ich weiß nur, dass du vorsichtig sein solltest. Er ist gefährlich.«

Aiden sah fassungslos zwischen den beiden hin und her. »Ja, aber ...«

Kellin schnitt ihm das Wort ab. »Wir haben jetzt keine Zeit für lange Erklärungen. Es tut mir leid. Ich wünschte, wir hätten dich schonend auf die Realität vorbereiten können, aber die Erklärungen werden warten müssen. Nun komm, wir müssen Marius da herausschaffen, bevor sie ihn abholen.«

Jannik sah missmutig aus. »Was soll das eigentlich mit dem alten Magier? Ich dachte, wir lassen ihn in Ruhe für uns spionieren?«

»Wir haben nicht nur Freunde in der Unterstadt.« Kellin klang angespannt und gereizt. »Jemand muss geredet haben. Wir wissen nicht genau, wer alles auf der Gehaltsliste des Ordens oder der Wache steht. Das mit Marius ist ein unglücklicher Zufall gewesen, aber nach dem, was ich von ihm gehört habe, können wir ihn und das Buch, an dem er gearbeitet hat, gut gebrauchen. Außerdem: Wenn es einer verdient hat, befreit zu werden, dann er. Er musste ihre Drecksarbeit schließlich lange genug machen.«

Jannik schnaubte nur. »Lasst mich vorgehen. Falls ich auf dem Weg jemanden treffe, werde ich ihn ablenken. Geht ihr derweil nach draußen, ich öffne den Zugang zum Ostflügel im Park.«

»Danke.«

Der Kontrolleur winkte ab und deutete kurz auf Aiden: »Ich hoffe nur, dass er den Ärger wert ist.«

»Jannik!«

Der Magier funkelte den Mann wütend an, doch dieser zuckte nur mit den Schultern und marschierte davon.

Ein unangenehmes Schweigen blieb zurück. Aiden fühlte sich, als wäre er frontal vor eine Wand gelaufen. »Was wird hier eigentlich gespielt?«, flüsterte er fassungslos.

Kellin schloss kurz die Augen, um tief durchzuatmen, und sah dann zu ihm herüber. Bedauern lag in seinem Blick und seiner Stimme, als er sagte: »Ich wünschte, es gäbe einen Weg, diese Wahrheit angenehmer zu gestalten. Ich wollte nicht, dass du so schnell darauf gestoßen wirst. Aber die Umstände zwingen mich, dir schon einmal den unangenehmsten Teil zu offenbaren. Es gibt Magier, die freiwillig für den Orden arbeiten und ihm dienen. Manche der Kontrolleure waren sogar selbst einmal Magier, bevor sie ihren Fähigkeiten abschworen und sich von der Magie lossagten. Daher tragen sie auch keinen Absorbierer mehr. Der Rest des Ordens besteht aus Bürgern, Angehörigen der Stadtwache und der Garde des Königshauses. Diejenigen, die mit der Situation unzufrieden sind, gehören zum Widerstand.«

Aiden verstand die Welt nicht mehr. Hilflos sah er den jungen Magier an. »Aber wieso? Wieso würde ein Magier sich einer solchen Sache hingeben?«

»Um das zu erklären, müsste ich weit ausholen, aber dafür ist jetzt nicht die richtige Zeit. Für den Moment reicht es zu wissen, dass es einst eine Frage des Überlebens war.« Kellin lächelte freudlos.

Aiden schüttelte sich. »Aber das ist fürchterlich! Wie können sie ihrer eigenen Art so etwas antun?«

Das Lächeln des Magiers wurde eine Spur wärmer. »Ich sehe, du bist genau wie ich kein Freund ihrer Vision. Aber da hätten wir auch eines der großen Probleme dieses Konflikts: Manche im Orden denken tatsächlich, sie täten etwas Gutes für die Magier. Wir sehen das jedoch entschieden anders und die Wahrheit sieht so aus: Entweder du spielst nach den Regeln des Ordens oder gar nicht.«

Aiden hatte Mühe, die Neuigkeiten auf die Schnelle zu verdauen. Er fühlte sich, als hätte ihm jemand einen Eimer mit eiskaltem Wasser ins Gesicht geschüttet und ihn in einer Realität aufwachen lassen, die noch um einiges unverständlicher und absurder erschien, als er es jemals für möglich gehalten hätte.

Seine Hilflosigkeit war ihm anzusehen, denn Kellin legte ihm sacht eine Hand auf die Schulter und drückte sie aufmunternd. »Komm jetzt. Ich erkläre dir mehr, wenn Marius in Sicherheit ist. Versuch dich auf die vor uns liegende Aufgabe zu konzentrieren. Es kann sein, dass wir deine besonderen Kräfte bald schon brauchen werden.«

Unter großen Anstrengungen schluckte Aiden die Flut an Fragen herunter, die aus ihm herausströmen wollte, und folgte Kellin tiefer in die Feste hinein.

Zu dieser frühen Morgenstunde schlief die einstige Akademie noch und träumte ihre dunklen Träume von Feuer und Tod. Keine Stimmen und auch keine Schritte auf dem schwarzen Stein störten sie, und die beiden Wanderer durch ihre Hallen taten ihr Möglichstes, um diese Ruhe nicht zu gefährden. Aiden fühlte die Feste an seinem Geist zupfen und zerren. Er schirmte sich gegen die Eindrücke ab, da er wusste, er würde jedes bisschen Konzentration und Aufmerksamkeit für ihren waghalsigen Plan brauchen.

Sie huschten durch die verschlungenen Gänge und Hallen wie zwei verlorene Geister, die die letzten Stunden der Nacht nutzen wollten, um ihren Spuk zu treiben. Kellin, der den Aufbau des Gebäudes offenbar in- und auswendig kannte, führte sie zielstrebig zu einem der Außenbereiche im östlichen Teil der Feste.

Aiden meinte sich anhand seiner Vision vom Ankunftstag daran zu erinnern, dass einst ein idyllischer kleiner Park an diesem Ort existiert hatte. Auch er war in einem Feuersturm zu Asche verbrannt und zurückgeblieben war nur geschmolzene Erde.

Der Zugang, über den sie den Ostflügel betraten, hatte einst zu den Küchen geführt, wo tagtäglich für die Magister und Studenten der Akademie das Essen zubereitet worden war. Aiden wusste von seinen eigenen Nachforschungen, dass heutzutage alchemistische Experimente in den Räumen stattfanden und die Essensversorgung der Mitarbeiter des Ordens aus der Stadt kam.

Auch hier gab es eine massive Tür mit einer Kristallfläche für die Hand, die jedoch dunkel und kalt war. Kellin hatte ihm auf dem Weg erklärt, dass Jannik über den Kontrollraum die Tür aktivieren würde. Glücklicherweise hatte er den Dienstplan noch rechtzeitig ändern können, sodass Jannik die Nachtwache übernehmen konnte.

Für Aiden schienen Ewigkeiten zu vergehen, bis der Kristall aufleuchtete und die Tür wie von magischer Hand bewegt aufschwang. Er war schon halb über die Türschwelle, als er bemerkte, dass Kellin sich noch nicht gerührt hatte. Der junge Magier war ein wenig in sich zusammengesunken und stützte sich mit einer Hand an die Wand neben der Tür. Aiden bemerkte die Schweißtropfen auf seinem bleichen Gesicht, das Zittern der Hände und den rasselnden Atem, der in Stößen kam.

Erschrocken trat Aiden zu ihm und berührte ihn am Arm. »Kellin, was ist los?«

Der Magier brauchte ein paar Anläufe, bevor er gepresst von sich gab: »Es geht schon. Es ist die Erschöpfung. Ich habe in den letzten Tagen kaum Schlaf gefunden, und die Arbeit laugt mich aus.«

Mit verbissener Miene kämpfte er sich hoch und schritt voran, sodass Aiden ihm wohl oder übel folgen musste. Er behielt den Magier jedoch die ganze Zeit im Auge, um jederzeit vorspringen zu können, falls dieser einen Zusammenbruch erlitt.

Aiden fühlte sich ein wenig schuldig wegen Kellins Zustand. Schließlich war die Situation mit Marius durch sein verfrühtes Handeln entstanden. Wie hätte er jedoch wissen sollen, dass der Widerstand bereits vorgehabt hatte, ihn zu kontaktieren? Er beschloss, in Zukunft vorsichtiger bei seinen Handlungen zu sein, da er niemanden in Mitleidenschaft ziehen wollte.

Schweigend liefen sie durch die Gänge des Ostflügels, die Stille nur von ihren Schritten und dem keuchenden Atmen des Magiers durchbrochen.

Marius' Gemach lag in einem der äußeren Turmflügel des Komplexes. Dort, wo der schwarze Stein sich gebieterisch in den Himmel streckte und auf die darunter liegenden Häuser herabsah, die sich wie verängstigte Tiere am Fuße der Feste zusammendrängten.

Kellin hatte Aiden auf dem Weg erklärt, dass im Ostflügel die Magier untergebracht wurden, die vom Orden als ungefährlich oder vollständig integriert eingestuft worden waren. Vollständig integriert bedeutete in diesem Fall, dass sie ganz und gar in der Ideologie der Kontrolleure aufgegangen waren. Zu Aidens Bedauern bestätigte Kellin seine Vermutung, dass auch Xaver, einer der jüngeren unter den Magiern, zu dem Personenkreis zählte, dem man nicht vertrauen konnte. Xaver hatte sich gefügt und war vom Orden mit eigenem Gemach und einer gewissen Selbstständigkeit belohnt worden.

Der Magier, den sie nun zu retten versuchten, hatte sich nie beugen wollen und war mit allen Mitteln gefügig gemacht worden. Doch inmitten des gehorsamen Schweigens war seine Stimme neu erwacht, und das bedeutete, dass sein Leben verwirkt war. Widerstand gegen das System war Blasphemie und wurde mit der höchsten Strafe geahndet, allein schon, um andere, die ähnlich rebellische Gedanken hegten, von vornherein abzuschrecken.

Aiden schwor sich, es nicht so weit kommen zu lassen. Während sie durch die verwinkelten Korridore der Akademie schlichen, streckte er bereits die geistigen Fühler aus und verband sich mit seiner Umgebung. Der dunkle Stein sang sein Klagelied, und Aiden antwortete ihm.

Kellin bemerkte aus den Augenwinkeln, dass Schatten über die Wände, Boden und Decke zu huschen begannen, Bewegung, die nicht vom flackernden Schein der Fackeln und ihrem Spiel aus Licht und Schatten stammte. Er fühlte auch ein leichtes Ziehen und Zupfen an seinem Geist, als wollten ihn unsichtbare Hände in die Anderswelt entführen, was es schwer machte, die Konzentration beizubehalten.

Flüstern und helles Lachen rieselte aus Nischen und tropfte aus Spalten, während glühende Augen sie aus dunklen Ecken anstarrten. Der Magier zwang sich zur Ruhe, doch er musste sich eingestehen, dass es ihn überraschte, wie weit die Fähigkeiten seines Schützlings reichten. Es zerstreute aber auch eine seiner größten Sorgen. Bei dem, was er für den Jungen vorgesehen hatte, würden sie dessen Macht bitter nötig haben.

Er blickte zu Aiden hinüber und lächelte.

Der Junge erwiderte das Lächeln zaghaft und stutzte, als er den seltsamen Glanz bemerkte, der sich in Kellins Blick geschlichen hatte. Er verstand nicht, warum, aber wenn ihn nicht alles täuschte, war es Stolz, der aus Kellins Augen sprach.

Doch worauf? Darauf, dass er ihn gefunden und für den Widerstand gewonnen hatte?

Was es auch war, es löste ein seltsames Gefühl in Aiden aus, das er nicht einzuordnen wusste. Er wünschte, er hätte mehr Zeit gehabt, um in Ruhe darüber nachzudenken. Aber wenige Schritte voraus spürte Aiden die Präsenz zweier Menschen, die sich näherten. Sein Herz schlug ihm bis in den Hals, und er drängte die aufsteigende Panik zurück.

Er bedeutete Kellin stehen zu bleiben und flüsterte: »Da kommt wer auf uns zu. Was machen wir jetzt?«

Kellin murmelte einen Fluch und raunte: »In Ordnung, hör mir gut zu. Du kümmerst dich um Marius und siehst zu, dass er bereit zur Flucht ist. Ich werde mich des Problems annehmen. Wir wollen deine Kräfte jetzt noch nicht einsetzen, wenn es sich vermeiden lässt.«

Aiden sah ihn ungläubig an. »Ja, aber wie willst du die denn ...?«

Kellin unterbrach ihn mit einer unwirschen Handbewegung. »Das erkläre ich dir später. Lauf voraus, ich werde nachkommen, versprochen!«

Mit diesen Worten gab er Aiden einen Stoß. Aiden wirkte wenig überzeugt, aber es blieb ihm kaum eine andere Wahl, als zu gehorchen. Er spurtete los und sah noch, wie Kellin die Abzweigung nahm, aus der jeden Moment jemand auftauchen musste. Das Letzte, was er hörte, bevor er die Tür zu Marius Zimmer erreichte, war der Klang mehrerer Stimmen, der aufbrandete.

Marius fuhr wie von der Tarantel gestochen aus seinem Bett hoch, als Aiden plötzlich ins Zimmer stürmte und wild zu gestikulieren begann. »Keine Zeit für Erklärungen. Wenn du leben willst, komm mit!«

Marius' Augen weiteten sich in jähem Begreifen. Sofort kam Leben in den alten Mann. Mit wenigen Handgriffen zog er sich an, suchte ein paar Habseligkeiten zusammen und stopfte sie in einen Sack, den er sich über die Schulter schlang. Zu guter Letzt nahm er das Buch vom Tisch und klemmte es sich unter den Arm. Dann trat er an Aidens Seite und deutete zur Tür. »Und nun? Ist der Weg frei? Wohin gehen wir überhaupt?«

»Ich bin mir nicht sicher, aber wenn alles gut geht, dann lenkt Kellin die Wachen ab, sodass wir ungehindert fliehen können. Komm jetzt, ich werde zur Not meine Kräfte einsetzen.«

Marius beäugte ihn skeptisch, folgte ihm aber wortlos. Aiden ließ seine Traumsinne vorauseilen und stellte erleichtert fest, dass die beiden fremden Präsenzen verschwunden waren. Von Kellin war jedoch ebenfalls keine Spur zu finden.

Hektisch sah Aiden sich um und gestikulierte zu Marius in einer Mischung aus Ärger und Verzweiflung: »Ich habe keine Ahnung, wo es langgeht!«

Auf einmal löste sich ein Schatten von der Mauer und trat auf sie zu. Aiden schlug das Herz bis in den Hals, bis er das vertraute Glitzern von Kellins klaren Augen unter der Kapuze sah, der beschwichtigend die Hand hob: »Ganz ruhig, ich bin es nur.«

»Wie hast du das gemacht?« Aiden sah ihn entgeistert an. »Kannst du dich auch unsichtbar machen?«

Kellin lächelte schwach. »Ich kenne jede Ecke und jeden Winkel in diesem Bereich der Feste. Ich bin übrigens die Kontrolleure losgeworden. Verdammte Frühaufsteher.«

Aiden war nicht nach Scherzen zumute. Er atmete ein paar Mal tief durch, bevor er Kellin fragte: »Und was hast du mit ihnen gemacht? Du ... du hast ihnen doch nichts getan, oder?«

»Wofür hältst du mich?« Kellin schüttelte empört den Kopf. »Ich habe sie mit einer nichtigen Aufgabe betraut, die sie ans andere Ende der Akademie führt.« Ein bitteres Lächeln erschien auf seinem Gesicht. »Ich bin als loyaler Diener des Ordens bekannt, daher hatten sie keinen Grund, misstrauisch zu sein.«

Er hob eine Hand, um weitere Fragen zu unterbinden. »Wir können uns nachher unterhalten. Jetzt müssen wir erst einmal zusehen, dass wir ungesehen hier rauskommen.« An Aiden gewandt sagte er: »Du kannst dich doch sicher an gestern erinnern, als wir uns in den Wartungsschächten getroffen haben. Unweit der Stelle, die du überprüfen solltest, gibt es einen geheimen Zugang zur Unterstadt. Das ist unser Ziel.«

Aiden sah ihn säuerlich an. »Es war wohl auch kein Zufall, dass ich dort etwas überprüfen sollte, oder?«

Kellin erwiderte seinen Blick ernst. »Zufälle können wir uns nicht leisten. Also vermeiden wir sie, so gut es eben geht. Kommt jetzt, wir müssen los.«

Aiden schnaubte frustriert und sah zu Marius herüber, der Kellin nachdenklich anstarrte. Dann setzten sie sich in Bewegung und folgten dem jungen Magier durch die Gänge der Feste.

Auf dem Weg kam es glücklicherweise zu keinen weiteren Zwischenfällen, wofür Aiden sehr dankbar war. Innerlich war er aufgewühlt, und das ständige Hin- und Herwechseln zwischen den beiden Realitätsebenen kostete ihn viel Kraft.

Sie kamen zu einem der Kellerräume, in denen sich der Hauptzugang zum Kristallnetz befand und von wo aus die Wartungsarbeiter in die Schächte entsandt wurden. Nach kurzer Zeit leuchtete der Kristall neben der Tür auf, und sie betraten gemeinsam das Niemandsland.

Es war eine unwirkliche Situation, als sie zu dritt durch die Versorgungsadern der Stadt wanderten, allein mit ihren Gedanken und dem beständigen Summen der Energieleiterbahnen. Noch wenige Tage zuvor hatte Aiden träumend am Rande der Klippen gesessen und sich im Wiegen des Meeres verloren. Nun wandelte er unterhalb einer der größten Städte des Reiches durch ein dämmeriges Zwielicht, in dem Versuch, einen verfolgten Magier in Sicherheit zu bringen.

Die Ungewissheit, was als Nächstes kommen würde, zehrte an seinen Nerven und machte ihn unruhig. Vorher war sein Leben überschaubar gewesen, sauber halbiert in das Dorf und seine Menschen auf der einen und Aiden, die Küste und das Meer auf der anderen Seite. Selbst das Leben in der Enklave schien relativ geregelt abzulaufen. Doch seit er sich entschlossen hatte, den Widerstand aufzusuchen, fühlte er sich, als sei ihm der Boden unter den Füßen weggezogen worden. Darunter hatte ein tiefes Gewässer gewartet, dem gleich war, ob er schwimmen konnte oder nicht. Aiden hoffte inständig, dass er sich als guter Schwimmer erweisen würde. Er wollte nicht wissen, was unter der Oberfläche lauerte.

»Da seid ihr ja endlich.«

Aiden wurde jäh aus seinen Gedanken gerissen, als eine Gestalt sich aus den Schatten löste und auf sie zutrat. Es war das Mädchen, das ihm im Gräberviertel die Warnung hatte zukommen lassen. Diesmal hatte sie die Kapuze ihres Umhangs nicht aufgesetzt, daher konnte Aiden trotz des dämmerigen Zwielichts der Schächte einen besseren Eindruck von ihr gewinnen. Langes braunes Haar fiel ihr über die Schultern und rahmte ein schmales Gesicht ein, in dem zwei grüne Augen lebhaft funkelten. Unter anderen Umständen hätte man sie vielleicht als zarte Person eingeschätzt, doch ihr Aufzug und ihre Haltung drückten das Gegenteil aus. Unter dem Umhang trug sie eine schlichte Lederrüstung. Ihre Arme und Beine waren ebenfalls durch lederne Schienen geschützt, und ihren Gürtel zierten ein Dolch und ein kleines Arsenal an Wurfmessern.

Aiden war sich sicher, dass sie ihre Waffen nicht nur zur Schau trug. Wenn man ihre geschmeidigen Bewegungen und ihre selbstsichere Art aufzutreten bedachte, wusste sie bestimmt sehr gut damit umzugehen.

Kellin reagierte kaum auf ihr Auftauchen, sondern nickte nur schwach. »Wir brauchen das Rattennest, Melody«, murmelte er. »Wir können Marius nicht in der Unterstadt lassen. Da gibt es zu viele Spitzel der Wache und des Ordens.«

Aiden sah, dass Melody erst aufbegehren wollte. Aber dann erschien ein besorgter Ausdruck auf ihrem Gesicht, als auch sie den miserablen Zustand bemerkte, in dem sich der Magier befand. Wortlos hieb sie mit der Faust auf eine Stelle im oberen Bereich des Schachtes, worauf ein Teil davon zur Seite glitt und den Blick auf einen grob behauenen Tunnel enthüllte.

Sie drängte die Gruppe hinein und griff in eine verborgene Öffnung in der Wand. Sekunden später glitt das Wandpanel wieder an seinen Platz.

Der Tunnel, in den sie eintauchten, war in mühevoller Arbeit aus dem Felsen geschlagen worden. Bläuliche Kristalle waren in regelmäßigen Abständen in den Stein eingelassen und verströmten ein schwaches Licht. Genug, um sich zu orientieren. Das Mädchen drängte sich an ihnen vorbei und übernahm die Führung. Während sie ihr durch den Tunnel folgten, begann sie Kellin über die Lage in Kenntnis zu setzen.

»Maliks Leute fangen an, Verdacht zu schöpfen. Normalerweise lassen sie uns in Ruhe, aber in letzter Zeit waren sie ein bisschen zu sehr an unseren Aktivitäten interessiert. Uns läuft die Zeit davon, Kel. Wenn wir nicht bald was vorzuweisen haben, machen sie gezielt Jagd auf uns Tunnelratten und liefern uns der Wache aus.«

Kellin versuchte seiner Stimme einen festen Klang zu verleihen, was ihm angesichts seines Zustands sichtlich schwerfiel: »Es ist bald soweit. Jetzt, wo Aiden da ist, haben wir alles, was wir brauchen. Außerdem kann er sich von uns Dreien am freiesten bewegen und an verschiedenen Stellen aushelfen. Ich selbst bin zu eingebunden in die Struktur des Ordens, und du hast dich noch um deine Tunnelratten zu kümmern.«

Melody warf Aiden einen skeptischen Blick zu. »Deinen Optimismus in allen Ehren, aber er wirkt nicht gerade so, als wisse er, worauf er sich einlässt.«

Kellin tat ihren Einwand mit einer unwirschen Handbewegung ab. »Aiden ist mehr als fähig, den Aufgaben gerecht zu werden, die wir ihm stellen. Und er wird das Versprechen einlösen, dass ich dir gegeben habe.«

Aiden horchte überrascht auf. »Welches Versprechen?«

Kellin warf ihm einen abschätzenden Blick über die Schulter zu und sagte: »Ich habe Melody zugesagt, ihr und den anderen Straßenkindern zu helfen. Im Gegenzug helfen sie dem Widerstand. Da du im Moment der Einzige bist, der noch nicht in die Vorbereitungen des Widerstands eingebunden ist, bietet es sich an, dass du unseren Verbündeten zeigst, dass wir nicht nur für das Wohlergehen der Magier kämpfen. Das ist letztendlich auch eines unserer Ziele, wenn es uns gelingt, den Orden zu übernehmen. Dann haben wir auch die Möglichkeit, unsere Kräfte für diejenigen einzusetzen, die davon bisher wenig oder gar nicht profitieren konnten. Im Moment genießen nur die Wohlhabenden unsere Errungenschaften, aber das wird sich ändern, sobald wir die Macht der Kontrolleure gebrochen haben.«

Marius hatte bisher geschwiegen, doch nun räusperte er sich. »Ich hoffe, du hast nicht vor, eine blutige Revolution anzuzetteln, Junge. Ich muss dich wohl nicht daran erinnern, wie das beim letzten Mal für die Magier ausging.«

Kellin warf ihm einen verärgerten Blick zu. »Ich bin mir dessen sehr wohl bewusst, Marius. Einen offenen Konflikt will ich auf jeden Fall vermeiden. Eines unserer Ziele ist es schließlich, die Distanz zu den Menschen von Serinis abzubauen, damit sie uns nicht mehr mit Furcht und Misstrauen begegnen. Da würde es kaum helfen, wenn wir zuvor die halbe Stadt in Schutt und Asche legen. Wenn ich mich recht entsinne, hast du mit deinem Buch ein ähnliches Ziel verfolgt. Du willst, dass den Leuten die Augen geöffnet werden. Genau das ist auch unser Ziel.«

Marius strich sich nachdenklich den Bart, schien aber fürs Erste mit der Antwort zufrieden zu sein.

»Es gibt da übrigens noch ein Problem«, warf Melody angespannt ein. »Die Ruinen spielen wieder verrückt. Irgendetwas hat die Geister dort aufgescheucht. Es heißt, ein paar der Sammler wären nicht von ihren Beutezügen zurückgekehrt.«

Aiden fühlte Unbehagen in sich hochsteigen, als Melody ihn mit einem seltsamen Blick bedachte.

Auch Kellin schien das Thema wenig zu behagen. »Die Ruinen haben in den vergangenen Jahren immer wieder sporadisch Aktivität gezeigt. Halt einfach die anderen davon fern, dann passiert auch nichts. Im Moment haben wir ganz andere Sorgen«, wiegelte er ab.

Ungehalten entgegnete sie: »Du hast gut reden. Du musst dich ja nicht um mögliche Fluchtrouten kümmern. Du weißt doch selbst, wie praktisch es wäre, wenn wir den Weg durch die Ruinen nutzen könnten.«

»Sie sind aber derzeit nicht zugänglich, und das aus gutem Grund. Vielleicht können wir bis zur Nacht des Umsturzes noch etwas bewirken. Aber zur Not müssen wir uns etwas anderes einfallen lassen, wie wir die Menschen aus der Enklave evakuieren können. Können wir das vielleicht später besprechen, wenn wir nicht gerade versuchen, einen abtrünnigen Magier in Sicherheit zu bringen?«

Das Mädchen schnaubte frustriert und beschleunigte ihre Schritte. Da Aiden den Eindruck hatte, dass es besser war, sich aus dem Disput zwischen Kellin und Melody herauszuhalten, begnügte er sich damit, einen Schritt vor den anderen zu setzen. Ab und an schaute er über die Schulter zurück zu Marius, der ihnen schnaufend folgte, das Buch fest an sich gepresst wie einen Schatz.

Nach einer Weile, in der sie stumm dem Tunnel gefolgt waren, ergriff Melody erneut das Wort. »Ich weiß nicht, warum es ausgerechnet das Rattennest sein muss.«

Kellin seufzte und raunte beschwichtigend: »Ich weiß, wie viel es euch bedeutet. Es ist euer Hauptquartier und euer Refugium. Wenn es nicht wirklich kritisch wäre, würde ich ein Versteck in der Unterstadt vorschlagen, aber du weißt selbst, dass die Stadtwache dort zurzeit verstärkt herumschnüffelt. Und wo die Stadtwache ist, ist auch der Orden nicht fern.«

»Und was ist mit dem alten Turm?« Melody war nicht geneigt, schon aufzugeben. »Er steht schon seit Ewigkeiten leer. Wir benutzen ihn als Lager für Vorräte und Werkzeug, aber man könnte dort sicherlich wohnen, zumindest eine Zeit lang.«

Marius räusperte sich erneut. »Ich hätte nichts dagegen einzuwenden. Ich bin genügsam, und mit Turmgemächern kenne ich mich aus. Schließlich habe ich die letzten Jahre in einem gelebt«, erklärte er.

»Also gut.« Ergeben hob Kellin die Hände. »Mir wäre es zwar lieber, Marius wäre bei euch im Rattennest, aber ich schätze, der Turm wird genügen müssen. Hauptsache, er ist nicht in der Unterstadt, wo derzeit wer weiß wie viele Spitzel des Ordens herumrennen.«

»Wo wir gerade davon sprechen: Ich hoffe, ihr seid vorbereitet.« Melody warf ihnen einen strengen Blick zu. »Wir werden gleich die Unterstadt erreichen. Ich schlage vor, ihr verhaltet euch ruhig und überlasst mir das Reden. Ich habe ein paar Kapuzenumhänge am Eingang gelassen, die ihr überziehen könnt. Da in der Unterstadt eh die meisten verhüllt herumlaufen, werdet ihr nicht weiter auffallen und könnt eure Gesichter verbergen.« An Marius gewandt fügte sie hinzu: »In deinem Fall gehen wir lieber auf Nummer sicher.«

»Hab schon verstanden.« Der alte Mann nickte ihnen zu. »Wir sollten uns allerdings beeilen, da mich die Unsichtbarkeit viel Kraft kostet.«

Melody schritt energisch voraus. »Wenn alles gut geht, sind wir schon bald in einem der Keller. Von dort aus kommen wir in die Stadt.«

Nicht viel später öffnete sich der Geheimgang erneut, und sie betraten die Abwasserkanäle von Serinis. Von oben drangen gedämpft die Geräusche der Stadt. Das Mädchen brachte sie ohne Umschweife zu einem Gang, der sich vom Kanalsystem abspaltete und tiefer hinab führte. Sie folgten dem engen Tunnel, der offensichtlich nachträglich angelegt worden war, bis sich vor ihnen das Höhlennetzwerk auftat, in dem der Großteil der Bewohner des Untergrunds lebte.

Die Unterstadt ließ sich in ihren Ausmaßen nur schwer erfassen. In ihren Einzelteilen bestand sie aus Kellern, der Kanalisation, Höhlen und den Ruinen einer untergegangenen Zivilisation. Zusammen ergab sich daraus ein Reich der Bettler, Diebe und Schmuggler, die hier unten jenseits der glitzernden Fassaden von Serinis eine Heimat gefunden hatten. So unterschiedlich auch die Hintergründe der Bewohner der Unterstadt sein mochten, hatten sie doch alle eines gemeinsam: Sie waren vom Fortschritt und der Umstrukturierung der Stadt als Verlierer gebrandmarkt worden.

Als die Steuern auf Grundbesitz in der Stadt explodiert waren, hatte dies viele gezwungen, Hab und Gut zu verkaufen, um überleben zu können. Das Königshaus hatte sehr konkrete Vorstellungen gehabt, wie die neue Zukunft aussehen sollte, und die Zukunft bestand aus der Kristalltechnik und den Errungenschaften der mecha-magischen Forschung. Alles Alte wirkte antiquiert und nicht mehr zeitgemäß. Daher war man auch nicht allzu unglücklich, wenn diejenigen, die sich der neuen Technik verweigerten oder sich das Aufrüsten ihrer Häuser nicht leisten konnten, schließlich fortzogen und Platz schufen für andere, die in der Lage waren, die neue Vision zu leben.

Trotz der glorreichen Ideen blieben viele Häuser leer und verfielen mit der Zeit, da nicht genügend neue Interessenten nachrückten. Die Rechnung mit der Abwanderung der ehemaligen Hausbesitzer ging auch nicht auf, da längst nicht alle verarmten Bürger fortzogen. Es hatte zwar schon vorher ein Untergrundnetz gegeben, das den zwielichtigeren Elementen der Stadt als Operationsbasis gedient hatte, aber als die Armut explodierte und immer mehr Menschen aus ihren Häusern auf die Straße getrieben wurden, schwoll die Unterstadt wie ein Geschwür schlagartig an und wucherte in die Tiefe hinein.

Die Herren dieses schattenhaften Reiches erkannten durchaus die Ironie dieses Wachstums, entsprach es doch dem einstigen Aufblühen von Serinis selbst. Opportunistisch, wie sie nun einmal waren, entschieden sie, die Situation auszunutzen und die Flüchtlinge mit offenen Armen zu empfangen.

Durch neue Abhängigkeitsverhältnisse konnten sie ihre eigenen Ränge um ein vielfaches verstärken, bis sie in der Lage waren, der Garde offen die Stirn zu bieten.

Zu spät erkannten die Ratsherren von Serinis, was sie angerichtet hatten, doch nun gab es kein Zurück. Die Unterstadt war zu einem nicht mehr zu ignorierenden Machtfaktor geworden und bestimmte maßgeblich das Schicksal der Stadt mit. Daher gab es einen brüchigen Frieden zwischen Garde und den einzelnen Banden der Unterstadt, doch Kooperationen und Loyalitäten konnten sich von Tag zu Tag ändern.

Aiden fand die Umgebung beklemmend und einschüchternd. Die Entbehrungen des Lebens waren den Menschen offen ins Gesicht geschrieben, und der ständige Druck und Kampf ums Überleben hatte sie hart und abweisend gemacht. Verglichen mit der Unterstadt wirkte die Enklave fast idyllisch, und Aiden verstand langsam, dass nicht nur die Magier auf eine bessere Zukunft hofften. Während sie voranschritten, vermied er es tunlichst, den Kopf zu heben. Melody hatte sie nachdrücklich darauf hingewiesen, dass sie Augenkontakt vermeiden sollten, was ihm nicht schwerfiel, da er schon eingeschüchtert genug von den Eindrücken war, die aus der Umgebung zu ihm sprachen.

Die Bereitschaft zu Gewalt lag lauernd in der Luft und blickte ihm geifernd entgegen. Er zog die Kapuze noch ein Stück tiefer ins Gesicht und konzentrierte sich darauf, nicht den Anschluss zu verlieren.

Bei ihrer Führerin durch dieses bedrückende Gebiet war dagegen eine Wandlung zu bemerken, die Aiden stark an Armin erinnerte, den Kontrolleur, der ihn durch die Stadt zur Feste begleitet hatte. Melody hatte sich ihrer Umgebung angepasst und war ein Teil davon geworden. Ihre Bewegungen waren kurz und präzise, ihr Gang drückte Selbstsicherheit aus und in ihrem Blick, der im Schatten ihrer Kapuze hin- und herhuschte, lag eine eindeutige Warnung.

Aiden fand, dass sie die perfekte Rolle angenommen hatte, um sich relativ ungehindert durch diese gefährliche Welt zu bewegen. Er wünschte sich, er hätte auch nur einen geringen Teil dieser Selbstsicherheit besessen. Im Moment fühlte er sich eher wie ein verängstigtes Reh, das in den Schatten bereits die glühenden Augen der Wölfe sehen konnte.

Ihre Gruppe kam mit einem Mal abrupt zum Stehen, als Melody eine Hand hob und sich suchend umsah. Mit sorgenvoller Miene drehte sie sich zu ihnen um. »Hier stimmt was nicht. Floh und Wiesel hätten an dieser Stelle auf uns warten und ins Versteck begleiten sollen.«

Sie deutete auf das Ende eines schmalen Pfades, der sich entlang windschiefer Bauten und in den Fels gehauener Nischen schlängelte. »Ich gehe vor, ihr folgt mir mit etwas Abstand und haltet euch bedeckt, verstanden?«

Sie nickten und warteten, bis das Mädchen verschwunden war. Dann setzten sie sich langsam in Bewegung, die Nerven bis aufs Äußerste angespannt und jederzeit mit einer Katastrophe rechnend.

Bald schlossen sie zu Melody auf. Aiden und Kellin duckten sich hinter einen Felsvorsprung und spürten, dass auch Marius sich zu ihnen gesellte. Sprungbereit beobachteten sie das Geschehen, das sich vor ihnen abspielte. Das Mädchen stand schützend vor zwei Kindern im Alter von vielleicht zwölf Jahren, die beide ängstlich zu dem Mann aufblickten, der sich vor ihr aufgebaut hatte und sie angrinste, was einen guten Blick auf etliche Zahnlücken gewährte.

Der Mann musterte Melody aus gefährlich zusammengekniffenen Augen. »Du solltest vorsichtig sein, mit wem du dich einlässt. Du weißt doch, wie das hier unten läuft. Kontakte sind alles, und du scheinst ein eher fragwürdiges Urteilsvermögen zu besitzen, wenn es um die Wahl deiner Freunde geht.«

Sie schnaubte verächtlich und entgegnete kühl: »Ich habe es Malik schon gesagt, aber ich wiederhole mich gerne noch einmal: Mit wem ich Handel treibe und wem ich helfe, ist immer noch meine Sache. Die Tunnelratten sind unabhängig und schulden euch keine Rechenschaft.«

Der Mann gab ein gespielt bedauerndes Seufzen von sich und schüttelte den Kopf. »Sei nicht dumm, Mädchen. Deine kleine Bande wird doch nur geduldet, weil ihr für das Konzil der Schatten zu unwichtig seid. Solltet ihr euch aber gegen die Interessen der Unterstadt stellen, wird man sich um euch kümmern.«

Die Drohung war kaum zu überhören, doch Melody gab keinerlei Regung zu erkennen. In einem gelassenen, gleichmäßigen Tonfall erwiderte sie: »Ich glaube, du lehnst dich etwas weit aus dem Fenster, Terell. Seit wann bist du der Botschafter des Konzils? Ich habe das Gefühl, nicht mal Malik weiß, was du hier gerade abziehst. Willst du mir wirklich drohen?«

Sie lachte leise in einer Art, die dem Mann die Zornesröte ins Gesicht trieb, doch Melody war noch nicht fertig. »Wenn es deinen Boss wirklich so sehr stören würde, mit wem ich Geschäfte mache, dann hätte er mir das sicherlich zu verstehen gegeben. Am Besten in dem Moment, als ich ihm sagte, dass es mir egal ist, wie tief ihr der Stadtwache in den Hintern kriecht, solange ihr nicht erwartet, dass wir es euch gleichtun. Jeder kann machen, was ihm den meisten Profit verspricht, und dieses Prinzip hat Malik sehr wohl verstanden. Ach, und wenn das Konzil etwas gegen uns hätte, dann würde ich sicherlich nicht von jemandem wie dir davon hören. Weißt du, was ich glaube, Terell? Ich glaube, du bist einfach nur angefressen, weil ich dich hab abblitzen lassen.«

Der Mann stand sprachlos da, die Hände zu Fäusten geballt, sodass die Knöchel weiß hervortraten. Dann trat er einen Schritt auf Melody zu und wollte sie grob an der Schulter packen. »Ich werde dir Respekt beibringen, du kleines ...«

Weiter kam er nicht.

Es geschah so schnell, dass selbst Terell für einen Moment verdutzt aus der Wäsche guckte, bevor er schmerzvoll das Gesicht verzog. Melody war blitzschnell unter seinem Arm hergetaucht, hatte diesen gegriffen und unsanft auf den Rücken gedreht. Ihren freien Arm hatte sie um den Oberkörper ihres Angreifers gelegt, die Hand an seiner Kehle, und diese Hand war nun nicht mehr leer.

Die Augen des Mannes weiteten sich vor Angst, als er das kühle Metall des Dolches an seinem Hals spürte, doch er hatte noch so viel Geistesgegenwart, um keine allzu hektische Kopfbewegung zu machen.

Melodys Stimme war beinahe freundlich, doch es lag etwas darin, dass Aiden ein eisiges Schaudern über den Rücken jagte. »Ich werde dies nur einmal sagen, Terell, also hör besser genau zu. Maliks Wölfe und die Tunnelratten waren nie Feinde, und ich würde es sehr schätzen, wenn wir diesen Zustand beibehalten könnten. Solltest du oder irgendeiner deiner Kumpel jedoch einem von uns auch nur ein Haar krümmen, dann garantiere ich dir, dass ich die Schuldigen finden werde. Und dann spiele ich euch ein Lied auf, das ihr nie vergessen werdet, und du weißt, wie gut ich spielen kann. Ich hoffe, ich habe mich klar ausgedrückt.«

Mit diesen Worten entließ sie den Mann aus ihrem Griff und gab ihm einen leichten Stoß.

Terell rieb sich den schmerzenden Arm und starrte das Mädchen wutentbrannt an. Ohne ein weiteres Wort zu verlieren, stürmte er davon.

Melody wandte sich den beiden Kindern zu und musterte sie prüfend. »Seid ihr in Ordnung?«

Der Junge namens Wiesel, ein dürres Kind in einem viel zu großen Leinenhemd, das ihm um die Arme schlotterte, nickte zaghaft. »Der wollte uns nur Angst machen, aber Floh und ich haben ihm eh nicht geglaubt. Er hat gesagt, dass die Magier uns verraten würden und im Stich lassen, sobald sie die Macht übernommen haben. Aber wir kennen ja Kel, und der würde sowas nicht tun.«

»Ganz bestimmt nicht.«

Kellin und die anderen hatten sich aus den Schatten gelöst und waren zu ihnen getreten. Der junge Magier sah Melody respektvoll an. »Erinnere mich daran, dich niemals wütend zu machen.«

»Tut mir leid, dass ihr so etwas mit ansehen musstet, aber wenn die Unterstadt sich von ihrer hässlichen Seite präsentiert, dann läuft man besser schnell oder beseitigt das Problem mit allem Nachdruck.« Sie zog eine Grimasse. »Typen wie Terell ist leider nicht anders beizukommen. Offenbar weiß er nicht, was zwischen seinem Boss und mir läuft, sonst hätte er so etwas Dummes gar nicht erst versucht.«

Kellin wurde bei diesen Worten wieder ernst. »Werden wir noch weitere Probleme wegen Malik bekommen?«

Melody schüttelte den Kopf. »Sie haben sich zwar entschieden, das Gold der Garde einzustreichen, aber sie werden nicht direkt gegen meine Verbündeten und mich vorgehen. Ein Magier, der sich heimlich bei uns im Viertel umhört, fällt leider nicht darunter, daher der Ärger, den wir nun mit Marius haben.« Nach kurzem Zögern fügte sie hinzu: »Es sollte wirklich bald was passieren, Kel. Malik und die anderen lassen uns zwar in Ruhe, aber wenn ich nicht bald beweise, dass sich Zusammenarbeit mit euch lohnt, könnten sie auf die Idee kommen, dass das Geld der Garde und der Spitzel des Ordens verlockender als Bündnisse und Freundschaften sind. Und dann sind wir geliefert. Versteh mich nicht falsch: Wir sind bereit lange zu warten, und es bleibt uns ja auch kaum etwas anderes übrig, aber wir brauchen auch mal ein Ergebnis. Etwas, das greifbar ist und uns zeigt, dass sich tatsächlich etwas bewegt, etwas ändert.«

Kellin sah sie einen Moment lang schweigend an, dann nickte er kaum merklich. »Nachdem wir Marius zum Turm gebracht haben, werde ich Aiden bei dir lassen. Er kann euch bei euren Unternehmungen helfen.«

Aiden blinzelte überrascht. »Und was ist mit meiner Arbeit beim Orden?« Der Gedanke wie eine Spielfigur hin- und hergeschoben zu werden behagte ihm gar nicht.

Kellin winkte ab. »Lass das mal meine Sorge sein. Die Protokolle werden ergeben, dass du sehr viel Zeit in den Wartungsschächten und mit Botengängen verbracht hast.«

»Aber wobei soll ich ihnen denn helfen?«

Melody sah ihn ausdruckslos an. »Du hilfst uns zu überleben. Unser Leben ein wenig einfacher zu machen.«

Kellin nickte bestätigend. »Du wolltest dich doch in irgendeiner Form beweisen. Jetzt hast du die Gelegenheit, indem du den Verbündeten des Widerstandes hilfst. Die Tunnelratten und ihr Netzwerk ermöglichen uns Zugang zur Stadt, den wir später noch dringend brauchen werden, um bestimmte Orte zu erreichen und unsere Botschaften zu verteilen. Die Menschen müssen auf den Wandel vorbereitet werden.«

Aiden fiel es schwer, Begeisterung zu zeigen. »Na gut, ich werde sehen, was ich tun kann.«

»Er wird keine Sonderbehandlung bekommen. Er wird wie jedes andere neue Mitglied der Tunnelratten behandelt. Ich hoffe, das stellt kein Problem für dich dar?«, bemerkte Melody an Kellin gewandt.

Der junge Magier schüttelte den Kopf. »Nein, natürlich nicht, ihr könnt ...« Er stockte abrupt. Mit einem fast schon erschrockenen Gesichtsausdruck blickte er zu Aiden herüber und sagte: »Verzeih mir. Ich habe kein Recht, über deinen Kopf hinweg Entscheidungen zu fällen. Du hast Melody gehört. Bist du einverstanden?«

Der Junge sah Kellin erstaunt an. Er spürte die Macht aufgestauter Emotionen unter der kühlen Fassade, die der Magier mühsam aufrechterhielt. Was war es, das Kellin ihm nicht erzählte?

Er wandte sich zu Melody, die ihn prüfend musterte, und sagte leise: »Ich will keine Sonderbehandlung. Ich bin ehrlich gesagt überrascht, dass ihr mich überhaupt so schnell in eure Gemeinschaft lasst. Ich verspreche euch, dass ich euer Vertrauen nicht enttäuschen werde.«

Als er die Andeutung eines Lächelns sah, das kurz um die Mundwinkel des Mädchens gespielt hatte, wusste Aiden, dass er den richtigen Ton getroffen hatte. Auch Floh und Wiesel sahen ihn nun wesentlich offenherziger an.

»Wer ist eigentlich dieser Marius, dem wir helfen sollen?«, fragte Wiesel plötzlich.

Ein amüsiertes Lachen war zu hören und die Luft flimmerte kurz, als der Unsichtbarkeitszauber erlosch.

Entschuldigend hob der alte Mann die Hände. »Ich bin Marius. Tut mir leid um die ganze Aufregung.«

Floh legte den Kopf schief und fragte neugierig: »Bist du ein Magier?«

Wiesel gab ihm einen Stoß in die Seite. »Er war unsichtbar, natürlich ist er einer!«

Marius schmunzelte und brummte dann: »Stimmt schon, ich bin ein Magier. Was davon übrig ist, heißt das.«

»Kannst du auch andere unsichtbar machen?«, fragte Floh aufgeregt.

Marius nickte sacht. »Für einen kurzen Moment, ja, aber es ist deutlich anstrengender, als wenn ich den Zauber auf mich selber wirke.«

Die Kinder blickten erwartungsvoll zu Melody, die Marius nachdenklich musterte. »Es war zwar nicht vereinbart, aber vielleicht könntest du uns mit deinem Talent ab und zu behilflich sein?«

Er zuckte gleichmütig mit den Schultern. »Warum nicht? Verglichen mit dem, was ich vorher gemacht habe, stellt dies eindeutig eine Verbesserung dar.«

Melody nickte zufrieden, und die Jungen klatschten begeistert in die Hände.

Kellin seufzte theatralisch und grinste sie an: »Ich bin zwar nicht begeistert, dass du dabei bist, meinen Widerstand in eine weitere Diebesbande zu verwandeln, aber wenn es dazu dient, unsere Schuld bei euch zu begleichen, dann sei es eben so.«

Das Mädchen schenkte ihm ein zuckersüßes Lächeln.

»Lasst uns weitergehen. Wir kommen bald in den Keller eines leer stehenden Hauses. Von dort schleichen wir uns zum Turm. Zu dieser frühen Stunde ist auf den Straßen noch nicht allzu viel los, da haben wir gute Chancen, unentdeckt durchzukommen.«

Gemeinsam setzten sie ihren Weg fort, und auch wenn es keine weiteren Unterbrechungen gab, fühlte sich Aiden erst wieder sicher, als sie die Unterstadt hinter sich gelassen hatten und über die verschlafenen Straßen von Serinis huschten. Dank der Wegkenntnisse der Tunnelratten kamen sie gut voran und erreichten schon bald ihr Ziel.

Der Turm war ein Relikt aus den Tagen, in denen Serinis noch kein wuchernder Moloch gewesen war. Einst hatte er der Garde als Spähposten und Lager gedient, doch nun lagen die Grenzen der Stadt weiter außerhalb. Die neuen Wachtürme waren moderner, ausgerüstet mit der neuesten Technologie und imstande, konzentrierte Energiestrahlen auszusenden, die selbst auf große Entfernung enorme Zerstörung anrichten konnten.

So war der alte Turm bedeutungslos geworden, und die Stadt war nicht bereit gewesen, Gold zu investieren, damit er einen anderen Zweck bekam. Die Straßenkinder und im Speziellen die Tunnelratten konnten den zerfallenden Bau jedoch gut gebrauchen, um Beute und Vorräte dort zu lagern.

In den frühen Morgenstunden war es kühl im Erdgeschoss, und es zog durch viele der Ritzen im Gestein und Gebälk.

Melody warf Marius einen entschuldigenden Blick zu. »Auf der Zwischenebene sollte es auszuhalten sein. Wir haben auch Decken und ein paar abgetragene Kleider hier. Es ist nicht viel, aber für ein provisorisches Lager sollte es reichen.«

Gemeinsam stiegen sie die Treppen hoch und sahen sich um. Ein paar zerbrochene Stühle und Tische lagen auf dem Boden verstreut, dazwischen die Überreste von Papier und anderen Schreibutensilien.

Marius betrachtete das Durcheinander. »Könnt ihr mir vielleicht etwas Werkzeug besorgen? Ich traue mir durchaus zu, ein paar der Möbel wieder herzurichten. Wird zwar etwas dauern, aber man könnte diesen Raum durchaus in ein passables Heim verwandeln.«

Wiesel schien von der Vorstellung angetan und nickte eifrig. Mit einem Grinsen meinte er: »Glaub schon, dass sich da was finden lässt. Liegt immer mal was Nützliches herum.« Die Art, wie er es sagte, gab zu verstehen, dass ›Herumliegen‹ oft auch unbewacht bedeutete.

Melody überlegte kurz und sagte dann: »In Ordnung, aber sei vorsichtig mit Lärm und Lichtquellen. Es kümmert sich zwar keiner mehr um den Turm, aber wir wollen die Garde ja nicht unnötig neugierig machen.«

»Keine Sorge, Mädel.« Marius hob beschwichtigend die Hand. »Ich werde euer Lager schon nicht gefährden. Gib mir ein wenig Zeit, und ich kann es sogar einrichten, dass niemand eure Vorräte entdeckt, selbst wenn irgendjemand tatsächlich hier reinschauen sollte.«

Melody nickte zufrieden und wandte sich dann an Kellin, der sich auf eine der Treppenstufen niedergelassen hatte und mit geschlossenen Augen dasaß.

»Hey Kel, mach mir hier nicht schlapp.« Sie warf ihm einen besorgten Blick zu. »Du musst schließlich bald zurück zur Feste, bevor deine Schicht beginnt.«

Der Magier antwortete erst nicht, doch dann gab er ihr mit einer knappen Handbewegung zu verstehen, dass sie zu ihm herüberkommen sollte. Das Mädchen wies die beiden Jungs an, Marius beim Aufräumen und Herrichten eines Lagers zu helfen. Dabei fiel plötzlich auf, dass Aiden fehlte.

Suchend sah sich Melody um. »Hat wer gesehen, wo Aiden geblieben ist? War er nicht eben ...«

»Er ist oben bei den Zinnen.« Kellin hatte so leise gesprochen, dass es fast einem Flüstern gleichkam.

Melody nickte zögernd und ließ sich neben ihm nieder. Sie musste sich weit zu ihm herüberbeugen, um ihn zu verstehen.

»Ich weiß nicht, wie lange ich das noch durchhalte, Melody. Es kostet mich so viel Kraft«, flüsterte er.

»Dann musst du es notfalls beenden. Bring dich nicht um, nur wegen ...«

»Auf keinen Fall!« Kellin packte sie am Handgelenk. »Dafür bedeutet es mir zu viel. Ich habe mich entschieden, die Verantwortung zu übernehmen und ich werde sie tragen.«

Das Mädchen sah ihn beinahe mitleidig an. »Was nützt dir deine ganze Revolution, wenn du dabei vor die Hunde gehst?«

Kellin schüttelte den Kopf und ließ sie wieder los. »Ich schaffe das irgendwie. Ich muss.«

Melody seufzte und zuckte in einer hilflosen Geste mit den Schultern. »Dann hoffe ich, dass dir deine Sturheit genügend Kraft gibt.« Nach einer kurzen Pause fügte sie hinzu: »Wenn es zu anstrengend ist, dann kann ich auch auf deine Hilfe verzichten. Wenn dein Plan gelingt, profitieren wir eh davon.«

Kellin sah sie überrascht an, dann lächelte er müde. »Danke, Melody. Aber ich pflege meine Versprechen einzuhalten. Wir helfen dir und deinen Tunnelratten, wie versprochen, und wenn die Magier frei sind, werdet ihr noch viel mehr Hilfe bekommen.«

Sie schien etwas entgegnen zu wollen, schwieg dann aber.

Kellin schloss wieder die Augen: »Gib mir noch ein paar Minuten.«

Das Mädchen drückte einmal sanft seine Schulter. »Ich werde mal nach Aiden sehen.«

Ein unmerkliches Nicken war die einzige Reaktion, die der Magier zustande brachte. Melody erhob sich und stieg die Treppen hinauf zu den Zinnen des Turmes.

Oben angekommen fand sie Aiden auf einer der breiten Zinnen sitzend, die Arme um die angezogenen Beine geschlungen, still in die Ferne blickend.

Vorsichtig näherte sie sich ihm. »Aiden?«

Der Junge zeigte keinerlei Reaktion. Er hätte auch einer der Wasserspeier sein können, die mit versteinertem Blick in die Ewigkeit starrten. Zögernd hob Melody eine Hand und berührte ihn sacht am Arm.

Es geschah so schnell, dass ihr nicht einmal Zeit zum Schreien blieb. Von einem Moment auf den anderen kippte die Realität zur Seite, und ein machtvoller Sog riss ihren Geist davon und ...

... wie ein Blatt im Sturm wirbelt sie haltlos über die Dächer der Stadt, gebadet im rötlichen Zwielicht des glühenden Himmels über ihr. Die Stadt selbst schimmert bläulich und die Gebäude sind transparent, sodass sie die Funken sprühende Energie sieht, die durch die Kristalladern der Stadt jagt.

Der Sog lässt sie hinabtauchen in ein Netzwerk aus Licht, in dem sich unzählige Lichter bewegen. Manchmal lösen sich Funken und sinken in die Struktur der Stadt ein, die sie begierig aufnimmt und in den energetischen Kreislauf der Stadt einfügt.

Ein Schaudern durchläuft Melody, als sie auf ihrem wilden Flug einige der Lichter streift oder sogar durchdringt. Bündel an Erinnerungen, Hoffnungen und Begierden, und sie alle hinterlassen einen einzigartigen Geschmack auf der Zunge. Sie hat kaum Gelegenheit, die Erfahrung zu verarbeiten, denn plötzlich drängt sich die Präsenz eines Bewusstseins in den Vordergrund, das sie umfängt und den Rest der Welt verschluckt, bis nur noch Melody und das Bewusstsein existieren. Es ist alt und wächst ständig, jede Veränderung durchmachend, die sich innerhalb seiner Grenzen ereignet.

Es ist Serinis selbst, und die Eindrücke, die von dieser mächtigen Seele herüberströmen, erschüttern das Mädchen in seinem Kern. Melody erkennt, dass die Seele der Stadt sie seit ihrer Geburt begleitet hat. Sie ist stets da gewesen, in der Vertrautheit ihres Zimmers, im Muster des Kopfsteinpflasters und in den Tunneln und Röhren der Unterstadt.

Mit einem Mal wird ihr bewusst, was es wirklich bedeutet, ein Kind von Serinis zu sein. Seit dem Tag ihrer Geburt hat sie die Essenz der Stadt geatmet und im Gegenzug ihre eigene Substanz dem großen Bewusstsein hinzugefügt, das Serinis ist. Eine perfekte Symbiose.

Für einen einzigen, schrecklichen Augenblick fühlt sie das fremdartige Bewusstsein in ihren Geist spähen und dann hört sie eine Stimme, die ihr durch Mark und Bein geht: »Singst du mir ein Lied, Melody?«

Plötzlich ist da eine zweite Präsenz, beruhigend und sanft, die den Fokus der Aufmerksamkeit auf sich zieht. Das Mädchen fühlt so etwas wie einen geistigen Stoß und dann …

… fand sie sich unvermittelt auf dem Boden des Wehrgangs sitzend, mit dem Rücken an der Brustwehr lehnend, wo sie zusammengesunken war. Sie blickte hoch zu Aiden, der von seinem Sitzplatz auf der Zinne unangenehm berührt zu ihr herabsah.

»Es tut mir leid, das wollte ich nicht, Melody.«

»Was beim Abgrund war das gerade?«

Sie rappelte sich auf und kam ein wenig unsicher wieder zu stehen. Das Herz klopfte ihr bis in den Hals, und noch immer spürte sie den Nachhall der Stimme in ihrem Geist klingen.

Aiden wandte sich ab und blickte gedankenverloren über die Dächer der Stadt hinweg. »Ich habe sie rufen gehört. Serinis. Sie wollte wissen, wer ich bin.«

»Und?« Der Tonfall des Mädchens klang angespannt.

Aiden hob leicht den Kopf, um das Gesicht in die ersten zarten Strahlen der Sonne zu halten, die durch das Grau des Morgens brachen. Seine Silhouette erschien in diesem Licht beinahe durchsichtig.

Als er schließlich antwortete, klang in seiner Stimme eine Mischung aus Trauer und Verwunderung mit. »Ich weiß es nicht.«

Melody trat an die Brüstung und betrachtete ebenfalls die Dächer der Stadt, die sie nun in einem völlig neuen Licht erwachen sah. So kurz ihr Ausflug in die bizarre Welt von Aiden auch gewesen war, hatte er doch ausgereicht, um ihre eigene Welt gründlich durcheinanderzuwirbeln. Sie war sich nicht sicher, ob sie weinen oder wütend werden sollte.

So standen sie eine Weile lang da, schweigend an der Geburt eines neuen Tages teilnehmend.

Schließlich brach Aiden die Stille. »Warum wollte Serinis, dass du ihr ein Lied singst?«

Ein Schatten huschte über Melodys Gesicht. Es dauerte eine Weile, bis sie antwortete: »Sie wird mich gehört haben, wenn ich für die anderen Straßenkinder gesungen und gespielt habe. Nach einem erfolgreichen Beutezug feiern wir manchmal im Keller eines verlassenen Hauses, unserem Rattennest.« Dann fügte sie hinzu: »Dort befindet sich auch meine Laute und die anderen Überreste meines ehemaligen Lebens.«

Ihre Haltung wirkte plötzlich angespannt. Sie wollte nicht zurückdenken an das, was hätte sein können. Trotzdem rang sie sich durch, ihre begonnene Ausführung zu Ende zu bringen. »Ich habe mal davon geträumt, eine wandernde Bardin zu werden, die durch das Land streift und andere Menschen unterhält. Ist leider nicht viel daraus geworden, als meine Eltern das Haus verloren und wir gezwungen waren, in die Unterstadt zu gehen.«

»Warum nicht?«

Melody sah den Jungen mitleidig an. »Du hast kaum eine Vorstellung von dem Leben da draußen, oder?«

»Ich kenne nur das Dorf, aus dem ich stamme. Das Dorf und das Meer.«

Das Mädchen seufzte. »Sagen wir es so: Ich hatte mit ganz anderen Sorgen zu kämpfen und wenig Zeit, meinen Träumen hinterher zu trauern. Überleben war anfangs schon schwer genug.«

»Und deine Eltern?«

Melody fuhr nachdenklich mit den Fingern eine Furche im Gemäuer nach. »Arbeiten für einen der Bosse wie jeder andere auch. Ich schau ab und zu nach ihnen, wie es ihnen geht, aber in letzter Zeit habe ich genug mit meiner eigenen Bande zu tun. Und natürlich mit euch Magiern. Wir setzen alle Hoffnung in das Gelingen eures Plans.«

Aiden wusste daraufhin wenig zu sagen. So bemerkte er stattdessen: »Ich würde dich auch gerne einmal spielen hören. Wir hatten nie Besuch von einem Barden, und ich kenne nur den Gesang der Sirenen.«

»Sicher, warum nicht?« Melody sah ihn prüfend an. »Sobald wir wieder einen Beutezug erfolgreich abgeschlossen haben, gibt es genug Grund zu feiern. Deine Fähigkeiten werden uns dabei sehr hilfreich sein. In letzter Zeit ist es zunehmend schwieriger geworden, an Sachen heranzukommen, ohne erwischt zu werden. Viele haben die neueste Technik installiert, und die magischen Alarmrunen und Sicherungen sind kaum zu umgehen.«

Der Junge schürzte die Lippen. »Ich habe Mittel und Wege, um mich an ihnen vorbeizuschleichen oder um sie für eine kurze Zeit nutzlos zu machen.«

»Der Gedanke daran gefällt dir nicht.« Melody musterte ihn abschätzend.

Aiden nickte leicht. »Ich habe nicht damit gerechnet, meine Fähigkeiten eines Tages zum Stehlen einsetzen zu müssen.«

»Ich fürchte, du wirst im Zuge unserer kleinen Revolution noch ganz andere Dinge tun.« Melody schnaubte. »Was denkst du, was geschieht, wenn Kellins Plan fehlschlägt und es zu Kämpfen kommt? Wirst du dann danebenstehen und zuschauen oder deine Kräfte nutzen, um deine Freunde und Verbündeten zu schützen, selbst wenn das heißen sollte, dass du sie gegen andere einsetzen musst?«

Aiden schluckte schwer, und es dauerte eine Weile, bevor er antwortete: »Ich habe nie verstanden, warum ich diese seltsamen Fähigkeiten habe, aber ich habe sie stets als ein Geschenk gesehen. Diese Kräfte zum Verletzen oder gar Töten einzusetzen, käme mir wie ein Sakrileg vor.«

»Wirst du es dennoch tun, wenn es die Situation erfordert?«

Da war wieder diese Härte in ihrem Blick, die Aiden schaudern ließ. Unsicher rang er die Hände. »Woher soll ich das wissen, bevor ich nicht in einer solchen Situation gewesen bin? Ich habe geschworen, euch zu helfen, und das werde ich auch tun. Natürlich werde ich meine Kräfte zu eurem Schutz einsetzen, aber bevor ich damit jemanden in tödlicher Absicht angreife, muss es schon wirklich um Leben oder Tod gehen.«

Das Mädchen wirkte skeptisch, entgegnete dann aber: »Das sollte reichen. Keiner von uns sehnt einen Kampf herbei, aber sollte es dazu kommen, dann lieber die als wir.«

»Melody, nun bedränge Aiden doch nicht mit solchen Schreckensszenarien.«

Kellin war die Treppe heraufgekommen und sah sie tadelnd an.

Sie zog die Augenbrauen hoch. »Besser zu früh als zu spät. Kein Grund, ihn mit Samthandschuhen anzupacken. Er soll wissen, worauf er sich einlässt.«

»Das soll er auch, aber ich würde es dennoch schätzen, wenn du seine Vorbereitung mir überlässt.«

»Was denn, eifersüchtig?« Sie grinste spöttisch, während Kellin rot wurde.

»Sehr witzig.« Abrupt wandte er sich an Aiden, der in der Zwischenzeit von der Zinne geklettert war und auf dem Wehrgang stand. »Ich wollte nur Bescheid sagen, dass ich jetzt zur Feste zurückkehren muss. Du wirst bei Melody und den Tunnelratten bleiben, bis ich dich kontaktiere. Mach dir um deine Abwesenheit keine Sorgen, es ist alles vorbereitet und unter unserer Kontrolle. Jannik und ich regeln das schon.«

Aiden war verwirrt von Kellins Reaktion. Wieso war der Magier rot geworden? Schämte er sich etwa für ihn? Er konnte sich keinen Reim darauf machen, aber dafür war ihm etwas aufgefallen. »Du bist der Leiter des Widerstandes, nicht wahr?«

Melody kicherte in sich hinein. »Das hat ja nicht lange gedauert.«

Kellin seufzte. »Ich würde es eher als Drahtzieher im Hintergrund beschreiben. Der Widerstand hat sich in mehreren Städten des Reiches formiert und wir arbeiten alle zusammen. Magier, Verbündete, Sympathisanten. Hier in Serinis befindet sich die größte Enklave von Magiern, und ich sitze in einer günstigen Position im Orden. Ich kann uns viele Vorteile verschaffen und unsere Bemühungen relativ ungestört koordinieren. Aber davon später einmal mehr.«

Er wollte schon gehen, als Aiden flüsterte: »Die Stadt ist unruhig. Ein Sturm braut sich unter ihr zusammen, und sie hat Angst, was im Zuge einer Auseinandersetzung geschehen könnte.«

Kellin starrte ihn ausdruckslos an. »Das hat sie dir also gesagt, hm?«

Aiden war verdutzt, denn der Magier wirkte beleidigt. Um die Mundwinkel des Mädchens, das die beiden neugierig beobachtete, spielte dagegen ein spöttisches Lächeln.

»Glaubst du mir etwa nicht?«

Müde fuhr Kellin sich über die Augen. »Ist schon gut, verzeih mir. Ich war nur überrascht, dass die Stadt zu dir spricht. Ich ... ich habe von solchen Phänomenen gehört, dass Menschen mit besonderen Gaben angeblich mit unbelebter Materie kommunizieren können, aber es jetzt von dir in einer solchen Selbstverständlichkeit berichtet zu bekommen, ist schon überwältigend.«

Sacht nickte Aiden. »Viele Dinge können mit der Zeit ein Bewusstsein entwickeln. Die meisten Menschen ahnen nicht, dass sie von lebendiger Materie umgeben sind. Sie sehen meist nur Werkzeuge, nützliche Dinge, die man gebraucht, bis man ihrer überdrüssig wird und dann wegwirft. Das haben sie aber, wie ich finde, nicht verdient, daher versuche ich, ihnen mit Respekt zu begegnen.«

Der Blick des Magiers hatte sich getrübt und war nach innen gerichtet, und es lag etwas darin, dass Aiden unwillkürlich schaudern ließ. Unbehaglich sah er zu Boden.

Kellin trat an ihm vorbei an die Brüstung des Turms, stützte sich schwer darauf und sagte leise: »Du hast Recht, Aiden. Ich wünschte mir auch manchmal, dass die Menschen mehr auf das achten würden, was in ihrer Umgebung geschieht. Aber manchmal entscheiden sie sich dafür, etwas bewusst zu ignorieren, denn ihm Beachtung zu schenken, hieße, die Verantwortung dafür zu übernehmen. Und damit tun viele sich schwer. Erst recht, wenn es um Dinge geht, die sie weder verstehen noch kontrollieren können.«

»Hast du denn alles unter Kontrolle?«

Kellin blickte ungehalten zu Melody zurück. Die Frage kam so schnell, dass es schien, als hätte sie nur auf diese Vorlage gewartet. »Denkst du denn, dass ich alles unter Kontrolle habe?«

»Ist es wichtig, was ich denke? Du wirst deinen Plan sowieso durchziehen, ganz gleich, was ich denke oder sage.«

Eine Weile starrten die beiden sich an, während Aiden zunehmend unwohler wurde. Es war offensichtlich, dass es hier um ein altes Streitthema ging, und er wusste nicht, was er tun sollte, um die Situation zu entschärfen.

Schließlich stieß sich Kellin entnervt vom Geländer ab und ging zurück zum Treppenaufgang. Ohne sich noch einmal umzudrehen, meinte er: »Ich muss jetzt zurück zur Feste und ein paar Dinge regeln. Melody, er gehört dir für die nächsten Tage. Du kannst dich später bei mir bedanken.«

Und damit begab er sich nach unten.

Aiden sah ihm irritiert hinterher und wandte sich dann Hilfe suchend an Melody, die mit ausdrucksloser Miene die Stelle betrachtete, an der eben noch der Magier gestanden hatte.

»Was hat er denn? Gibt es irgendein Problem mit der Planung, von dem ich wissen sollte?«

Das Mädchen winkte ab. »Mach dir keinen Kopf, du kannst am allerwenigsten dafür. Sagen wir einfach: Kellin und ich haben unterschiedliche Ansichten, was die Sicherheit unserer Operation angeht. Komm jetzt, ich bringe dich zum Rattennest und stell dich den anderen vor.«

Aiden folgte ihr in betretenem Schweigen. Was ihm nicht aus dem Sinn ging, war die Reaktion des Magiers am Ende ihrer Unterhaltung. Sie war ihm wie eine Flucht vorgekommen, doch vor was sollte Kellin fliehen?

Mühsam schob er die unangenehmen Gedanken beiseite und schwor sich, sein Bestes für die Tunnelratten zu geben. Er wollte die Verbündeten der Magier nicht enttäuschen, und erst recht nicht das Vertrauen, dass Kellin in ihn gesetzt hatte. Der Leiter des Widerstandes selbst!

Doch trotz aller Versuche, sich selbst zu motivieren, gelang es ihm nicht, das Gefühl der Verlorenheit gänzlich abzuschütteln. Es hielt ihn fest in den Krallen und setzte ihm zu, aber am Schlimmsten war die allgegenwärtige Angst vor einer Welt, in die er so unsanft hineingestoßen worden war und die ihm fremd und gefährlich vorkam.

Fast hätte er seine Gedanken laut ausgesprochen. Da drehte sich Melody plötzlich um und schenkte ihm ein aufmunterndes Lächeln, und er klammerte sich an dieses Lächeln wie ein Ertrinkender an ein Stück Treibgut. Es würde ihm helfen, nicht unterzugehen.

Das Flüstern der Stadt war allgegenwärtig, während sie durch das Labyrinth der Straßen und Gassen huschten. Begleitet wurde es von dem Summen und Knistern, das aus den Kristallen drang, die über Hauseingängen prangten, sich als Leitungen über Fassaden zogen und von Dachgiebeln herableuchteten. Manchmal, wenn sich die magische Energie darin regte, sprangen glitzernde Funken heraus und schwirrten wie verirrte Glühwürmchen durch die Luft. Ihr Schein verlieh den Schatten der Häuser eine unwirkliche Qualität.

Oben, vom alten Wachturm aus, hatte Aiden bereits einen Eindruck von Serinis' verworrener Struktur bekommen. Aus der Höhe hatte er es gut aushalten können, ohne sich von ihrem Ausmaß überwältigt zu fühlen. Hier am Boden jedoch fühlte er sich wie eine Ratte, die unter dem prüfenden Blick einer ihr weit überlegenen Präsenz durch nie enden wollende Gänge lief, nur um irgendwann feststellen zu müssen, dass es aus diesem speziellen Kosmos kein Entkommen gab.

Er spürte Serinis am Rande seines Bewusstseins, wie sie ihn aus den Nischen und Ritzen des Kopfsteinpflasters anstarrte, aus dem Dunkel hinter den Torbögen und den Reflexionen im Glas der Fenster.

Wenn er sich konzentrierte, konnte er ihren Ruf in seinem Geist deutlich wahrnehmen: »Wirst du für mich tanzen, kleiner Träumer?«

Aiden war sich nicht sicher, ob er ihrem Wunsch nachkommen wollte. Er wusste, dass sie Geheimnisse vor ihm hatte. Sie brauchte ihn für etwas Bestimmtes, doch was das war, wollte sie ihm nicht verraten, und so hielt er sie auf Abstand. Er würde sich keine Ablenkung bei dem Vorhaben der Tunnelratten erlauben. Er wollte ihnen zeigen, dass er nützlich war, dass sie ihn zurecht bei sich aufgenommen hatten und ihm ihr Vertrauen schenkten.

Die Art ihrer Unternehmungen sagte ihm zwar wenig zu, doch wenn er seine derzeitige Situation mit der Enge und bedrückten Stimmung der Enklave verglich, war es ihm dieses Opfer fast schon wert.

Aiden hatte ihrer Besprechung und Planung zuvor im Rattennest beigewohnt. Sie hatten ein Ziel in einem der wohlhabenderen Viertel ausgewählt. Der Vorschlag, dieses Haus zu wählen, war aus einer verlässlichen Quelle in der Unterstadt gekommen, und den Angaben zufolge würde der Raubzug sich lohnen.

Aiden sollte eine besondere Rolle zufallen. Wenn er es richtig verstanden hatte, war dieses Ziel einzig und allein wegen seiner speziellen Talente ausgesucht worden. Ihm gefiel dieser Umstand zwar ganz und gar nicht, vor allem da dadurch eine Menge Verantwortung auf ihm ruhte, aber er hatte sich dem Wunsch seiner zeitweiligen Familie nicht verweigern wollen. Er wollte nicht riskieren, schon wieder ausgeschlossen zu werden. Also hatte er zugestimmt und war ihnen in die schlafende Stadt gefolgt.

Im Zwielicht der frühen Morgenstunden hatten sich die Menschen in ihre kleinen Festungen zurückgezogen, um die geisterhafte Welt der verlassenen Straßen jenseits der Riegel und Vorhänge auszusperren. Das kam Melody und ihrer Bande natürlich gerade recht. Es war ihre bevorzugte Zeit, um zwischen den hohen, abweisenden Fassaden auf Jagd zu gehen, wenn die Häuser sich wie einsame Statuen aus dem Grau schälten. Keiner wusste so gut wie die Straßenkinder, wie viele der Häuser mittlerweile nicht mehr bewohnt waren und langsam verfielen. Auch Aiden spürte dieses Siechtum, wenn er seine Hand an den Wänden entlangfahren ließ, und nur noch das leise Bedauern eines Wesens spürte, das seinen Zweck verloren hatte.

Sie waren eine Weile unterwegs, um vom Rattennest zu ihrem Ziel zu gelangen, und Aiden blieb auf dem Weg öfter stehen, um die Eindrücke zu verarbeiten, die von allen Seiten auf ihn eindrangen. Sein ganzes Leben lang hatte er nur die Stille und Beschaulichkeit des Dorfes gekannt, den erhabenen Anblick der eisigen See und das ferne Glimmen der Sterne am Nachthimmel.

Nun, da er seine ersten Ausflüge in die Stadt machte, vertiefte sich sein Eindruck, dass er nur wenig vom Leben und der Welt wusste. So viele neue Dinge sprangen ihm ins Auge, die er nicht zuordnen konnte. Hinzu kam, dass ihn die Gespräche seiner Begleiter verwirrten, wenn sie flüsternd etwas kommentierten und lachten. Er hatte einfach keinen Bezug zu den Themen und Objekten ihres Interesses. Die ungläubigen Blicke, die sie ihm zuwarfen, wenn er sie wieder einmal verständnislos ansah, schmerzten.

Als sie schließlich vor dem Haus ankamen, das sie als Ziel auserkoren hatten, hielt er sich bewusst im Hintergrund, um ihre Bemühungen nicht zu stören. Er wusste, dass sie seine Kräfte früh genug brauchen würden.

Von außen wirkte das Anwesen mit seinen stilisierten Säulen, den wuchtigen Decken und breiten Türen und Fenstern wie ein Tempel. Dass es einer reicheren Familie gehören musste, war schnell ersichtlich geworden, schon als sie sich genähert und ihnen die glühenden Schutzrunen entgegengeleuchtet hatten. Diese Art der Gebäudesicherung kostete eine hübsche Stange Geld. Um sie zu bekommen, musste man sich an den Orden wenden, und dieser verkaufte seine Dienste teuer.

Das Verlangen nach Sicherheit war bezeichnend für die angespannte Lage, in der sich die Stadt und ihre Bürger befanden, die alle mit Sorge auf die Gefahr blickten, die im Untergrund lauerte und schwelte. Die Unterstadt und das Konzil der Schatten gaben sich nicht einmal viel Mühe, ihre Ambitionen zu verheimlichen. Jeder wusste, dass es nur eine Frage der Zeit war, bis das Schattenreich seine Pforten öffnen würde, um wie eine dunkle Woge in die obere Stadt zu spülen.

Aiden schauderte bei dem Gedanken, was im Falle einer gewaltsamen Auseinandersetzung geschehen würde, und er konnte am Rande seines Bewusstseins Serinis spüren, die seine Furcht teilte. Einen kleinen Vorgeschmack bekam er bereits hier und jetzt.

Die Tunnelratten schlichen gesammelt zu einem unscheinbaren Abschnitt der Hauswand, der im hinteren Bereich des Grundstücks lag. Auch hier zogen sich magische Symbole über das Mauerwerk und sandten ihre Impulse aus, fast wie ein Flüstern, das jedem Eindringling ein äußerst unangenehmes Schicksal versprach.

Während Aiden darauf wartete, dass Melody und die anderen die Überprüfung der Wand abschlossen, wanderte er unruhig auf und ab. Sein Blick glitt über die schlafende Umgebung, trotz der frühen Zeit stets damit rechnend, dass ungebetene Passanten auftauchen und sie überraschen würden. Natürlich hatte Melody ein paar ihrer Jungs zum Spähen abgestellt, doch sicher fühlte sich Aiden ganz und gar nicht.

Um sich abzulenken und zu beruhigen, blickte er in die spiegelnde Oberfläche zu seinen Füßen. Es hatte in der Nacht geregnet, und auf dem unebenen Steinpflaster hatte sich Wasser gesammelt. Aiden sah nachdenklich hinein und betrachtete sich im Schein der Kristalllampen, die seinem Spiegelbild eine geisterhafte Note verliehen. Ein Schatten huschte über die Wasseroberfläche, und dann glaubte er die Gestalt von Kellin hinter seinem Spiegelbild auftauchen zu sehen, die Hand nach ihm ausstreckend und durch ihn hindurchgreifend.

Erschrocken fuhr Aiden zusammen und trat einen Schritt zurück, doch als er vorsichtig einen zweiten Blick wagte, wartete dort nur ein Junge auf ihn, der ihn verängstigt anblickte.

»Aiden, wir sind soweit. Wir haben die Angaben geprüft: Der Raum, den wir suchen, befindet sich hinter der Wand.«

Melody und die anderen sahen ihn erwartungsvoll an. Aiden schluckte schwer und versuchte sich zusammenzureißen. Er durfte sich keinen Fehler erlauben oder dieser Einbruch würde sehr kurz und vor allem sehr laut werden.

Er schloss die Augen, atmete einmal tief durch und griff nach der Traumebene, begleitet vom protestierenden Stöhnen der Runen und unter dem wachsamen Auge von Serinis. Er packte die Traumessenz und zog sie in die Realität herüber, dann ließ er sie in den Stein und in die magischen Symbole strömen.

Die Wirkung begann sich nur langsam zu zeigen. Die glühenden Zeichen waberten erst wenig, dann immer stärker, bis sich die einzelnen Linien und schwungvollen Bögen wie im Takt einer fernen Musik zu bewegen begannen.

Ein Raunen ging durch die Tunnelratten, deren Blicke gebannt an dem Spektakel hingen. Aiden hätte sich sicher geschmeichelt gefühlt, wenn er in diesem Moment nicht all seine Konzentration gebraucht hätte, um den Bereich um die Alarmrunen mit der Traumebene zu verbinden und sie dadurch temporär aus dieser Realität zu heben.

Glücklicherweise konnte er die in den Runen gespeicherte Energie benutzen, um ihnen mithilfe seiner Gabe ein kurzweiliges Eigenleben zu gewähren. Genug Zeit, so hoffte er, damit sie die begehrte Beute aus dem Haus schaffen konnten.

Unter seinem Einfluss begannen die Runen sich vom Gemäuer zu lösen und in der Luft zu tanzen wie Marionetten, die sich in einem wilden Reigen wiegten und drehten. Aiden überprüfte kurz die Stabilität seiner Traumweberei. Dann nickte er den wartenden Tunnelratten zu.

Melody gab ein knappes Zeichen, und sie nahmen Aufstellung vor der Wand. Warum ihre Bande den Namen Tunnelratten trug, wurde schnell ersichtlich, als Floh ein Gerät hervorzog, das aus einem Griff und einer Fassung mit einem kegelförmigen grünen Kristall bestand, der im fahlen Licht matt schimmerte. Ohne zu zögern, setzte der Junge den Kristall gegen die Wand und ließ die Mecha-Magie zum Leben erwachen. Mit einem Knistern und Summen begann der Kristall in die Wand einzusinken und eine Öffnung zu schaffen, die sich rapide ausweitete. Der verdrängte Stein wucherte nach außen und am Gemäuer entlang, bis schließlich ein Durchgang entstanden war, der es ihnen erlaubte, den dahinter liegenden Raum zu betreten.

»Wo habt ihr das denn gefunden?«, fragte Aiden erstaunt.

Melody zuckte die Achseln. »Hat halt seine Vorteile, mit ein paar Magiern verbündet zu sein. Wobei ich glaube, dass es ursprünglich nicht für diese Zwecke vorgesehen war«, fügte sie mit einem Grinsen hinzu, bevor sie den Keller mit den anderen betrat.

Zwei von ihnen ließ sie als Späher am Eingang zurück. Auch Aiden fühlte sich veranlasst, hinterherzukommen und sich umzusehen, wenngleich auch mehr aus Neugier als aus Begeisterung über ihr Vorhaben.

Der Raum entpuppte sich als ein Lager für Kunstgegenstände, Trophäen, Antiquitäten und andere Seltsamkeiten, die im Laufe der Jahre in den Besitz der Familie geraten waren. Aiden blickte sich staunend um. So viele gesammelte Geschichten lagerten hier, zusammengetragen aus den verschiedensten Ecken der Welt, und sie alle flüsterten zu ihm, begierig ihr Leben vor ihm ausbreitend. Er konnte ihre Enttäuschung spüren, eingesperrt in einer engen Kammer, in der sie viel zu selten jemand besuchen kam, dem sie sich präsentieren konnten.

Mitleidig wanderte Aiden an den Podesten entlang, sacht mit der Hand über die Schaustücke streichend und sich für die Flut an Eindrücken und Bildern öffnend, die sie in seinen Geist pflanzten.

Er steht auf dem Rücken ockergelber Dünen, vor ihm die vor Hitze flackernde Hölle des gnadenlosen Sandmeeres, der penetrante Geruch schwitzender Tiere und Menschen, das leise Stöhnen und Wehklagen seiner erschöpften Gefährten, sie alle nur noch beseelt von dem Gedanken, einen Fuß vor den anderen zu setzen, um in einer fernen Zukunft einmal das Unmögliche vollbracht und dieser menschenfeindlichen Umgebung ihre letzten Geheimnisse abgerungen zu haben.

Ein anderes Mal betritt er die majestätische Schönheit einer zerklüfteten Berglandschaft, die Luft kalt und klar in die Lungen schneidend, das Knirschen des Schnees unter den Füßen und die Fäden weißen Nebels, der aus Mündern und Nasen der Expeditionsteilnehmer entweicht. Seine Hand auf rauem Fels liegend, angesichts der Äonen zählenden Geschichte dieses so unscheinbaren Klumpen Gesteins von plötzlicher Demut überwältigt.

Oder der unbeschreibliche Schock, der ihn durchfährt, als sie nach Tagen mühseliger Wanderung durch unwegsamen Dschungel einem Angehörigen einer fremden Kultur folgend dessen Hauptstadt erreichen und sich vor ihnen ein Gestalt gewordener Traum aus Silber und Gold erhebt.

Ein Laut ließ Aiden zusammenschrecken und riss ihn unsanft aus seinen Visionen. Die Tunnelratten hatten keine Zeit verschwendet und waren damit beschäftigt, ihre Beute in einen großen Sack zu stopfen, wobei kleinere Schmuckstücke kurzerhand in Jacken und Hosentaschen wanderten. Einer der Jungen war gerade dabei, wertvoll aussehende Goldmünzen einzusammeln, die auf einem niedrigen Beistelltisch neben einer klobigen Steinstatue ruhten.

Letztere schmeichelte nicht gerade dem Auge und ließ Zweifel am Geschmack des Sammlers aufkommen. Sie war unförmig und beinahe als abstoßend zu bezeichnen mit ihrem fratzenhaften Gesicht, den fledermausartigen Ohren und Flügeln und den langen Zähnen, die ihr aus dem Maul ragten. Was Aiden und die anderen zusammenfahren ließ, war jedoch nicht ihr Anblick, sondern der knurrende Laut, der aus ihrem Maul drang. Das, und die Tatsache, dass sie mit einem knirschenden Geräusch den Kopf wandte und sie aus rötlich glühenden Augen anstarrte.

»Raus!«

Melodys gehetzter Befehl ließ die Tunnelratten prompt alles stehen und liegen lassen und die Flucht ergreifen. Der Junge in der Nähe des zum Leben erwachten Gargoyle konnte sich gerade noch rechtzeitig unter dem Griff der Statue hinwegducken, die nun vollends zum Leben erwacht war.

Aiden konnte sich trotz des Schreckens nicht einer gewissen Faszination für das mecha-magische Konstrukt erwehren, das sich vor seinen Augen aktiviert hatte. Für einen kurzen Moment starrten sie sich an, Traumtänzer und Kreatur. Aiden verspürte das seltsame Bedürfnis, die Hand auszustrecken und sie zu berühren. Das dumpfe Grollen, das aus dem Maul des Gargoyle entwich, und die klauenartigen Hände, die sich reflexartig öffneten und schlossen, machten ihm jedoch deutlich, dass eine Berührung des Konstrukts ihn teuer zu stehen kommen würde.

»Aiden, komm schon, verdammt noch mal!« Melody machte vom Durchbruch her eine unwirsche Handbewegung.

Zusammen jagten sie durch das Zwielicht der frühmorgendlichen Stadt. Aiden war gefangen in einer Mischung aus Panik und begeisterter Aufregung. Alles fühlte sich so falsch an, so absurd, und doch kam er sich lebendiger vor als je zuvor.

Im Schatten einer langen Gasse hielt Melody unverhofft inne. Aiden wollte schon fragen, warum sie stoppten, als ein Schatten das schmale Stück Himmel über ihnen verdunkelte. Kurz darauf landete der Gargoyle mit einem lauten Knall vor ihnen auf den Steinen. Ein Knurren entrann seiner Kehle, als er sprungbereit in der Hocke kniete, die glühenden Augen auf sie geheftet.

Melody drängte die Kinder hinter sich zurück, sodass nur Aiden und sie vorn standen, der Kreatur den Weg versperrend.

Aiden wusste zwar, dass Melody kämpfen konnte, doch wie er selbst in einer solchen Situation von Nutzen sein sollte, war ihm schleierhaft. Vielleicht gelang es ihm ja, das Geschöpf durch die Manipulation der Traumebene genügend zu verwirren, dass die Bardin es überwältigen konnte.

Er sollte es nie erfahren.

Vom anderen Ende der Gasse, ein Stück hinter dem Gargoyle, tauchten mehrere vermummte Gestalten auf, und unmittelbar darauf zuckte ein bläulich schimmerndes Geschoss durch die Luft und bohrte sich in den Rücken des Konstrukts. Mit einem beinahe tierhaften Schrei stürzte es knisternd von Energie umspielt zu Boden und kam dort zuckend zu liegen. Allmählich erlosch das Glühen in seinen Augen, bis sie dunkel und stumpf ins Nichts starrten.

Aiden wusste nicht wieso, aber er verspürte Mitleid mit dem Wächter-Konstrukt.

Ein hochgewachsener Mann in einem Kapuzenmantel trat vor und senkte die Armbrust. Melody steckte ihre Dolche in die Scheiden, ging auf ihn zu und gab ihm einen unsanften Stoß in die Seite.

»Malik, du hättest mir sagen können, dass ›mitbringen‹ in diesem Fall ›Köder spielen‹ hieß. Du weißt, wie ich reagiere, wenn jemand meine Bande in Gefahr bringt, hm?«

Der Schurke rieb sich die Seite und brummte: »Ist doch nichts passiert. Und du weißt, dass diese Dinger darauf aus sind, die Diebe lebend auszuliefern. Nun reg dich nicht auf.«

Melody schnaubte, beließ es aber dann mit einem Nicken und einer auffordernden Geste. »Dann ist unser Teil der Abmachung abgeschlossen. Was ist mit dir und deinen Wölfen, Malik?«

Dieser schaute kurz zu seinen Leuten, dann zurück zu ihr und nickte knapp. »Du weißt, was ich davon halte, mit wem du gemeinsame Sache machst, aber selbst ich sehe ein, dass die Magier nützlich sein können.« Er tippte mit der Fußspitze gegen den gefallenen Gargoyle. »Was er zweifelsohne bewiesen hat.« Sein Blick wanderte zu Aiden und verfinsterte sich, dann fuhr er jedoch fort: »Außerdem, ein Handel ist ein Handel. Es wird keine weiteren ... Zwischenfälle mehr geben. Und Terell wird dir auch keine Schwierigkeiten mehr machen. Ich habe mich darum gekümmert.«

Melody fixierte ihn lange, bevor sie die Hände sinken ließ. »Gut, dann ist ja alles geregelt, oder?«

Statt einer Antwort trat Malik auf sie zu und umarmte sie sacht. »Bis später, Kleines.« Er handelte sich dafür einen weiteren Hieb ein, doch falls er einen Schmerzenslaut ausstieß, wurde er vom derben Lachen seiner Leute übertönt.

Aiden hatte dem Geplänkel schweigend zugesehen und versucht zu verstehen, was vor sich ging. Dies war also der mysteriöse Freund Melodys, von dem sie manchmal sprach. Sie hatte ihn bereits bei dem unschönen Zusammenstoß in der Unterstadt erwähnt, und dem Tuscheln der Tunnelratten und seinen eigenen Vermutungen nach musste er auch ihre Hauptquelle für Informationen bezüglich neuer Ziele in der Stadt sein.

Malik wirkte nicht sonderlich vertrauenerweckend auf Aiden. Allerdings war ihm bewusst, wie fremdartig ihm manchmal der Umgang zwischen den Menschen erschien und dass er kaum verstand, wie sie dachten und handelten. Er war jedenfalls froh, dass der Mann und seine Bande aufgetaucht waren und sie vor dem Gargoyle gerettet hatten.

Mittlerweile empfand er tiefes Mitleid mit der Kreatur, die nun von Maliks Leuten verpackt und verschnürt wurde. Irgendwie machte ihr Anblick ihn traurig, doch konnte er nicht sagen, warum er so stark für sie empfand.

Aiden schüttelte den Kopf und folgte gedankenverloren Melody und den anderen, als sie sich auf den Rückweg ins Rattennest machten.

Die folgenden Tage erlebte Aiden wie in Trance. Gemeinsam mit Melody und den Tunnelratten zog er des Nachts durch die Straßen und Gassen der Stadt, verschaffte sich Zugang zu Kellern und Warenhäusern und spielte mit der Stadtwache Katz und Maus.

Aiden stellte fest, dass viel zu viel um ihn herum geschah, als dass er die Gelegenheit gehabt hätte, Angst zu empfinden. Er hatte zwar noch immer Gewissensbisse, seine Fähigkeiten für derartige Zwecke einzusetzen, aber er sah natürlich auch den Überlebenskampf, den die Kinder führten. Alles, was sie besaßen, hatten sie sich erkämpfen müssen, und das Einzige, was sie vorantrieb, war die Hoffnung, eines Tages mit einem Gefühl der Sicherheit und Geborgenheit aufwachen zu können.

Melody kümmerte sich rührend um ihre Schützlinge, und Aiden begriff mit der Zeit, dass sie ihre raue Schale nicht nur zu ihrem eigenen Schutz geschaffen hatte. Sie war hart geworden, damit andere es nicht sein mussten. Sie trug die Verantwortung für ihre kleine Bande und konnte sich keine Fehler oder Schwäche erlauben. Nur manchmal schimmerte ihr wahres Wesen durch die Maske hindurch, hinter der sie sich für gewöhnlich schützend verbarg. Sie gehörte zwar zu den Menschen, die sich dieses Umstands bewusst waren, aber es änderte nichts daran, dass sie ihrer Rolle die meiste Zeit über nicht entfliehen konnte. Daher war es immer ein besonderer Augenblick, wenn sie nach einem erfolgreichen Beutezug im Keller des Rattennests feierten, und sie schließlich zur Laute griff und ihren alten Traum aufleben ließ. All die Härte und Bitterkeit, die sonst ihren Blick und ihre Haltung begleitete, schmolz unter dem Klang der Saiten dahin, und ihre Stimme war lebendig und unbeschwert.

Aiden wurde während seiner Zeit bei Melody und den Straßenkindern eines deutlich: Er würde nicht nur für die Magier kämpfen. Er würde für all die unerfüllten und zerbrochenen Träume kämpfen, die tot und begraben in den Menschen schlummerten und doch ab und zu gewaltsam an die Oberfläche drangen.

Seine Aufnahme in den Kreis der Bande war zu seiner Überraschung recht unproblematisch verlaufen. Die Kinder kümmerte es nicht, woher er kam und ob er Magier oder Träumer war. Für sie war wichtig, dass er ihnen half, zu überleben, und sie ihm vertrauen konnten. Natürlich trugen seine Fähigkeiten dazu bei, den Respekt der Bande zu gewinnen, doch am Schönsten war für ihn, einfach als Mitglied der Gruppe akzeptiert zu werden. Er verstand zwar nicht immer, worüber die anderen redeten, und er hatte Mühe, ihren Spielen und Scherzen zu folgen, aber trotzdem fühlte er sich unter ihnen weniger einsam als in der Enklave.

Er wünschte, er hätte sich mehr in ihren vertrauten Kreis einbringen und ebenfalls aufregende Geschichten aus seinem Leben erzählen können. Aber alles, woran er sich erinnern konnte, wenn er sein altes Leben vor seinem inneren Auge heraufbeschwor, war die sich ewig wiegende See tief unter seinen Füßen. Das Dorf und seine Bewohner verblassten zunehmend hinter einem undurchdringlichen Nebel und wurden zu verschwommenen, bedeutungslosen Schemen. Auch die Erinnerungen an die Erlebnisse seiner Kindheit erschienen ihm mit einem Mal so fremd, dass sie genauso gut einem anderen hätten gehören können.

Aiden wurde unangenehm berührt klar, wie sehr ihn die Realität seines neuen Alltags bereits in Bann geschlagen hatte. Es fühlte sich beinahe an, als habe sein Leben gerade erst begonnen und alles davor wäre ein flüchtiger Traum gewesen, bloßes Beiwerk, um die Hauptattraktion einzuleiten. Da ihm während der abendlichen Zusammenkünfte nichts einfiel, das er über sich erzählen konnte, beschloss er, über die Ebene der Träume und die Wesen der Anderswelt zu reden.

Dies fand großen Anklang, da er mittels seiner Fähigkeiten Visionen erscheinen lassen konnte, die seine Worte mit kraftvollen Bildern begleiteten.

So kam es, dass sich durch seine Weberei der Keller des Rattennests erst in einen verwunschenen Feenwald, dann in eine Stadt am Grunde des Meeres und schließlich sogar in einen wilden, ungezähmten Dschungel verwandelte. Die Begeisterung der Kinder kannte keine Grenzen, und selbst Melody hatte Schwierigkeiten, die Ruhe beizubehalten. Aiden spürte, wie gern sie sich der kindlichen Unbekümmertheit hingegeben hätte, doch die Verpflichtungen ihrer Rolle hielten sie zurück. Am liebsten hätte er ihr die Last von den Schultern genommen, aber sein eigenes Schicksal machte ihm bereits mehr als genug zu schaffen.

Er verstand mittlerweile auch, warum das Rattennest eine besondere Bedeutung für Melody besaß. Er war darauf gestoßen, als er sie eines frühen Morgens, als er wieder einmal nicht hatte schlafen können, allein in einem der leeren Zimmer gefunden hatte. Sie hatte schweigend auf dem Boden gesessen und geistesabwesend mit den Fingern über die Holzleisten gestrichen. Als er aufgetaucht war, hatte sie nur kurz aufgeblickt und ihm zu verstehen gegeben, sich zu entfernen. Aiden war der Anweisung hastig nachgekommen, doch so kurz der Moment auch gewesen war, er hatte ausgereicht, um zu erkennen, was das Rattennest wirklich war und warum Melody es zu ihrem Refugium erklärt hatte.

Er fragte sich, ob die anderen wussten, dass Melody sie in ihrem ehemaligen Elternhaus einquartiert hatte. Sie sprach so gut wie nie über ihre Vergangenheit, auch nicht mit ihren Tunnelratten.

Vielleicht gehörte es zu den Geheimnissen, auf die jeder Mensch ein Recht hatte. Aiden erinnerte sich an Kellins Worte, und er konnte langsam verstehen, was der Magier gemeint hatte. Also verschwieg er seine Erkenntnis, denn er wollte nicht durch seine Neugier die Sympathien verspielen, die ihre gemeinsamen Raubzüge ihm bei Melody eingebracht hatten.

Ab und zu dachte er an Kellin und den Widerstand. Was sich wohl gerade in der Enklave und im Schatten der Feste abspielte? Wann würde er in die Pläne eingeweiht werden und wichtige Aufgaben übernehmen können? Würde er jemals hinter das Geheimnis kommen, das Kellin so sorgsam vor ihm verbarg?

Es waren Fragen wie diese, die ihm den Schlaf raubten, und daher fand ihn auch diese Nacht ruhelos auf seinem Lager vor.

Es war dunkel und warm im Schlafraum des Rattennests. Die wuchtigen Wände des Kellers und der Zugang zum Tunnelnetz unter der Stadt versprachen Schutz und eine schnelle Möglichkeit zur Flucht. Diese Gewissheit im Hinterkopf trug dazu bei, die Anspannung zu mindern und den Schlaf zu erleichtern, was jedoch nicht bei jedem gleich gut funktionierte. Aiden lag mit offenen Augen in die Dunkelheit starrend auf seiner Matratze und lauschte den Atemzügen der anderen Kinder, die nach einem weiteren Ausflug in die Stadt erschöpft den Schlaf der Gerechten schliefen.

War es wirklich erst wenige Tage her, dass er bei den Tunnelratten aufgenommen worden war? So vieles war in der Zwischenzeit geschehen, dass er Mühe hatte, all die neuen Erfahrungen und Eindrücke zu verarbeiten.

Aiden seufzte und drehte sich auf seinem Lager hin und her. Der Schlaf wollte nicht kommen, und die ständig in seinem Kopf herumpurzelnden Gedanken hielten ihn wach. Dazu kam, dass er die Unruhe der Stadt spüren konnte, ihre Ängste und Sorgen. Sie ruhte auf etwas, das dunkle Wellen an ihr Bewusstsein branden ließ und ihr Albträume bereitete. Der Nachhall einer vergangenen Katastrophe vielleicht? Da er nichts Besseres zu tun hatte, beschloss er, der Sache auf den Grund zu gehen.

Er zwang sich innerlich zur Ruhe und richtete seine Sinne auf das Klagen der Stadt. Das Atmen der anderen Schlafenden wurde lauter und lauter und dann ...

... klingen Schritte auf dem Kopfsteinpflaster. Es sind seine Schritte, während er durch ein schattenhaftes Serinis wandelt. Er kann ihre Präsenz spüren, wie sie ihn einhüllt und mit schmeichelnder Stimme bittet, für sie zu tanzen und die bösen Träume zu vertreiben. Sein Weg endet abrupt an einem offenen Kanaldeckel, der in die Tiefe führt. Leise gluckerndes Wasser ist zu hören, wie das Murmeln geisterhafter Stimmen. Ein plötzliches Zerren lässt ihn auf das Loch zustürzen, und dann fliegt er auch schon durch die dunklen Kanäle unter der Stadt, immer tiefer und immer näher auf das Zentrum des Sturmes zu.

Er versucht sich dagegen zu wehren, doch der Sog ist zu stark. Es reißt ihn weiter, und in der rauschenden Dunkelheit kann er das bedauernde Flüstern der Stadt hören. »Es will dich haben, kleiner Träumer. Mehr noch als ich. Es wird dich verändern. Doch wer wirst du sein, nachdem es dich verschlungen hat?«

Aiden spürt Furcht in sich aufsteigen. So etwas ist ihm noch nie zuvor passiert. Bisher hat er immer die Kontrolle gehabt, doch die unbekannte Macht, die dort in der Stille lauert, ist so viel stärker und älter als er. Schneller, immer schneller schießt er durch die Kanäle und Schächte, die sich immer mehr verändern. Älter, verfallener, durchsetzt von Bruchstücken fremdartiger Architektur, auf deren steinerner Haut verschlungene Symbole tanzen. Verzweifelt versucht er aufzuwachen, doch es gelingt ihm nicht, und er weiß, dass er bald in das weit geöffnete Maul des Ungeheuers fallen wird, das am Ende des Weges auf ihn lauert.

Plötzlich packt ihn etwas, reißt ihn zurück und ...

... er lag keuchend da, schweißgebadet und am ganzen Körper zitternd. Nur langsam nahm er seine Umgebung wieder wahr, hörte die Laute der Schlafenden und spürte, dass sich Arme um ihn gelegt hatten und festhielten. Beruhigend, Halt gebend. Schwere Atemzüge kitzelten sanft seinen Nacken, und er wandte vorsichtig den Kopf. Vor Überraschung hätte er beinahe aufgeschrien, denn er blickte in das kühle Blau von Kellins Augen, die ihn sorgenvoll musterten.

»Was machst du denn hier?«

»Ich ... wollte nach dir sehen. Wir sind ja bisher kaum dazu gekommen, uns über den Widerstand zu unterhalten. Da hielt ich es für eine gute Idee, die Nacht zu nutzen, um hierher zu kommen. Scheint, als wäre ich gerade rechtzeitig aufgetaucht. Du hast dich im Schlaf hin- und hergewälzt, und was immer du auch geträumt hast, scheint nicht besonders angenehm gewesen zu sein. Da dachte ich mir, dass es besser wäre, dich zu wecken.«

Aiden starrte ihn skeptisch an, dann ließ er sich jedoch zurücksinken und murmelte: »Danke, du hast mich wahrscheinlich gerettet. Irgendetwas ist dort unten, Kellin, und ich fürchte, es will etwas von mir.«

Kellin antwortete nicht sofort. Stattdessen zog er Aiden fester an sich, sehr zum Erstaunen des Jungen, der mit solch einer Zutraulichkeit gar nicht gerechnet hatte. Er widerstand dem Drang sich anzuspannen, da ihm die ungewohnte Nähe mit jeder Sekunde bewusster wurde.

»Die Ruinen unter der Enklave«, murmelte Kellin düster. »Ein dunkler Ort, der viele unangenehme Erinnerungen birgt. Wir haben nicht viel darüber herausgefunden, aber wir vermuten, dass die Überreste dort von einer untergegangenen Zivilisation aus grauer Vorzeit stammen. Wir wissen nicht, warum sie ausgelöscht wurde, aber es muss eine gewaltige Zerstörung gegeben haben. Es kann sein, dass du mit deinen seltsamen Gaben etwas davon wahrnimmst.«

Aiden schauderte und flüsterte: »Etwas existiert dort noch immer, und es ist auf mich aufmerksam geworden. Ich habe Angst.«

»Das musst du nicht. Ich werde sehen, ob ich noch mehr über diese Ruinen herausfinden kann. Vielleicht ist es ja wirklich nur das Echo dieses Krieges, der einst dort getobt haben muss.«

»Hm.« Aiden war wenig überzeugt, aber das beruhigende Gefühl der Geborgenheit, das ihn durchströmte, wischte seine Bedenken beiseite.

»Was ist denn hier los?« Melody war aufgetaucht und sah sie alarmiert an.

Kellin warf ihr einen beschwörenden Blick zu. »Die Ruinen unter der Enklave. Du hattest recht. Wir müssen etwas unternehmen.«

»Ach, auf einmal?« Das Mädchen seufzte und sah Aiden besorgt an. »So schlimm, hm?«

»So etwas ist mir noch nie passiert.« Er schüttelte betreten den Kopf. »Die Finsternis unter Serinis hat eine solche Anziehungskraft auf mich ausgeübt, dass ich mich nicht mehr davon lösen konnte. Zum Glück ist Kellin aufgetaucht und hat mich geweckt.«

Ein spöttisches Lächeln umspielte Melodys Mund. »Na was für ein Glück, dass du in der Gegend warst, Kellin.«

Der Magier warf ihr einen ärgerlichen Blick zu. »Ich wollte sowieso vorbeikommen, um mit Aiden ein paar Einzelheiten zu besprechen. Außerdem wollte ich Bescheid sagen, dass er wieder in der Enklave gebraucht wird.«

Es vergingen zähe Augenblicke, in denen die beiden sich wortlos anstarrten, dann verschränkte Melody die Arme und deutete zum Treppenaufgang, der in den Wohnbereich des Hauses führte. »Also schön. Dann schlage ich vor, ihr verzieht euch nach oben. Hier unten würden wir nämlich gerne weiterschlafen.«

Schuldbewusst zuckte Aiden zusammen, als er bemerkte, dass ihr Gespräch einige Kinder aufgeweckt hatte, die hinter vorgehaltener Hand miteinander tuschelten.

Kellin neigte zustimmend den Kopf und half Aiden beim Aufstehen, der nach der Traumwanderung ein wenig unsicher auf den Beinen war. Gemeinsam verließen sie den Keller und Schlafbereich des Rattennests, gefolgt von den Blicken Melodys und ihrer Bande.

Im ehemaligen Wohnzimmer des Hauses ließen sie sich auf einem zerschlissenen Sofa nieder. Draußen schien der Mond und warf sein silbernes Licht durch die teilweise zerbrochenen und stumpf gewordenen Fenster. Es roch nach Schimmel. Kellin streckte sich gähnend, als ob er derjenige wäre, der gerade aus dem Schlaf gerissen worden war.

Aiden nutzte die Gelegenheit, um ihn genauer zu mustern.

Nun, da er ihn zum ersten Mal ohne die Kapuze und den verhüllenden Umhang sah, fiel Aiden auf, dass Kellin kaum älter als er selbst sein konnte. Was ihn älter wirken ließ, war die Ernsthaftigkeit seines bleichen Gesichts, die tief in den Schatten liegenden, sorgenvollen Augen und die bedächtige Art, mit der er sprach.

Natürlich waren da auch noch die Narben, die seine Haut zierten. Ohne diese Brandmale wäre er wahrlich ein hübscher, junger Mann gewesen. Auch so konnte man ihn durchaus als attraktiv bezeichnen, mit den klaren blauen Augen, dem blonden gelockten Haar und der schlanken Gestalt, die sich unter den Stoffen abzeichnete.

Aiden vermutete, dass er weitere Narben trug, die tiefer lagen, in den verborgenen Schichten seines Geistes. Zu gerne hätte er ein wenig geforscht und getastet, doch Kellin hatte eindeutig klargestellt, dass er dies nicht wollte, und Aiden respektierte seinen Wunsch.

Was ihm jedoch die Ruhe raubte, war das zwiespältige Gefühl, das er gegenüber dem jungen Magier hegte. Einerseits schrillten sämtliche Alarmglocken in seinem Kopf, andererseits war da das unerklärliche Bedürfnis, seine Nähe zu suchen. Es war ein verwirrendes Spiel, und es half nicht gerade, dass die äußeren Umstände ihrer Bekanntschaft mindestens ebenso chaotisch waren.

Aiden hatte innerhalb kürzester Zeit lernen müssen, in einer Welt zurechtzukommen, die ihm tausendmal fremder und bedrohlicher als die Traumebene vorkam. Je mehr er über sie erfuhr, desto weniger verstand er, und suchte vergeblich nach einem Anker, an dem er sich festhalten konnte. Umso mehr hoffte er, dass Kellin ihm nun Aufschluss über die Situation geben, und mit der Zeit vielleicht selbst zu einem Anker für ihn werden würde.

Kellin zupfte an den losen Fäden der Polsterung des Sofas. Dann kam er, wie es seine Art war, sofort zur Sache: »Also gut, der Widerstand. Du hast Fragen, ich versuche, dir Antworten zu geben. Ich will es so simpel wie möglich halten. Wir kämpfen an zwei Fronten. Einerseits gegen die allgemeine Furcht und Abneigung, mit der man uns Magiern begegnet, andererseits gegen den Orden und einige der Magier selbst, die unsere Ziele verraten und sich der Philosophie des Ordens verschrieben haben.«

»Du hast gesagt, es wäre damals um ihr Überleben gegangen?«, fragte Aiden mit gesenkter Stimme, um die Kinder im Keller nicht erneut aufzuwecken.

Kellin nickte bestätigend. »Nach dem Aufstand, bei dem die Akademie beinahe zerstört worden wäre, standen wir kurz davor, allesamt exekutiert zu werden. Einzig und allein die Tatsache, dass unsere Kräfte zu wertvoll für das Reich waren, bewahrte uns vor dem Tod. Das Volk schrie nach strengeren Maßnahmen gegen uns, und das Königshaus hatte nur auf eine Gelegenheit gewartet, um viele der Rechte und Freiheiten, die wir uns im Laufe der Jahre erarbeitet hatten, zu widerrufen.«

Aiden runzelte die Stirn. »Aber ich habe es gesehen, als ich in der Feste ankam. Wie es damals gewesen ist. Es schien alles in Ordnung zu sein.«

»Es war nur eine Illusion, Aiden.« Kellins Stimme nahm einen bitteren Unterton an. »Wir waren nicht wirklich frei, und für uns galten nicht dieselben Regeln und Gesetze wie für andere Menschen. Wir lebten in einem goldenen Käfig, und wenn jemand es wagte, abseits der Spielregeln etwas zu unternehmen oder ohne die Kenntnis und Zustimmung des Aufsichtsrates der Akademie, dann wurde er wie ein Verbrecher behandelt und sämtlicher Freiheiten beraubt.« Sein Mund wurde schmal. »Zumindest ist unsere Versklavung heute ehrlicher und direkter als damals. So hat die Veränderung immerhin auch etwas Positives gehabt.«

Aiden streckte zaghaft die Hand aus und berührte Kellin sacht am Arm in einer, wie er hoffte, verständnisvollen Geste. »Du warst damals dabei, als es zum Aufstand kam, nicht wahr?«

In Kellins Blick glomm etwas auf. Aufgebracht setzte er zu einer Antwort an, besann sich jedoch und meinte kurz angebunden: »Ich war noch zu jung, um mich richtig zu erinnern. Ich habe lediglich die Konsequenzen zu spüren bekommen, als wir gezwungen wurden, die Absorbierer zu tragen, und sie die Kontrolleure zu unseren Aufsehern machten. Das war jedoch alles im Rahmen des Plans, den die älteren Magier ersonnen hatten.«

»Ihr hattet geplant, versklavt zu werden?« Erstaunt sah Aiden ihn an.

»Es war eine verzweifelte Lösung, um nach unserer Niederlage Zeit zu gewinnen, um uns zu erholen und im Geheimen auf einen neuen Befreiungsschlag vorzubereiten. Der Orden der Kontrolleure war im Prinzip unsere Idee, sozusagen ein Angebot an das Königshaus, dass wir weiterhin dem Reich dienen und unsere Freiheit und unsere Kräfte ihrer Kontrolle unterwerfen würden.« Aiden spürte, dass es hinter der äußerlich ruhigen Fassade in Kellin brodelte, als dieser fortfuhr: »Der Plan war einfach. Wir wollten tun, als wären wir gebrochen und hätten eingesehen, dass wir nicht in der Lage wären, ohne Aufsicht unser Leben zu führen. Um unsere Aufrichtigkeit zu beweisen, schworen manche Magier ihren Kräften ab und gingen sogar so weit, ihre unwilligen Artgenossen mit Gewalt unter die Kontrolle des Ordens zu bringen. Als sie die Absorbierer ersannen und die neuen Einschränkungen durchsetzten, war schließlich auch unser glorreicher und gütiger Herrscher, König Liam Acero, überzeugt und erkannte den Orden als ultimative Autorität bezüglich der Magier und ihrer Ausbildung an. Es half sicherlich, dass aus den Forschungen des Ordens viele der heiß begehrten Technologien hervorgingen, die dem Reich Wohlstand und Fortschritt bescherten.«

Kellin schwieg einen Moment, dann ballte er in hilfloser Wut die Hand zur Faust. »Es hätte funktioniert, wenn sie sich an das Versprechen gehalten hätten. Du hast die Macht des Ordens gesehen und vor allem die Abhängigkeit des Reiches von unserer Mecha-Magie. Wir hätten die Möglichkeit gehabt, dem Königshaus die Stirn zu bieten und gemeinsam für unsere Rechte und Freiheiten einzutreten.

Aber wir sind verraten worden, von den eigenen Leuten, die es bequemer fanden, weiterhin in ihrer vorgespielten Rolle zu agieren und die Vorteile davon zu genießen, während andere für sie leiden müssen.«

Aiden sah ihn wortlos an. Was hätte er auch sagen sollen? Der Zorn und die Trauer, die Kellin ausströmte, sprachen Bände. Er wünschte, er hätte etwas sagen können, um den Schmerz des Verrats zu lindern. Aber ihm fiel nichts ein. Immerhin verstand er das Verhalten der abtrünnigen Magier selbst nicht.

Eine Weile verstrich, ohne dass einer von ihnen das Wort ergriff, doch schließlich rang sich Aiden zu einer weiteren Frage durch. »Wie willst du vorgehen?«

Ein entschlossenes Funkeln trat in Kellins Augen. »Wir bringen es ohne sie zu Ende. Der Teil der Magier, der sich nicht mit der Situation abfinden will, wird rebellieren und versuchen, die Kontrolle über den Orden zu erlangen. Außerdem haben wir Verbündete. Hier in Serinis, aber auch im Reich verteilt und selbst jenseits seiner Grenzen.«

Aiden sah ihn zweifelnd an. »Und du bist der Anführer der Rebellion?«

Kellin lachte leise und machte eine abwinkende Handbewegung. »Aber nein, wo denkst du hin? Es stimmt zwar, dass ich hier in Serinis, wo die größte Enklave an Magiern sitzt, die Aktionen koordiniere, aber es gibt im ganzen Reich kleinere Enklaven, und jede hat einen Anführer. Eigentlich ist auch der Begriff Anführer nicht völlig korrekt, da wir alle gemeinsam entscheiden, was geschieht. Wie ich schon mal erwähnte, sitze ich lediglich in einer günstigen Position, da ich im Laufe der Jahre das Vertrauen des Ordens gewinnen konnte, indem ich mit großem Enthusiasmus meine Rolle gespielt habe. Dadurch bin ich in alle möglichen Prozesse des Ordens involviert und kann unsere Aktionen decken.«

»Und was genau geschieht jetzt? Was ist unser Plan?«

»Es ist im Grunde alles vorbereitet.«

»Aber?«

Kellin sah ihn ernst an. »Wir warten auf das Eintreffen eines Verbündeten, mit dem wir die finalen Schritte noch einmal durchgehen werden. Er ist so etwas wie eine Rückversicherung, falls wir ... falls es Schwierigkeiten gibt. Aber mach dir keine Sorgen. Wir haben noch einen weiteren Trumpf, der uns das Königshaus vom Hals hält, von dem die größte Gefahr nach dem Orden ausgeht.«

»Wie meinst du das?« Aiden schwirrte der Kopf angesichts all der Verstrickungen und fragte sich, wie Kellin den Überblick behielt.

»Nun, selbst wenn wir den Orden übernehmen können, würde das nicht unbedingt bedeuten, dass sich König Liam damit abfinden wird. Daher haben wir Druckmittel, die verhindern, dass er uns seine Truppen auf den Hals hetzt. Einen bewaffneten Konflikt können wir uns nicht leisten und das ist auch so ziemlich das Letzte, was uns vorschwebt. Unsere größte Hoffnung beruht auf der Tatsache, dass ohne uns und unsere Kenntnisse und Fähigkeiten im ganzen Reich das Licht ausgehen wird, im wahrsten Sinne des Wortes.«

Aiden hörte den Stolz, der in der Stimme des Magiers mitschwang, und musste daran denken, dass Kellin in dieser Hinsicht dem ordenstreuen Magier Xaver gar nicht so unähnlich war.

»Wir werden ihnen also dasselbe anbieten, was sie bereits haben, allerdings unter der Bedingung, dass wir endlich das Stigma verlieren, das uns anhaftet, und frei über unser Leben entscheiden können. Zumindest im selben Maße, wie jeder andere Bürger des Reiches auch.«

»Und was denkst du, wie die Bevölkerung reagieren wird?«

»Hoffentlich gibt sie uns eine Chance. Es sind bereits Speicherkristalle vorbereitet, auf denen sich ausführliche Informationen über uns Magier und unseren Zustand befinden. Wir werden sie mithilfe der Tunnelratten in der Stadt verteilen und darauf hoffen, dass es genügend Sympathien weckt. Ich habe daran gedacht, auch Marius' Buch beizufügen. Er ist ein Paradebeispiel für die Ungerechtigkeit gegenüber denjenigen, die magisch begabt sind und einfach aus ihrem Umfeld, in dem sie aufgewachsen sind, herausgerissen werden.

Aiden zögerte ein wenig mit der nächsten Frage, doch er wusste, sie würde ihm keine Ruhe lassen. »Aber was ist, wenn es nicht klappt, wie ihr es geplant habt?«

Ein Schatten fiel über Kellins Gesicht, und es dauerte, bevor er antwortete.

»Ich bin kein Narr, Aiden. Mir ist bewusst, dass unser Plan auch fehlschlagen kann, aber wir müssen es zumindest versuchen. Ich will nicht unter diesen Umständen weiterleben, erst recht nicht, wenn alles, was wir verlangen, die Rechte sind, die andere Menschen auch genießen. Wenn uns das nicht zugestanden wird, dann sehe ich auch keinerlei Grund, weiterhin für dieses Reich und seine Menschen zu arbeiten. Daher habe ich vorgesorgt, falls unsere kleine Rebellion fehlschlägt.«

Aiden sah ihn erwartungsvoll an, doch Kellin schüttelte den Kopf. »Jetzt nicht. Es bringt Unglück über Dinge zu sprechen, die sich hoffentlich nie ereignen werden. Es sei nur gesagt, dass, wenn alles fehlschlagen sollte, du, ich und jeder, der mitkommen will, untertauchen werden. Es wird weitab der Heimat sein und für viele bedeuten, alles aufzugeben und zurückzulassen, aber diesen Preis müssen wir dann zahlen.«

Nachdenklich nickte Aiden. »Ich hoffe, ich kann zum Erfolg unseres Vorhabens beitragen. Ich fühle mich im Augenblick ein bisschen so, als wäre ich zwar mit dabei, aber eben nur am Rande, dort, wo es relativ ungefährlich ist«, sagte er leise.

Ein Schmunzeln spielte um Kellins Mundwinkel. »Schau an, eben warst du noch ängstlich wegen eines bösen Traumes und jetzt ist es dir nicht gefährlich genug.«

»Das ist etwas anderes.« Ärgerlich runzelte der Junge die Stirn. »Ich weiß, dass du das nicht verstehen kannst, aber es hat mit der Gabe zu tun, die ich besitze.«

Kellin wurde wieder ernst und sagte dann bedächtig: »Nun, vielleicht sollten wir dann jemanden fragen, der mehr darüber weiß als ich.«

»Und wo sollen wir so jemanden finden? Soweit ich weiß, bin ich der einzige meiner Art.«

»Das bist du sicherlich auch, aber ich kenne da jemanden, der zumindest mit der Anderswelt vertraut ist und dem ich von deinen Eindrücken bezüglich der Ruinen unter der Enklave erzählt habe«, erklärte Kellin.

Aiden war plötzlich ganz aufgeregt. Der Bezug des Sofas knarrte protestierend, als er sich abrupt aufsetzte. »Wer? Wer ist es? Und was ist er?«

Kellin lächelte amüsiert. »Du wirst ihn bald kennenlernen. Sein Name ist Thulani, und er ist ein Geisterschamane aus dem Reich der Loazi. Wir haben uns mit ihnen verbündet, da sie in ständiger Furcht leben, dass der König uns einsetzt, um in ihr Land einzufallen. Wir haben ihnen versprochen, dass uns nichts ferner liegt, als einen sinnlosen Krieg anzufangen, sollten wir erst einmal frei über unser Leben bestimmen können. Ganz im Gegenteil, wir wären sogar sehr an einer freundschaftlichen Beziehung und dem Austausch von Wissen und Kultur interessiert. Aus diesen Gründen unterstützen sie unseren Widerstand.«

»Und dieser Thulani kommt hierher nach Serinis?«

»Ja, in ein paar Tagen. Er ist derjenige, mit dem wir gemeinsam mit dem Rest unserer Verbündeten das Vorgehen besprechen wollen. Es ist natürlich gefährlich für einen Loazi, sich in unserem Reich aufzuhalten, aber er hat Mittel und Wege, um sich ungesehen zu bewegen. Sobald er da ist, werden wir ihn zusammen aufsuchen, und dann kann er sich auch um deine Sorgen bezüglich deiner Albträume kümmern.«

Aiden atmete erleichtert aus. »Danke. Vielleicht ist es ja wirklich nur das Echo eines vergangenen Konflikts.«

Ein Schatten schien sich über Kellins Gesicht zu legen, doch er lächelte weiterhin. »Ja, vielleicht.« Er stand auf und trat zu einem der trüb gewordenen Fenster und musterte den verschwommenen Lichtfleck, der draußen von einer Kristalllampe produziert wurde. »Ich werde jetzt zur Enklave zurückkehren. Im Laufe des Tages wirst du nachkommen. So kurz vor unserem Aufstand wollen wir keine unnötigen Fragen riskieren, und es würde auffallen, wenn du gar nicht mehr in der Enklave oder Feste auftauchst. Jannik fälscht zwar weiterhin die Protokolle, aber wir haben da unten nicht nur Verbündete, und es könnte den falschen Leuten etwas auffallen.«

»Vermisst Jannik mich schon?«, frage Aiden spöttisch.

Kellin wandte sich vom Fenster ab und sah ihn lächelnd an, sein Blick blieb jedoch ernst. »Tu ihm nicht unrecht. Jannik ist ein guter Mann. Wir haben ihn in den Dienst des Ordens einschleusen können, da seine Hintergrundüberprüfung unter anderem durch meine Hände lief, andernfalls wäre er nie angestellt worden. Er hat einen jüngeren Bruder, bei dem magisches Talent entdeckt wurde. Er wurde von seiner Familie fortgerissen und in die Dienste des Ordens gezwungen. Jannik war zu dem Zeitpunkt geschäftlich auf Reisen und hat erst später davon erfahren.«

Aiden nickte beschämt. »Das wusste ich nicht. Jetzt tut es mir leid, dass ich so wütend auf ihn geworden bin, aber ich konnte ja nicht wissen, dass er für euch arbeitet oder dass seine Rolle nur gespielt war.«

Kellin lehnte sich an die Fensterbank und betrachtete seine Hände. »Seine Abneigung gegen Magier ist echt. Er fürchtet unsere Kräfte und hält die Absorbierer sogar für eine gute Idee. Dennoch hat er das Schicksal seines Bruders persönlich genommen und will ihn befreien, daher hilft er uns.«

»Dann ist es ja gut, dass ich kein Magier bin, hm?«, meinte Aiden in dem Versuch, die Stimmung etwas aufzuhellen, doch Kellins Blick wurde eher dunkler.

»Für ihn bist du sogar noch schlimmer. Du und deine Kräfte entziehen sich seinem Verständnis, sogar noch mehr als die unseren, und das macht ihm Angst.« Leiser fügte er hinzu: »Außerdem hast du ihm einen schönen Schrecken eingejagt, als du aufbegehrt hast. Es hat meine ganze Überredungskunst gebraucht, um ihm zu versichern, dass du keine Gefahr darstellst.«

»Und?« Aiden spannte sich unwillkürlich an. Es schien ihm mit einem Mal unglaublich wichtig, dass Kellin Stellung bezog.

»Was meinst du?«

»Denkst du auch, dass ich gefährlich bin?«

Kellin wirkte von dieser Frage unangenehm berührt, und es dauerte eine Weile, bevor er sich zu einer Antwort durchrang. »Deine Kräfte haben das Potenzial gefährlich zu sein, aber das trifft auch auf uns Magier zu. Für jeden Menschen eigentlich, wenn man es genau bedenkt. Es kommt immer darauf an, für was du sie einsetzt.«

Aiden blickte betrübt zu Boden. Erst war er versucht, es gut sein zu lassen. Kellins Unbehagen war unübersehbar, und er fürchtete sich vor dem, was zum Vorschein kommen würde, wenn er nachbohrte. Beherrschen konnte er sich dennoch nicht.

»Du hast meine Frage nicht beantwortet. Ich wollte wissen, ob du *mich* für gefährlich hältst, nicht meine Kräfte. Da ich zeit meines Lebens allein war und andere mich gemieden haben, frage ich mich, ob sie nicht vielleicht recht haben und mit mir wirklich etwas nicht stimmt.«

In wenigen Schritten war Kellin bei ihm, packte ihn an der Schulter und zwang ihn, hoch zu sehen. In seinem Blick lag ein Zorn, der Aiden verwirrte, denn der Magier wirkte beinahe, als hätte Aiden nicht sich selbst, sondern ihn infrage gestellt.

»Sag so etwas nie wieder, hörst du? Mit dir ist alles in Ordnung, du bist nur anders und du versteckst es nicht hinter irgendwelchen Masken, wie wir es tun. Wem das nicht gefällt, der hat halt Pech gehabt.« Etwas ruhiger fuhr er fort: »Ich mag dich jedenfalls so, wie du bist. Was nun deine Gefährlichkeit angeht, da mach dir mal keine Sorgen. Wenn du schon als gefährlich giltst, was soll ich dann sagen als Feuermagier, der Leute in Brand stecken kann?«

Diese Bemerkung ließ Aiden unwillkürlich schmunzeln, und seine Miene hellte sich etwas auf. Er spürte Kellins Erleichterung, bevor dieser seufzte und ihn wieder freigab.

»Aiden, ich muss jetzt wirklich gehen. Im Laufe des Tages werden dich die Tunnelratten zurück in die Enklave geleiten, wo du ganz normal deiner Arbeit nachgehst, bis ich mich bei dir melde. Versuch in der Zwischenzeit, so wenig Aufmerksamkeit wie möglich auf dich zu lenken, und halte dich bitte mit Alleingängen oder fixen Ideen zurück. Wir kommen jetzt in die kritische Phase und wollen die Kontrolleure in Sicherheit wiegen.«

Aiden berührte Kellin sacht an der Schulter. »Ich werde schon aufpassen, auch wenn ich wünschte, ich könnte mehr tun. Hier bei Melody und den Straßenkindern konnte ich meine Kräfte direkt einsetzen, und die Ergebnisse dieser Bemühungen habe ich sofort gesehen. Das hat mir enorm Auftrieb gegeben.« Er sah peinlich berührt zu Boden. »Vielleicht liegt es daran, dass ich mich einfach nur gebraucht fühlen möchte. Bisher habe ich nie das Gefühl gehabt, dass mich jemand brauchen würde, und wenn, dann nur wegen meiner Fähigkeiten.«

Kellin strich sich über das Kinn. Er wich Aidens Blick aus. Dann sagte er eindringlich: »Du wirst gebraucht, Aiden, noch viel mehr, als du ahnst. Dir wird eine ganz besondere Rolle zukommen, von der maßgeblich der Erfolg unserer Rebellion abhängt. Ich bitte dich, dich bis dahin in Geduld zu üben. Dein großer Tag wird kommen, das verspreche ich dir.«

»Wie du meinst, Kellin. Bis zum nächsten Mal dann. Und danke, dass du vorbeigekommen bist.« Für den Jungen fühlte es sich falsch an, den Magier gehen zu lassen. Zu viele Fragen waren noch offen.

Kellin ging zur Haustür. Vorsichtig öffnete er sie und vergewisserte sich, dass niemand auf den Straßen unterwegs war. Bevor er jedoch hinaustrat, hielt er noch einmal inne und wandte den Kopf. »Aiden?«

»Ja?«

»*Ich* brauche dich.« Mit diesen Worten verschwand er im Grau des anbrechenden Tages.

Entscheidung

Die letzten Worte des Magiers begleiteten den Jungen noch lange. Er dachte immer noch an sie, als er längst in das dämmerige Zwielicht der Enklave zurückgekehrt war und auch noch in den dunklen, verworrenen Wartungstunneln unter der Stadt, während er seiner täglichen Arbeit nachging. Diese wenigen Worte und die Art, in der sie gesprochen worden waren, hatten ein seltsames Gefühl in ihm ausgelöst.

Es war, als wäre er sich plötzlich eines Ortes in seiner Seele bewusst geworden, von dem er zuvor weder geahnt hatte, dass er existierte, noch, dass dieser Ort leer gewesen war. Dieser Umstand stürzte ihn in heillose Verwirrung, und er wusste nicht, wie er darauf reagieren sollte oder was es überhaupt zu bedeuten hatte.

Zumindest hielt ihn das Grübeln davon ab, auf verrückte Ideen zu kommen und außerdem machte es die monotonen Tätigkeiten erträglicher.

Die Abende verbrachte er meist am Lagerfeuer der Gräber und lauschte ihren Geschichten, ihren Sorgen und Nöten. Dabei bemerkte er eine weitere Sache, die ihm die Ruhe raubte. So freundlich die Menschen seines Viertels zu ihm waren, und so sehr er sie im Gegenzug mochte, wurde er doch nie das Gefühl los, anders zu sein. Er zerbrach sich den Kopf darüber, was genau es war, das ihm verwehrte, sich als Teil ihrer Gemeinschaft zu fühlen, doch er konnte sich keinen Reim darauf machen.

Was er jedoch konnte, war, seine Fähigkeiten einzusetzen und sich auf diese Weise für die Nähe und Gesellschaft zu bedanken. Wenn er unter ihnen saß und ihre Gedanken wehmütig zu vergangenen Tagen oder in heilsame Traumwelten schweifen sah, in die sie sich Schutz suchend flüchteten, wob er unbemerkt seine Magie in ihre Vorstellungen und ließ die Traumbilder heller und intensiver strahlen. So entstand inmitten des Trübsinns und der Melancholie eine Oase der Hoffnung, in der die Menschen befreiter atmen und die Last ihrer Bürde für ein paar Stunden vergessen konnten.

Jeden Tag erwachte Aiden aufs Neue in der gespannten Erwartung, dass der Widerstand ihn erneut kontaktieren würde, doch die Vorbereitungen für den großen Aufstand schienen abseits von ihm zu geschehen. Seine einzige Versicherung, dass er sich nicht alles eingebildet hatte, war das knappe Nicken, das er ab und zu von Jannik erntete, der ihn darüber hinaus jedoch nur schweigend von seinem Tisch aus anstarrte, während Aiden sich weiteres Hintergrundwissen über die Kristalltechnik aneignete.

Nach und nach verstand er, was die Magier geschaffen hatten. Die Technologie war praktisch, effizient und im Grunde relativ simpel, sodass sie kaum etwas mit den komplexen Runen und diffusen Ritualen zu tun hatte, die man allgemein mit Magiern in Verbindung brachte. Dadurch wirkte sie auch weniger Furcht einflößend und wurde ohne größeren Widerstand von den meisten Menschen angenommen, was man von ihren Erschaffern leider nicht behaupten konnte.

Die Magier waren zwar Außenseiter am Rande der Gesellschaft, aber durch die Kristalltechnik, die sich mittlerweile bis über die Grenzen des Reiches hinaus verbreitete, hatten sie etwas geschaffen, das ihnen einen entscheidenden Trumpf zuspielte. Die Maschinen konnten nur von Menschen mit magischem Potenzial bedient werden, da nur diese das Wissen und Talent hatten, die elementaren, hochenergetischen Ströme zu lenken und zu beeinflussen oder sie überhaupt aus der Umgebung zu entnehmen und in die Leitungen einzuspeisen.

Mit anderen Worten: Die Magier hatten sich unersetzlich gemacht. Ein günstiger Ausgangspunkt, um zu verhandeln. Nur wie es schien, hatte die Führung des Ordens entschieden, dass sie mit ihrer Machtposition bereits sehr zufrieden war, und wollte diese Stellung nicht für eine ungewisse Zukunft riskieren.

Aiden konnte den Zorn Kellins und der anderen verratenen Magier gut nachvollziehen, denn wenn es etwas gab, das ihm zuwider war, dann das Gefühl ausgenutzt zu werden.

Jeder Abend, den er an der Seite der Gräber verbrachte, führte ihm in aller Deutlichkeit vor Augen, dass sich das System grundlegend ändern musste, und es nicht damit getan war, die derzeitige Führung des Ordens vom Thron zu stoßen. Die Kristalle, die in den Höhlen wuchsen, enthielten so viel Energie, dass es für Lebewesen schädlich war, ungeschützt mit ihnen in Kontakt zu kommen. Also wurden der Gesellschaft und dem herrschenden Haus unliebsame Elemente zum Dienst in den Zuchtkammern gezwungen, wohl wissend, dass diese Arbeit sie eines nicht allzu fernen Tages töten würde.

Die gelegentlichen Besuche von Melody, die sich ab und an in die Enklave schlich, um nach ihm zu sehen und von der Situation der Tunnelratten und der Unterstadt zu berichten, ließen den Jungen immer unruhiger werden. Die Ohnmacht angesichts all der Tragödien, die sich jeden Tag um ihn herum und außerhalb der Enklave abspielten, ließ Aiden das Warten immer unerträglicher werden. Mit jedem Tag, der verging, an dem nichts geschah, kamen weitere Menschen zu Schaden.

Natürlich erinnerte er sich an die mahnenden Worte Kellins, sich ruhig zu verhalten. Doch es fiel ihm zunehmend schwerer, nicht von sich aus ein Treffen zu verlangen.

Die nahezu greifbare Anspannung unter den Magiern der Enklave trug zu Aidens wachsender Unruhe bei. Er wusste nicht, wer von den verschlossenen, schweigsamen Gestalten zum Widerstand gehörte und wer dem Orden treu diente, aber er konnte die atemlose Erwartung spüren, die von ihnen Besitz ergriffen hatte. Auch wenn niemand darüber sprach, so waren die Zeichen der Zeit doch deutlich zu lesen. Nicht nur der ständig wachsende Druck des Königshauses auf die Geschäfte des Ordens deutete daraufhin, auch intern wurden sich immer mehr von ihnen der gespaltenen Realität bewusst, in der sie lebten. Einerseits waren die Magier die führenden Forscher des Reiches, verantwortlich für einen Großteil seines Wohlergehens und höchst geschätzt, andererseits waren sie für die Außenwelt gefährliche und unberechenbare Sonderlinge, die von der Öffentlichkeit abgeschottet im Verborgenen existierten.

Überraschend angesichts all der sich zuspitzenden Ereignisse war die fehlende Präsenz des Obersten Kontrolleurs, der zwar weiterhin im Hintergrund die Fäden zog, aber nicht in der Lage schien, auf die sich ankündigenden Veränderungen zu reagieren.

Aiden hörte die anderen Kontrolleure manchmal leise über ihren Ordensherrn sprechen, der angeblich die meiste Zeit damit verbrachte, in seinem Gemach zu sitzen und aus dem Fenster zu starren, als warte er auf etwas Bestimmtes. Aiden wusste nicht, wieso, aber irgendwie stimmte ihn diese Vorstellung traurig. Vielleicht lag es daran, dass er zum ersten Mal eine Gemeinsamkeit mit seinem Feind entdeckte: das Gefühl, keinen Platz oder Nutzen in der Welt zu haben. Natürlich mochte er sich bei seiner Einschätzung des Obersten Kontrolleurs auch irren, aber zumindest gab es ihm etwas zum Nachdenken, während er immer nervöser werdend auf ein Zeichen des Widerstandes wartete.

Was ihn jedoch letztendlich handeln ließ und zum Bruch des Versprechens verleitete, das er Kellin gegeben hatte, war, dass eines Nachts auf dem Platz vor seiner Hütte plötzlich Stimmen laut wurden. Mehrere der Bewohner des Gräberviertels waren zusammengekommen und hatten eine junge Frau umringt, die völlig aufgelöst auf Marisa einredete. Die Sprecherin der Gräber wirkte ernst, während sie sich berichten ließ, was vorgefallen war.

Aiden, der sich vorsichtig aus seiner Hütte gestohlen hatte und zu ihnen getreten war, konnte die mühsam unterdrückte Panik spüren, die unter der ruhigen Fassade brodelte.

Er kannte die junge Frau. Ihr Name war Sarah und sie gehörte zu den Angehörigen, die ihren verurteilten Gefährten in die Enklave gefolgt waren; bewusst ein Leben der Entbehrungen und Gefangenschaft wählend, um nicht von denen getrennt zu werden, die sie liebten. Ihr Mann und sie hatten einen Sohn namens Miko, einen aufgeweckten und willensstarken Jungen. Aiden hatte ihn manchmal durch die Enklave hasten sehen, mehrere Schriftrollen unter den Arm geklemmt.

Der Orden setzte die jüngeren Bewohner der Enklave gerne für Botengänge ein, die diese angesichts der erdrückenden Monotonie des Ortes beinahe gern erledigten. Man bot ihnen sogar die Möglichkeit an, später einmal in den Orden aufgenommen zu werden, vorausgesetzt, sie bewiesen sich vorher. Der Enthusiasmus der Kinder hielt sich jedoch angesichts der Tatsache, dass der Orden ihre Eltern sich in den Tunneln oder Zuchtkammern zu Tode schuften ließ, in Grenzen.

Aiden lauschte den Worten der Frau gebannt. Es dauerte nicht lange, bis klar wurde, was vorgefallen war. Es klang nach einem Todesurteil. Laut den Aussagen der Mutter war Miko mit dem Vorhaben weggelaufen, einen Fluchtweg in die Unterstadt zu finden, über den niemand ihnen folgen würde. Aiden ahnte Schreckliches. Seine Befürchtungen bestätigten sich, als Sarah sich umwandte und mit tränennassem Gesicht in Richtung des aufgegebenen Schachtes sah, dessen Zugang in der Dunkelheit wie ein aufgerissenes Maul anmutete.

Fast konnte Aiden das höhnische Lachen hören, das aus den tiefen Schatten des Schachtes drang und ihn herausforderte. Natürlich, wenn es einen Weg gab, den die Ordensschergen meiden würden, dann den verlassenen Schacht, der zu den Ruinen führte, die bereits eine ganze Gruppe von ihnen in den Wahnsinn getrieben hatten.

Aiden ballte in hilfloser Wut die Fäuste. Was nutzte es, wenn es wirklich einen Weg nach draußen gab, wenn in der Finsternis des Schachtes etwas lauerte, das die Seele vergiftete?

Auch wenn Kellin bereits mehrmals versucht hatte, ihn zu beruhigen, wusste Aiden doch, dass die Gefahr größer war, als Kellin hatte zugeben wollen. Miko würde der dunklen Albtraumpräsenz kaum etwas entgegenzusetzen haben, und die Magier würden keinen der ihren für eine Rettungsaktion opfern.

Wenn es jemanden gab, der sich in dem finsteren Schlund behaupten konnte, dann ein Traumtänzer wie er. Leider war er auch derjenige, der sich sicherlich am meisten vor diesem Ort fürchtete, da er mit seinen Sinnen bereits wahrgenommen hatte, welche Kräfte dort unten lauerten und auf den ungeschützten Geist Jagd machten.

Vielleicht war es besser, auf den mysteriösen Freund Kellins zu warten, der schon bald zu ihrer Verschwörung stoßen würde. Der Geisterschamane wusste bestimmt, wie man sich vor den finsteren Mächten schützen konnte.

Aiden wollte sich schon leise zurückziehen, als er Sarah aufbegehren hörte: »Aber es muss doch eine Möglichkeit geben, ihn zu finden!«

Die Antwort Marisas war so mitfühlend wie endgültig: »Es tut mir leid. Nicht einmal die Magier sind unversehrt dort herausgekommen, was sollen wir da schon bewegen können? Ich werde morgen versuchen, ein paar von ihnen anzusprechen, doch erwarte nicht allzu viel. Selbst sie fürchten diesen Ort.«

Unter den versammelten Gräbern entbrannte eine heftige Diskussion, doch am Ende mussten sie resignieren.

Sarah schüttelte weinend den Kopf und hob lamentierend die Hände. »Hätte ich ihm doch bloß nie von den Gängen erzählt und den Gerüchten über einen Weg hinaus. Ich wollte ihm nur ein wenig Hoffnung geben, doch er hat sich in den Kopf gesetzt, derjenige zu sein, der uns in die Freiheit führt. Er sagte, es wäre sein Traum, und ich habe es nicht über mich gebracht, ihm zu sagen, dass es nie mehr als ein Traum sein kann.«

Sarahs Worte trafen Aiden wie ein Blitz. Mitten im Schritt erstarrte er, taumelte beinahe. Er schaffte es gerade noch, in die Sicherheit seiner Hütte zu stolpern und die Tür hinter sich zu schließen. Kraftlos ließ er sich auf sein Lager sinken. Die Worte der verzweifelten Mutter setzten ihm schwer zu. Fast kam es ihm vor, als hätte sie ihn persönlich angegriffen, denn etwas in ihm krümmte sich zusammen wie ein geprügelter Hund.

In jenem schicksalhaften Moment, in dem er schwer atmend dalag und von draußen das Wehklagen hereindrang, traf er seine Entscheidung.

Er hatte versprochen, den Magiern und ihrem Widerstand zu helfen und seine Kräfte in ihren Dienst zu stellen, doch hier und jetzt hatte er die Möglichkeit seine Gabe einzusetzen, um womöglich ein Menschenleben zu retten. Ein Leben, das es gewagt hatte, an einen Traum zu glauben und nun den Preis dafür zahlen würde. Sein Entschluss stand fest, selbst wenn die Angst vor der lebendigen Dunkelheit ihn auffraß und die Schatten unter Serinis ihn verschlingen würden. Diesen Jungen würde er nicht im Stich lassen.

Er wartete, rastlos durch seine Behausung wandernd, bis es ruhig draußen geworden war. Dann machte er sich im Schein sterbender Feuer und vorbei an schlafenden Gestalten auf den Weg zum aufgegebenen Schacht.

Aiden kannte die Geschichte des in den Fels getriebenen Tunnels inzwischen. Sie hatten den Schacht in der Hoffnung gegraben, weitere Kammern oder Höhlen freizulegen, in denen die begehrten Kristalle wuchsen, doch was sie gefunden hatten, waren die Überreste einer vergessenen Zeit. Dort unten, begraben unter Tonnen von Stein, lag das Gerippe einer Stadt, deren einstmals prächtige Bauwerke nun in stiller Dunkelheit zu Staub zerfielen. Es war beinahe schon absurd, dass die Magier und der Orden einer solche Fundgrube an Geheimnissen nicht weiter nachgingen, doch Aiden konnte den Grund für ihr Verhalten spüren, je tiefer er in diese bedrückende Welt vordrang.

Nun, da er im wachen Zustand diesen Ort betrat, nahm er die machtvolle Präsenz gedämpfter wahr, und doch reichte es aus, um ihn frösteln zu lassen. Als sein Geist allein durch diese Gänge getrieben worden war, hatte er bereits einen guten Eindruck von der Art der Macht gewonnen, die in der Tiefe herrschte. Aber seine Furcht hatte überhandgenommen und ihm verwehrt, dem Kern der düsteren Schwingungen sein Geheimnis zu entlocken.

Er hütete sich, seine Gabe einzusetzen, auch wenn sie ihm bei der Suche nach der Essenz des Kindes geholfen hätte, aber er wollte keine Verbindung zu der Präsenz herstellen, die in den Steinen lebte. Sie wusste, dass er hier war, und sie würde versuchen, ihn zu packen und zu verschlingen. Er konnte nur hoffen, dass sie Miko noch nicht geholt hatte. Wenn er an diesem Ort eingeschlafen war, wäre sein Geist für die Manipulationen der fremdartigen Wesen, die die Ruinen ihr Zuhause nannten, offen.

Das beengende Gefühl in den Schächten schien sich auch körperlich auf Aiden auszuwirken; wie ein Band, das sich um seine Brust zusammenschnürte und das Atmen mühsam machte. Seine Sinne spielten ihm Streiche und ließen Gänge unendlich lang werden, Mauerreste bogen sich wie Grashalme im Wind und verwitterte Gravuren im Stein begannen sich zu drehen und winden, wenn sein Blick auf sie fiel.

Er biss die Zähne zusammen und konzentrierte sich darauf, einen Schritt vor den anderen zu setzen.

Zum ersten Mal in seinem Leben wünschte er, er wäre wirklich wie jeder andere Mensch und hätte die Visionen, die er in seinen Augenwinkeln sah, als Effekte eines überreizten Geistes und einer übersteigerten Fantasie abschreiben können. Doch als Traumtänzer wusste er um die Dinge, die am Rande der Realität lebten. Dieser Ort war getränkt mit uralter Essenz, Seelenfragmente einer untergegangenen Gesellschaft, und ihre unruhigen Geister hatten sich wie ein Leichentuch über das Grabmal ihrer Zivilisation gelegt und waren mit der leblosen Materie verschmolzen.

Nach einer Weile wurde es ihm zu viel, und er wob einen Gegentraum, den er schützend um sich legte. Das Material für den Schild entnahm er seiner Umgebung und pickte es behutsam zwischen den bedrückenden, Angst einflößenden Eindrücken heraus. Die Erinnerungen waren zwar verblasst, doch inmitten all der Finsternis erzählten sie noch immer eine Geschichte, in der es Sonnenschein gab, der auf glänzende Dächer und Straßen fiel, und das fröhliche Treiben, das einst diese Straßen mit Leben erfüllt hatte.

Er konnte die Wut der unheimlichen Macht über sein Tun spüren, hatte sie sich doch ganz den negativen Strömungen ergeben, die im Zuge der katastrophalen Ereignisse über die einstige Stadt hereingebrochen waren. Ertrunken in einem aufgepeitschten Meer aus Trauer und Schmerz wollte sie nicht vergessen und schon gar nicht vergeben. Sie verlangte Vergeltung.

Genau aus diesem Grund fürchtete sich Aiden vor ihr. Sie wollte ihn und das, was er war, für ihren Zorn missbrauchen.

Aiden wusste instinktiv, an welchem Ort er das Kind finden würde. Er brauchte nicht einmal die Essenz von Miko, um der Spur zu folgen, die ihm bereitwillig zu Füßen gelegt wurde. Der wütende Geist der Ruinen missbrauchte das Kind als Köder, um ihn anzulocken, hatte vielleicht sogar Mikos Träume beflügelt und von Freiheit und Licht erzählt. In diesem Abgrund herrschte jedoch Jahrhunderte alter Hass, der in der Dunkelheit zu schwarzem Eis geronnen und dessen tödlicher Frost an den Rändern der Realität entlang gewuchert war.

Schaudernd zog Aiden die Schultern hoch und rieb die Hände aneinander. Die Macht der Präsenz war inzwischen so stark, dass ihr Einfluss bereits in diese Ebene durchdrang. Was ihm jedoch wesentlich mehr zusetzte, war der Frost, der langsam in seine Seele drang und seinen Widerstand zu lähmen begann. Jetzt, wo er sich dem Zentrum der düsteren Ausstrahlung näherte, reichten auch seine Fähigkeiten nicht mehr aus, um die Präsenz vollständig von sich fernzuhalten. Sein schützender Traumschild, der ihn wie eine Aura umgab, war zu einem schwächlichen Schimmern geschrumpft.

Er konnte kaum noch etwas sehen, abgesehen von seinem Atem, der als weißer Dampf emporstieg und von den Schatten verschlungen wurde, sobald er das schützende Licht verließ. Aiden hatte den vagen Eindruck, sich auf einen freien Platz zuzubewegen, vielleicht das ehemalige Forum der zerstörten Stadt. Was auch immer es war, er fühlte, dass sich hier die Katastrophe ereignet haben musste. Der zerborstene Stein, über den er schritt, schrie ihm die gewaltsamen Emotionen entgegen, die sich einst an diesem Ort entladen hatten.

Es überraschte ihn keineswegs, als er nach wenigen Schritten eine zusammengekauerte Gestalt vor sich ausmachen konnte, die auf dem Boden hockte und mit weit aufgerissenen Augen in die Dunkelheit starrte. Miko wirkte unverletzt, aber das musste nicht für seinen Geist gelten, den die dunkle Seele der Ruinen in ihren Klauen hielt.

Aiden konnte spüren, wie sie sich von ihm und ihrem Opfer ein Stück zurückzog, um einen engen Ring um sie zu bilden, wartend, lauernd. Ihm war klar, dass er das Spiel bereits verloren hatte. Es war einer dieser Momente, in denen eine Wahl keine Wahl war, sondern Notwendigkeit das Handeln bestimmte. Wie schon so oft kam das Wissen darüber, was er zu tun und wie er seine Gabe einzusetzen hatte, ganz natürlich zu ihm. Er hatte nie besonders über seine Fähigkeiten nachdenken müssen, sondern war sich ihrer stets zur rechten Zeit bewusst geworden.

Aiden trat auf die zusammengesunkene Gestalt zu und kniete sich hin. Sanft nahm er die eiskalten Hände des Kindes und umschloss sie mit seinen eigenen. Er hatte nur einen Versuch, den Geist Mikos an sich zu reißen und an den Ankerpunkt zu bringen, den er in weiser Voraussicht einst am Lagerfeuer des Gräberviertels gesetzt hatte. Es musste einfach gelingen, sonst würde der Ort sie beide festketten und verschlingen.

Er versuchte, die Angst zurückzudrängen, die ihn zu überwältigen drohte und sein Vorhaben unmöglich machen würde. Die Erinnerung daran, weshalb er sich für diesen Schritt entschieden hatte, gab ihm neue Kraft und stärkte seinen Entschluss. Hier und jetzt konnte er ein Leben retten und etwas für den Widerstand tun. Widerstand begann immer mit Hoffnung und Träumen von Freiheit, und das Kind hatte an seine Träume geglaubt.

Aiden würde es nicht enttäuschen.

Ein letztes Mal atmete er tief durch, dann schloss er die Augen und sandte seinen Geist in die Traumebene. Er warf sich der Dunkelheit entgegen, die ihn mit weit aufgerissenem Maul erwartete, beschwor Bilder aus Licht herauf und Erinnerungen an Wärme und Geborgenheit. Er hielt sie wie einen schützenden Schild vor sich, während die unruhigen Geister des Ortes klagend wie ein eisiges Meer gegen ihn anbrandeten.

Aiden tanzte durch die finsteren Träume, wie er noch nie zuvor getanzt hatte, sich in aller Deutlichkeit bewusst, dass ein einziger Fehltritt, ein einziger Riss in seinem Schild sein Ende bedeuten würde.

Während er um sein Leben träumte, wurde er sich zum ersten Mal des unglaublichen Potenzials bewusst, das in ihm schlummerte, und er begann langsam zu verstehen, warum andere mit Angst auf ihn reagierten.

Selbst bei den albtraumhaften Schemen, die ihn hetzten, spürte er ein Zögern, sich ihm entgegenzustellen, auch wenn der Vorteil klar auf ihrer Seite lag. Die machtvollen Träume, die er wob, um sich zu schützen, zehrten an seiner Kraft und der Zeitpunkt rückte immer näher, an dem er geistig ausgelaugt zusammenbrechen würde. Aber er war stark, und die kunstvoll gewobenen Traumbilder trieben die Schatten vor sich her.

Als er nach einer gefühlten Ewigkeit den Geist des Jungen fand, verlor er keine Zeit mit Erklärungen, sondern drückte ihn behutsam an sich und jagte davon. Das Leuchtfeuer des Ankers verfolgend, das im ständig wechselnden Chaos der Traumebene wie ein Refugium wirkte. Er konnte die Angst und Verwirrung Mikos spüren, doch mehr als einen einzelnen beruhigenden Gedanken zu senden, war ihm angesichts der brenzligen Situation nicht möglich.

Räumlich gesehen waren die Enklave und das Gräberviertel gar nicht weit von den Ruinen entfernt, aber auf der Traumebene waren Entfernungen relativ und die dunkle Präsenz setzte alles daran, ihn aufzuhalten. Unter großen Mühen gelang es Aiden, den Anker zu erreichen, wo er den Geist des Jungen vorsichtig neben dem bläulich brennenden Feuer absetzte, dem geisterhaften Ebenbild des Lagerfeuers auf der Traumebene.

Entschlossen wappnete er sich für den nächsten Teil der Aufgabe, der ihm alles abverlangen und ihn ungeschützt zurücklassen würde. Aiden tastete sich an dem Band entlang, das Mikos und seinen Körper mit ihren Seelen verknüpfte, und bot sämtliche Kraftreserven auf, um den stofflichen Leib des Jungen in die Traumebene zu ziehen. Wie einen Fisch, den man an einer Angelschnur einholt, zerrte Aiden den Körper bis zu dem Anker, Geist und Materie des Jungen wieder miteinander verschmolzen. Mit letzter Kraft gab er Miko einen Stoß und warf ihn aus der Traumebene.

Aiden spürte, wie ihm die Sinne schwanden. Ihm war bewusst, seinen eigenen Körper nachzuholen würde ihm nicht gelingen, doch damit hatte er gerechnet. Auch wenn ihm ein ungewisses Schicksal in den Fängen der toten Stadt bevorstand, so verspürte er dennoch Zufriedenheit, denn sein Opfer war nicht umsonst und das verlorene Kind gerettet.

Mit einem Seufzer der Erleichterung ließ Aiden die Traumschilde fallen und ergab sich seiner Erschöpfung und der anstürmenden Dunkelheit. Auf der physischen Ebene sank sein Körper lautlos auf die kalten Steine des zerstörten Forums, begleitet vom triumphierenden Zischen und Fauchen der lebendigen Schatten, die sich in dem Augenblick, in dem die schimmernde Lichtaura um ihn erlosch, auftürmten und wie eine eisige Welle über ihm zusammenschlugen.

Dunkel. Kalt. Schwer. So schwer.

Es ist, als hänge ein Gewicht an seiner Seele und wolle sie hinunterziehen, tiefer und immer tiefer in die endlose Nacht. Es ist die Last eines verlorenen Zeitalters, die bleiern auf ihm ruht, und er weiß nicht, wie er sie abschütteln kann. Alles um ihn her atmet ihm die lähmende Kälte des Albtraumes entgegen und erstickt langsam jede Erinnerung an Wärme und Licht in seiner Seele.

Aiden wehrt sich verzweifelt gegen den Frost, der ihm das Blut gefrieren lässt, doch der Ansturm der dunklen Präsenz lässt nicht nach. In ihrem Wüten und Toben kann sie ihre Identität nicht mehr verbergen, und es dauert nicht lange, da erkennt der Junge, gegen wen er hier kämpft: Es ist Serinis, das alte, untergegangene und vergessene Serinis.

Die plötzliche Erkenntnis verleiht ihm neue Stärke, denn nichts ist schlimmer als ein Feind, den man nicht kennt. Jetzt versteht er, wovor sich die Stadt gefürchtet hat und was an ihrem Grund begraben liegt. Sie ruht auf den Ruinen ihres alten Körpers, auf dem Schutt und Staub zerbrochener Träume. Sie ist zwar neu aufgeblüht und im Laufe der Jahrhunderte prächtig gediehen, doch ihre Wurzeln nähren sich aus den dunklen Wassern ihrer Vergangenheit; einer Vergangenheit, in der ihr altes Selbst beinahe zerstört wurde. Die Erinnerung daran lähmt sie vor Angst. Dieser Teil ihrer Seele hat nie Frieden gefunden und verschlingt alles und jeden, den er berührt.

Mit einer enormen Willensanstrengung drängt Aiden die eisigen Klauen aus seinem Geist und schafft sich eine Blase der Klarheit, die er schützend um sich legt. Er will nicht zu einem der zahllosen Schemen werden, die als lebende Schatten durch verlassene Korridore ziehen und in den Ruinen leise klagen.

Er besinnt sich auf die Stärke, die er in seinem Inneren spürt, das Talent, Träume zu weben und sie mit Hoffnung und Licht zu füllen. Er muss herausfinden, welche Katastrophe sich an diesem Ort vor so langer Zeit ereignet hat, damit er einen Gegentraum weben kann.

Aiden weiß, dass er gefangen ist und Serinis ihn nicht gehen lassen wird, bevor er sich nicht für eine Partei entschieden hat. Beide Seelen der Stadt wollen ihn haben, die eine, um sich zu heilen, die andere, um ihn als Waffe zu benutzen.

Behutsam sendet er einen Impuls aus, in dem er zu verstehen gibt, dass er bereit ist, zu verhandeln. Er spürt, wie der Ansturm der dunklen Seele nachlässt und ihre Neugier geweckt ist. Der Junge beschließt, zunächst einmal zuzuhören und die unruhigen Geister ihre Geschichte erzählen zu lassen.

Kaum hat er seine Intention übermittelt, entstehen um ihn herum Straßen und Gebäude. Sie sind in einem Stil erbaut worden, der kunstvoll und elegant ist, den Geist beflügelt und das Auge zum Verweilen einlädt. Es ist jedoch weniger etwas, das der Junge sieht, als vielmehr etwas, das er hört und spürt. Die Kreativität der Erbauer des alten Serinis singt zu ihm, und ihr Lied handelt von Leidenschaft und Hingabe, behutsam in feste Formen gegossen und mit Namen und Zweck versehen.

Es begann mit einem gemeinsam gelebten Traum, aus dem Traum wuchs eine Stadt und aus der Stadt eine Heimat für die Menschen vergangener Tage.

Aiden kann sie sehen, während er den unwirklichen Pfaden folgt, immer weiter auf den Marktplatz zu, wo sich einst das Unglück ereignet hat und ihn die dunkle Präsenz bereits erwartet.

Die Menschen des alten Serinis unterscheiden sich nach außen hin kaum von denen zu Aidens Zeit. Es ist vielmehr die leichte, ungezwungene Art, mit der sie sich bewegen und das Lächeln in ihren Augen, das vielleicht von einem glücklicheren Zeitalter kündet.

Der angenehme Eindruck hält jedoch nicht lange an, und schon bald kann er den Anflug von Sorge in ihre Gesichter schleichen sehen. Je näher Aiden dem Zentrum kommt, desto stärker verändern sich die Menschen und die Umgebung zu einem Zerrbild ihres einstigen Glanzes. Es ist, als überbrücke er mit jedem Schritt Jahrzehnte an Geschichte. Die einzelnen Szenarien, derer er Zeuge wird, verfliegen so schnell wie der Wind, doch was in ihm haften bleibt, malt ein trauriges Bild.

Zwischen zwei mächtigen Gruppierungen der Stadt bricht ein Konflikt aus, und der Rest der Bevölkerung ist hilflos im Sog der Kontrahenten gefangen.

Auf der einen Seite sieht er eine Gruppe Menschen in prachtvolle Gewänder gehüllt, in deren Stoff mystische Symbole eingenäht sind, die im Licht der Sonne glühen. Ihrem Gebaren nach zu urteilen haben sie das Sagen, und die Bewohner der Stadt beugen sich ihren Entscheidungen. Er sieht, wie sie die Macht der Elemente für sich nutzbar machen und anwenden, doch kann es sich wirklich um Magier handeln?

Keine Spur von Scheu, keine Unterdrückung oder Ausgrenzung. Sie leben unter den anderen Menschen, und man begegnet ihnen mit Respekt und Ehrfurcht.

Aiden sieht, wie die Magier die Köpfe zusammenstecken und miteinander tuscheln und klagend mit dem Finger deuten, wann immer ein Anhänger der zweiten Partei vorbeigeht. Diese sind von den übrigen Bewohnern der Stadt kaum zu unterscheiden, bis auf ein schlichtes Amulett, das sie auf der Brust tragen. Es glänzt silbrig und zeigt ein filigranes Geflecht aus Linien, die vor den Augen verschwimmen und sich biegen und winden.

Es erinnert den Jungen an die feinen Adern, die er am Potenzialmesser gesehen hat. Sie haben schon damals eine enorme Faszination auf ihn ausgeübt, und nun, da er das Amulett sieht, erfasst ihn erneut ein seltsames Gefühl der Vertrautheit, gemischt mit einem untergründigen Sehnen. Er weiß nicht, warum, doch das Amulett verspricht Geborgenheit, trotz seiner die Sinne narrenden Natur.

Für die Träger des Amuletts ändern sich die Dinge zum Schlechten. Sie werden von den Magiern herumkommandiert und unter Beobachtung gestellt. Gegenseitiges Misstrauen herrscht, und aus Unmut wird langsam Zorn. Hier und da leisten die Anhänger der unterdrückten Partei Widerstand und wehren sich gegen die Bevormundung.

Es kommt zu vereinzelten Kampfhandlungen, und jetzt erkennt Aiden, wer die Menschen mit den Amuletten sind. Er hat zunächst angenommen, dass sie gegenüber den besonderen Kräften der Magier machtlos wären, aber nun sieht er, wie sie ihre Fähigkeiten einsetzen, um sich den Verfolgern zu entziehen oder um gegen sie zu bestehen. Fähigkeiten, die auch er besitzt.

Entsetzt stellt Aiden fest, dass es sich um Träumer wie ihn handeln muss, und offensichtlich sind sie den Magiern ein Dorn im Auge.

Die Träumer schlagen eine verlorene Schlacht. Die Magier sind zahlreicher, und sie benutzen die Angst der Bevölkerung, um sie gegen die Träumer aufzuhetzen. Das Ziel ist unverkennbar: die unangefochtene Kontrolle über die Träumer und das Ende deren Freiheit.

Aiden wird es eng ums Herz, als er ahnt, was geschehen wird. Seine Schritte haben ihn mittlerweile zum Forum der Stadt geführt, wo ihn der zerstörte Geist des alten Serinis willkommen heißt.

Die Dunkelheit türmt sich um ihn herum auf, bis nur noch der Marktplatz existiert, auf dem sich eine schreckliche Szene abspielt.

Magier und Träumer stehen sich gegenüber. Die Magier sind nicht gewillt, die Träumer gewähren zu lassen, und diese sind nicht bereit, ihre Freiheit aufzugeben und sich der Herrschaft der Magier zu unterwerfen.

Aiden sieht, wie die Sprecher der Parteien miteinander verhandeln. Es kommt zu keiner Einigung, und das bedeutet in den Augen der Magier das Todesurteil für die Träumer.

»Kette oder Schwert«, hallt es in Aidens Gedanken wider und eine spöttische Stimme in seinem Kopf fragt: »Ist es nicht immer Kette oder Schwert?«

Die Träumer haben gegen die geballte Zerstörungskraft der Magier keine Chance, so gut sie sich auch zur Wehr setzen und sich mit ihren Traumschilden schützen. Die Stadt wird von der Schlacht auseinandergerissen, als uralte Kräfte aufeinanderprallen und die Welt bis in ihre Grundfesten erschüttern. Albtraumhafte Kreaturen springen aus den Schatten und werden von Feuerbällen und Blitzen niedergestreckt, Erdbeben erzeugen Risse im Boden und lassen Häuser und Mauern einstürzen. Die Realität zuckt und windet sich unter dem Weben der Träumer und lenkt die rohe Energie, die ihnen entgegenflutet, gefahrlos zur Seite.

Am Ende sind die Kräfte der Träumer erschöpft, und einer nach dem anderen sinkt tödlich getroffen zu Boden.

Aiden erlebt in aller Klarheit, wie der Anführer der Träumer die Beherrschung verliert und seinem Zorn und seiner Angst erliegt. Pure Albtraumessenz strömt in die Realität und wird von den verbliebenen Träumern aufgesogen, um einen letzten Traum zu erschaffen. Der Fluch einer sterbenden Art, ein finaler Akt der Vergeltung.

Ihr Weben greift tief in die Struktur der Welt, löst die Fäden aus dem filigranen Netz der Schöpfung und wirkt die schwarze Essenz ein, bis ein Muster entstanden ist, das Tod und Verderben für die Magier kündet. Der Fluch eines Träumers, ausgesprochen mit seinem letzten Atemzug.

Aiden fröstelt. Er hat nie eine Antwort auf die Frage gewollt, was geschehen würde, wenn er einmal die Kontrolle verlieren und seiner aufgestauten Wut und Frustration freien Lauf ließe. Jetzt, wo er den Stoff kennt, aus dem die Albträume gemacht sind, ist er sich so sicher wie nie zuvor, dass er niemals Hass oder Angst die Oberhand geben will. Das Ausmaß der Zerstörung ringsum zeigt ihm gar zu deutlich, welchen Preis es fordert, den zerstörerischen Emotionen zu erliegen.

Anfangs fällt ihm gar nicht auf, dass die Dunkelheit ihn wieder umfangen hat, so sehr hat ihn das Geschehen in seinen Bann gezogen. Doch dann spürt er den eisigen Atem der Präsenz stärker werden und sich nähern.

Aus der Dunkelheit tritt ein älterer Mann, in dem Aiden den Anführer der Träumer erkennt. Das Amulett auf seiner Brust schimmert silbrig und die verschlungenen Linien verschwimmen, wenn man zu lange hinsieht.

Seine Stimme ist ruhig und kalt, als er wie beiläufig kommentiert: »Sie haben bekommen, was sie verdient haben. Wir haben ihnen dasselbe Schicksal angedeihen lassen, das sie uns zugedacht haben. Öffentliche Diffamierung, Gefangenschaft und Sklaverei.« Sein Blick heftet sich auf Aiden, der schaudern muss, als ihn die dunklen Augen fixieren. »Fehlt nur noch eines, um das Kapitel zu beenden. Der Schlussstrich unter die Geschichte der Magier. Es ist bald soweit, und von den einstigen Herren dieser Welt wird nichts mehr künden und sie werden langsam in Vergessenheit geraten. Und du wirst dafür sorgen, dass sich unsere Rache erfüllt.«

»Nein!« Entsetzt sieht Aiden ihn an und schüttelt vehement den Kopf.

Ungehalten runzelt der Mann die Stirn. »Wie kannst du dich dieser Aufgabe verweigern, Junge? Du bist einer von uns, ein Träumer, noch dazu ein Traumtänzer. Du beherrschst eine der mächtigsten Disziplinen unseres Ordens, und deswegen wird es dir auch gelingen, den Schlussstrich unter das Kapitel der Magier zu setzen.«

»Die Magier sind nicht meine Feinde, und ich werde ihnen helfen!«, entgegnet Aiden trotzig.

Wütend begehrt der Träumer auf. »Du hegst Sympathien für diejenigen, die uns einst vernichteten? Gib dich keinen falschen Hoffnungen hin. Sobald sie wieder etwas Freiraum haben, werden sie sich wieder zu den Herren der Welt aufschwingen, und du wirst unter den Ersten sein, die zu spüren bekommen, was das bedeutet.

Vernichte sie, solange du noch kannst! Du bist nicht mehr als eine Waffe, die sie führen werden, bis sie sich abgenutzt hat, und dann weggeworfen wird. Du kannst diesem Schicksal nur entkommen, wenn du die Welt von den Magiern befreist und den Traum, den wir gewoben haben, zu Ende träumst. Er steht kurz vor der Vollendung. Sie sind zerstritten, die Bevölkerung und das Königshaus misstrauen ihnen und ihre mächtigsten Vertreter fürchten sich vor den eigenen Kräften und haben ihnen abgeschworen. Der Zeitpunkt ist gekommen, ihnen den Todesstoß zu versetzen.«

Aiden mustert ihn stumm, während vor seinem inneren Auge Gesichter vorbeiziehen. Marisa und die Gräber. Marius in seinem Turm. Melody und die Tunnelratten. Kellin.

»Nein.« Entschlossenheit spricht aus seinem Blick. »Ich werde kein Diener eurer Rache sein. Es hat zu viel Gewalt und Hass gegeben. Es ist genug, und die Zukunft soll allen gehören. Das ist mein Traum, und für diesen Traum lebe ich.«

»Verräter!« Der Mann deutet klagend mit dem Finger auf ihn, und plötzlich treten aus der Dunkelheit Schatten und umringen den Jungen. In ihren glühenden Augen flackert der Hass, und ihre verzerrten Gestalten drängen sich bedrohlich zischend näher.

»Ich frage dich ein letztes Mal: Wirst du uns, die Träumer, die vor dir lebten, rächen und unseren Peinigern ihre gerechte Strafe zukommen lassen? Oder wirst du dich von uns abwenden und auf ewig mit uns in der Dunkelheit gefangen sein?«

Aiden kauert sich inmitten der Schatten zusammen und drängt mühsam die Angst zurück, die nach ihm greift. Kalt, so kalt.

Die Antwort ist schwer, und doch so einfach: »Ich existiere nicht, um Tod und Verderben zu bringen. Ich webe Träume, angefüllt mit Licht und Hoffnung. Sucht euch einen anderen Henker. Ich werde mir und meinen Idealen treu bleiben.«

Der Kreis der Schatten türmt sich hoch um ihn herum auf, und die Stimme des Mannes donnert: »Dann ist es entschieden!«

Doch mitten in die sich überschlagenden Wogen aus Kälte und Dunkelheit bricht das Licht einer weiteren Präsenz. Es ist das neue Serinis, das um sein Leben kämpft und für seine Zukunft, und seit langer Zeit verspürt es wieder Hoffnung. Die beiden Seelen der Stadt umschlingen sich in einem tosenden Wirbelsturm, einem Tanz aus Licht und Schatten, und dann geht eine Erschütterung durch die Traumebene, als das alte und neue Serinis miteinander verschmelzen.

Es dauert eine Weile, bis Aiden es wagt, aufzuschauen und seine Umgebung zu betrachten.

Rings um ihn wabert Nebel, in dem Lichter diffus flackern und der Szenerie eine geisterhafte Atmosphäre verleihen.

Aus den wallenden Schwaden tritt eine Gestalt zu ihm. Es ist der Anführer der Träumer, doch wo er zuvor zorn- und hasserfüllt war, wirkt er jetzt nur noch müde. Zu Aidens Erstaunen umspielt sogar der Ansatz eines Lächelns seinen Mund.

Verwirrt sieht ihn der Junge an. »Was ... was bedeutet das?«

»Es bedeutet, dass es eine Zukunft geben kann. Du hast dich gegen eine Wiederholung des endlosen Zyklus aus Hass und Vergeltung entschieden, und dadurch auch uns eine Chance gegeben, mit der Vergangenheit abzuschließen.«

Aiden hat Mühe, der Entwicklung der Ereignisse zu folgen. »Und was geschieht jetzt?«

»Das weiß ich nicht, Aiden. Die Zukunft gehört euch, und ihr entscheidet, wie sie gestaltet wird. Eines weiß ich jedoch

ganz sicher: Dieses dunkle Kapitel in Serinis' Geschichte kann nun endlich geschlossen werden und den Weg ebnen für einen neuen Traum.«Der Blick des Mannes scheint in die Ferne zu schweifen, als ob er viele Jahrhunderte zurückblickt. »Wir haben damals im Zuge der Unruhen eine wichtige Lektion vergessen. Angst gebiert immer nur neue Angst, und aus Angst entsteht Hass. Wir haben genug gehasst, denke ich.« Er macht eine Bewegung mit der Hand, die alles ringsum mit einschließt. »Das alte Serinis. Seine Macht soll euch gehören. Vielleicht wird es irgendwann auch wieder einen Orden der Träumer geben, aber für den Moment ist es wichtiger, dass ihr ein solides Fundament für eine gemeinsame Zukunft schafft: eine Zukunft, in der auch die Magier noch existieren.«

Der alte Mann löst das Amulett von seinem Hals und reicht es Aiden, der es zögernd entgegennimmt. »Willkommen in unserem Kreis, Träumer. Willkommen beim Orden.«

Aiden nickt zaghaft, überwältigt von dem Glücksgefühl, das ihn durchströmt, als er das Amulett umhängt. Nie hat sich etwas so richtig angefühlt, nie hat sich etwas angefühlt, als gehöre es ihm.

»Danke. Wie ... wie soll ich Euch eigentlich nennen?«

»Namen und Titel sind nicht wichtig, Aiden. Nur unsere Träume und Taten.« Der alte Mann lächelt erschöpft. »Lebewohl, Traumtänzer.« Sein Blick verweilt noch einmal auf der Stadt. »Lebewohl, Serinis.«

Und mit diesen Worten verblasst er langsam und auch die Erinnerung an die damalige Stadt löst sich auf. Aiden spürt, wie ihm die Sinne schwinden, als er in die zurückbleibende Leere stürzt.

»Er ist zurück.«

Eine tiefe Stimme mit einem seltsamen Akzent erklang neben seinem Kopf, aber auch, wenn ihr Besitzer in der Nähe sein musste, schien es, als kämen die Worte aus weiter Ferne.

Aiden hatte das Gefühl, langsam an die Oberfläche eines tiefen Ozeans zu treiben, der seine Beute nur ungern freigab. Ihm war, als hätte er eine halbe Ewigkeit geschlafen und vergessen, wie es sich anfühlte, in der physischen Realität aufzuwachen.

Die Erfahrung mit den Schrecken der Vergangenheit, die unter Serinis gelauert und den Geist der Stadt und Menschen vergiftet hatten, wirkte noch immer nach, und ein Schaudern durchlief ihn, als er an die Kälte und Dunkelheit zurückdachte.

Er konnte jedoch hören, dass sich etwas Entscheidendes geändert hatte. Serinis sang nun ein anderes Lied und versuchte nicht mehr, das Flüstern aus der Tiefe zu übertönen. Jetzt, wo sich die alte Wunde geschlossen hatte und nicht mehr ständig Lebenskraft blutete, war auch der unbändige Hunger der Stadt erloschen, und ihre Gedanken kreisten nicht mehr einzig und allein um den Konsum von Energie. Stattdessen hatte sie sich alter Stärken besonnen und erfreute sich all des Lebens, das sich innerhalb ihrer Grenzen tummelte.

Aiden wusste, dass er eine Freundin fürs Leben gewonnen hatte, und mit einem Mal machte ihm der Gedanke an die große Stadt keine Angst mehr. Dankbar sandte er seinen Geist zu ihr und freute sich mit ihr über ihre Genesung. Dann richtete er seine Aufmerksamkeit wieder auf seinen Körper, über den er allmählich die Kontrolle zurückerlangte.

Vorsichtig begann er sich zu regen. Er hörte, dass jemand näher kam. Seine Aufmerksamkeit richtete sich jedoch zunächst auf ein leichtes Gewicht auf seiner Brust. Es ruhte direkt über seinem Herzen und war vorher nicht da gewesen. Aiden tastete danach und atmete erleichtert auf, als sich seine Finger um das Amulett schlossen. Es wirkte warm und lebendig unter seiner Berührung, als schmiege es sich an ihn wie ein Schutz suchendes Tier. Aiden drückte es fest an sich, bis das Material fast schmerzhaft in seine Haut stach, für einen kurzen aber wertvollen Moment nur von einem Gedanken beseelt: mein.

Eine Hand berührte ihn sacht am Arm, aber er ließ noch ein paar Atemzüge verstreichen, bevor er langsam die Lider hob und blinzelnd hochsah. Als sich seine Augen an die Helligkeit gewöhnt hatten, blickte er in das Gesicht eines Mannes, der ihm im ersten Moment wie ein Wesen aus der Anderswelt vorkam.

Auf seiner dunklen Haut verbanden sich weiße Linien zu einer fremdartigen Symbolik, deren machtvolle Ausstrahlung den magischen Runen der Magier in nichts nachstand. Wenn man zu lange hinsah, begannen die mystischen Zeichen sich zu bewegen und über die Haut zu tanzen.

Der Mann war in eine Tracht gehüllt, die zwar schlicht und praktisch wirkte, aber die Kleinode und Talismane, die sie zierten, verrieten, dass sie auch zeremonielle Aufgaben erfüllen musste.

Ein besorgter Ausdruck lag in den dunklen Augen des Mannes, als er den Jungen prüfend musterte. »Bist du alleine gekommen oder beherbergst du noch andere Geister in dir?«

Aiden verneinte. »Ich bin nicht besessen oder werde kontrolliert. Ich ... sie sind fort. Serinis ist nun frei.«

Der Mann nickte sacht. »Ich glaube dir, denn was du berichtest, habe auch ich als Echo durch die Anderswelt hallen hören. Um jedoch ganz sicher zu gehen, werde ich den Rat Zolas suchen. Sie hat bisher jeden unliebsamen Geist aufgespürt. Ich glaube, ihr würdet sie als Traumjägerin bezeichnen.« Als er den verständnislosen Blick Aidens bemerkte, seufzte er betrübt. »Ich vergaß, wie viel im Laufe der Zeit dem Vergessen anheimgefallen ist. Ich werde dir später mehr Einsichten in die Geschichte deines Orden gewähren.«

Er machte eine kurze Handbewegung und trat ein Stück zur Seite. Vom anderen Ende des Raumes löste sich ein Schemen und steuerte auf das Bett zu. Aidens Augen weiteten sich, als er erkannte, was auf ihn zukam. Auf samtenen Pfoten näherte sich ihm eine anmutige Raubkatze, die bernsteinfarbenen Augen auf ihn geheftet, das orange-gelbe Fell übersät mit schwarzen Punkten. Lediglich ein schwaches Schimmern an den Rändern ihrer Gestalt verriet, dass sie ein Wesen der Anderswelt war: ein Tiergeist.

Die Leopardin blieb an seinem Bett stehen und schnupperte an ihm. Dann neigte sie den Kopf und rieb ihn an Aidens Hand, woraufhin sich der Mann an seiner Seite merklich entspannte.

Zola schleckte ihm noch einmal kurz über die Finger, was kribbelte und Aiden zu einem Kichern veranlasste. Danach begab sie sich wieder an ihren Platz und legte den Kopf auf die Pfoten.

Der Fremde wandte sich erneut an Aiden. »Ich bin froh, dass wir damit alle Zweifel aus dem Weg geräumt haben. Ich freue mich, dich endlich kennenzulernen, Aiden. Ich bin Thulani von den Loazi, ein Geisterschamane und Botschafter meines Volkes. Meine Vertraute Zola hast du ja gerade kennengelernt. Sie mag dich übrigens.«

Aiden hatte Mühe, sich in der Realität zurechtzufinden. Noch immer wirkte das Licht im Raum unscharf und Boden und Wände bogen sich, als wären sie aus Papier.

Er biss sich auf die Unterlippe und fokussierte seinen Blick. »Schön euch beide kennenzulernen. Wie ... wie habt ihr mich eigentlich gefunden? Was ist überhaupt passiert, und wo bin ich hier?«

Der Schamane lachte leise, wurde dann aber schnell wieder ernst. »Ich kann verstehen, dass du aufgeregt bist, aber das ist kein Vergleich zu der Aufregung, in die du uns versetzt hast. Als wir erfuhren, was du getan hast, sind wir unverzüglich aufgebrochen und haben uns zu den Ruinen begeben. Ich bezweifle auch, dass wir Kellin davon hätten abhalten können, nach dir zu suchen. Ich war schon froh, dass er überhaupt so lange gewartet hat, bis ich eingetroffen war.«

Aiden sah alarmiert auf. »Ich hoffe, er ist nicht zu wütend auf mich. Ich weiß, ich habe auf eigene Faust gehandelt und entgegen seiner Anweisung, mich ruhig zu verhalten, aber ...«

Thulani hob die Hand. »Wir wissen, dass du deinem Herzen gefolgt bist. Wir heißen das Ergebnis deines Eingreifens gut, wenn auch vielleicht nicht dein eigenmächtiges Handeln. Du musst wissen ...« Er schwieg für einen Moment, dann fuhr er fort: »Es hat unsere Mission in Gefahr gebracht. Kellin ist ... Die Aufregung hat ihn viel Kraft gekostet.«

Aiden schluckte schwer. »Wieso? Was ist passiert, wo ist er?«

Statt einer Antwort trat der Schamane zur Seite und gab den Blick auf ein weiteres Bett frei, das Aiden in seiner Benommenheit bisher entgangen war. Erschrocken sog er die Luft ein, als sein Blick auf Kellin fiel, der dort bleich und mit fiebrig glänzender Haut unter den Decken lag. Der junge Magier wirkte ausgezehrt, beinahe kränklich.

»Er hat Tag und Nacht an deiner Seite gewacht und dir Kraft gegeben. Dein langer Aufenthalt in der Traumwelt hatte eine zersetzende Wirkung auf deinen stofflichen Körper, daher musste er gestärkt werden, als du zurückkamst.«

»Oh«, war alles, was Aiden angesichts dieser Neuigkeiten zu sagen wusste. Schuldbewusst sah er zu der schlafenden Gestalt. Dann wühlte er sich aus den Decken und versuchte aufzustehen. Nur mit der Hilfe Thulanis, der ihn stützte, gelang es ihm, schwankend die Bettkante von Kellins Lager zu erreichen, und sich niederzulassen.

Er wusste nicht, wie ihm geschah, doch der Anblick des Magiers trieb ihm die Tränen in die Augen. Er spürte einen seltsamen Schmerz in sich, irgendwo in der Gegend seines Herzens angesiedelt, und dieses fremdartige Gefühl verwirrte ihn. Angespannt, als nähere er sich einem bissigen Hund, streckte er seine Hand aus und berührte Kellins schweißnasse Stirn.

Ein Ruck ging durch den Körper des Magiers, und mit einem leisen Stöhnen öffnete er die Augen und blickte Aiden an. Er brauchte zwei, drei Anläufe, bevor es ihm gelang, mühsam einige Worte zu formulieren: »Du hast es geschafft. Du bist zurück.«

Aiden nickte zaghaft. »Wie lange habe ich geschlafen?«, fragte er leise.

Thulani antwortete an Kellins Stelle. »Seit wir dich gefunden haben, sind drei Tage vergangen. Wie lange du davor schon in den Ruinen lagst, wissen wir nicht, aber es kann noch nicht allzu lange her sein, dass dich die Realität wieder hat. Wir haben deinen Körper in den geheimen Stützpunkt des Widerstandes gebracht, wo wir darauf gewartet haben, dass dein Geist den Weg zurück aus der Traumebene findet.«

Niedergeschlagen sah Aiden Kellin an. »Es tut mir leid. Ich wollte euch nicht so viel Mühe bereiten. Du hättest dich nicht so verausgaben müssen, ich wäre schon wieder aufgewacht.«

Kellin tastete mit seiner Hand nach der Aidens und drückte sie schwach. »Dein Zustand war kritischer, als du glaubst. Die Traumwelt hatte dich für einige Zeit in ihrer Gewalt, und sie wollte dich nur ungern wieder gehen lassen. Aber mach dir keine Vorwürfe. Du hast getan, was du tun musstest, und es hat sich letzten Endes bezahlt gemacht. Der Schrecken, der unter Serinis lauerte, ist vergangen, und die Ruinen sind nur noch Ruinen. Und das Beste ist: Wir haben jetzt einen Fluchtweg für die Menschen aus der Enklave, wenn der Umsturz beginnt.«

Aiden senkte den Blick. »Ich habe dort unten so einiges erfahren. Das meiste davon ist leider eher unangenehm.«

Der Blick der klaren blauen Augen wurde schärfer. »Und? Was hast du herausgefunden?«

»Wir ... wir waren einst Feinde. Die Magier und diejenigen, die wie ich sind. Die Träumer.«

Zu Aidens Überraschung entspannte sich Kellin wieder, so als habe er mit einer ganz anderen Botschaft gerechnet. »Ich verstehe. Nach dem Vorfall damals mit dem Erkundungstrupp, den sie in die Ruinen geschickt hatten, gab es bereits Vermutungen, die in diese Richtung deuteten. Was die meisten nicht wissen, ist, dass nur die Magier der Gruppe vom Wahnsinn befallen wurden und die anderen Ordensleute mit einem gehörigen Schrecken davonkamen.«

»Wieso hast du mir das nicht vorher gesagt?« Aiden sah ihn konsterniert an. »Wieso erfahre ich erst jetzt, dass du offensichtlich auch über die Träumer Bescheid weißt, wahrscheinlich sogar besser als ich selbst?«

»Ich ... ich weiß nicht viel über Träumer, das musst du mir glauben. Das meiste, was ich von ihnen gehört habe, habe ich von Thulani erfahren. Die Loazi haben eine wesentlich bessere Erinnerung an die ferne Vergangenheit als wir. Das ist allerdings nicht verwunderlich, wenn man bedenkt, dass sie der Anderswelt schon immer sehr nahe gestanden haben und mit Geistern kommunizieren, die so alt wie die Welt selbst sind. Was nun die Sache mit den Ruinen angeht, so habe ich nur spekuliert.«

»Du hättest es mir trotzdem erzählen können, statt mich im Dunkeln tappen zu lassen!«, entgegnete Aiden verletzt.

»Glaub mir bitte, ich hatte meine Gründe, dich nicht damit zu belasten.«

»Und was sollen das für Gründe gewesen sein?«

Kellin schwieg und wandte sich ab, doch plötzlich mischte sich Thulani ein. »Er will nicht, dass du ihn hasst.«

Aiden wäre vor Überraschung beinahe von der Bettkante gefallen. »Hassen? Wieso sollte ich ihn hassen?«

Kellin warf Thulani einen wütenden Blick zu und kämpfte sich aus den Laken hoch, in dem von wenig Erfolg gekrönten Versuch, etwas mehr Würde und Autorität auszustrahlen.

»Ich wollte nicht, dass wir uns unnötig mit Gedanken befassen, die zusätzliches Konfliktpotenzial schaffen könnten. Natürlich ahnten wir bereits, dass das, was in den Ruinen unter Serinis lauerte, uns Magiern feindlich gesonnen war. Aufgrund dessen, was uns Thulani von den seltsamen Kräften der Traumebene erzählt hat, bestand zumindest die Vermutung, dass es mit deinen speziellen Kräften zu tun haben könnte, und mit denen, die diese Fähigkeiten besaßen.« Er schwieg erschöpft und fuhr dann heiser fort: »Du solltest nicht denken, dass wir Feinde sind, selbst wenn es vielleicht einst so war. Ich meine, was hättest du gesagt, wenn ich dir von einem Krieg zwischen Träumern und Magiern erzählt hätte?«

Aiden sah ihn verärgert an. »Dasselbe, das ich auch dem Sprecher der Träumer gesagt habe, als er mich für die endgültige Vernichtung deiner Art gewinnen wollte. Was auch immer in der Vergangenheit geschehen ist: Wir leben jetzt, und wir wollen in Frieden zusammenleben.«

Der Geisterschamane gab einen amüsiert klingenden Laut von sich. »Das ist fast der genaue Wortlaut, den auch Kellin benutzt hat, als er bei einem unserer ersten Treffen über die Geschichte des Reiches und den Konflikt mit meinem Volk redete. Ihr beide seid euch wirklich sehr ähnlich, nicht wahr, Kellin?« Ein leichter Spott lag in seiner Stimme.

Der Magier überging die Bemerkung geflissentlich. »Thulani, wir haben durch meinen Ausfall Zeit verloren. Wir müssen handeln und die letzten Vorbereitungen abschließen. Sobald ich wieder auf den Beinen bin, werde ich mich voll und ganz auf die Vorgänge hier im Hauptquartier konzentrieren müssen. Daher wollte ich dich bitten, Aiden einzuweisen und ihm vielleicht auch bei Fragen über seine Art behilflich zu sein. Ich bin noch zu erschöpft, um lange wach zu bleiben, und werde mich auch gleich wieder zur Ruhe begeben. Zuvor würde ich aber gerne noch ein Wort mit Aiden wechseln. Unter vier Augen, wenn es dir nichts ausmacht.«

Der Schamane musterte ihn prüfend, dann verließ er mit seiner Vertrauten das Zimmer.

Aiden folgte ihnen nachdenklich mit seinem Blick, dankbar dafür, einen Grund zu haben, nicht die bleiche Gestalt des Magiers ansehen zu müssen. Kellins Zustand machte ihm schmerzhaft die Konsequenzen seines Handelns bewusst. So ehrenwert die Motive auch gewesen waren, änderte es nichts an der Tatsache, dass er keinen Gedanken an die Reaktion seiner Freunde verschwendet hatte. Ihm wurde bewusst, dass er bislang nie etwas wie Freundschaft gekannt hatte, oder Menschen, die sich um ihn und sein Wohlergehen sorgten. Diese Dinge hatten einfach nicht existiert, und nun, wo sie in sein Leben getreten waren, stellten sie ihn vor ungeahnte Herausforderungen.

Wie sollte er damit umgehen? Er beschloss, sich mit diesen Fragen zu einem späteren Zeitpunkt auseinanderzusetzen. Zur Tür deutend sagte er: »Das ist also Thulani. Ich habe einen Menschen wie ihn noch nie gesehen.«

Kellin lächelte schwach. »Sie sind in unserem Reich aufgrund der Spannungen zwischen dem Königshaus und ihrem Rat auch eher selten anzutreffen. Aber das ist eines der vielen Dinge, die wir ändern wollen, sobald wir uns einen festen Stand aufgebaut haben. Thulani ist ein guter Freund und ein weiser Lehrer. Ich habe von ihm vieles über die Geisterwelt und auch über deine Kräfte gelernt. Seine Leute kennen sich sehr gut damit aus.«

»Besitzen sie denn auch meine Gabe?«, fragte Aiden aufgeregt. Der Gedanke, andere Träumer zu treffen, beschleunigte seinen Herzschlag.

»Sie haben ähnliche Fähigkeiten, die auf dem Bund mit Geistern und der Arbeit mit deren Essenz beruhen. Sie sind verwandt mit den Disziplinen der Träumer, aber nicht dasselbe. Thulani hat mir erzählt, dass euer Orden einst mit ihnen verbündet war und über die Anderswelt gewacht hat. Nur leider sind die Träumer irgendwann in Vergessenheit geraten, und seit ihrem Untergang hat die Welt keine neuen mehr hervorgebracht.«

Aiden sah ihn mit einem entschlossenen Funkeln in den Augen an. »Vielleicht wird es bald wieder welche geben. Ich werde zumindest versuchen, neue Träumer zu finden. Das Potenzial dazu schlummert in jedem Menschen, nur haben die meisten vergessen, dass es da ist und wie man es nutzt.«

Kellin zupfte nachdenklich an seiner Bettdecke. »Vielleicht war das der Grund, warum es einst zum Streit zwischen Magiern und Träumern kam. Magie ist etwas Besonderes, zu dem nicht jeder Zugang hat. Wenn jedoch jeder ein Träumer sein kann und Fähigkeiten besitzt, die denen der Magier in Nichts nachstehen, dann wird mir klar, warum sich die Unseren damals in ihrer Position bedroht gefühlt haben.«

Aiden stimmte ihm zu. »Das Gefühl hatte ich auch, als man mir die Ereignisse der Vergangenheit zeigte. Es war traurig mit anzusehen, denn sie fürchteten etwas, dass keine Gefahr für sie darstellte.«

»Es stellte eine Gefahr für ihr Selbstwertgefühl dar. Und das kann Menschen zu wirklich bösen Taten verleiten. Wir Magier sind etwas anfällig, wenn es um Stolz und Eitelkeit geht«, seufzte Kellin.

Aiden sah das Zucken um seine Mundwinkel und grinste. »Ja, den Gedanken hatte ich auch beim Betrachten der extravaganten Roben, edlen Stoffe und glitzernden Runen.«

Kellin musste lachen, doch das war bereits zu viel für seinen erschöpften Körper, sodass er müde in die Laken zurücksank.

Aiden betrachtete ihn besorgt und zog die Decken wieder über ihm zurecht. »Danke, dass du mir Kraft gegeben hast. Ich hätte nicht gedacht, dass mich die Traumreise so mitnehmen würde.«

Der Magier blinzelte. »Ich kann doch nicht einen der vielversprechendsten Neuzugänge des Widerstandes verlieren. Wir brauchen dich, Aiden. Ich ... ich brauche dich.«

Da war es wieder, dieses merkwürdige Gefühl, das Aiden nicht verstand und ihn zutiefst verwirrte. Es löste Unverständliches in ihm aus und stärkte ihn.

Er nickte gerührt. »Danke, Kellin. Ich werde euch nicht enttäuschen.«

»Dessen bin ich mir sicher. Geh jetzt und sieh dich ein wenig um. Ich werde mich ausruhen müssen, bevor ich wieder mit dir reden kann.«

»Was ist mit deiner Arbeit in der Feste? Fällt das nicht auf?«

»Lass das mal meine Sorge sein. Wie ich schon sagte, es hat seine Vorteile ein loyaler Mitarbeiter des Ordens zu sein. Es bringt einem einige Freiheiten und Vorzüge ein.«

Aiden stand auf und sah noch einmal zu Kellin herab, der bereits die Augen geschlossen hatte.

»Süße Träume«, flüsterte er und verließ auf leisen Sohlen das Zimmer, obwohl er lieber noch eine Weile auf der Bettkante sitzen geblieben wäre.

Eine weitere Überraschung erwartete ihn, als er die Tür hinter sich schloss und auf einen langen Flur trat, auf dem reger Durchgangsverkehr herrschte. Wie es schien, waren die Vorbereitungen für den Umsturz in vollem Gang. Die Türen, die sich zu beiden Seiten des Korridors entlangzogen, spuckten ständig neue Menschen aus, die mit hektischem Gebaren hin- und hereilten, bepackt mit allerlei Vorräten und in aufgeregte Gespräche verstrickt. Einige von ihnen kannte Aiden aus der Enklave. Unter ihnen befanden sich auch mehrere Magier, die ihn allerdings wie gewohnt ignorierten.

Seine Verwunderung nahm zu, je gründlicher er sich umsah. Was er von den Gesprächen mitbekam, verriet ihm, dass der große Sturm kurz bevorstand.

Aiden spürte Ärger in sich hochsteigen. War er absichtlich im Dunkeln gelassen worden?

Er stutzte, als er an einer geöffneten Tür vorbeikam und in ein Zimmer spähen konnte, das derzeit von einer Person beansprucht wurde, die ihm wohl vertraut war und die er nie an diesem Ort erwartet hatte. Es war Marisa, die über mehrere Karten des Untergrundnetzes gebeugt stand und sie eingehend studierte. Als sie seinen Blick spürte, sah sie auf und winkte ihn zu sich.

Aiden betrat den Raum und kam zögernd näher, seinen Augen immer noch nicht trauend.

Marisa lächelte ihm zu. »Aiden, es freut mich zu sehen, dass du dich erholt hast. Miko und seine Eltern lassen ihren Dank ausrichten.«

»Ich habe gern geholfen«, sagte Aiden kurz angebunden. Seine Irritation war ihm deutlich anzumerken, denn Marisa schenkte ihm ein verlegenes Lächeln. »Du fragst dich bestimmt, warum ich vorher nichts von meiner Verbindung zum Widerstand gesagt habe, aber wir konnten kein Risiko eingehen. Wer weiß, ob es Verräter in unseren Reihen gibt.«

Aiden, dem all die Geheimniskrämerei allmählich zu viel wurde, funkelte sie wütend an. »Wieso habe ich langsam das Gefühl, dass ich bewusst von euren Aktionen ferngehalten werde? Vielleicht erklärt mir mal jemand, was hier vor sich geht?«

»Beruhige dich. Es geschieht nicht aus böser Absicht, das musst du uns glauben. Wir halten uns nur an die Anweisungen deines ... des Leiters des Widerstandes.«

»Kellin.« Der Junge ballte ärgerlich die Faust. »Welches Spiel treibt er eigentlich mit mir, und warum?«

Marisas Blick war schwer zu entschlüsseln. Ihre Stimme klang mitfühlend, aber Aiden glaubte, Sorge darin mitschwingen zu hören. Hatte sie etwa Angst vor ihm?

»Du musst verstehen, dass du zu einem sehr kritischen Zeitpunkt zu uns gekommen bist, Aiden. Die Hauptvorbereitungen waren bereits abgeschlossen und die Weichen gestellt. Ich vermute, wir werden im Laufe der nächsten Tage mit dem Umsturz beginnen.«

Aiden sah sie in hilflosem Unverständnis an. »Ja, aber wozu dieses ganze Spiel? Wofür braucht ihr mich überhaupt? Ich dachte, ich sollte euch helfen!«

Er war selbst über seine Reaktion erstaunt. Hätte er nicht dankbar sein sollen, von der Aufregung und Gefahr so wenig wie möglich mitzubekommen? Stattdessen fühlte er sich, als ob ihm seine mangelnde Einbeziehung die Lebensgrundlage entzog.

Marisas folgende Worte schenkten ihm nur wenig Trost. »Du bist aus einem guten Grund hier, mein Junge. Dir wird eine ganz besondere Rolle zukommen, vielleicht sogar eine der wichtigsten. Aber was das sein wird, dürfen wir dir noch nicht sagen. Kellin hat damals ausdrücklich klar gemacht, dass du dich erst einleben solltest, um zu verstehen, was vor sich geht. Er wollte es dir selbst erklären, wenn die Zeit reif ist.«

»Und wann soll das bitte sein? Wieso erzählt er mir nichts? Vertraut er mir nicht?« Aiden schluckte schwer. Er hatte verletzter geklungen, als er es beabsichtigt hatte, doch in seinem aufgebrachten Zustand fiel es ihm schwer, seine Gefühle zu verbergen.

Marisa seufzte und sah ihn eindringlich an. »Versuche ihn zu verstehen. Für ihn steht alles auf dem Spiel. Er muss sich um so vieles kümmern, und doch ist er sofort losgestürmt, als ihn die Nachricht von deinem Rettungsversuch erreichte. Du bedeutest ihm viel. Mehr als du vielleicht ahnst.«

»Aber wieso fühlt es sich dann an, als wolle er mich immer wieder wegdrängen? Außen vor lassen, fern vom Widerstand, fern von den anderen Magiern. Fern von *ihm*.«

»Das wirst du ihn selbst fragen müssen. Ich kann dich nur bitten, Geduld zu haben und ihm zu vertrauen. Warum sprichst du nicht einfach mit ihm, sobald es ihm besser geht?« Marisa sah zunehmend unbehaglicher drein.

Aiden schnaubte frustriert und wehrte ab. »Ich kann mir keinen Reim auf sein Verhalten machen. Vielleicht erklärt er es mir sogar, wenn ich frage, aber ich habe da meine Zweifel. Es scheint gewisse Bereiche zu geben, in die er niemanden hineinschauen lässt, und mich offenbar noch weniger als andere.«

Er biss die Zähne zusammen, als Enttäuschung und Wut in ihm hochkochten. Die Stärke seiner Gefühle überraschte und überforderte ihn.

Schnell wandte er sich ab und machte Anstalten, den Raum zu verlassen. In der Tür hielt er noch einmal inne und sagte über die Schulter zu Marisa: »Ich werde euch bei euren Vorbereitungen nicht weiter stören. Verzeih mein Aufbegehren. Ich ... ich muss nachdenken.« Er hörte selbst, wie gezwungen und flach seine Stimme klang.

Die ältere Frau sandte ihm ein aufmunterndes Lächeln nach, das Aiden nicht mehr sah. Zurück auf dem Gang blickte er sich unschlüssig um. Da bemerkte er eine Gestalt, die an einer der Wände lehnte und ihn aus den Schatten ihrer Kapuze heraus beobachtete. Elegant stieß sie sich von der Wand ab und kam zu ihm herüber.

»Du siehst aus, als könntest du etwas frische Luft gebrauchen.«

Aidens Augen weiteten sich überrascht. »Melody? Ich ... ja, ich könnte in der Tat einen Spaziergang vertragen«, antwortete er heiser.

Der Blick ihrer grünen Augen wurde mitfühlend, als sie sein Gesicht musterte. »So schlimm, hm?«

»Was heißt schlimm? Ich bin einfach ...« Aiden beendete den Satz nicht und verzog das Gesicht. Ihm war nach Fluchen zumute.

»Tröste dich, du bist nicht der Einzige, dem sie nie etwas erzählen oder nicht an ihren geheimen Besprechungen teilnehmen lassen«, lächelte sie schief und legte ihm freundschaftlich den Arm um die Schulter.

Erstaunt hob Aiden die Brauen. »Kannst du Gedanken lesen? Woher weißt du, was mir gerade durch den Kopf geht?«

»Das ist nicht schwer zu erraten. Dazu brauche ich deine Gabe nicht.« Sie zwinkerte ihm zu. »Ich kenne den Widerstand, ich kenne Kellin, und nach unseren gemeinsamen Aktionen in der Stadt kenne ich auch dich ein bisschen besser. Ich habe mich schon gewundert, wann dir auffallen würde, dass sie dich wie ein Stück glühendes Eisen behandeln.«

Aiden runzelte die Stirn. Er war nicht sicher, ob er hören wollte, was sie ihm zu sagen hatte. Dennoch konnte er sich nicht bezähmen und fragte: »Was meinst du damit?«

Melody bedeutete ihm, ihr zu folgen. Gemeinsam durchquerten sie das Haus, das wesentlich größer war, als Aiden erwartet hatte. Womit er am wenigstens gerechnet hatte, war die Tatsache, dass es mitten in der Stadt lag.

Ein wenig entgeistert sah er sich um, als sie nach draußen in die kühle Abendluft traten und sich vor ihnen ein weitläufiger Innenhof erstreckte, der neben einem kunstvoll gefertigten Springbrunnen auch einen gut gepflegten Park mit Gartenlaube vorweisen konnte. Das Anwesen wurde von einer hohen Hecke eingerahmt, hinter der sich weitere herrschaftliche Gebäude türmten. Ein breiter Kieselsteinweg führte von der Eingangstür des Hauses zu einem steinernen Torbogen, in den ein doppelflügeliges Gitter eingelassen war. Zwei Gardisten mit dem Emblem des Königshauses standen mit verschränkten Hellebarden davor Wache.

Aiden wäre fast rückwärts wieder ins Haus gestolpert, doch Melody packte ihn am Handgelenk und zog ihn ein Stück abseits unter einen der ausladenden Apfelbäume der Parkanlage. »Ganz ruhig, sie gehören zu uns.«

Aiden konnte ihr kaum glauben. »Aber was machen denn Gefolgsleute des Königs hier?«

Melody griff nach dem Ast eines nahen Baums und strich gedankenverloren über die Blätter. Aiden merkte ihr an, dass sie Zeit schinden wollte. Schließlich lehnte sie sich an den Stamm und unterdrückte ein Seufzen.

»Hör zu«, begann sie. »Eigentlich sollte ich den Mund halten. Kellin wollte dich selbst einweihen. Aber ich weiß, wie es ist, wenn einem keiner reinen Wein einschenkt. Und ich sehe es nicht ein, dass du noch länger ahnungslos bleibst. Also nehme ich mir jetzt die Freiheit, dich wenigstens bis zu einem gewissen Punkt aufzuklären.«

Aiden trat zu ihr in den Schatten des Baums. Er musste immer noch gegen den Drang ankämpfen, sich vor den Gardisten zu verbergen.

»Wo fange ich an?« Melody zog einen ihrer Dolche und warf ihn spielerisch von einer Hand in die andere. »Also gut, du hast vielleicht mitbekommen, dass das Königshaus offiziell die Restriktionen und den Umgang mit den Magiern unterstützt. In letzter Zeit haben sich aber Veränderungen ergeben, die letztendlich dazu geführt haben, dass König Liam nun ein persönliches Interesse an der Verbesserung der Situation der Magier hat. Da eine so plötzliche Kursänderung aber merkwürdig wirken würde, muss er nach außen hin sein Gesicht wahren. Die Bürger von Serinis würden es nicht verstehen, wenn er von einem Tag auf den anderen seine Haltung ändert. Sie haben zu viel Angst vor den Magiern.« Das Sonnenlicht fing sich auf ihrer wirbelnden Klinge. »Das bedeutet, dass der König den Widerstand heimlich schützt, unterstützt und hofft, dass die Magier des Widerstandes die Kontrolle über den Orden übernehmen. Was sicherlich hilft, ist die Tatsache, dass die derzeitige Führung des Ordens dem Königshaus nicht besonders freundlich gegenübersteht.«

Aiden versuchte, das Gehörte zu verarbeiten. Er verstand, dass er es mit Politik zu hatte, und die war wie ein Buch mit sieben Siegeln für ihn.

»Und was hat ihn zu dieser plötzlichen Kehrtwende bewegt?«, wollte er wissen.

»Eine einzelne Person: Leya Avaris, Hofmagierin zu Wallenstein und Beraterin des Königs.« Sie schmunzelte. »Mehr werde ich dazu nicht sagen, den Rest kannst du dir selbst zusammenreimen. Und falls du nicht darauf kommst, frag doch einfach Kellin, ob er es dir erklärt«, fügte sie mit anzüglichem Grinsen hinzu.

Aiden ging über ihre letzte Bemerkung hinweg. In seinem Kopf summten tausend Fragen ohne Antworten. »Gibt es überhaupt jemanden in dieser Stadt, der ist, wer er vorgibt zu sein? Ich komme da nicht mehr mit. Außerdem erklärt das immer noch nicht, warum mich niemand eingeweiht hat. Worauf haben sie gewartet?«

Melody lachte hell auf. »Ach, Aiden. Du solltest gerade dein Gesicht sehen. Ich habe dir nur einen winzig kleinen Einblick in die Abläufe unserer Welt gegeben, und du wirkst bereits, als wüsstest du nicht mehr, wo dir der Kopf steht. Ich wette, deine Fragen sind sogar mehr statt weniger geworden.« Sie deutete zum Haus. Ernster fuhr sie fort: »Ich will damit nicht sagen, dass ich ihre und vor allem Kellins Geheimniskrämerei gutheiße. Aber ich kann nachvollziehen, warum sie dachten, dass es für dich besser wäre, erst einmal so wenig wie möglich zu wissen.«

Aiden sah bestürzt zu Boden. Ihre offene Einschätzung tat weh, aber sie hatte recht. Vielleicht wollten Kellin und die anderen ihn wirklich schützen, aber das änderte nichts an seinem Wunsch, endlich zu verstehen, wie diese manchmal beängstigend fremde Welt funktionierte. Vielleicht würde er dann eines fernen Tages aufwachen, aus dem Fenster sehen und spüren, dass sie auch zu seiner Welt geworden war.

Lange hing Aiden seinen Gedanken nach, bis er wieder das Wort ergriff.

Fragend legte er den Kopf schief. »Sag mal, Melody, steht das Angebot mit dem Spaziergang noch? Im Gehen kann ich besser denken. Außerdem gibt es da etwas, das ich mir ansehen wollte, und ich brauche jemanden, der sich gut in der Stadt auskennt und mich so führen kann, dass wir keine Aufmerksamkeit auf uns ziehen. Würdest du das für mich tun? Bitte?«

Melody sah ihn eine Weile an, dann steckte sie ihren Dolch weg und wandte sich zum Gehen.

»Kommst du?«, lächelte sie ihm zu.

Sie saßen beim Abendessen, die Wohnung erfüllt vom Duft der dampfenden Speisen und dem klaren weißen Licht der Kristalle. Mutter und Vater tauschten lachend Neuigkeiten des Tages aus und bedachten mit wohlmeinendem Lächeln den Sohn, der eifrig mit Messer und Gabel sein Essen malträtierte.

Es war ein Bild der Harmonie, doch in dem stillen Beobachter am Fenster löste es Traurigkeit aus. Dort, nur wenige Schritte von ihm getrennt, ereignete sich etwas, dass er nie gehabt hatte und auch nie bekommen würde. Aiden wusste selbst nicht, warum er hergekommen war, und was er vorzufinden gehofft hatte. Vielleicht eine Bestätigung seiner stillen Hoffnung, dass Martin dank seines verabscheuungswürdigen Berufes ein Leben in Unglück und Kummer führen würde? Dass es dem Mann, der geholfen hatte, ihn aus seinem alten Leben herauszureißen, in irgendeiner Weise schlecht ergehen würde? Dass eine unsichtbare Gerechtigkeit herrschen würde, die Leid mit Leid heimzahlte?

Aiden würgte es bei diesen Gedanken, und er fühlte Scham in sich aufsteigen. Er wollte so nicht denken, geschweige denn fühlen, und doch gab es da einen Teil in ihm, der nach Vergeltung verlangte. Vielleicht entsprang das Verlangen danach aber auch dem tiefen Schmerz und Zorn darüber, kein Teil dieser Idylle zu sein: einer Welt, die er weder kannte noch verstand. Er erinnerte sich nicht an seinen Vater, und seine Mutter hatte nie ein Wort über ihn verloren. Überhaupt schien vieles von dem, was sich in seiner Kindheit ereignet hatte, immer mehr hinter einem Nebelschleier zu verblassen. Beim Anblick der Familie jedoch, die dort in vertrauter Stimmung beieinandersaß, wurden Erinnerungen wach, die er eigentlich nicht haben konnte. Warum stimmte ihn dieses Bild so traurig, wenn er etwas Vergleichbares nie zuvor kennengelernt hatte?

Aiden schüttelte sich, als ob er einen bösen Traum loswerden wollte.

Er stand noch lange auf seinem Beobachtungsposten, die Hände gegen die Wand gestützt und auf den Zehenspitzen balancierend, um ins Innere des Hauses schauen zu können.

Da plötzlich sah Martin zum Fenster herüber. Er riss die Augen auf und sprang in die Höhe, den Stuhl umwerfend, auf dem er gesessen hatte und die Hände schützend nach seiner Frau und seinem Sohn ausgestreckt, die ihn entgeistert anstarrten.

Mit einem Keuchen duckte Aiden sich weg und kauerte einen Moment unschlüssig unter dem Fenster. Dann ging er schnellen Schrittes auf die angrenzende Gasse zu, wo Melody in den Schatten auf ihn wartete.

Er wollte schon um die Ecke biegen, als das Geräusch einer sich öffnenden Haustür zu hören war und Martins Stimme in seinem Rücken erklang: »Aiden, warte!«

Der Junge stand schwer atmend da. Sein Herzschlag pochte in seinen Ohren, und er war sich aller Eindrücke seiner Umgebung unnatürlich klar bewusst, während Adrenalin durch seinen Körper jagte. Sein erster Instinkt war Flucht, doch etwas hatte in der Stimme des Mannes gelegen, das weniger bedrohlich als vielmehr flehend geklungen hatte.

Langsam drehte Aiden sich um und sah zum Haus zurück.

Im Eingangsbereich stand Martin, doch statt des fröhlichen Gesichtsausdrucks, den er beim Essen getragen hatte, stand das Leid und Erschrecken in seine Züge eingegraben, auf das Aiden eben noch insgeheim gehofft hatte. Es fühlte sich schal an.

Verlegen hob er die Hand. »Hallo, Martin.«

Der Kontrolleur war sichtlich aufgebracht, sein Atem ging schwer und seine Bewegungen wirkten fahrig. »Aiden, was machst du hier? Noch dazu um diese Zeit?«

Langsam ging der Junge ein paar Schritte auf das Haus zu, blieb dann aber unentschlossen stehen. War er verrückt geworden? Sollte er nicht lieber so schnell wie möglich das Weite suchen? Andererseits war es sowieso zu spät. Martin hatte ihn erkannt.

Auf einmal wurde Aiden siedend heiß bewusst, welches Risiko er eingegangen war und welchen Preis es ihn und den Widerstand kosten würde, sollte der Kontrolleur entscheiden, sein Auftauchen in der Feste zu melden. Das konnte er nicht zulassen. Er erkannte entsetzt, dass ihm keine Wahl blieb und er dafür sorgen musste, dass es dazu nicht kam. Vielleicht würde er etwas tun müssen, das gegen alles verstieß, woran er glaubte. Allein der Gedanke daran bereitete ihm fast körperliche Schmerzen.

Es half nichts. Der Schaden war angerichtet, und sein Gewissen würde den Preis dafür zahlen müssen. Mit zugeschnürter Kehle sah er zu dem Kontrolleur herüber, innerlich wie gelähmt vor Angst.

Dieser sah sich hastig um, bevor er eine auffordernde Handbewegung in Richtung der Tür machte. »Komm doch herein. Ich ... ich würde gerne mit dir reden. Aber nicht hier draußen.«

Als Aiden nicht reagierte, wiederholte Martin seine Geste und versuchte etwas Beruhigendes in seine Stimme zu legen, was ihm angesichts der Anspannung, unter der er stand, nur leidlich gut gelang. »Ich will dir nichts tun, und ich bin auch nicht böse, dass du hergekommen bist. Ich glaube, ich verstehe sogar sehr gut, warum du hier bist, und darüber will ich mit dir reden. Bitte, vertrau mir.«

Ein Schimmer Hoffnung kehrte in Aidens Augen zurück. Vielleicht würde er den Geist des Mannes doch nicht verbiegen müssen. Er konnte die Zweifel und Ängste spüren, die der Kontrolleur ausstrahlte, und vor allem anderen die Schuldgefühle ihm gegenüber. Mit etwas Glück waren sie stark genug, dass er ihn nicht verraten würde. Er klammerte sich an diese Hoffnung, um nicht zusammenzubrechen.

Aiden biss die Zähne zusammen und legte die letzten Schritte zum Haus zurück. Martin nickte erfreut und bat ihn herein. Bevor er die Haustür schloss, ließ er alarmiert den Blick durch die Nachbarschaft schweifen, bis er sicher war, dass niemand sie gesehen hatte.

Im Inneren nahm sie ein Flur auf, über den Martin Aiden sanft vorwärtsdrängte, bis sie zu einer Tür kamen, vor der sie haltmachten. Von drinnen war aufgeregtes Flüstern zu hören, das abrupt verstummte, als der Kontrolleur die Tür einen Spaltbreit öffnete. Er steckte seinen Kopf hinein und murmelte etwas von einer Geschäftsangelegenheit und schloss sie eilig wieder.

Dann führte er den Jungen zu einem Zimmer, das der Einrichtung nach ein Arbeitsraum war und in den kühlen bläulichen Schein einer Kristallleuchte getaucht war.

Er deutete auf einen Stuhl und nahm selbst auf einem gemütlichen Sessel hinter einem Schreibtisch platz. Aiden tat wie ihm geheißen und setzte sich, innerlich bis zum Zerreißen gespannt.

Nach einigen Sekunden unangenehmen Schweigens begann Martin zögernd: »Und? Wie ist es dir ergangen?«

Aiden legte die Hände auf die Lehnen seines Stuhls und sah den Kontrolleur ungläubig an. Wie sollte es ihm schon ergangen sein? Martin wusste sicherlich, was die Gefangenen erwartete, die er in der Festung ablieferte.

»Ich bin nicht in den Zuchtkammern gelandet«, sagte Aiden schließlich.

Martin wich seinem Blick aus. »Das freut mich für dich. Ich ...« Er unterbrach sich. »Kann ich dir etwas anbieten? Meine Frau hat gekocht ...«

Bis zum Zerreißen angespannt, war Aiden wahrlich nicht nach Essen zumute und er konnte sich kaum vorstellen, etwas herunterzubringen. Also schüttelte er den Kopf.

»Warum sollte ich hereinkommen?«, fragte er seine Nervosität unterdrückend. Die fremde Umgebung schien ihm die Brust einzuengen. Was, wenn Martin doch den Orden informierte?

»Ja, das ist eine wirklich gute Frage, nicht wahr?« Martin knetete seine Unterlippe zwischen den Fingern und unterließ es so plötzlich wieder, als hätte er dadurch ein Geheimnis verraten. »Wie soll ich es erklären? Ich habe mir seit deiner Ergreifung Gedanken gemacht. Ich habe zwar schon einige Überführungen hinter mir, aber du warst der jüngste Magier, den Armin und ich je geholt haben.«

»Und?« Aiden verstand nicht, worauf Martin hinauswollte oder was ihn dessen Gedankenspiele angingen.

»Ich schätze, du hast mich an meinen Sohn erinnert, und wenn ich daran denke, was wäre, wenn er auch magisches Talent zeigen würde ... Mir sind schon vorher Zweifel an der Richtigkeit unseres Tuns gekommen, aber es ist mir noch nie so nahe gegangen wie jetzt. Vermutlich will ich dir nur sagen, dass ich bedauere, was mit dir geschehen ist und wie das System beschaffen ist. Aber ich würde dir auch gerne begreiflich machen, wie es dazu gekommen ist.«

Aiden starrte ihn ausdruckslos an. »Und zwar?«

Martin trommelte nervös mit den Fingerspitzen auf dem Holz des Schreibtisches. »Du bist zu jung, um es miterlebt zu haben, aber als ich in deinem Alter war, gab es viele Unfälle, an denen Magier beteiligt waren. Die meisten geschahen aus Unvorsichtigkeit und Selbstüberschätzung. Eure Kräfte sind nun einmal gefährlich, Aiden, das kannst du kaum leugnen, und wir wollen doch nur, dass ihr sie in einer sicheren Umgebung und für das Allgemeinwohl einsetzt.«

Verständnislos schüttelte der Junge den Kopf. »Und wie viel habe ich von diesem Allgemeinwohl?«

Martin sah nachdenklich aus dem Fenster seines Arbeitszimmers in die nächtliche Stadt, als suche er nach der Antwort in den tiefen Schatten, den die Häuser warfen.

»Es war vielleicht nicht deine Entscheidung, in den Dienst des Reiches zu treten, aber es ist deine Entscheidung, ob du dich anpasst oder nicht. Du könntest teilhaben an dem Nutzen und den Vorzügen, die die magische Technologie bringt. Ihr habt sie erschaffen, wofür wir euch sehr dankbar sind. Du müsstest nur diese verzerrte Vorstellung von Freiheit aufgeben und erkennen, dass es dir trotzdem gut gehen kann, auch wenn du Einschränkungen unterliegst, so wie wir alle. Nicht jeder wird mit so außergewöhnlichen Gaben geboren wie du und deinesgleichen. Wir sind seit unserer Geburt eingeschränkt, wenn du so willst, und trotzdem erreichen wir etwas. Trotzdem können wir ein glückliches Leben führen, auch mit den Grenzen, die uns gesetzt sind. Ich werde zum Beispiel nie ein großartiger Dichter werden, so sehr ich es mir auch wünsche, aber es wird nicht geschehen. Ich muss mich mit meinen Grenzen abfinden, und das solltest du auch.«

Es klang, als wären diese Worte lange in Martin gereift und hätten nur auf den richtigen Moment gewartet, hervorzubrechen.

Aiden war nicht überzeugt, ob der Kontrolleur wirklich an seine Worte glaubte oder ob es sein Schuldgefühl war, das aus ihm sprach. Nach einer kleinen Pause fragte er: »Du magst also Poesie?«

Martin blinzelte verwirrt, da er offenbar mit einer anderen Reaktion gerechnet hatte.

»Nun ja, wie schon gesagt, mir fehlt das Talent. Ich habe mich ein paar Mal am Schreiben versucht, aber das Ergebnis erschien mir nicht sonderlich gelungen.« Mit einem etwas verlegenen Grinsen fuhr er fort: »Ich wollte schon immer meine Frau mit einem Gedicht überraschen. Ihr einfach zeigen, dass mehr in mir steckt. Außer dem Kontrolleur. Das System am Laufen zu halten, ist wichtig, aber nicht sonderlich aufregend oder kreativ. Daher habe ich gedacht, ein paar Zeitvertreibe nebenher, die man vielleicht nicht unbedingt mit einem Kontrolleur in Verbindung bringen würde, wären eine gute Idee, um mir einen Ausgleich zu verschaffen. Aber wie gesagt, Poesie liegt mir nicht. Sehr zum Leidwesen meiner Frau«, gestand er.

Aiden rutschte auf seinem Stuhl in eine gemütlichere Position und sah Martin neugierig an. »Was hättest du denn in deinem Gedicht an sie ausdrücken wollen?«

Martin sah ihn verwundert an, war aber unübersehbar dankbar, dass sie sich angenehmeren Themen zugewandt hatten.

»Ich weiß nicht, so weit bin ich nie gekommen. Was man eben schreibt, wenn man jemanden liebt. Wie wichtig sie für mich ist, wie viel Kraft es mir gibt, wenn ich von einer Mission zurückkehre und sie und unseren Sohn auf mich warten sehe. Dass ich alles, was ich tue, nur für unsere Familie tue, damit wir glücklich sein können. Dass sie es ist, die mich immer wieder an meine Menschlichkeit erinnert und mir die Zweifel nimmt, wenn sie mich überkommen. Ich würde für sie alles tun.«

Aiden verstand. Er erhob sich und trat vor den Schreibtisch. Fragend sah Martin ihn an. Statt einer Antwort nahm Aiden das oberste Blatt Papier von einem Stapel, drehte es um und hielt es ihm hin. Martin nahm es mit einem irritierten Gesichtsausdruck an sich und warf einen Blick darauf. Seine Augen wurden runder, je mehr er las, und schließlich senkte er das Blatt mit zittrigen Händen und starrte den Traumtänzer entgeistert an.

»Was hast du getan? Das ist ... Es ist wunderschön.«

Aiden lächelte erschöpft. »Ich habe gar nichts getan. Das ist dein Werk. Ich habe nur geholfen, es in diese Welt zu bringen. Ich würde sagen, es ist ziemlich gelungen für jemanden, dem die Poesie angeblich nicht liegt.«

In Martins Gesicht arbeitete es, und sein Blick irrte zwischen dem Blatt Papier in seinen Händen und seinem Besucher hin und her. Schließlich fragte er: »Was ist das für eine Magie?«

Eine Spur Traurigkeit schlich sich in Aidens Lächeln, als er entgegnete: »Eine friedliche Form der Magie. Das da passiert, wenn man wagt, zu träumen. Ich kann es, du kannst es, jeder kann es. Die meisten haben nur vergessen, wie es geht.«

Martin schien um Fassung zu ringen. Dann sagte er: »Hör zu, es tut mir leid, was mit dir passiert ist, und dass wir dich einfach so aus deinem Leben herausgerissen haben. Wir haben damals eine klare Anweisung bekommen, und wir haben sie ausgeführt. Für die Sicherheit des Reiches, und auch für deine eigene, das musst du mir glauben. Nicht jeder Magier kann mit seinen Kräften umgehen, ohne sich und seine Mitmenschen in Gefahr zu bringen.« Er schöpfte kurz Atem. »Ich weiß auch, dass das System des Ordens Fehler hat, aber es gibt nun mal kein anderes. Und wenn man sich damit arrangiert, kann man sogar davon profitieren. Du glaubst wahrscheinlich, etwas Besseres schaffen zu können, aber wo willst du eine andere Ordnung hernehmen? Wer sagt, dass es uns allen nicht schlechter damit geht?«

»Du hast recht: Ich weiß, dass ich kein besseres System schaffen kann.« Aiden sah ihn müde an. »Nicht alleine jedenfalls. Aber wir alle können. Ein besseres Konzept schläft in euren Köpfen. Ihr müsst es nur wecken und gemeinsam den Traum verwirklichen.« Leidenschaft mischte sich in seine Stimme, machte sie kräftiger. Wie gern hätte er Martin überzeugt und als Verbündeten für den Widerstand gewonnen.

Der Kontrolleur schwieg überwältigt, bevor er murmelte: »Ich glaube dir, Junge. Ich glaube dir wirklich, dass du die Lage für alle besser machen willst. Ich wünschte nur, es wäre so einfach.«

Aiden wollte etwas erwidern, doch Martin unterbrach ihn: »Ich würde dir wirklich gerne helfen, Aiden, aber das Risiko ist zu groß. Ich muss auch an meine Familie denken. Allein schon die Tatsache, dass du gerade bei mir sitzt und wir uns auf diese Weise unterhalten, würde mich schon in arge Bedrängnis bringen, wenn irgendeiner meiner Kollegen davon wüsste. Aber keine Sorge, das muss ja niemand erfahren, nicht wahr?«

Aiden fiel ein zentnerschweres Gewicht vom Herzen. Fast hätte er vor Erleichterung aufgestöhnt, doch er riss sich gerade noch zusammen und tat mit einem heftigen Nicken seine Zustimmung kund.

Seine letzten Zweifel im Hinblick auf die Aufrichtigkeit von Martins Angebot zerstreuten sich, als dieser fortfuhr: »Hör zu: Ich kann nichts für dich tun. Aber ich weiß, an wen du dich wenden kannst, um eine Veränderung herbeizuführen. Es herrscht in Wahrheit viel Uneinigkeit innerhalb des Ordens über den Umgang mit den Magiern. Es gibt noch andere Mitarbeiter wie mich, die insgeheim Zweifel daran hegen, dass es gerechtfertigt ist, wie diejenigen, die sich den starren Regeln und der Bevormundung nicht beugen wollen, gezwungen und ausgebeutet werden. Es soll sogar eine geheime Verschwörung geben, die im Verborgenen daran arbeitet, den Orden zu unterwandern.«

Martin machte eine bedeutungsvolle Pause, während Aiden versuchte, möglichst überrascht zu wirken. In seinem Nacken sammelte sich Schweiß.

»Ich weiß nicht, wie viel an diesen Gerüchten dran ist, aber feststeht, dass die meisten von uns nicht allzu unglücklich über einen Kurswechsel wären. Zurzeit ist der Orden jedoch zu fest in der Hand der älteren Mitglieder, von denen einige seit der Gründungszeit dabei sind, allen voran der Oberste Kontrolleur. Ich glaube nicht, dass sie an Veränderung interessiert sind, aber vielleicht ... vielleicht gibt es da jemanden, dem du mal auf den Zahn fühlen könntest. Er ist einer der Koordinatoren des Ordens und in die meisten administrativen Belange involviert.«

Aiden spürte eine dumpfe Vorahnung in sich hochsteigen und fragte: »Wer ist es?«

»Oh, er heißt Kellin. Er gilt zwar als ein sehr loyaler und ambitionierter Diener des Ordens, aber in der Vergangenheit hat er sich Veränderungen gegenüber deutlich offener gezeigt als andere in seiner Position. Wenn jemand genauer über die internen Vorgänge Bescheid weiß, dann er.«

Dem Jungen behagte die Scharade ganz und gar nicht, aber er spielte mit. »Und wieso sollte er mir etwas verraten? Vorausgesetzt, dass er mich überhaupt zu sich lässt?«

Martin schmunzelte. »Nun, es gibt da zwei Dinge, die mich glauben lassen, dass er zumindest an einem ersten Treffen interessiert wäre. Zunächst wäre da die Tatsache, dass er nur unwesentlich älter als du sein dürfte. Daher wird es ihn wahrscheinlich freuen, einen weiteren jungen Magier kennenzulernen. Der zweite Grund besteht darin, dass er es war, der uns den Auftrag gegeben hat, dich einzusammeln.«

Aiden starrte ihn entgeistert an. Auf einmal war ihm übel. Unter größter Willensanstrengung rief er sich zur Ordnung und versuchte betont gelassen zu antworten: »Oh, na gut. Vielleicht sollte ich wirklich mit ihm reden, wenn sich die Gelegenheit ergibt. Falls er mich mag, weiht er mich vielleicht in einige Dinge ein.«

Martin sah ihn beschwörend an. »Wenn jemand etwas bewegen kann, dann er. Aber sei vorsichtig. Er ist der Sohn des Ordensleiters, und auch, wenn die beiden sich nicht sonderlich gut verstehen, solltest du auf der Hut sein. Kellin hat viel von seinem Vater geerbt und ... Ist alles in Ordnung mit dir? Du siehst aus, als hättest du einen Geist gesehen.«

Aidens Augen waren groß geworden, und er fühlte sich, als hätte jemand einen Eimer mit eiskaltem Wasser über ihm ausgeschüttet. Seine Übelkeit weitete sich zu einem Klumpen in seinem Magen aus, der ihn zu Boden ziehen wollte.

Wie hatte er nur so blind sein können? Die Zeichen waren alle da gewesen, direkt vor seinen Augen, doch Kellins Erklärungen waren ihm stets schlüssig und einleuchtend erschienen. Je mehr er jedoch über Martins Enthüllung nachdachte, desto mehr fielen ihm immer mehr Ungereimtheiten auf, und das Bild, das sich aus diesen Puzzlestücken ergab, gefiel ihm überhaupt nicht. Natürlich verstand er jetzt, warum Kellin einen so großen Einfluss auf die Geschehnisse innerhalb des Ordens hatte, warum es ihm so leicht fiel, zu kommen und zu gehen, wie es ihm passte. Wer würde es schon wagen, den Sohn des Obersten Kontrolleurs infrage zu stellen?

Aiden fühlte sich verraten und ausgenutzt, und die Wut trieb ihm die Tränen in die Augen.

»Was ist denn los?« Martin sah ihn bestürzt an. »Habe ich etwas Falsches gesagt?«

Aiden winkte ab und stand auf. Es kostete ihn viel Mühe, auch nur einige einfache Sätze zu formulieren, ohne dass seine Stimme brach. »Es hat nichts mit dir zu tun, es ist alles nur ein bisschen viel für mich. Ich danke dir für das Gespräch und deine Hilfe. Ich werde das nicht vergessen, glaube mir, aber jetzt muss ich wirklich gehen.«

Martin sah ihn zweifelnd an, nickte dann aber stumm und geleitete ihn hinaus zur Tür des Hauses, wo er selbst im Schatten des Eingangs zurückblieb.

»Ich wünsche dir, dass sich deine Träume erfüllen«, sagte er zum Abschied.

Aiden lächelte unter Tränen. »Danke. Und ich wünsche mir, dass ihr endlich aufwacht und zu träumen beginnt.«

Dann wandte er sich ab und überquerte eiligen Schrittes die Straße, wo er um die Ecke in die Gasse bog, in deren Schatten bereits eine aufgebrachte Melody wartete. Sie setzte an, um etwas zu sagen, dann aber bemerkte sie den Ausdruck auf seinem Gesicht und schwieg betroffen.

Wortlos traten sie den Rückweg zum Hauptquartier des Widerstandes an.

Weder die Wachen noch die verdutzt schauenden Mitglieder des Widerstandes kümmerten Aiden, als er durch die Gänge und Zimmer des Hauptquartiers stürmte. Mit zornig funkelnden Augen stieß er die Tür zu dem Zimmer auf, in dem er Kellin schlafend zurückgelassen hatte. Er fand ihn mit nachdenklicher Miene auf seinem Bett sitzend vor, ein Buch auf dem Schoß.

Als Aiden so unerwartet auftauchte, sah er überrascht hoch. »Da bist du ja wieder. Wo warst du denn? Ich habe mir schon ...«

Da bemerkte er die Wut in Aidens Blick und verstummte. Ein langsames, bitteres Begreifen zeichnete sich auf seinen Zügen ab. Zittrig legte er das Buch beseite. In einer fast hilflos wirkenden Geste hob er die Hände, als wolle er den aufziehenden Sturm beschwichtigen, auch wenn er ahnte, wie vergebens diese Mühe sein würde.

»Du weißt es also.« Es war keine Frage, sondern eine Feststellung: die Bestätigung von etwas, auf das er schon lange gewartet hatte. »Es tut mir leid, dass du es von einem anderen erfahren musstest. Ich hätte es dir selbst gesagt, bitte glaube mir. Ich hielt es nur noch nicht für den richtigen Augenblick.«

Aiden ballte die Hand zur Faust, sodass die Knöchel weiß hervortraten. Zu der Wut mischte sich Schmerz, geboren aus Enttäuschung und verletztem Vertrauen. »Und wann wäre der gewesen? Wann wäre ich würdig gewesen, zu erfahren, dass du der Sohn des Obersten Kontrolleurs bist? Eines kranken Mannes, der deine Art am liebsten in Ketten sieht und für ihn schuftend, damit seine glorreiche Vision einer Gesellschaft bestehen bleibt?«

»Mein Vater ist ein verbitterter alter Mann, aber er ist kein Wahnsinniger!«, fuhr Kellin auf. Der Magier schien zwischen Wut und Erleichterung hin- und hergerissen zu sein.

Aiden verengte die Augen. Was hatte er ihm noch alles verschwiegen?

Mit ungewohnter Härte sagte er: »Ich sehe schon, ich habe einen wunden Punkt entdeckt. Was genau spielst du hier eigentlich für ein Spiel, Kellin? Ist das alles nur eine Farce für dich? Der Widerstand? Die Menschen?« Nach einem mühsamen Atemzug fügte er tonlos hinzu: »Ich?«

Kellin stand auf, trat auf ihn zu und wollte ihm die Hände auf die Schultern legen, doch Aiden drehte sich abweisend weg und starrte zur Wand.

Der Magier schnaubte frustriert und bemühte sich, einen beschwichtigenden Ton anzuschlagen: »Aiden, bitte. Wer mein Vater ist, ändert nichts an dem, was du bereits gesehen und erfahren hast. Ich will etwas ändern, und ich brauche den Widerstand dafür. Glaub mir, keiner weiß so gut wie ich, warum das derzeitige System ein Verbrechen gegen die Magier ist. Ich kenne den Geist dahinter, denjenigen, der es mit aufgebaut hat, und ich habe mich entschieden, es nicht länger hinzunehmen. Aber um Veränderung zu bringen, brauche ich dich. Dich und deine besonderen Fähigkeiten. Ich brauche einen Traum, und dieser Traum bist du.«

Bei diesen Worten blickte Aiden misstrauisch auf. Er wollte sich nicht von schönen Worten in Sicherheit wiegen lassen. »Warum hast du mir dann nicht vertraut? Warum die ganze Maskerade?«

Kellin zögerte, bevor er antwortete: »Ich vertraue dir mehr als dir klar ist, Aiden. Du bist nicht nur ein Teil des Widerstandes, du bist einer der Schlüssel zum Erfolg. Ohne dich schaffen wir es nicht. Deine Art der Magie ist etwas, mit der sie nicht rechnen werden. Du kannst an Orte gehen, die sonst keiner erreichen kann. Du siehst Dinge, für die andere blind sind. Du bist, was dieses Reich braucht, um neu geboren zu werden. Diese Revolution wird nicht mit Waffengewalt und ausgewaschenen Parolen gewonnen werden. Sie wird in den Köpfen der Menschen stattfinden, und das muss sie auch, wenn sich etwas ändern soll. Du als Träumer solltest am Besten wissen, wie sich die Realität zusammensetzt.«

Kellin sah ihn geradezu flehentlich an. Schweißperlen hatten sich an den Schläfen des Magiers gesammelt.

»Der Grund, warum du nicht in all diese Dinge involviert wurdest, ist ganz einfach: Dafür haben wir bereits fähige Leute, die alles organisieren. Du selbst brauchtest Zeit, dich einzugewöhnen und um zu verstehen, wo die Missstände des Systems liegen. Was nun deine Rolle im Widerstand angeht, so wird dir, wie bereits erwähnt, während des Umsturzes eine ganz besondere Aufgabe zufallen.«

»Und was soll das bitte heißen?«, fragte Aiden skeptisch. Er ahnte, dass ihm die Antwort nicht gefallen würde.

Kellin straffte die Schultern und fuhr dann energisch fort: »Sobald wir losschlagen und die wichtigsten Schlüsselpositionen innerhalb der Feste eingenommen haben, wird sich eine Gruppe um die Absorbierer und ihre Deaktivierung kümmern. Währenddessen wird der Großteil der Magier die loyalen Ordensmitglieder festsetzen. Eine große Gefahr wird jedoch vom Obersten Kontrolleur ausgehen, der immer noch beachtliche magische Kräfte besitzt und in der Lage ist, viele von uns zu überwältigen oder zumindest unsere Bemühungen zu sabotieren. Du wirst ihn aufhalten. Deinen Kräften ist er nicht gewachsen. Dessen bin ich mir sicher.«

Aiden starrte ihn fassungslos an. »Du willst, dass ich deinen Vater in Schach halte? Warum machst du das nicht selbst?« Er glaubte, sich verhört zu haben.

»Ich kann nicht. Ich kann nicht die Hand gegen meinen eigenen Vater erheben, so sehr ich ihn auch für das verachte, was er uns angetan hat.« Kellin raufte sich die Haare. »Du jedoch kannst dich ihm stellen und ihn besiegen, ohne zu verletzen oder gar zu töten. Er wird sich gegen deine Traumfertigkeiten nicht wehren können, und es reicht vollkommen, ihn festzusetzen, bis wir Magier mit unseren jeweiligen Aufgaben fertig sind. Verstehst du jetzt, wie wichtig du für das Gelingen unseres Plans bist?«

Aiden schluckte schwer, als er mühsam versuchte, die Fassung zu bewahren. Seine Kehle war wie zugeschnürt. Er spürte, wie ihm erneut die Tränen in die Augen stiegen, und blinzelte sie wütend weg.

All seine Willenskraft aufbietend, brachte er schließlich mit tonloser Stimme heraus: »Ich verstehe, Kellin. Ich verstehe sehr gut. Du brauchst nicht mich, du brauchst, was ich bin. Ein Werkzeug. Ein Mittel zum Zweck. Es ist genau so, wie ich es befürchtet habe. Ich bin keiner von euch, und wahrscheinlich werdet ihr mich nur solange dulden, wie ich euch von Nutzen bin. Für eine Vision, die die deines Vaters ablösen soll. Verzeih, aber ich glaube nicht, dass ich für eine Gesellschaftsordnung kämpfen will, die in mir bestenfalls ein Werkzeug sieht. Im schlimmsten Fall eine Waffe. Vielleicht hatte der Geist des Träumers mit seiner Warnung doch recht.«

Er machte auf dem Absatz kehrt und eilte zur Tür des Gemachs, einen hilflos dreinschauenden Kellin zurücklassend, der die Hand ausgestreckt hatte, als wolle er den Jungen festhalten, sich jedoch nicht rührte.

Im Türrahmen drehte Aiden sich noch einmal um und blickte zurück. Trauer und Wut schwangen in den letzten Worten mit, und sie trafen Kellin wie Keulenhiebe.

»Du sagst, ich sei dein Traum und dass du mich brauchst. Ich gebe dir in einem Punkt sogar recht: Ein Traum kann genutzt werden, um etwas Großartiges und Schönes zu erschaffen. Es gibt aber einen Unterschied zwischen Nutzen und Ausnutzen, und ich habe das sichere Gefühl, dass ich in die zweite Kategorie falle. Das habe ich nicht verdient. Niemand verdient das!« Er reckte das Kinn und ließ einen weiteren Gedanken frei, der zornig in seinem Kopf tobte. »Ich habe gedacht, du magst mich. Dass ich dir etwas bedeute. Zumindest genug, um mich wissen zu lassen, wer du jenseits der Masken bist. Aber das war wohl ein Irrtum. Lebewohl, Kellin.«

Die Tür fiel mit einem lauten Knall ins Schloss und zurück blieb ein erstarrter Magier.

Aiden hatte Mühe zu atmen, so schwer schien eine unsichtbare Last auf seine Brust zu drücken. An der Stelle, an der noch vor Kurzem der Gedanke an Kellin ein seltsames, aber durchaus angenehmes Gefühl ausgelöst hatte, herrschte nun ein nagender Schmerz, der ihm den Verstand raubte.

Während er durch die Straßen und Gassen der Stadt irrte, spürte er, dass Serinis ihn wie ein schützender Mantel umgab, und doch vermochte sie ihn nicht zu trösten. Viel zu sehr war er in seiner persönlichen Hölle versunken, die sich aus seinem Innern heraus auf die ganze Welt zu legen schien. Ihm war bewusst, dass er sich nicht auf der Traumebene befand, und doch kam ihm alles unwirklich vor: die Geräusche gedämpft, die Farben blass und das Licht der Sonne kalt.

Alles schien ihm entgegenzuschreien: »Du gehörst hier nicht hin!«, und das Einzige, was er daraufhin entgegnen konnte, war: »Ich weiß.«

Die wenigen Menschen, denen er zu dieser nächtlichen Stunde begegnete, beachteten ihn kaum, viel zu sehr in ihren eigenen Kosmen gefangen. Nur manchmal, wenn jemand genauer hinsah und den Absorbierer um seinen Hals bemerkte, folgten ihm Blicke. Den Stadtwachen wich Aiden ohne nachzudenken mittels seiner Gabe aus, indem er mit den Schatten verschmolz. Er wusste nicht, wohin er gehen sollte, und eigentlich war es auch nicht wichtig.

Schließlich führten ihn seine Schritte in eine Sackgasse. Es war ein schäbiger Hinterhof, der ringsum von abweisenden Hauswänden eingerahmt wurde. Er ließ sich an einer der Wände zu Boden sinken, legte die Arme um die angezogenen Beine und stützte das Kinn auf die Knie. Er konnte nicht sagen, wie lange er dort saß und ins Nichts starrte. Sein Zeitgefühl war der betäubenden Leere in ihm zum Opfer gefallen. Ihm war, als hätte ihm seine Abkehr von Kellin eine Wunde zugefügt, die sich nicht mehr schloss. Er blutete seelisch aus. Er wusste nicht, wie er es anders beschreiben sollte.

Dieser Zustand machte ihm einerseits Angst, andererseits empfand er Wut auf denjenigen, der ihn derart verletzt hatte. Aiden konnte kaum sagen, was mehr schmerzte. Die Enttäuschung über Kellins Verhalten oder die Erkenntnis, wie sehr es ihn nach der Aufmerksamkeit und der Nähe des Magiers verlangte.

So sehr er auch Masken und Täuschung verabscheute, hatte nicht er selbst seit ihrer ersten Begegnung ein Versteckspiel betrieben? Er hatte all die Zeit geschwiegen, um nicht weiter den Hunger zu nähren, der stetig in ihm gewachsen war, bis er mit donnernden Schlägen an die Tür zu seinem Verstand geklopft und um Einlass gebeten hatte. Wenn er wenigstens einen Namen für das gehabt hätte, was er gegenüber dem Magier empfand.

Verwirrt und niedergeschlagen harrte er aus, sehnsüchtig wartend, dass die Taubheit das Chaos in seinem Innern zum Erliegen bringen würde.

Sehr viel später schreckte ihn ein Geräusch aus seinem Dämmerzustand und ließ ihn aufschauen. In einer der Ecken des Hinterhofes hatte sich Nebel gebildet, der zähflüssig über den Boden kroch und wie ein gespenstisches Meer gegen die Wände brandete. Begleitet wurde das Phänomen von geisterhaften Stimmen, die flüsterten und lachten, bis sie plötzlich abrupt verstummten, als zwei große Schemen im Nebel auftauchten und langsam feste Form annahmen.

Aiden schrak zusammen, als sich vor ihm die Gestalt einer Raubkatze materialisierte und er kurz darauf den Kopf einer Leopardin spürte, der sich an seiner Hand rieb. Thulani, der mit ihr zusammen die Geisterwelt verlassen hatte, ließ sich neben ihm nieder und sah still zu, wie er Zola durch das samtige Fell kraulte.

Aiden schwieg ebenfalls, da er sich nicht sicher war, ob ihn die plötzliche Gesellschaft freute. Wahrscheinlich waren die beiden von Kellin geschickt worden, um ihn zurückzuholen, aber dazu war er nicht bereit.

Zu seiner Erleichterung rührte sich der Schamane jedoch nicht und machte auch keinerlei Anstalten, etwas zu sagen, sondern behielt seine ruhige, abwartende Haltung bei. Es war, als wisse er genau, dass es keinen Sinn hatte, den Jungen unter Druck zu setzen.

Schließlich gab Aiden seiner Neugier nach und brach das Schweigen: »Es ist schon seltsam. Das letzte Mal, als ich abgeholt wurde, waren es zwei Kontrolleure. Heute sind es ein Schamane und eine Katze, aber geändert hat sich nichts. Fragst du mich gleich auch, ob ich Kette oder Schwert wähle?«

Thulani schüttelte sacht den Kopf. »Wir sind nicht hier, um dich zurückzubringen. Wir wollten nur nach dir sehen und dir unsere Gesellschaft anbieten, wenn du sie wünschst.«

»Dann hat euch Kellin gar nicht geschickt?« Aiden sah ihn skeptisch an. Er tat sich noch immer mit der Vorstellung schwer, dass jemand aus freien Stücken seine Nähe suchen wollte. Zu lange war er aufgrund seiner Fremdartigkeit gemieden worden.

»Nein. Ich bin mir aber sicher, dass Kellin erleichtert wäre, zu wissen, wie es dir geht.«

»Natürlich. Seiner speziellen Waffe gegen seinen Vater soll ja nichts geschehen.« Der Junge lächelte humorlos und fügte hinzu: »Er braucht mich, weil er die Drecksarbeit nicht selbst machen will.«

Die Bitterkeit, die er bei diesen Worten empfand, drohte ihn fast zu überwältigen. Zola begab sich an den freien Platz auf seiner anderen Seite, ließ sich nieder und kuschelte sich tröstend an ihn. Aiden sah sie dankbar an und legte ihr eine Hand auf den Rücken. Dann lehnte er den Kopf gegen die Wand und schloss die Augen. Es tat gut, die Präsenz Zolas an seiner Seite zu spüren, denn er fühlte sich diesem Wesen aus der Geisterwelt näher, als er es jemals seinen Mitmenschen gegenüber vermocht hätte. Zola besaß keine geheime Agenda, sagte nicht das eine und meinte das andere, versteckte sich nicht hinter Masken und wurde auch nicht ständig von Selbstzweifeln und Ängsten geplagt.

Aiden seufzte. »Ich bin müde, Thulani. Ausgelaugt. Ich habe das Gefühl, die ganze Welt bricht über mich herein, und ich weiß nicht, wie ich damit umgehen soll. Ich schaffe das nicht alleine.«

»Du bist nicht allein. Es gibt Menschen, denen du am Herzen liegst, und Kellin ganz besonders.«

Aiden öffnete die Augen wieder und sah den Schamanen entschlossen an. Er spürte zwar die Gewissheit, mit der dieser gesprochen hatte, doch änderte das nichts an seiner Entscheidung. »Ich werde trotzdem nicht zurückkommen. Nicht, bevor sich Kellin endlich entscheidet, ob er mich ins Vertrauen ziehen oder weiterhin auf Abstand halten will.«

Thulani betrachtete ihn nachdenklich. Er schien mit sich zu ringen und erklärte dann: »Ich weiß, dass es zwischen dir und Kellin einige Unklarheiten gibt, aber ich möchte dir eines versichern: Auch wenn du es nur schwerlich glauben magst, würde Kellin alles für dich tun. Du hättest ihn sehen sollen, als du der dunklen Seele unter Serinis in die Fänge gerietest. Alles um ihn herum wurde bedeutungslos und nur noch deine Rettung zählte. Ich kenne ihn mittlerweile gut genug, um zu wissen, dass er selbst den Erfolg des Widerstandes dafür geopfert hätte.« Er deutete auf seine Gefährtin. »Es ist mit euch beiden ein bisschen so wie mit Zola und mir. Meine treue Freundin stammt aus einer anderen Welt, und für sie ist diese Ebene fremd und nur schwer zu verstehen. Ich weiß, dass es dir ähnlich geht und du nur mit einem Bein in dieser Welt stehst. So wie ich für Zola da bin und ihr Halt gebe, will Kellin für dich da sein. Du bedeutest ihm mehr, als du glaubst, auch wenn ich weiß, dass seine Taten manchmal eine andere Sprache sprechen. All seine Bemühungen, dich von den Vorbereitungen des Widerstandes fernzuhalten, waren dem Umstand geschuldet, dass er dich schützen wollte und sehr wohl mitbekommen hat, wie sehr du bereits mit deiner neuen Realität zu kämpfen hattest.«

»Aber warum hat er mir das nicht von Anfang an gesagt? Warum zieht er mich nicht ins Vertrauen? Auch in anderen Belangen? Ständig hält er mich auf Abstand und sucht nach Gründen, um nicht in meiner Nähe zu sein.«

»Er hat Angst. Unter anderem, weil er wegen seiner Vergangenheit und dem, was ihm widerfahren ist, einen Schutzwall um sich errichtet hat, den niemand durchdringen kann. Niemand außer dir.« Der Geisterschamane deutete mit dem Finger auf Aidens Brust.

»Aber warum gerade ich?«

»Das ist eine Antwort, die du dir selbst erschließen musst, Junge. Wie schon gesagt, Kellin begeht durchaus Fehler im Umgang mit anderen Menschen, doch es kommt auf die Absichten dahinter an. Und in deinem Fall weiß ich, dass er dir niemals willentlich ein Leid zufügen würde.«

Aiden ließ den Kopf hängen. Er spürte die Wahrheit in Thulanis Worten in ihm widerhallen, doch konnte sie den Schmerz in seiner Seele nicht vertreiben.

»Es tut so weh, auf Abstand gehalten zu werden. Es erinnert mich immer an meine Position in dieser Welt; zwar ein Teil davon, aber immer nur am Rande stehend. Das kann ich vielleicht noch ertragen, wenn es um Serinis, das Reich oder was auch immer geht, aber nicht bei dem einen Menschen, den ich ...«

Von sich selbst überrascht brach er ab. Was hatte er da sagen wollen?

Thulani sah ihn schweigend an, während Aiden nach Worten rang. »Ich weiß nicht, wie ich es beschreiben soll. Seit wir uns zum ersten Mal begegnet sind, löst Kellin seltsame Gefühle in mir aus. Sie verfolgen mich in meine Träume hinein und lassen mich nicht zur Ruhe kommen. Gerade eben konnte ich es für einen kurzen Moment wieder spüren, aber ich weiß nicht, was es ist.«

Der Loazi lächelte mild und meinte: »Du entdeckst gerade ein Mysterium, das so alt ist wie die Schöpfung selbst. Ich glaube sogar, dass alles einst damit begonnen hat. Die Welt wird Tausende von Antworten auf deine Frage parat haben, doch wirst du dir diese Frage selbst beantworten. Müssen. Es wäre sinnlos dir etwas erklären zu wollen, das nur durch die Erfahrung verstanden werden kann.«

Aiden versuchte verzweifelt, Ordnung in das Gefühlschaos zu bringen, das in seinem Inneren tobte, aber seine Bemühungen waren von wenig Erfolg gekrönt. Er würde die Auseinandersetzung mit sich selbst auf später verschieben müssen, wenn er allein war. Nicht, dass die Gesellschaft unangenehm gewesen wäre, aber er brauchte Ruhe und Abgeschiedenheit, um einen klaren Gedanken fassen zu können.

Da kam ihm eine Idee. Wenn Thulani schon einmal da war, ergab sich die günstige Gelegenheit, mehr über die Vergangenheit zu erfahren, und im Besonderen über die Träumer. Aiden war zwar nicht in Stimmung für längere Gespräche, aber er wollte auch nicht die beruhigende Präsenz der Leopardin an seiner Seite verlieren und der Themenwechsel würde ihn von seinen Sorgen und Nöten ablenken. Außerdem hatte er schon sein ganzes Leben auf eine Gelegenheit gewartet, mehr über sich und seine seltsamen Kräfte zu erfahren.

Zögernd begann er: »Würdest du mir mehr über die Träumer erzählen? Ich hörte, dass dein Volk mit ihrer Geschichte vertraut ist und nicht vergessen hat, wie es einst war.«

Thulani nickte bereitwillig und machte ein paar Gesten mit der Hand. Die mystischen Symbole auf seinem Gesicht leuchteten hell auf, als die rohe Kraft der Geisterwelt ihn durchströmte. Im Nebel erschienen Bilder, die sich nach seinem Willen formten und veränderten. Aiden musste sich eingestehen, dass er trotz seiner bedrückten Stimmung fasziniert von der Magie des Schamanen war, ähnelte sie doch seinen Traumfähigkeiten.

Mit ruhiger Stimme begann der Schamane zu erzählen: »Das Symbol, das du dort im Nebel siehst, und das du für andere unsichtbar auf deiner Brust trägst, war das Erkennungszeichen der Träumer.«

Er unterbrach sich, um zu schmunzeln, als er Aidens Überraschung bemerkte, der angenommen hatte, dass niemand außer ihm von dem Amulett wusste, das er aus der Traumebene mitgenommen hatte.

»Unsere Vorfahren und die Geister des Landes berichten von einer längst vergessenen Epoche, die die Zeit der Träume genannt wurde. Laut ihren Erzählungen besaßen die

Menschen einst ein besonderes Talent zum Gestalten ihrer Realität. Sie konnten mittels ihrer Gabe die Realität biegen, brechen und neu formen. Das Potenzial besaßen alle Menschen, genau, wie jeder träumen kann, doch gab es auch solche, die sich auf eine spezielle Disziplin fokussiert und gemeistert hatten.

Da waren zum Beispiel die Wortformer, die die Macht des Wortes nutzten und Geschichten erzählten, die das Gefüge der Realität nachhaltig verändern konnten. Andere hatten sich der malenden Kunst verschrieben und schufen Bilder, die sie mit so viel Lebensessenz füllten, dass sie dadurch lebendig wurden und zu Toren in andere Welten. Dann gab es die Meister der Musik, die mit Tanz, Gesang und Klang ihre Umgebung in Bann schlagen konnten und das Netz der Schöpfung zum Erzittern brachten.

Auch diejenigen, die du als Magier kennst, existierten bereits: Menschen, die eine besondere Beziehung zu den elementaren Kräften der Natur hatten und sie nutzten, um die Welt nach ihren Wünschen zu formen. Neben all diesen Schöpfungsdisziplinen gab es auch noch den Orden der Träumer. Damals waren zwar alle Menschen gewissermaßen Träumer, doch der Orden hatte sich voll und ganz auf die Domäne des Schlafes und des Unterbewussten fokussiert. Seine Mitglieder benutzten ihre Gabe, um über den Schlaf der Menschen zu wachen, Albträume zu vertreiben und neue Ideen und Inspiration zugänglich zu machen. Wie die anderen Schöpfer auch waren sie sich der großen Verantwortung bewusst, die ihre Gaben ihnen auferlegten. Daher war der einzige Zweck des Ordens, zu beschützen und anderen zu dienen.

Innerhalb des Ordens wurden drei Disziplinen ausgeübt: die der Traumweber, Traumjäger und Traumtänzer.

Traumweber waren hauptsächlich mit der Erschaffung von Träumen und Traumobjekten beschäftigt, mit ihrer Veränderung und Manipulation. Traumjäger waren die Wächter des Schlafes und verfolgten und erlegten Albträume in all ihren Manifestationen.

Sie waren Meister im Spurenlesen und konnten anhand von Seelenfragmenten einer Fährte folgen, die sie unweigerlich zu ihrem Ziel brachte. Traumtänzer wiederum waren auf das Reisen mittels der Traumebene und das Eintauchen und Nacherleben von Träumen spezialisiert. Auch waren sie geübt darin, sich mit dem Bewusstsein fremdartiger Entitäten zu verbinden. Sie waren von allen Träumern diejenigen, die am weitesten von der physischen Realität entfernt lebten, wodurch sie mit den Wesen anderer Realitäten besonders vertraut waren.«

Aiden nickte aufgeregt. »Ja, das beschreibt meine Fähigkeiten sehr gut. Allerdings scheine ich auch von den anderen beiden Disziplinen etwas mitbekommen zu haben.«

»Die Disziplinen überschnitten sich. Seinen Schwerpunkt auf eine von ihnen zu legen, bedeutete nicht, dass man nicht auch Fähigkeiten aus den anderen beiden beherrschen konnte.« Ein Hauch von Sorge stahl sich in die Stimme des Schamanen. »Es ist allerdings recht ungewöhnlich, in welchem Ausmaß deine Begabung alle drei Disziplinen umfasst, das stimmt wohl.«

Erneut beschlich Aiden ein Gefühl des Unbehagens. Thulani hatte ihm nicht die ganze Wahrheit gesagt.

Was stimmte denn nicht mit ihm, das andere so seltsam auf ihn reagieren ließ? Er hatte dieses Verhalten auch schon bei Kellin und Melody bemerkt, doch so groß seine Neugier war, hatte ihn eine Ahnung stets von einer direkten Frage abgehalten: Sie schwiegen um seinetwillen, und dieser Umstand machte ihm Angst.

Die Ausführungen des Schamanen berührten ihn jedoch auf angenehme Weise. Die Welt, die dieser in seinen Erzählungen aus dem Staub der Jahrhunderte heraufbeschworen hatte, erschien zum ersten Mal wie ein Ort, den auch Aiden als Heimat bezeichnet hätte. Er spürte, wie ihn die Flut an neuem Wissen und altem Schmerz zu überwältigen drohte. Es wurde Zeit für ihn, sich zurückzuziehen und das Geschehene zu verarbeiten.

Aiden wandte sich an den Schamanen und murmelte erschöpft: »Danke, dass du dein Wissen mit mir geteilt hast, Thulani. Ich werde jetzt gehen, um über all deine Worte nachzudenken. Über mich, den Widerstand. Kellin.«

Verständnisvoll nickte Thulani und legte bestärkend seine Hand auf die schmale Schulter des Jungen. »Dann hoffe ich auf ein Wiedersehen, Aiden. Mögen die Geister dich behüten.«

Er erhob sich von seinem Platz und gab Zola ein Zeichen, die zum Abschied den Kopf an Aidens Bein rieb und sich dann anmutig zu ihrem Vertrauten gesellte. Gemeinsam traten sie in den wallenden Nebel, der sich nach einer befehlenden Geste Thulanis um sie herum auftürmte und sie schließlich gierig verschluckte. Begleitet von immer leiser werdendem Geflüster begann die zähe weiße Masse auseinander zu treiben und sich aufzulösen.

Aiden verharrte noch eine Weile fasziniert, bis sich auch das letzte Fragment des Geisterreichs aus der Realität verflüchtigt hatte. Dann stand er auf und machte sich entschlossen auf den Weg. Es gab da einen Ort, der nach ihm rief und der ihn an sein Refugium aus Kindheitstagen erinnerte.

Das Mondlicht, das durch die zerborstenen Fenster fiel, tauchte das Innere des Turmes in ein angenehmes, kühles Licht, sehr zur Freude des neuen Bewohners, der an seinem Schreibtisch saß und seinen Gedanken nachhing. Die Wohnebene des alten Turmes hatte sich mittlerweile in eine brauchbare Lagerstätte verwandelt. Ein Schreibtisch und ein Bett waren hinzugekommen so wie eine Truhe und ein Nachttisch, wodurch der Raum nicht mehr so trostlos und verlassen wie zuvor wirkte.

Marius lächelte zufrieden. Den Stuhl, auf dem er saß, das Bett und den Beistelltisch hatte er selbst aus den Materialien gefertigt, die ihm die Tunnelratten gebracht hatten. Es hatte gut getan, nach so vielen Jahren der Berufung nachzugehen, die er ausgeübt hatte, bevor sein magisches Talent entdeckt worden war und man ihn aus seinem Leben gerissen hatte.

Seine größte Genugtuung war jedoch, dass er vor einigen Tagen sein Buch beendet hatte. Seine ganz persönliche Auseinandersetzung mit dem Dilemma der Magier, in der er seine eigenen Erfahrungen verarbeitet und versucht hatte, sein Schicksal für andere sichtbar zu machen. Seit der Fertigstellung war es, als wäre ihm eine unglaubliche Last von den Schultern genommen worden. Der Albtraum, der ihn über Jahre mit äußerster Hartnäckigkeit geplagt hatte, war seitdem nicht zurückgekehrt.

Er wusste, dass der Widerstand seine Geschichte in diesen Stunden mit anderen, ähnlich gearteten Werken unter das Volk brachte, und dieses Wissen erfüllte ihn mit einer Befriedigung, die ihn alle Last und Sorgen vergessen ließ.

Allerdings stellte der Abschluss seines Buches ihn auch vor ein neues Problem, und dieses Problem nannte sich Zukunft. Er hatte nie damit gerechnet, sein Werk fertigzustellen, und nun, da er es geschafft hatte, fragte er sich, was er mit seinem wiedergewonnenen Leben anfangen sollte.

Es gab mehrere Möglichkeiten, die er in Betracht zog. Eine davon war, sein altes Handwerk wieder aufzunehmen. Wenn der Widerstand Erfolg hatte, würde er vielleicht sogar in sein Heimatdorf zurückgehen, um herauszufinden, ob seine Familie überhaupt noch etwas von ihm wissen wollte. Vielleicht ...

Marius fuhr abrupt von seinem Stuhl auf. Die Schatten im hinteren Bereich seiner Kammer waren nicht länger leer.

Verlegen trat eine schmale, hochgeschossene Gestalt aus ihnen hervor und hob entschuldigend an: »Hallo, Marius. Tut mir leid, hier so hereinzuplatzen.«

Der alte Mann legte sich eine Hand auf die Brust. »Bei der Schöpfung, hast du mich erschreckt, Junge«, keuchte er.

Aiden trat schuldbewusst vor, sodass das Mondlicht auf ihn fiel und sein blasses Gesicht weiß färbte. »Verzeih, das wollte ich nicht.«

Marius winkte ab und runzelte die Stirn. »Wie bist du eigentlich hereingekommen? Die Tür habe ich doch abgeschlossen, und nur Melody und ich haben einen Schlüssel zum Turm.«

Aiden schenkt ihm ein nervöses Grinsen und verlagerte sein Gewicht vom einen Fuß auf den anderen. »Erinnerst du dich an unsere erste Begegnung? Ich habe damals deinen Albtraum gefunden und bin hineingegangen. So konnte ich dir später helfen und einen Gegentraum weben, in den du dich zurückziehen konntest. Dabei habe ich deine Seelenessenz berührt. Dank ihr kann ich dich überall finden. Sie erlaubt mir, über die Traumebene zu reisen und in deiner Nähe wieder in diese Realität zu wechseln. Oder um es mit anderen Worten zu sagen: Ich weiß, wie deine Seele schmeckt.«

Marius starrte ihn eine Weile schweigend an, dann meinte er trocken: »Solche Details solltest du vielleicht besser für dich behalten. Die meisten würden ziemlich verstört auf eine solche Enthüllung reagieren.«

Der Junge antwortete nicht sofort, sondern schien in sich hineinzulauschen, bevor sein Blick sich klärte. »Entschuldige. Ich ... ich weiß manchmal nicht, wie ich mit anderen Menschen richtig umgehen soll.«

»Hm.« Marius sah ihn prüfend an. Der Junge war wahrlich merkwürdig und verhielt sich, als hätte er nie zuvor unter Menschen gelebt. Er seufzte. »Nun gut, dann erzähl erst einmal, warum du hier bist, und das mitten in der Nacht.«

Unbehaglich wich Aiden seinem Blick aus und konzentrierte sich auf die Feder auf seinem Tisch, die auf einmal sehr interessant zu sein schien. »Wir hatten einen Streit. Kellin und ich. Ich wusste nicht, was ich tun sollte. Also bin ich weggegangen, um über die ganze Sache nachzudenken«, gestand er tonlos ein.

Marius betrachtete ihn halb amüsiert, halb verwundert. »Und dann kommst du ausgerechnet zu mir?« Nachdenklich verschränkte er die Hände. Sie kannten sich kaum. Dass Aiden ihn dennoch aufgesucht hatte, sprach für seine Verzweiflung. »Worum ging es denn bei eurem Streit? Wenn ich fragen darf, heißt das.«

Aiden gab einen Laut von sich, der zwischen Frustration und Schmerz lag. »Fehlendes Vertrauen. Manipulation. Er will mich benutzen, aber nicht an den Plänen des Widerstands teilhaben lassen. Er enthält mir Informationen vor, sodass ich nie weiß, woran ich bin oder in was ich wirklich verwickelt bin.«

Der alte Magier ließ sich auf den Stuhl zurückfallen und schnaubte verständnisvoll: »Ah, da erzählst du mir nichts Neues, Junge. Willkommen in unserer Welt. Irgendwer wird dich immer ausnutzen wollen. Das ist unsere Weltordnung. Worauf du achten musst, ist, dass es sich auch für dich selber lohnt.«

»Willst du damit sagen, dass ich ihn machen lassen soll? Dass sein Verhalten in Ordnung ist?«, begehrte Aiden auf. Seine Stirn lag in Falten.

Marius sah ihn mitleidig an. »Der Mensch ist ein selbstsüchtiges Wesen, Junge. Kaum einer wird dir einen Gefallen tun und nichts dafür im Gegenzug erwarten. Nimm als Beispiel mich und den Widerstand. Mir ist wohl bewusst, dass sie mein Buch und mich benutzen, um ihre eigenen Ziele voranzutreiben. Natürlich unterstütze ich diese Ziele selbst, aber nur, weil sie meinen eigenen Wünschen dienlich sind. Im Grunde will ich nur in Ruhe gelassen werden. Wenn der Umsturz gelingen sollte, werde ich die Freiheit haben, mein Leben so zu gestalten, wie ich es für richtig halte. Der Widerstand profitiert von mir, und ich profitiere von ihm. Das ist vielleicht nicht selbstlos, aber es ist ein Miteinander, das funktioniert und immer schon funktioniert hat.«

»Ich bin mir nicht sicher, ob ich auf diese Weise denken kann«, wehrte sein unerwarteter Gast trotzig ab. »Oder will.«

»Dann hoffe ich, dass du jemanden findest, der schützend die Hand über dich hält. Sonst wirst du im Leben nicht weit kommen.«

Aiden schluckte sichtlich. Sein Adamsapfel hüpfte auf und ab. Als er sprach, war seine Stimme nicht mehr als ein raues Flüstern. »Marius, kann ich eine Weile hier im Turm bleiben? Ich werde dich auch nicht stören. Ich werde die meiste Zeit oben auf den Zinnen verbringen. Dort fühle ich mich sowieso am wohlsten.«

Marius kratzte sich am Kinn. Seine Begeisterung über die Aussicht, sein Heim mit diesem fremdartigen Jungen zu teilen, hielt sich zwar in Grenzen, aber immerhin war Aiden der einzige Grund, warum er überhaupt noch lebte. Daher brummte er schließlich: »Natürlich. Nimm dir die Zeit zum Nachdenken. Ich weiß allerdings nicht, ob es viel bringen wird. Sieh mich an. Ich hatte verdammt viel Zeit zum Nachdenken, und trotzdem fühle ich mich heute kaum klüger.« Er lachte verhalten und fügte hinzu: »Wenn du etwas brauchst, melde dich ruhig. Ich kann ja eh nur hier sitzen und darauf warten, dass sich die Dinge für uns zum Positiven wenden.« Er ließ seinen Blick durch den Raum schweifen. »Es ist schon komisch. Da habe ich ein Gefängnis gegen ein anderes eingetauscht.«

Eine Antwort erhielt er nicht. Aiden nickte nur dankbar und erklomm die Stiege zu den Zinnen.

Als Marius später auf die Aussichtsplattform trat, um nach seinem Besucher zu sehen, saß Aiden reglos zwischen den breiten Zinnen. Er war zu einem stillen Schemen hoch über den Dächern der Stadt geworden, träumend auf das schlafende Serinis blickend, den müden Geist an ihren gebettet.

Widerstand

»Ich habe mir gedacht, dass ich dich hier finden würde.«

Aiden widerstand dem Impuls, beim Klang der Stimme herumzufahren, und starrte weiterhin auf die unter ihm liegende Stadt. Er hörte, wie sich Schritte näherten, und fühlte kurz darauf die vertraute Präsenz, die hinter ihm zum Stehen kam. Seine Hände klammerten sich fest um den steinernen Rand der Mauer, in einer Gewalt, als wolle er ihn abbrechen. Mühsam schluckte er den Kloß herunter, der sich in seinem Hals gebildet hatte, und wartete.

»Ich bin gekommen, um mich zu entschuldigen. Ich weiß, du wirst es mir als Verzweiflung auslegen und davon ausgehen, dass ich nur hier bin, um meine Pläne nicht scheitern zu sehen. Aber ich kann nicht mehr tun, als dir zu versichern, dass mir aufrichtig leidtut, wie ich mit dir umgegangen bin.«

Eine Pause folgte, in der Kellin sich für seine nächste Worte zu sammeln schien. »Du hast recht. Ich wollte deine Fähigkeiten ausnutzen, um mich von einer Aufgabe zu erlösen, die ich nicht übernehmen will. Ich habe jemanden wie dich gesucht, der trotz der Einschränkungen, denen wir unterliegen, ungehindert seine Fähigkeiten nutzen kann, um dem Widerstand zu helfen. Ich habe aber nur das Ziel gesehen und darüber denjenigen vergessen, der uns diese Möglichkeiten gibt.« Seine Stimme wurde dünner. »Du ... du bedeutest mir viel, Aiden. Du kannst dir wahrscheinlich gar nicht vorstellen, wie viel. Als ich dir sagte, dass ich dich brauche, habe ich wirklich dich gemeint, und nicht nur deine Fähigkeiten. Du magst vielleicht der Schlüssel sein, um diese Welt zu verändern, aber unser Sieg würde mir wenig bedeuten, wenn ich ihn nicht mit dir teilen kann. Ich weiß, ich hätte dir das schon früher sagen sollen, aber ich habe mich nicht getraut.«

Aiden konnte Kellins schweren Atem hören, als dieser darum kämpfte, die nächsten Worte herauszubringen: »Du bist auf eine gewisse Weise sehr gefährlich für mich, Aiden.

Das mag sich seltsam anhören, aber ich habe tatsächlich ein wenig Angst vor dir. Du hast zu viel Macht über mich, wenn ich es erlaube, und es fällt mir immer schwerer, mich dagegen zu wehren. Das ist einer der Gründe, warum ich dir nichts über mich erzählt habe, da ich selbst nicht weiß, wie ich mit der Situation umgehen soll.

Der andere Grund ist meine Vergangenheit. Es gibt so vieles, was ich mühsam begraben habe und vergessen will. Dich einzuweihen, würde bedeuten, jemanden in den dunklen Kapiteln meines Lebens lesen zu lassen, und ich weiß nicht, ob ich dafür bereit bin. Es sind sehr viele schmerzhafte Erinnerungen dort aufgehoben, und mit deinem Talent, solche Dinge ans Licht zu bringen, habe ich mich ausgeliefert gefühlt. Lass mich dir beweisen, dass ich an dich glaube, und dass du mehr für mich bist als nur ein Werkzeug.«

Aiden hatte schweigend mit unbewegter Miene und Haltung gelauscht, und nur das leichte Zittern seines Körpers hatte verraten, welches Gefühlschaos in ihm tobte.

Er schämte sich dafür, doch er war fast bereit, Kellin zu vergeben. Da war ein Gefühl in seiner Brust, ein Sehnen, das mit jedem Augenblick, den er von Kellin seit ihrem Bruch getrennt gewesen war, an Intensität zugenommen hatte. Er konnte sich nicht erklären, was ein solch starkes Verlangen auslösen mochte, doch er wusste, dass es ihn beinahe dazu gebracht hatte, von sich aus zurückzukehren, Ausnutzung hin oder her.

Kellins Worte ließen in ihm einen Damm brechen, der all die angestauten Gefühle in einem tosenden Strom freigab.

Auf einmal fiel es Aiden schwer, zwischen Traum und Wirklichkeit zu unterscheiden, während sein Blick über die nächtliche Stadt glitt. Die Dunkelheit hatte die meisten Konturen verwischt. Vereinzelte Lichter leuchteten einsam in die Stille hinaus, die ab und an vom dumpfen Stampfen der Maschinen tief unten zerrissen wurde. Die Dächer mit ihren Zinnen und Türmen wirkten wie ein surrealer Scherenschnitt vor dem Azurblau des Nachthimmels. Ein leichter Wind zerrte an seiner Kleidung und wirbelte ein paar Haarsträhnen auf, die ihm wild ins Gesicht fielen, sodass er blinzeln musste.

Er spürte, wie sich zwei Arme um ihn legten und gegen eine Brust zogen. Erschöpft gestattete er es sich, die Augen zu schließen und von der Wärme und dem Schutz zu zehren, die ihm die Umarmung schenkte.

»Es tut mir so leid, Aiden«, flüsterte Kellin dicht an seinem Ohr. »Ich verspreche dir, von nun an aufrichtig mit dir zu sein. Daher gestehe ich dir besser auch gleich, dass ich noch mehr Geheimnisse habe, die ich aber einfach noch nicht teilen kann. Bitte lass mir Zeit, mich an das hier, an dich und mich zu gewöhnen.«

Aiden nickte sacht und murmelte mit geschlossenen Augen. »Du sollst deine Zeit bekommen. Aber geh nicht gleich wieder weg. Bleib einfach bei mir.«

Kellin zog ihn fester an sich und sagte leise: »Ich bin bei dir, sei unbesorgt.«

Mit einem Lächeln ließ sich Aiden zurücksinken und gab sich dem wohligen Gefühl der Geborgenheit hin, das ihn durchströmte. Plötzlich gesellte sich Verlangen hinzu, und der Hunger, den er bislang erfolgreich ausgesperrt hatte, kehrte zähnefletschend zurück. Ehe er wusste, wie ihm geschah, hatte er sich aus der Umarmung gelöst und ließ sich von der Zinne hinunter zu Kellin auf den Wehrgang gleiten. Sie standen sich stumm gegenüber, ihre Gesichter nur einen Handbreit voneinander entfernt.

Aiden sah Sorge und gespannte Erwartung in der Haltung des Magiers. Er konnte ihm deswegen keinen Vorwurf machen. Es lag etwas Wildes, Gieriges in der Art, wie er schwer atmend dastand, die Hand erhoben, um ... ja, was eigentlich? Er wollte etwas tun. Sollte sogar, aber was?

Als ob die Regie verstummt, die Feder auf dem Papier verharrt wäre, gab es nichts mehr, an dem er sich hätte orientieren können. Nichts, das ihm den Weg wies. Gefangen in seiner Unschlüssigkeit suchte er nach Antworten bei seinem Gegenüber, dessen Ausdruck sich gewandelt hatte. Faszination hatte die Sorge vertrieben. Dahinter lauerte derselbe Hunger, den auch Aiden verspürte. Wieso war er ihm nicht vorher schon aufgefallen?

War dies vielleicht der Grund, aus dem Kellin ihn auf Abstand gehalten hatte? Ihn gefürchtet hatte, so wie Aiden sich vor den fremdartigen Gefühlen, die der Magier in ihm geweckt hatte? Die Fragen schossen ihm durch den Kopf, doch gab es nur eine Antwort, die er hier und jetzt brauchte.

Langsam streckte er die erhobene Hand aus und legte sie auf Kellins Wange. Die Haut fühlte sich warm an, lebendig. Realer. Behutsam strich er von der Wange entlang des Halses und kam kurz auf der Schulter zu ruhen. Dann legte er den Arm um die schlanke Gestalt des Magiers und zog ihn an sich, bis ihre Körper sich berührten. Er spürte sein Herz rasen, den Wind kühl auf seiner glühenden Haut. Kellin, der seine Umarmung erwiderte und sich gegen ihn drängte. Sein Gesicht hatte Aiden in Kellins Nacken vergraben. Sog den wunderbaren Geruch des anderen in die Nase. Wurde sich bewusst, dass seine physischen Sinne in nie gekannter Intensität erwacht waren. Doch statt sich wie sonst abzuschirmen und dagegen zu sträuben, gab er sich dieses Mal dem Sturm der Eindrücke willentlich hin. Ließ los und fiel, im sicheren Wissen, gehalten zu werden.

Er konnte nachher nicht sagen, wie viel Zeit sie auf dem Dach des Turmes verbracht hatten, doch als er seine Umgebung wieder bewusst wahrzunehmen begann, schimmerten bereits die ersten zarten Strahlen der Sonne am Horizont. Die Luft hatte sich abgekühlt und Aiden war für die Wärme dankbar, die ihnen ihre Umarmung schenkte.

Schließlich brach Kellin das vertraute Schweigen. »Ich habe lange nachgedacht. Du musst nicht derjenige sein, der meinem Vater gegenübertritt. Thulani hat angeboten, diese Aufgabe zu übernehmen. Er hat zwar nicht die Gaben eines Traumtänzers, aber seine Geistermagie beruht auf ähnlichen Prinzipien und ist sehr wirksam gegen die elementaren Kräfte von uns Magiern. Das ist übrigens auch einer der Gründe, aus dem unser Reich den Loazi so misstrauisch gegenübersteht.«

Aiden rang innerlich mit sich. Er hätte sich viel lieber weiterhin in Kellins Umarmung geflüchtet und den Widerstand aus seinen Gedanken verdrängt.

Natürlich missfiel ihm, was von ihm erwartet wurde, und das Gefühl, als Geheimwaffe eingesetzt zu werden, machte es nicht besser. Andererseits hatte Kellin ihn für diese eine Aufgabe ausersehen und sein Vertrauen in ihn gesetzt, und er wollte ihn nicht enttäuschen. Außerdem behagte ihm der Gedanke nicht, Thulani in Gefahr zu bringen, was für ihn letztendlich den Ausschlag gab.

»Ich werde es tun. Es war meine Aufgabe von Anfang an, und auch wenn sie mir nicht gefällt, werde ich sie erfüllen. Wenn dies mein Beitrag zum Gelingen des Umsturzes ist, dann soll es eben so sein.« Energischer fuhr er fort: »Die ganze Zeit, in der ich durch eure Realität gestolpert bin, habe ich krampfhaft überlegt, wie ich mich einbringen könnte, wie ich zu einem Teil von ihr werden kann. Ich verstehe zwar immer noch nicht viel von eurer Welt, doch ich weiß, wie man Träume webt und sie mit anderen teilt. Im alten Serinis habe ich gespürt, dass die Zeit gekommen ist, das Träumen wieder aufzunehmen und zu verbreiten, vielleicht sogar bis zu dem Punkt, an dem es wieder einen Orden der Träumer geben wird. Damit dies geschehen kann, muss der Traum deines Vaters enden und unserer beginnen. Wir haben auch eine Chance verdient, unsere Welt nach unseren Vorstellungen zu gestalten und über unser Leben selbst zu bestimmen. Deshalb werde ich mich deinem Vater stellen, und wenn wir uns gegenüberstehen, werde ich nicht allein sein. Serinis selbst und all die zerbrochenen Träume, die er und sein Orden der Kontrolleure geschaffen haben, werden mit mir dort sein, und sie werden mich schützen.«

Aiden blinzelte überrascht, so schnell und klar waren die Sätze aus ihm herausgesprudelt. Es war, als hätte etwas in ihm auf diesen Moment gewartet.

Was ihn jedoch weit mehr verwirrte, war die Reaktion Kellins, der aus irgendeinem Grund betrübt wirkte. Auf Aidens Frage hin schüttelte er nur schwach den Kopf: »Nicht so wichtig. Vielleicht war es nur keine so gute Idee, dich für diese Aufgabe auszusuchen.«

»Aber warum?« Aiden starrte ihn entgeistert an. »Ich kann es schaffen! Ich weiß, dass ich es kann!«

Die Ernsthaftigkeit in Kellins Blick ließ Aiden unwillkürlich schaudern. »Es geht nicht darum, ob du die Fähigkeit dazu hast oder nicht. Ich frage mich nur, ob es auch wirklich deinem freien Willen entspricht.«

»Was meinst du damit? Natürlich will ich das. Ich habe es dir doch gerade erklärt. Wieso sollte ich es nicht wollen?«

»Ja, genau diese Frage macht mir Sorgen.«

Auf Aidens verständnislose Miene hin winkte der Magier nur müde ab. »Ich kann es dir jetzt nicht erklären. Vielleicht später einmal, wenn alles vorbei ist und wir weniger Sorgen haben, die uns belasten. Ich möchte nur, dass du dir absolut sicher bist, dass es deine eigene Entscheidung ist, diese Aufgabe anzunehmen. Wenn dir Zweifel daran kommen sollten, kannst du es jederzeit sagen, und ich werde einen anderen Weg finden und auch eine andere Aufgabe für dich.«

»Ich verstehe nicht, warum du dir Sorgen machst«, murmelte Aiden. »Aber ich versichere dir, dass ich weiß, was ich will.«

Statt einer Antwort zog Kellin ihn fester an sich. Etwas an der Art, wie er es tat, erschreckte Aiden. Es lag etwas Schützendes, aber auch zugleich Besitzergreifendes darin. Letzteres behagte Aiden aus irgendeinem Grunde gar nicht, aber er wollte auch nicht ihren besonderen Moment durch seine ständigen Sorgen ruinieren.

Daher schwieg er, bis Kellin nach einigen Minuten erneut das Wort ergriff: »Wir müssen bald ins Hauptquartier zurück. Wir sollten die frühen Morgenstunden nutzen, wenn die Straßen noch leer sind.«

»Mmh.«

Jetzt, wo ein Großteil der Anspannung von ihm abgefallen war, hätte Aiden im Stehen einschlafen können, doch er spürte Kellins wachsende Ungeduld. Trotzdem verharrten sie noch eine Weile in ihrer Position, in vertrauter Zweisamkeit dem erwachenden Tag zusehend, wie er sich langsam über die Dächer der Stadt ergoss. Als sie sich schließlich voneinander lösten, um aufzubrechen, geschah es widerwillig.

Ihr Weg zurück zum Hauptquartier führte sie entlang einer der schmalen Gassen des Händlerviertels. In einem der Schaufenster eines kleinen Ladens entdeckte Aiden etwas, das seine Aufmerksamkeit in Bann zog. Kellin blieb stehen und schaute ungeduldig zu ihm zurück.

Als der Junge keine Anstalten machte, sich von dem Schaufenster zu lösen, trat der Magier an seine Seite. »Was ist denn los? Komm schon, wir haben keine Zeit für so etwas.«

Wortlos deutete Aiden auf eines der Ausstellungsstücke, die im Fenster zu sehen waren. Kellin folgte seinem Blick und erkannte, dass es sich um einen Kapuzenumhang handelte, nicht unähnlich seinem eigenen. Der Umhang besaß ein tiefes, nachtschwarzes Blau und war aus einem samtenen Stoff gefertigt, der schon beim Hinsehen ein wohliges Gefühl auf der Haut versprach. Es war sicherlich kein extravagantes Kleidungsstück, aber die Qualität war gut und die Materialien anständig verarbeitet. Kellin nickte anerkennend, wirkte aber ob der Verzögerung etwas ungehalten.

Mit spöttischem Unterton meinte er: »Wir müssen jetzt wirklich weiter. Zum Flanieren entlang der Schaufenster haben wir später noch Gelegenheit. Wir sind kurz vor dem Umbruch, weißt du noch?«

Aiden antwortete erst nicht, doch als er es tat, lag Verwunderung in seiner Stimme. »Ich möchte diesen Umhang haben, Kellin. Es ist seltsam. Ich habe noch nie das Verlangen verspürt, etwas Derartiges zu besitzen. Was ist nur los mit mir?«

Hilfe suchend blickte er zu Kellin, dessen spöttischer Ausdruck plötzlich wie weggeblasen war. Stattdessen war Bestürzung in seinem Gesicht zu lesen. Als er Aidens Blick bemerkte, legte sich blitzschnell die gewohnte Gelassenheit über seine Züge. Umso mehr überraschte er Aiden, indem er in die Taschen seines Mantels griff und ein paar Münzen herausholte, die er ihm in die Hand drückte. Aiden starrte ihn entgeistert an.

Kellin nickte in Richtung Ladentür. »Geh schon, aber beeil dich bitte. Glücklicherweise ist um diese frühe Stunde noch nicht viel los, aber wenn wir zu lange warten, wird es schwierig, ungesehen zum Hauptquartier zurückzukehren. Ich werde nicht mitkommen, das würde zu sehr auffallen. Wenn du gefragt wirst, was du außerhalb der Feste zu suchen hast, sagst du, dass dich dein zuständiger Aufseher geschickt hat. Es ist ungewöhnlich für einen Magier, selbst Zahlungsmittel zu besitzen und damit auch noch für den eigenen Bedarf einzukaufen. Na los, ich passe derweil auf, dass es keinen Ärger gibt.«

Er gab dem immer noch ungläubig starrenden Jungen einen aufmunternden Schubs und wandte sich ab, um zu einer im Schatten liegenden Hauswand zu gehen und sich dagegenzulehnen.

Aiden konnte nicht fassen, was geschah, schloss dann aber seine Hand fest um die Münzen und bewegte sich scheu auf die Tür des Ladens zu. Er war aufgeregt, diese Situation war ihm gänzlich neu. Er hatte noch nie zuvor eingekauft und kannte sich mit den gängigen Ritualen nicht aus. Daher hoffte er insgeheim, dass es ausreichen würde, wenn er auf den Umhang deutete und die Münzen hinhielt.

Er sammelte sich und drückte behutsam die Tür auf.

Das Innere des Ladens war überschaubar und bestand aus einem Schauraum und dem Verkaufstresen. Mehrere Holzbüsten bevölkerten den Raum und waren mit verschiedenen Kleidungsstücken bestückt. Außerdem gab es einen langen Tisch, auf dem Stoffmuster in verschiedenen Farben und Materialien ausgebreitet waren.

Zu Aidens Erleichterung schien sich außer ihm zurzeit kein weiterer Kunde im Laden zu befinden. Die Erleichterung hielt jedoch nicht lange an, denn kaum hatte er die ersten Schritte in den Laden gesetzt, als eine Frau mittleren Alters, deren Haar in einem strengen Knoten zusammengebunden war, hinter dem Tresen hervortrat und auf ihn zusteuerte.

»Seid willkommen, was kann ich für ...«

Sie brach mitten im Satz ab und verharrte. Aiden bemerkte die Sorge in ihrem Blick und sah, wie ihre Augen zu seinem Hals wanderten und an dem Absorbierer hängen blieben. Insgeheim fragte er sich, wer in diesem Moment wohl eingeschüchterter war: die Verkäuferin oder er.

Schließlich rang sich die Frau zu einem vorsichtigen Lächeln durch. »Verzeih, es kommt nicht oft vor, dass sich einer von euch in meinen Laden verirrt. Ehrlich gesagt bist du der erste Magier, den ich hier begrüßen darf. Ich bin Elisa Tergard, die Besitzerin, und du bist ...?«

»Aiden«, murmelte er.

Die Züge der Frau wurden weicher, während sie ihn betrachtete, und auch ihr Lächeln schien eine Spur wärmer zu werden, als sie nach einer kurzen Pause sagte: »Hallo, Aiden, was kann ich für dich tun?«

Er deutete auf den Schaufensterbereich. »Mein Herr hat mich geschickt. Ich soll einen der Umhänge dort erwerben.«

Elisa trat an ihm vorbei, nahm einen von der Halterung und hielt ihn hoch. »Irgendeinen oder sucht er nach etwas Bestimmtem?«, fragte sie.

»Den blauen bitte.« Aiden versuchte, sich seine Aufregung nicht anmerken zu lassen.

Die Verkäuferin nahm den gewünschten Umhang und sah Aiden fragend an, der daraufhin eifrig nickte. Ein nachdenklicher Ausdruck trat in ihre Augen, und in einem beiläufigen Ton bemerkte sie: »Nun, da dein Herr nicht selbst gekommen ist, wird er dir sicherlich Maße mitgegeben haben, da ich sonst kaum einschätzen kann, ob ihm der Umhang überhaupt passt.«

Erschrockenes Begreifen machte sich in Aiden breit. Er erkannte, dass er in Schwierigkeiten war. Verzweifelt versuchte er, die Situation zu retten. »Das wird kaum nötig sein, ich habe in etwa dieselbe Größe wie er. Wenn der Umhang mir passt, wird er auch meinem Herrn passen.« Selbst in seinen Ohren klang diese Ausrede ziemlich lahm, außerdem fiel ihm auf, dass er noch etwas nicht bedacht hatte: Was, wenn der Umhang gar nicht passte?

Elisa musterte den Jungen prüfend, dann legte sie den Umhang über einen Arm und kam zu Aiden zurück. Sie hielt das Kleidungsstück kurz an ihn und hatte innerhalb von wenigen Augenblicken das Problem erkannt.

Bedauernd schüttelte sie den Kopf. »Ich fürchte, der Umhang wird deinem Herrn zu groß sein. Er würde die ganze Zeit mit dem Saum auf dem Boden schleifen und schnell dreckig werden.«

Niedergeschlagen nickte Aiden. »Ich werde es ihm ausrichten. Habt Dank für Eure Zeit und Mühe, Frau Tergard.«

Er wollte sich schon abwenden, als sie ihn sanft an der Schulter zurückhielt und fragte: »Der Umhang ist nicht wirklich für deinen Herrn, oder?« Aiden spürte Angst in sich hochsteigen und sah sehnsüchtig zur Tür.

»Mach dir keine Sorgen, ich werde nichts verraten«, sagte Elisa freundlich. »Es freut mich sogar, dass selbst Magier an meinen Arbeiten Gefallen finden. Ich habe immer angenommen, ihr würdet euch für solch weltliche Dinge kaum interessieren, zumindest erzählt man sich das.«

Verlegen flüsterte Aiden: »Ich will Euch nicht unnötig Mühe bereiten. Wenn der Umhang zu groß ist, dann kann ich warten, bis Ihr kleinere vorrätig habt.«

Elisa sah den Jungen nachdenklich an. »Vielleicht lässt sich da etwas machen. Hast du denn genug Geld?«

Aiden öffnete die Hand und hielt ihr zaghaft die Münzen hin.

Erstaunt hob Elisa eine Augenbraue und meinte dann: »Ich frage besser gar nicht erst, wie du an soviel Geld gelangt bist. Hör zu, ich mache dir ein Angebot: Ich habe hinten im Lager einen zweiten Umhang wie diesen, der dir passen dürfte, den ich aber bereits für einen Kunden zurückgelegt hatte. Da dieser ihn aber erst am Nachmittag abholen will, kannst du den Umhang haben, und ich habe noch genug Zeit, den größeren der beiden für den Kunden anzupassen.«

Verwundert hob Aiden den Kopf. So viel Freundlichkeit hatte er nicht erwartet. Er wusste auch nicht, womit er sie verdiente. »Wieso tut Ihr das für mich?«

»Weil ich das Gefühl habe, dass du nur wenig Gelegenheit bekommst, in die Stadt zu gehen, und es dauern könnte, bis ich dich wiedersehe. Und weil du mir ganz offensichtlich vertraust. Sonst hättest du mir nicht all diese Dinge offenbart, die dir eine Menge Ärger einbringen können«, lächelte sie schwach. Ihr Blick ruhte erneut auf dem Absorbierer und Aiden sah es in ihrem Gesicht arbeiten. Er konnte die Abneigung spüren, die das Zeichen ihrer Unterdrückung bei ihr auslöste. Schließlich fügte sie in gedämpftem Tonfall hinzu: »Außerdem hatte ich schon immer meine Bedenken bezüglich der Art, wie mit euch umgegangen wird. Man hört ja nicht viel, und keiner will durch Nachfragen riskieren, dass der Orden plötzlich vor der Tür steht. Also bleiben uns nur Gerüchte und was offiziell vom Orden herausgegeben wird. Ich weiß ehrlich gesagt nicht, was man davon glauben soll. Nachdem ich dich jetzt erlebt habe, kommen mir nämlich gewisse Zweifel an der Notwendigkeit, euch isoliert vom Rest der Bevölkerung zu halten. Du wirkst auch nicht anders als die Kinder meiner Freunde und Bekannten.«

Aiden entspannte sich und atmete erleichtert aus. Er war kurz davor gewesen, Hals über Kopf aus dem Laden zu stürmen, doch die ruhige Art der Frau hatte ihn zögern lassen. Ihre Worte freuten ihn aus irgendeinem Grund ungemein, daher rang er sich zu einem dünnen Lächeln durch. »Danke. Ich wünschte, es gäbe mehr Menschen, die so denken.«

Elisa nickte ernst und warf einen nachdenklichen Blick zum Schaufenster. Sie hielt inne. »Ist das dein Freund, der da draußen auf dich wartet?«, überraschte sie Aiden.

Er spürte, wie er rot wurde. »Hm, ja. Er zeigt mir die Stadt ein wenig. Ich kenne mich hier noch nicht so gut aus.«

»Ich verstehe. Hat man dich gerade erst rekrutiert?«

Der Junge nickte unmerklich und fügte nach einer kurzen Pause hinzu: »So nennt man das also. Rekrutiert.«

Ein betretener Ausdruck erschien auf den Zügen der Frau.

Schließlich seufzte sie schwer. »Verzeih die Wortwahl, aber man gewöhnt sich an die gängige Umschreibung. Außerdem ist es angenehmer, als insgeheim anzuerkennen, dass es in Wahrheit immer noch Kette oder Schwert heißt.« Sie hob unangenehm berührt die Schultern. »Kaum zu glauben, dass sie den alten Urteilsspruch immer noch benutzen.«

Aiden horchte auf. »Alter Urteilsspruch? Was meint Ihr damit?« Anscheinend wusste Elisa mehr als er. Erstaunlich, dass er sich immer noch darüber wunderte. Immerhin wusste *jeder* mehr als er.

»Das stammt aus der Zeit, als Magier wie du zum Gefolge mächtiger Institutionen gehörten, zum Beispiel Gilden, der Armee oder dem herrschenden Haus des Reiches. Sie kümmerten sich um eure Erziehung und überließen das Studium eurer Kräfte weitestgehend euch selbst.« Ein Lächeln huschte über Elisas Gesicht. »Ich habe es noch miterlebt. Ich muss in deinem Alter gewesen sein, so um die neunzehn oder zwanzig Jahre vielleicht. Ich war wie so viele andere auch von den Magiern fasziniert. Die Dinge, die sie tun konnten, waren wirklich erstaunlich, und so manch einer beneidete sie um diese Fähigkeiten. Natürlich vergaß man dabei leicht den Umstand, dass sie wenig Freiraum besaßen und an ihre Institutionen gebunden waren, die sie als Eigentum betrachteten und als Statussymbol nutzten.«

Ihr Tonfall änderte sich, und ein betrübter Ausdruck schlich sich auf ihre Züge. »Die Grenzen ihrer Freiheit wurden am deutlichsten, wenn einer von ihnen etwas tat, das außerhalb ihrer Befugnisse lag. Dann gab es einen öffentlichen Schauprozess, um den Leuten zu zeigen, dass das Reich für Ordnung und Sicherheit zu sorgen wusste und die Magier unter Kontrolle hatte. Während dieser Verhandlung konnte sich der angeklagte Magier zwar verteidigen, aber das Urteil blieb im Grunde stets gleich. Es wurde am Ende immer die Entscheidungsfrage gestellt: Kette oder Schwert. In beiden Fällen bedeutete es die Auflösung jeglicher Freiheiten, die der Magier noch besessen hatte.«

Zorn mischte sich in ihre Stimme. »Ich war bei einem dieser Prozesse dabei. Der Magier war – wenig überraschend – wegen des unautorisierten Einsatzes seiner Fähigkeiten angeklagt worden. Doch was hatte er getan? Er hatte seine Magie benutzt, um einer Gruppe Bauern zu helfen, indem er den Lauf eines Flusses verändert hatte, damit sie leichter an das Wasser kamen, dass sie zur Bestellung ihrer Felder brauchten. Laut der Anklage hatte er dadurch in den natürlichen Lauf der Dinge eingegriffen und musste bestraft werden. Ich weiß nicht, was sie mit ihm gemacht haben. Die Gilde, der er diente, schwieg sich über sein Schicksal aus. Sie wären jedenfalls bereit gewesen, ihn für dieses ›Vergehen‹ zu töten.«

Aiden hatte aufmerksam zugehört und starrte sie aus großen Augen an. »Aber ich habe gedacht, dass es damals anders gewesen wäre. Besser irgendwie.«

»Vielleicht war es früher nicht ganz so harsch und offensichtlich wie heute, aber schon damals wart ihr wenig mehr als Besitz der Mächtigen«, verneinte die Schneiderin.

Die hilflose Wut stand Aiden ins Gesicht geschrieben. »Aber warum hat nie jemand etwas dagegen unternommen? Hätten sich die Magier nicht wehren können?«

»Ich weiß es nicht. Vielleicht wären sie dazu in der Lage gewesen, aber sie waren nur wenige, unorganisiert und über das ganze Land verstreut. Hier in Serinis, wo es die Akademie gab, schien es euch zumindest dem Anschein nach besser zu gehen. Aber goldene Ketten bleiben immer noch Ketten, nicht wahr? Das würde zumindest erklären, warum irgendwann ein paar Magier versuchten, die Fesseln abzustreifen und für ihre Freiheit zu kämpfen. Ich glaube, keiner von uns wird jemals diese Nacht vergessen, als sich der Himmel blutrot färbte und die Akademie wie ein Leuchtfeuer über der Stadt brannte.«

Aiden schwieg betreten. Schließlich meinte er: »Verzeiht, ich wollte nicht so aufbegehren. Ich sollte eigentlich nicht mal hier sein.«

Elisa strich sich über den Kopf, als wolle sie den Sitz ihrer Frisur prüfen. »Es ist schon gut, ich verstehe deine Reaktion. Vielleicht wird sich ja eines Tages etwas ändern, wenn genügend Leute zusammenstehen und für die Magier sprechen. Ich habe vor Kurzem gehört, dass in einigen Haushalten Speicherkristalle mit äußerst brisanten Informationen über den Orden und die Magier aufgetaucht sind. Es hat wohl eine Menge Empörung ausgelöst, aber noch hat sich niemand an den Orden oder das Königshaus gewandt, aus Furcht vor den Konsequenzen.« Nachdenklich berührte sie mit dem Zeigefinger ihren Mund. »Vielleicht sollte ich mich auch mal heimlich informieren und mir ein eigenes Bild von der Lage verschaffen. Angst war schon immer ein schlechter Ratgeber, hoffen wir also, dass wir sie irgendwann ablegen können.«

Elisa verschwand durch eine Tür hinter dem Verkaufstresen, aus der sie schließlich mit einem weiteren Umhang über dem Arm auftauchte. Sie gab Aiden einen Wink, sich umzudrehen und legte ihm den Umhang vorsichtig um die Schultern. Ihn überkam ein eigenartiges Gefühl, als er das Gewicht des Stoffes auf seinen Schultern ruhen spürte. Wie von selbst fanden seine Hände die Kapuze und streiften sie über den Kopf.

Kaum hatte er den Umhang vorne zugezogen und mit einer Schlaufe befestigt, kam es ihm vor, als hätte er eine Rüstung angezogen, die ihm Sicherheit und Schutz verlieh. In den Schatten seiner Kapuze fühlte er sich der Welt nicht so ausgeliefert, und ihre Eindrücke drangen gedämpfter an seine empfindlichen Sinne.

Als er sich zu der Näherin umdrehte, lächelte sie und meinte überrascht: »Du wirkst ja fast wie ein neuer Mensch, Aiden. Der Umhang steht dir wirklich gut.«

Aiden erwiderte ihr Lächeln. »Ich danke Euch. Es klingt für Euch vielleicht seltsam, aber es ist das erste Mal, dass ich etwas besitzen wollte. Es bedeutet mir wirklich viel.«

Elisas Lächeln wurde breiter, und sie sah zu, wie der Junge beinahe ehrfürchtig die Finger über den weichen Stoff gleiten ließ.

Plötzlich sagte sie: »Du, ich glaube, dein Freund hat dir ein Zeichen gegeben. Du solltest besser schnell zu ihm gehen.« Erschrocken fuhr der Junge zusammen und blickte zum Schaufenster, doch Elisa drängte ihn bereits mit sanftem Nachdruck zur Tür. »Beeil dich lieber, ich will nicht, dass du in Schwierigkeiten gerätst, falls die Stadtwache kommt.«

Aiden spürte Gänsehaut über seinen Rücken kriechen und warf ihr einen dankbaren Blick zu, dann hastete er zur Tür und schlüpfte eilig hinaus.

Aufgeregt kam er bei Kellin an, der erst mit offensichtlicher Freude den neuen Aufzug seines Schützlings betrachtete, dann aber eine Augenbraue hochzog, als er bemerkte, dass Aiden sich hektisch links und rechts umsah.

»Was ist denn los?«, hakte er nach.

»Das wollte ich dich fragen. Sind Wachen auf dem Weg?«

»Nein, wie kommst du darauf?«

»Ja, aber ... Hast du mir nicht ein Zeichen gegeben, dass etwas nicht in Ordnung ist?«, wollte Aiden nervös wissen.

Kellins zweite Augenbraue gesellte sich zur ersten. »Ich habe dir kein Zeichen gegeben. Ich habe die Umgebung im Auge behalten und darauf gewartet, dass du fertig wirst. Wir müssen langsam weiter. Warum bist du so aufgeregt?«

Aiden blinzelte verwirrt, als ihm auf einmal etwas auffiel. Langsam öffnete er seine Hand und starrte auf die Münzen, die er immer noch bei sich trug. »Oh ...«

Auch Kellin fehlten für einen Moment die Worte, als sie begriffen, was geschehen war. Aiden war von dem Glücksgefühl, das ihn plötzlich erfasste, völlig überwältigt. Er hatte bis zu diesem Ereignis nicht mal gewusst, dass ein so großartiges Gefühl überhaupt existierte.

Sein Blick irrte zwischen dem Schaufenster des Ladens und den Münzen in seiner Hand hin und her, bis er mit bebender Stimme raunte: »Ich werde mich an ihre Freundlichkeit erinnern. Vielleicht kann ich mich irgendwann erkenntlich zeigen.«

Kellin nickte stumm und ging los, doch Aiden hatte für einen kurzen Moment dasselbe Strahlen auf seinem Gesicht gesehen, das auch von ihm Besitz ergriffen hatte, und dieses innere Leuchten begleitete sie bis zu ihrem Ziel.

Das Hauptquartier des Widerstandes ähnelte einem aufgescheuchten Wespennest, als sie das Anwesen betraten. Sofort wurden sie von allen Seiten bedrängt. Die Vorbereitungen waren so gut wie abgeschlossen, und auch die anderen Städte meldeten ihre Bereitschaft für den Umsturz. Man hatte einen Kommunikationsraum eingerichtet, in dem auf mehreren Podesten klare Kristalle verankert worden waren, in denen sich die Bilder der Personen spiegelten, mit denen sie verbunden waren.

In einem dieser Kristalle konnte man auch eine junge Frau in einer edlen Robe erkennen, auf der in kräftigen Farben das Wappen des Königshauses prangte. Die anderen Magier schienen ihr großen Respekt zu zollen, und auf Aidens Frage hin erklärte ihm Kellin, dass dies Leya Avaris war, die Hofmagierin des Königs. Ihr war es letztendlich zu verdanken, dass es überhaupt eine Chance auf eine friedliche Befreiung der Magier gab, da sie an den Herrscher appelliert hatte, und dieser unter gewissen Bedingungen zugestimmt hatte, die Bemühungen des Widerstandes zu unterstützen. Das war auch der Grund, warum das Hauptquartier nun auf dem Anwesen eines königstreuen Adligen lag, der sich auf Anweisung des Herrschers bereit erklärt hatte, die Rebellen zu beherbergen.

Aus den Andeutungen der Magier ging hervor, dass es einen weiteren Grund gab, warum König Liam bereit war, den Magiern entgegenzukommen. Aiden verstand nur, dass die Hofmagierin anscheinend eine besondere Macht über ihn ausübte, die unter den Anwesenden für viel Lächeln und Schmunzeln sorgte.

Die Anführer des Widerstandes waren fest davon überzeugt, dass sie die Macht des Ordens brechen konnten, ohne allzu viel Schaden anzurichten oder Verluste hinnehmen zu müssen. Die Garde würde wegsehen und darüber hinaus die lokale Stadtwache in Schach halten, bis eine der Parteien als Sieger hervorging.

Für das Königshaus bedeutete der Konflikt unabhängig vom Ausgang in jedem Fall einen Gewinn, was sicherlich auch ein Grund für seine Bereitwilligkeit zu helfen war. War der Widerstand erfolgreich, gewann das Land eine große Anzahl königstreuer Magier hinzu, die zugesagt hatten, sämtliche Forschungsergebnisse dem Reich zur Verfügung zu stellen und auch weiterhin die Maschinen in Gang zu halten, die die Bürger mit Wärme, Licht und anderen Annehmlichkeiten versorgten. Zudem würde es eine bessere Kommunikation und Kooperation mit dem Königshaus geben, und fortan sollten sämtliche Projekte unter der Aufsicht der Hofmagierin angegangen werden.

Im Falle eines Fehlschlages jedoch würde die Spaltung den Orden so geschwächt zurücklassen, dass er sich einer verstärkten Herrschaft durch das Königshaus kaum würde widersetzen können. Die abtrünnigen Magier würden statt einer Exekution insgeheim dem Königshaus einverleibt werden, wo sie fortan unter der direkten Kontrolle des Herrschers ständen.

Natürlich hatte der Widerstand auch anderen Verbündeten und Sympathisanten Versprechen gemacht, die alle darauf hinausliefen, dass die Magier ihre Kräfte dafür einsetzen würden, die Lebenssituation der jeweiligen Partei zu verbessern. Vor allem ihre Verbündeten in der Unterstadt hofften auf eine Heimkehr in ihre alten Bezirke und Wohnungen.

Aiden verstand kaum etwas von den politischen Schachzügen, dem Feilschen um Gefälligkeiten und dem Gerangel um Kompetenzen. Das Einzige, was er von den Besprechungen mitnahm, in die Kellin ihn schleifte, war, dass die Leute Veränderung wollten und sich mit dem Istzustand nicht mehr zufriedengaben. Während er ihnen lauschte, beschlich ihn immer mehr das Gefühl, dass ihre Welt am Ende zwar anders aussehen, er sich aber immer noch fremd und fehl am Platz fühlen würde.

Am liebsten hätte er sich verkrochen und gehofft, eines Tages an einem Ort aufzuwachen, der ihm vertrauter und verständlicher vorkam.

Was ihm Hoffnung machte, waren die Träume, die er in den Herzen der Menschen schlummern gesehen hatte, als er sich mit dem Bewusstsein von Serinis verbunden und in die unzähligen Welten geblickt hatte, die sich hinter den Fenstern und Türen der Stadt auftaten. Vielleicht konnten die Menschen daran erinnert werden, an sich und ihre Träume zu glauben, und vielleicht würde es irgendwann sogar wieder einen Orden der Träumer geben, der über den Schlaf der Menschen wachte.

Aiden klammerte sich an diese Hoffnung und hütete sie wie einen Schatz. Sie bewahrte ihn davor, angesichts seiner eigenen Fremdheit gegenüber der Welt und den Menschen zu verzweifeln und resignieren.

Kellin bemerkte sein wachsendes Unbehagen und verzichtete schließlich darauf, ihn zu jeder Sitzung mitzunehmen, kam aber regelmäßig bei ihm vorbei, um ihm von den Fortschritten zu berichten.

In der endlos scheinenden Zeit, in der Aiden darauf wartete, dass endlich etwas passieren und das nervtötende Warten enden würde, fand er eine Verbündete in Melody, die mit ›dem ganzen politischen Bockmist‹ wenig anfangen konnte und sich stattdessen mit ihrer Bande schon einmal um die gerechte Umverteilung der Güter kümmerte.

Aiden war sich nicht ganz sicher, ob seine Entscheidung, ihr zu helfen, aus Frustration oder Langeweile geboren war. Jedoch ließen ihn die gemeinsamen Unternehmungen mit den Tunnelratten auf andere Gedanken kommen: Gedanken, die sich nicht um seinen Platz in der Welt drehten oder um die Aufgabe, die ihm bevorstand.

Den Rest der Zeit verbrachte er im kühlenden Schatten der Bäume des kleinen Parks sitzend, mit dem Rücken an einen Stamm gelehnt und den Umhang schützend zugezogen, die Kapuze tief im Gesicht wie eine Decke, unter der er vorsichtig hervorschauen konnte. Wenn er die Finger über das seidige Innenfutter streichen ließ, half es ihm sich daran zu erinnern, warum sie für ihre Freiheit kämpften.

Viele der Magier wollten keine Isolation oder Schattendasein mehr, und in diesem Punkt waren sie und Aiden sich gleich. Auch er wollte Teil dieser Welt sein, erst recht, wenn es dort Menschen wie die Schneiderin gab, die bereit waren, ihm offen und freundlich gegenüberzutreten, trotz seiner Fremdartigkeit.

Der Umhang war für ihn aus einem weiteren Grund zu einer Kraftquelle geworden. Wenn Aiden neben Kellin stand – der Magier gehüllt in Rot und er selbst in Blau –, dann wirkten sie wie Spiegelbilder des jeweils anderen. Das schien einem Außenstehenden zu vermitteln, dass sie zusammengehörten. Aiden brauchte dieses Gefühl der Verbundenheit zu einem anderen Menschen. Wie sein Absorbierer kettete es ihn an einen Teil der Welt, der Form und Bestand hatte. Qualitäten, die der Junge manchmal glaubte, bei sich schmerzlich zu vermissen.

Wenn er allein war, musste er nur den Umhang berühren, und schon war Kellin bei ihm, in seinen Gedanken und seinem Herzen.

Es half ihm, die Zeit des Wartens mit etwas zu überbrücken, das ihm Geborgenheit vermittelte. Die Taktik funktionierte gut, denn als der Tag des Umsturzes kam, war er fast überrascht, dass es so schnell gegangen war.

Sie hatten sich im Kommunikationsraum versammelt, die Abbilder der anderen Widerstandsanführer in den Kristallen ihnen aufmerksam zugewandt.

Es war spät am Tag, und die Vorbereitungen hatten Aiden kaum Zeit zur Erholung gelassen, doch inmitten der fiebrigen Erwartung des Raumes wirkte der Gedanke an Müdigkeit geradezu absurd. Sie alle warteten darauf, dass Kellin das Wort ergriff. Von Serinis würde es maßgeblich abhängen, wie erfolgreich der Widerstand verlaufen würde, denn hier saß das schwarze Herz des Ordens.

Aiden hatte sich abseits in den Schatten des Raumes positioniert. Ihm behagte es überhaupt nicht, im Rampenlicht zu stehen. Daher war es ihm ganz recht, dass niemand ihn beachtete. Er hätte sowieso nicht viel zu der Operation zu sagen gewusst, da ihm das Gefühl für die Feinheiten und das taktische Kalkül fehlte. Er wusste nur, dass er Angst hatte.

Aiden konnte die aufgeladenen Emotionen im Raum spüren, die Anspannung, die von Serinis selbst ausging, die in furchtsamer Erwartung der Dinge harrte, die da kommen mochten, und hoffte, dass es keine Wiederholung der Vergangenheit geben würde.

Es sollte zwar eine friedliche Revolution werden, doch das hing maßgeblich davon ab, wie verbissen sich die ordenstreuen Magier und Mitarbeiter des Ordens gegen die Übernahme wehren würden. Die Rebellen waren nicht bereit, auch nur einen Tag länger die Unterdrückung hinzunehmen, und würden für ihre Freiheit und das Recht zur Selbstbestimmung ihres Lebens alles aufs Spiel setzen, wenn es erforderlich war. Die Situation war wie ein Pulverfass mit einer Lunte, die nur darauf wartete, entzündet zu werden. Vielleicht schwelte sie sogar schon.

Aiden war beinahe froh, dass ihm nur eine einzige Aufgabe zufiel und er vom Großteil des Umsturzes nichts mitbekommen würde. Hässlich würde es auf jeden Fall werden, dessen war er sicher.

Kellin trat vor und räusperte sich. »Der Moment ist gekommen, Freunde. Heute Nacht verändern wir die Welt. Ganz gleich, wie die Mission ausgeht: Den Orden, wie wir ihn kennengelernt haben, wird es danach in dieser Form nicht mehr geben, und wir werden nicht mehr unter seiner Kontrolle stehen. Wenn alles glattgeht, kontrollieren wir bald den Orden und können gemeinsam mit dem Königshaus und den Stadträten eine bessere Zukunft für uns alle schaffen. Im schlimmsten Fall werden wir untertauchen müssen und Schutz am Hofe suchen.

König Liam ist darum besorgt, dass die Versorgung des Reiches mit magischer Technologie weiterhin bestehen bleibt, und wir sind bereit, diese Aufgabe weiterhin zu übernehmen. Aus diesem Grund wird es kein Eingreifen der Garde geben. Vielmehr haben Gesandte des Königshauses die Ordensführung in den letzten Tagen und Wochen beschäftigt gehalten, um ihre Aufmerksamkeit zu binden.

Unser Dank gilt auch unseren Verbündeten in der Unterstadt, die in mehreren Bezirken von Serinis für Unruhen gesorgt und die Truppen der lokalen Behörden beansprucht haben. Die Reaktion der Stadtwache ist schwer vorauszusehen, da es genug von ihnen gibt, die den bisherigen Kurs des Ordens unterstützen. Daher werden im Notfall die Vertreter der Königlichen Garde Kraft ihrer Autorität die Stadtwache zum Stillhalten befehligen.«

Kellin wartete kurz auf das unmerkliche Nicken aus dem Kristall, der das Abbild der Hofmagierin enthielt.

»Der Plan für heute Nacht ist simpel und überschaubar. Die Magier unter uns werden nach dieser Besprechung in die Enklave zurückkehren, wo sie sich bereithalten werden, bis das Signal gegeben wird. Ich selbst werde mit ein paar verbündeten Kontrolleuren dafür sorgen, dass wir unsere Helfer aus dem Volk und aus der Unterstadt in Position bringen, sowohl innerhalb der Feste wie auch in der Enklave. Wir werden dazu die Tunnel und Schächte benutzen und im geeigneten Moment die Zugänge zur Feste öffnen.«

Er gestattete sich ein schmales Lächeln. »Wie es der Zufall will, werden unsere Leute im Kontrollraum Dienst schieben. Wenn das Signal gegeben wird, werden mehrere Zugriffe gleichzeitig ablaufen. Eine Gruppe wird die Enklave unter Kontrolle bringen und die Ordenstreuen daran hindern, der Feste zu Hilfe zu kommen. Zusätzlich werden die Tunnelratten dafür sorgen, dass die Menschen der Enklave in die Höhlen der Unterstadt evakuiert werden, und zwar über die alten Ruinen, die dank Aidens Bemühungen sicher passiert werden können.«

Aiden spürte, wie er rot wurde, als er für einen kurzen Augenblick im Zentrum der Aufmerksamkeit stand.

Glücklicherweise setzte Kellin seine Ausführungen unmittelbar fort: »In der Feste werden unsere Leute strategisch wichtige Punkte besetzen, mit Priorität auf die Kontrollen zu den Zugängen nach außen. Eine kleine Gruppe ausgewählter Magier wird sich um die Absorbierer und ihre Abschaltung kümmern. Diese Aufgabe werde ich persönlich überwachen, da wir einen beträchtlichen Vorteil erlangen, sobald wir unsere Kräfte mit vollem Potenzial einsetzen können. Ich habe bereits sichergestellt, dass der zuständige Magier für die Absorbierer mit uns kooperieren wird.«

Aiden durchfuhr bei Kellins letzter Anmerkung ein leichtes Schaudern. Er hoffte inständig, dass sie Xaver nichts angetan hatten. Auch wenn der Magier sich der Kontrolle des Ordens gebeugt hatte, war er ihm sympathisch gewesen mit seiner ansteckenden Begeisterung für die Forschung und Mecha-Magie.

Kellin wandte sich unvermittelt an Aiden, dem daraufhin erneut die ungeteilte Aufmerksamkeit des gesamten Raumes zuteilwurde. Er konnte sich gerade noch davon abhalten, zusammenzuzucken.

Schwungvoll deutete Kellin auf ihn. Falls er Zweifel an ihrem Vorgehen hatte, waren sie ihm nicht anzusehen. Seine kühlen Augen schienen zu glühen.

»Der Oberste Kontrolleur selbst ist eine ernst zu nehmende Gefahr für unsere Mission, da seine magischen Kräfte enorm sind und seine Herrschaft über das Element des Feuers beachtlich. Wir werden jedoch dafür sorgen, dass er nicht in den Kampf eingreifen kann. Aiden besitzt eine Gabe, die aus einer längst vergessenen Zeit stammt: einer Zeit, als die Welt noch jung war und die Menschen erstaunliche Kräfte besaßen. Meine engsten Vertrauten und ich haben uns persönlich von seinem Talent überzeugt. Ich habe keinen Zweifel daran, dass er der Aufgabe gewachsen ist.«

Aiden wünschte sich nichts sehnlicher, als im Boden zu versinken. Glücklicherweise entzog ihm Kellin die Aufmerksamkeit auch bald wieder, indem er die anderen Anführer des Widerstandes bat, ihre Pläne vorzustellen, um sich besser koordinieren zu können.

Aiden hörte nicht zu, lauschte nur seinem eigenen bebenden Atem und spürte seiner Angst nach.

Nach einer kleinen Ewigkeit, wie es ihm vorkam, war die Besprechung vorüber und der Raum hatte sich geleert, bis nur noch Kellin und er selbst zurückblieben.

Der junge Magier stützte sich erschöpft auf den Tisch und atmete einmal tief aus. »Jetzt werden wir bald wissen, ob es eine Zukunft für uns geben wird.« Er kam auf Aiden zu und fasste ihn ernst ins Auge. »Ich möchte, dass du in den letzten Stunden vor dem Umsturz bei mir bist. Dich in die Enklave zurückzuschicken, würde keinen Sinn machen, da du so schnell wie möglich zum großen Saal der Akademie gelangen musst, sobald das Signal ertönt. Dahinter liegen die Gemächer meines Vaters, und er wird schnell bemerken, dass etwas nicht stimmt.«

»Soll ich dich dann jetzt begleiten?« Aiden nickte matt, mit dem Gedanken bereits bei dem bevorstehenden Kampf.

Kellin wehrte ab. »Nein, ruhe dich noch ein wenig aus, während ich mich auf den Weg in die Feste mache. Du kannst später zu mir kommen, sobald ich in meiner Kammer bin.«

Aiden furchte die Brauen. Ohne einen Begleiter oder die ausdrückliche Erlaubnis eines Kontrolleurs konnte er sich nicht frei in der Feste bewegen. »Wie genau stellst du dir das vor?«

»Na, soweit ich informiert bin, kannst du doch eine Person überall finden, sobald du einmal ihren Geist berührt hast und weißt, wie ihre Seele schmeckt«, grinste Kellin schief.

»Oh. Nun ja, das stimmt schon, aber du willst doch nicht, dass ich deine Gedanken oder Emotionen ...«

Weiter kam er nicht, denn plötzlich war Kellin ganz nah bei ihm und zog ihn an sich. Aidens überraschter Laut wurde abgeschnitten, als sich Kellins Lippen auf die seinen pressten. Die Augen des Jungen weiteten sich, als er von einer Flut fremdartiger Gefühle überwältigt wurde, von denen er kaum sagen konnte, welche davon ihm und welche dem Magier gehörten. Über ihre geistige Verbindung erkannte er jedoch, was Kellin für ihn empfand und bereit war, für ihn zu tun. Diese Erkenntnis versetzte Aiden in freudige Aufregung, erschreckte ihn aber auch zutiefst.

Nach einer Weile, die ihm einerseits wie eine Ewigkeit und andererseits viel zu kurz vorgekommen war, löste sich Kellin wieder von ihm und meinte mit einem Schmunzeln: »Als Orientierungshilfe.«

Aiden war wie zur Salzsäule erstarrt und stand mit leicht geöffnetem Mund da, den Blick nach innen gerichtet, wo ein heilloses Chaos tobte und es ihm unmöglich machte, auch nur einen Ton herauszubringen.

Der Magier bedachte ihn mit einem liebevollen, wenn auch etwas selbstgefälligen Lächeln. »Bis später, Aiden. Du solltest keinerlei Schwierigkeiten haben, mich zu finden.«

Er verließ den Raum und schloss leise die Tür hinter sich, doch nicht einmal ein Erdbeben hätte Aiden aus seiner Trance reißen können.

Er war allein mit einem Gefühl, das sein ganzes Wesen bis in den Kern durchdrang und ausfüllte, und er wollte es nie wieder loslassen. Er nahm nicht einmal wahr, wie ihm Tränen über die Wangen liefen, so sehr waren seine Sinne von der neuen Erfahrung gefangen genommen. Er wollte mehr davon. Er *brauchte* mehr. Und nur ein Mensch auf der ganzen weiten Welt konnte es ihm geben.

Es dauerte eine Weile, bis die Euphorie nachließ und in Aiden langsam das Verständnis reifte, warum der junge Magier sämtliche Alarmglocken bei ihm zum Klingen gebracht hatte, und was es letztendlich für ihn bedeuten würde, sich Kellins Einfluss hinzugeben. Er wusste, dass er erneut den ungeschriebenen Kapiteln seines Lebens ins Auge blickte und er sich entscheiden musste, womit er sie füllen wollte. Doch hatte er überhaupt eine freie Wahl? Vielleicht war er ja nur der Spielball einer fremden Macht, die mit gnadenlosem Federstrich seine Geschichte bestimmte und ihn nach ihrem Willen tanzen ließ.

Aiden überlegte hin und her. Und so sehr er sich auch dagegen sträubte, wurde die Wahrheit nicht angenehmer. Sich für Kellin zu entscheiden würde bedeuten, das aufzugeben, was er noch vor wenigen Minuten als eines der wichtigsten Dinge empfunden hatte und in dessen Namen so viele Menschen bereit waren zu kämpfen und zu sterben.

Als es geschah, war niemand bei ihm, und niemand sollte je wissen, wie stark der Konflikt in ihm getobt hatte, bis schließlich eine Seite müde und erschöpft als Sieger aus der Schlacht hervorging. Nur die großen Kristalle auf ihren Podesten waren Zeugen, als Aiden sich ein zweites Mal für die Kette entschied.

In den frühen Abendstunden machte Aiden sich auf den Weg in die Feste. Während er durch die schattenhafte Welt der Traumebene eilte, war Serinis bei ihm, umhüllte ihn mit ihrer Präsenz und belagerte ihn flüsternd und klagend. Er konnte die Unruhe der Stadt deutlich spüren, doch zu seinem Bedauern war es ihm nicht möglich, ihre Fragen zu beantworten. Auch er wusste nicht, wie der Umsturz ausgehen würde.

Würde Serinis Schaden nehmen? Würde sich ihr Antlitz verändern, bis sie eine neue Identität angenommen hatte? Was würde die Zukunft für sie bereithalten und was würde mit all den Seelen geschehen, die in ihr nisteten?

Aiden versuchte sie zu beruhigen, doch auch er wurde von Sorgen belagert und seine eigenen Fragen wogen nicht weniger schwer.

Würden sie es wirklich schaffen, ohne Gewalt und Zerstörung eine Veränderung zu erzeugen? Diese Nacht würde nicht nur ein Kampf gegen die Diener des Ordens werden, sondern ebenso gegen die eigene dunkle Natur, die in ihren Herzen lauerte.

Aiden versuchte die bedrückenden Gedanken von sich zu schieben, was angesichts der Unruhe der Stadt und den blutigen Träumen der Feste ein sinnloses Unterfangen war.

Als er schließlich aus den Schatten trat, fand er sich in einer Kammer in einem der Türme der Feste wieder. Nicht unähnlich der ehemaligen Behausung von Marius, jedoch etwas geräumiger und mit einer Unmenge an Büchern gefüllt, sodass es fast den Anschein hatte, als wäre er in eine Bibliothek gestolpert. Ihr Bewohner hatte offenbar viel Zeit mit der Anhäufung von Wissen verbracht.

Kellin stand am Fenster und blickte gedankenverloren in die nächtliche Stadt hinaus, doch als Aiden sich räusperte, drehte er sich um und lächelte. Er wirkte müde, aber der fiebrige Glanz in seinen Augen zeugte von einem Eifer, der in seiner Intensität beinahe erschreckend war.

»Aiden, gut, dass du da bist. Wir haben noch etwas Wichtiges zu besprechen, bevor es losgeht. Etwas, das nur uns beide angeht. Deswegen wollte ich mit dir allein sein.«

Aiden blickte alarmiert auf. Was würde ihm Kellin jetzt noch offenbaren?

Der Magier trat einen Schritt auf ihn zu, als wolle er ihn umarmen, begann dann jedoch unruhig auf und ab zu wandern.

»Wir haben ja schon einmal darüber gesprochen, was passiert, wenn unser Vorhaben fehlschlagen sollte.« Auf Aidens erschrockenen Gesichtsausdruck hin hob er abwehrend die Hände. »Nein, keine Sorge, es ist nichts geschehen, und ich glaube auch nicht, dass wir verlieren werden. Es ist nur ...« Er blieb stehen und sah Aiden ernst an. »Ich habe dir damals gesagt, dass wir im Notfall untertauchen werden und weit von hier fortgehen müssen. Ich kann dir jetzt auch verraten, was ich damit meinte. Sollten wir wider Erwarten die Kontrolle über den Orden nicht erlangen können, werden wir mit den anderen Magiern des Widerstandes aus der Stadt fliehen und von der königlichen Garde zum Hof nach Wallenstein gebracht werden, wo wir in Zukunft für die geheime Abteilung der Garde arbeiten sollen.« Kellin legte eine bedeutungsvolle Pause ein. »Ich habe jedoch nicht vor, diese Lösung zu akzeptieren. Ich habe lange genug unter der Kontrolle eines anderen gelebt und habe es satt. Daher habe ich mit Thulani ein Abkommen getroffen, das uns beiden eine Heimat bei seinem Volk zusichert. Mit der Zeit kann man vielleicht andere Magier nachholen, aber das Angebot gilt erst einmal nur für mich. Und dich.«

Aiden trat verwirrt näher und fixierte ihn suchend: »Das ist zwar beruhigend zu wissen, aber sagtest du nicht, dass du nicht glaubst, dass unser Vorhaben misslingt?«

Kellin nickte und lächelte schwach. Für einen Augenblick wirkte er unendlich müde. »Das ist richtig. Daher wollte ich dir offenbaren, dass ich vorhabe, dieses Angebot anzunehmen, ganz gleich, was geschieht. Sollten wir erfolgreich sein, natürlich erst, wenn die neue Ordnung hergestellt ist.

Ich muss weg hier, verstehst du? Ich habe zu lange innerhalb dieser Mauern gelebt, und das Gefühl gefangen zu sein verfolgt mich bis in meine Träume hinein. Deswegen werde ich fortgehen, selbst wenn alles nach Plan läuft und wir siegreich sein sollten.«

Aiden biss sich auf die Unterlippe und rang sich zu einem leisen »Oh« durch. Dann sagte er: »Und ich habe gedacht, du wolltest die Leitung des Ordens übernehmen.«

»Und am Ende so werden wie mein Vater?« Kellin lachte auf. Eine deutliche Spur Bitterkeit schwang in seiner Stimme mit. »Nein danke, ich habe keinerlei Interesse an einer Machtposition. Alles, was ich jemals wollte, war, mir und den anderen eine Chance auf ein selbstbestimmtes Leben zu geben.«

Aiden hielt inne und dachte nach. Neugier rumorte in ihm. Er wollte, nein, musste mehr wissen.

»Was ist eigentlich zwischen dir und deinem Vater passiert? Ich nehme an, ihr versteht euch nicht besonders gut«, fragte er schließlich behutsam.

»So könnte man es wohl ausdrücken, ja«, seufzte Kellin. »Wir reden nicht viel miteinander. Er lässt mich in Ruhe und ich ihn. Ich habe Sorge getragen, dass er keinen Grund zur Beschwerde bezüglich meiner Arbeit für den Orden hat, und meine Loyalität nie infrage stellen musste. Ich habe gelernt, eine perfekte Maske zu tragen und die Leute das in mir sehen zu lassen, was sie wollen, und nicht das, was ich wirklich bin.«

Er ging zu seiner Lagerstätte und ließ sich erschöpft auf die Bettkante nieder, wo er den Kopf in die Hände stützte. »Mein Vater ist seit dem Unfall vor nun beinahe zwanzig Jahren nicht mehr derselbe gewesen.«

Aiden kam näher und setzte sich unsicher neben ihn. Körperliche Nähe war etwas, das ihn gleichzeitig anzog und verunsicherte. Besonders im Licht seiner jüngsten Entscheidung. »Was ist denn damals geschehen?«

Kellin blickte zu ihm herüber, und da war eine Dunkelheit in seinen Augen, die Aiden schaudern ließ.

»Ein Experiment ist fehlgeschlagen. Es geschah kurz vor dem Aufstand der Magier. Meine Eltern hatten versucht, mittels verbotener Rituale und alchemistischer Substanzen ihre Kräfte in einem Maße zu potenzieren, dass sie mächtig genug gewesen wären, den bevorstehenden Konflikt maßgeblich zu unseren Gunsten zu entscheiden. Hätten sie Erfolg gehabt, wäre es ihnen sogar möglich gewesen, weitere Magier zu stärken. Dann hätten wir vielleicht die Möglichkeit gehabt, das Königshaus zur Anerkennung unserer Unabhängigkeit zu zwingen.«

Aiden wartete, bis Kellin von allein weitersprach, da er spürte, wie viel Kraft es seinen Freund kostete, über dieses Thema zu reden.

»Kurzum, das Ritual schlug fehl, für jeden von uns auf andere Weise. Ich war damals noch zu jung, um viel davon mitzubekommen, aber da ich ebenso wie meine Eltern magisches Potenzial besaß, haben sie versucht, auch meine Kräfte zu steigern.«

Aiden spürte, wie Kellin in Gedanken zu etwas zurückkehrte, das einem Albtraum gleichgekommen sein musste. Sacht legte er ihm die Hand auf die Schulter, in einer, wie er hoffte, tröstenden Geste.

Aber Kellin schien so in düsteren Erinnerungen gefangen zu sein, dass er es kaum bemerkte, sondern in einem monoton klingenden Tonfall fortfuhr: »Vater verlor einen Großteil seiner magischen Kräfte; das gnädigste Schicksal von uns dreien. Ich selbst wurde von den freigesetzten Kräften in mir beinahe lebendig verbrannt und fiel in eine tagelange Ohnmacht. Und meine Mutter ... Sie war die Begabteste von uns und eine der mächtigsten Magierinnen des Reiches. Mit ihr an der Spitze des Aufstandes hätten die Magier damals eine gute Chance gehabt, endlich die Kontrolle ihrer Besitzer abzuschütteln, doch es hat wohl nicht sein sollen. Das Ritual steigerte ihr magisches Potenzial ins Unermessliche, aber die Belastung erwies sich als zu groß für ihren Körper. Sie brannte innerlich aus, und es gab nichts, was sie hätte retten können.«

An dieser Stelle der Erzählung durchfuhr Aiden ungewollt ein Schaudern, als verschwommene Erinnerungen an den Tod seiner eigenen Mutter an die Oberfläche drangen. Wie es schien, verband Kellin und ihn mehr als er geahnt hatte.

Der Magier spürte nichts von Aidens Unbehagen und sprach weiter: »Wie du weißt, versuchten die anderen Magier es trotzdem, doch es endete in einer Katastrophe. Vater ist seit dem Unfall ein anderer Mensch. Verschlossen und unablässig sich den Kopf zerbrechend, wie man den fehlgeschlagenen Aufstand in etwas verwandeln konnte, das auf lange Sicht hin erreichen würde, was damals misslang. Die überlebenden Magier und er ersannen schließlich einen Plan, der nach und nach die Macht und den Einfluss zu ihren Gunsten verschieben sollte. Sie wussten, dass sie einen hohen Preis zahlen mussten, um Erfolg zu haben. So entstand der Orden der Kontrolleure. Zusammengesetzt aus Magiern, die sich freiwillig von ihren Freiheiten und Kräften lossagten, um dem Königshaus und der Bevölkerung zu beweisen, dass sie ihren Fehler eingesehen hatten und fortan als demütige Diener des Reiches leben wollten. Vater versuchte alles in seiner Macht stehende, um die Führung über den Orden zu erhalten.

Den ersten Bruch zwischen uns gab es, als er Mutters Tod benutzte, um das Vertrauen des Königshauses zu gewinnen. Er stellte sich als Gegner des unkontrollierten Gebrauchs von Magie hin und verwies auf seine Gemahlin als Beweis, dass eine strengere Kontrolle von magisch begabten Individuen erforderlich war. Natürlich erwähnte er nicht, dass er selbst einer der Initiatoren des Aufstands gewesen war. Da er in der Magiergemeinschaft und auch am Hofe ein angesehener Mann war, verlieh man ihm schließlich die Position des Ordensherrn und übertrug ihm die Aufgabe, die zukünftige Ausbildung und Überwachung der Magier zu regeln.«

Kellin schüttelte den Kopf. »Ich weiß nicht, an welchem Punkt er zu dem Entschluss kam, dass der Orden eine gute Sache ist und das Problem für die Magier gelöst, aber es war der Moment, in dem wir uns endgültig entfremdeten.

Ich habe mich zwangsläufig fügen müssen, doch im Geheimen stets auf die Gelegenheit gewartet, diesen Zustand zu beenden und den ursprünglichen Plan durchzusetzen. Ich habe so getan, als hätte ich mich mit meinem Schicksal abgefunden und meine Rolle so gespielt, wie er sie einst gespielt hatte, um sein Vertrauen zu gewinnen.

Das Traurige an der ganzen Sache ist, dass er mittlerweile wahrscheinlich wirklich denkt, dass es zu unserem Besten ist. Von seinen einstigen Idealen und Zielen ist nichts geblieben und alles, was der Orden der Kontrolleure erreicht hat, wurde auf Kosten anderer und durch ihr Leiden ermöglicht. Ich werde das nicht länger hinnehmen.«

Er stand auf und begann erneut unruhig im Raum hin- und herzuwandern, gefolgt von Aidens besorgtem Blick. Kellin offenbarte ihm zum ersten Mal seine verletzliche Seite, die er vorher sorgsam verborgen gehalten hatte. Vielleicht tat er es bewusst. Vielleicht war aber auch der Druck so groß geworden, dass seine ruhige Fassade zu bröckeln begann und er nicht mehr verhindern konnte, dass etwas nach außen drang.

Aiden spürte die aufgewühlten Emotionen, die in dem Magier brodelten. Wie gerne hätte er ihm etwas Beruhigendes vermittelt, doch auch er selbst war bis zum Zerreißen angespannt.

Nach einiger Zeit des brütenden Schweigens blieb Kellin abrupt stehen und sah ihn an. »Es gibt nicht viele universelle Wahrheiten im Leben, Aiden. Aber es gibt eine, die unumstößlich ist: Kein Mensch hat das Recht, über das Leben eines anderen Menschen zu entscheiden.«

In dem Versuch die Stimmung etwas aufzulockern fragte Aiden mit einem Schmunzeln: »Das heißt also, ich könnte einfach gehen und tun, was ich will?«

Kellins Augen weiteten sich, und plötzlich war die Mauer um den Geist des Magiers wieder da, unüberwindbar und verstärkt mit Stacheln und Zähnen.

Aiden schlug hastig einen beschwichtigenden Tonfall an: »Das war nur ein Scherz. Beruhige dich.«

Auch wenn es ihn verstörte, musste er doch die Perfektion bewundern, mit der Kellin seine Maske trug. Der Magier rang sich sogar ein unbekümmert wirkendes Lächeln ab und meinte leichthin: »Ich bin doch ruhig, mach dir um mich keine Sorgen. Und du hast natürlich recht. Du bist ein freier Mensch und kannst bestimmen, was du tun willst und wohin du gehst. Ich will nur nicht, dass ... Ich würde es nur bevorzugen, wenn du weiterhin bei mir bleibst.«

Aiden war zutiefst beunruhigt. Er spürte, dass er mit seiner harmlos gemeinten Frage etwas gestreift hatte, das schon des Öfteren zu einer seltsamen Reaktion des Magiers geführt hatte. Da war etwas, das Kellin in äußerste Unruhe versetzte und womit dieser seit längerer Zeit zu kämpfen hatte. Irgendein dunkles Geheimnis lauerte hinter seiner Verschlossenheit, und was immer es auch war: Es schien Aiden zu betreffen.

Er erinnerte sich an die Worte Kellins, als dieser in der Nacht zu ihm auf den Turm gekommen war. Es gab Geheimnisse, die er noch nicht mit ihm teilen konnte.

Da Aiden ihm in dieser Hinsicht unbedingt vertrauen wollte, zwang er sich mühsam, sein Unbehagen niederzukämpfen und seine Gedanken auf das Hier und Jetzt zu richten.

»Es ist bald soweit, nicht wahr?«

Kellin atmete tief aus, reckte das Kinn und ging zu einem bläulichen Kristall, der in einer metallenen Halterung auf seinem Schreibtisch stand. Er tippte einmal leicht mit dem Finger dagegen: »Sobald unsere Leute in der Enklave den Impuls senden, schlagen wir in der Feste los.«

Widerwillig kehrten Aidens Gedanken zu seiner eigenen Aufgabe zurück. Seine größte Furcht galt der Auseinandersetzung mit dem Obersten Kontrolleur. Er vermied es bewusst, von dem Mann als Kellins Vater zu denken, denn wenn er sich dazu bringen wollte, seine Kräfte gegen ihn einzusetzen, durfte dieser Mann für die Dauer des Konflikts nicht mehr als ›Der Feind‹ sein.

Er hoffe inständig, dass es ihm gelang, seine Kräfte unter Kontrolle zu halten, trotz des ungeheuren Drucks, der auf ihm lastete. Er wusste, dass diese Nacht eine unglaubliche Willensanstrengung von ihm erfordern würde, da er nicht nur von seiner eigenen Angst bedrängt wurde, sondern ebenso vom Bewusstsein der verbrannten Akademie, die in seinem Geist nach dem Blut derjenigen schrie, die sie zu einem Hort des Schreckens und der Unterdrückung gemacht hatten.

Er wehrte sich verzweifelt gegen ihre gewalttätigen Einflüsterungen. Er wollte nicht zu einem Tor für die Albtraumwesen werden, die am Rande der Realität hungrig in Stellung lagen; bereit, bei der kleinsten sich bietenden Gelegenheit hervorzubrechen und Jagd auf den ungeschützten Verstand zu machen. Dazu durfte es nicht kommen. Aiden schätzte sich bereits glücklich, wenn es ihm gelang, das Versprechen einzuhalten, das er Kellin gegeben hatte. Seine Kräfte verursachten zwar keine physischen Verletzungen, aber sie konnten den Geist eines Menschen verletzen und sogar zerstören.

Seine Angst war ihm anscheinend deutlich anzusehen, denn Kellin kam zu ihm herüber und legte ihm beruhigend beide Hände auf die Schultern. Aiden hätte vor Überraschung beinahe aufgeschrien, als plötzlich eine Woge der Ruhe und Kraft in seinen Körper floss und die Furcht erträglicher machte.

In Kellins eisig blauen Augen lag eine Eindringlichkeit, die Aiden völlig gefangen nahm. »Aiden, ich verstehe sehr gut, wie du dich gerade fühlst. Ich fürchte mich auch vor dem, was geschehen könnte. Du musst mir aber glauben, dass ich dich nicht für diese Aufgabe ausgesucht hätte, wenn ich mir nicht sicher wäre, dass du der Herausforderung gewachsen bist. Ja, ich weiß, es ist feige von mir, mich nicht selbst um meinen Vater zu kümmern, aber es gibt noch einen anderen Grund, warum ich dich an meiner Stelle schicke.«

»Was ... was ist das für ein Grund?«, brachte Aiden mühsam heraus, überwältigt von dem beruhigenden Effekt, den der Magier auf ihn ausgeübt hatte.

Kellin schüttelte sacht den Kopf. »Das willst du nicht wissen, glaub mir.«

»Und wenn doch?« Aiden sah ihn herausfordernd an.

Der Magier seufzte und ließ ihn wieder los. »Na gut, wie du willst. Ich habe dir versprochen, aufrichtig zu sein. Wenn du es also unbedingt wissen willst: Es hat mit der Abschaltung der Absorbierer zu tun, und was nötig ist, damit der zuständige Magier mit uns kooperiert.«

»Ihr tut Xaver doch nichts an, oder?«, flüsterte Aiden und sog besorgt die Luft ein.

Ein Schatten fiel über Kellins Gesicht. »Nicht ihr, sondern ich. Ich werde etwas tun müssen, dass mich bis ans Ende meines Lebens verfolgen wird, aber mir bleibt keine Wahl. Die Absorbierer sind zu wichtig für den Erfolg unserer Mission, als dass wir Rücksicht nehmen könnten. Ich werde dir später, wenn dieser Albtraum hier vorbei ist, erzählen, was ich getan habe, und du wirst verstehen, warum ich und nicht du diese Aufgabe übernommen habe. Belassen wir es im Moment einfach dabei, dass du die angenehmere von uns beiden hast.«

Aiden starrte ihn eine Weile fassungslos an, dann meinte er kleinlaut: »Du hattest recht. Das wollte ich wirklich nicht wissen.«

Für die nächsten paar Minuten herrschte unangenehmes Schweigen zwischen ihnen. Aiden biss die Zähne zusammen und versuchte sich gegen das Chaos in seinem Inneren abzuschirmen. Die Erfahrungen der letzten Tage waren ein wildes Wechselspiel der Emotionen gewesen, und er kam sich wie ein hilflos im Sturm wirbelndes Blatt vor, das den Boden immer mehr aus den Augen verlor.

Am liebsten hätte er Zuflucht in Kellins Armen gesucht, aber diese Schwäche konnte er sich nicht erlauben. Er würde die harte Schale brauchen, die er widerwillig um sich herum errichtet hatte, denn der Moment, der ihm alles abverlangen würde, rückte unaufhaltsam näher.

Er sah Kellin nach, der erneut ans Fenster seines Turmes getreten war, den Blick in die Ferne gerichtet. Aiden war sich sicher, dass dies eine Vorsichtsmaßnahme des Magiers war, der vermeiden wollte, weitere sensible Themen anzuschneiden, die sie beide nur noch mehr aufwühlen würden.

Er beschloss, die Gelegenheit zu nutzen und richtete seine Sinne auf die Kammer und die Eindrücke, die dieser Raum ihm vermittelte. So vieles hier erzählte von Kellin, dem jungen Magier, der sich mit seinem Verstand die Welt erschlossen hatte.

Die wuchtigen Bücher waren die Zuflucht gewesen, in die er sich geflüchtet hatte, um seinen Geist mit Wissen zu füllen. Wissen, das ihm ein Gefühl von Sicherheit vermittelte, denn Wissen war Macht, so hatte man ihm einst erzählt. Doch nicht nur wissenschaftliche Werke hatte er als Bastion gegen den alltäglichen Wahnsinn genutzt. Oft waren auch Märchen und Heldensagen seine vertrauten Begleiter gewesen, die er sehnsüchtig in dem Wunsch verschlungen hatte, seinen Geist mit etwas zu füllen, das ihn im Gegensatz zu seiner Realität nicht beurteilte.

Aiden stellte mit wachsendem Erstaunen fest, wie sehr Kellins Vergangenheit seiner eigenen ähnelte. Sie beide waren allein unter vielen gewesen, stets beseelt von dem Verlangen, ihre Einsamkeit mit jemandem zu teilen, der ihnen gleich war, und im Fall des jungen Magiers war aus diesem Verlangen ...

»Aiden!« Kellin funkelte ihn wütend an. »Würdest du es bitte unterlassen, dir meine gesamte Lebensgeschichte anzusehen? Ich würde dir davon ganz gerne selbst erzählen, sobald der passende Zeitpunkt gekommen ist.«

Aiden blinzelte erstaunt. »Woher weißt du, was ich getan habe?«

Der Ärger des Magiers verwandelte sich in gutmütigen Spott. »Es ist dir deutlich anzusehen, wenn du deine Kräfte nutzt. Du solltest wirklich daran arbeiten, deine Gabe unauffällig einzusetzen, sonst werden in Zukunft alle Menschen schreiend weglaufen, sobald du diesen weggetretenen Ausdruck auf dem Gesicht spazieren trägst.«

Aiden schwieg beleidigt, da er seiner Ansicht nach bereits sehr gut darin war, die Anwendung seiner Traumfähigkeiten vor anderen Menschen zu verbergen.

Er beruhigte sich jedoch damit, dass es wahrscheinlich der Anspannung und dem Stress der Situation zu verdanken war, dass er seine Disziplin nicht perfekt aufrechterhalten konnte, und Kellin war schon immer ein aufmerksamer Beobachter gewesen. Besonders dann, wenn das Ziel seiner Aufmerksamkeit Aiden hieß.

Sein Schweigen wurde plötzlich von einem hellen Ton unterbrochen, der sie beide aus ihren Gedanken hochschrecken ließ. Sie sahen zu dem Kristall auf dem Schreibtisch, der zum Leben erwacht war und den Raum mit bläulichem Licht flutete.

Da war er also, der Startschuss für ihre Revolution und sein Knall erschütterte Aiden bis ins Mark. Ihm schlug das Herz bis in den Hals, und er wäre nur zu gern unter die Bettdecken geflüchtet, doch nun gab es kein Zurück mehr.

Sie waren nur wenige Schritte gelaufen, als eine dumpfe Erschütterung den Boden zum Zittern brachte. Aiden sah, wie Kellin die Lippen zusammenpresste. Während sie die langen Korridore der Feste entlangeilten, bemerkte Aiden eine überraschende Veränderung an sich. Seine Angst wich einer ungewohnten Klarheit, was ihn und seine Aufgabe betraf. Sie war simpel und schlicht, aber sie erfüllte ihn mit einer nie gekannten Entschlossenheit: Er war ein Traumtänzer, und er würde dafür sorgen, dass die Vision einer besseren Zukunft eine Chance bekam. Dies würde das Weben des finalen Traumes werden; eines Traumes, der die gnadenlos mahlenden Zahnräder des Uhrwerks anhalten und letztendlich aus der Fassung sprengen würde.

Was danach kam, wusste keiner, aber er erinnerte sich noch sehr gut an die Worte des Kontrolleurs Armin, der sie ihm damals ins Gesicht geschleudert hatte: »Wenn etwas fehlerhaft war, dann muss es eben aussortiert und neu zusammengesetzt werden.« Genau das würden sie tun.

Aiden konnte durch den Stoff seines Hemdes das Amulett des Ordens glühen sehen. Unsichtbare Pforten in ihm hatten sich geöffnet, und sein Zugriff auf die Kräfte der Träumer war nun ungetrübt. Dabei war ihm vorher nie bewusst gewesen, dass er überhaupt unter Einschränkungen gelebt hatte. Es war beinahe, als hätte er all die Zeit über tatsächlich einen funktionierenden Absorbierer getragen, der nun erloschen war und seine Kräfte freigab.

Er spürte, wie leicht es ihm mit einem Mal fiel, die Traumebene wahrzunehmen und die Anwesenheit der Entitäten, die dort lebten. Serinis war ein ständiges Klagen im Hintergrund, furchtsam auf den Ausgang des Konflikts wartend und um ihre Zukunft bangend. Wesentlich stärker umgab ihn jedoch die schwarze Feste, deren gepeinigter Geist in Visionen von Feuer und Blut gefangen war und fordernd nach Vergeltung schrie.

Er konnte auch die leisen Echos derjenigen spüren, die hier vor vielen Jahren gestorben waren und deren Leid und Schmerzen in den Stein der Akademie eingesickert waren und zu ihrer Korruption beigetragen hatten.

Aiden war viel zu sehr von der Verwandlung, die in seinem Inneren vor sich ging, vereinnahmt, als dass er viel von seiner unmittelbaren Umgebung mitbekommen hätte. Aber als er einen Seitenblick auf Kellin erhaschte, hätte er schwören können, dass ein wissendes Lächeln auf den Lippen des Magiers lag und seine Augen triumphierend leuchteten.

Bevor Aiden sich zu einer Frage durchringen konnte, gesellte sich an einer der Abzweigungen eine Gruppe Fremder zu ihnen, die Kellin mit grimmiger Entschlossenheit zunickten, und Aiden, einer guten alten Tradition folgend, geflissentlich ignorierten. In einzelnen Fällen wies ihre Kleidung Risse auf, und hier und da waren geschwärzte Flecken zu sehen, die verbrannt rochen.

Kellin musterte die Neuankömmlinge besorgt. »Gab es Schwierigkeiten?«

Einer der Magier schüttelte den Kopf. »Kaum. Die meisten waren wie wir nicht besonders daran interessiert, es zu Gewalttätigkeiten kommen zu lassen. Man hat schließlich lange genug miteinander gearbeitet und kennt sich. Ein paar haben versucht, uns aufzuhalten, aber es waren nur Einzelfälle und sie waren nicht organisiert.« Er tippte an den Absorbierer um seinen Hals. »Es wird aber höchste Zeit, die Kette loszuwerden. Der Kontrollraum wird zwar von unseren Leuten besetzt gehalten, aber wir brauchen unsere ungezügelte Macht, um sicherzustellen, dass wir die Kontrolle auch behalten, ohne jemanden ernsthaft zu verletzen.«

Kellin wies auf einen der Gänge. »Dann los. Geht schon einmal zum Potenzialmesser vor, ich komme sofort nach.«

Die Gruppe entfernte sich eiligen Schrittes, und als sie außer Reichweite waren, kam Kellin zu Aiden und umarmte ihn kurz. »Viel Erfolg. Der große Versammlungssaal ist am Ende des Flures dort, und dahinter liegen die Gemächer des Obersten Kontrolleurs. Er wird bemerkt haben, dass etwas nicht stimmt und nachsehen wollen, was geschehen ist. Dazu darf es nicht kommen. Sobald die Absorbierer ausgefallen sind, werde ich nachkommen. Oh, und Aiden ... Ich weiß, es ist viel verlangt, aber wenn es irgendwie möglich ist, tu ihm nicht weh. Er ist trotz allem immer noch mein Vater.«

»Ich wollte nie jemanden verletzen, und ich hoffe, dass ich jetzt nicht damit anfangen muss«, erklärte Aiden entschlossen. »Es gibt schon genug Albträume hier, und ich hatte nicht vor, dazu beizutragen.«

Kellin lächelte dankbar, drängte sich noch einmal fest an ihn und eilte dann seinen Kampfgefährten hinterher.

Es war unheimlich still, als Aiden die gewaltige Flügeltür zum Versammlungssaal erreichte. Manchmal gab es Erschütterungen, die von den Höhlen tief unterhalb der Feste heraufdrangen, doch die Geräusche, die mit ihnen einhergingen, waren gedämpft und wirkten fern.

Er hoffte inständig, dass Melody und diejenigen, die in der Enklave eingesetzt waren, ihre Mission erfüllen konnten, ohne größeren Schaden davonzutragen. Der Gedanke an sie machte ihm noch einmal deutlich, wie viel vom Gelingen seiner eigenen Mission abhing. Seine Hände zitterten, als er sie um den ehernen Knauf der Tür legte und sie einen Spaltbreit aufzog.

Aiden schlüpfte hindurch und sah sich um.

Der Saal war als kreisförmiger Raum angelegt worden, an dessen Rundungen lange Tischreihen verliefen. In früheren Zeiten hatten hier die Magister und hohen Beamten getagt und die Geschicke der Akademie gelenkt. Im Zentrum des Raumes befand sich ein Podium, auf dem die Redner einst ihre Anliegen vorgebracht hatten, doch in diesen Tagen hallte nur ohrenbetäubende Stille von der Bühne.

Zu dieser späten Stunde war der Saal in ein dämmeriges, rotes Licht getränkt, das aus den an der Decke verlaufenden Kristallröhren rieselte. Aiden hätte die Atmosphäre als angenehm empfunden, wenn da nicht das unverkennbare Echo einer Seele gewesen wäre, vor deren Besitzer er sich seit ihrer ersten Begegnung gefürchtet hatte.

Während er sich gemäßigten Schrittes in die Mitte des Raumes begab, überkam ihn ein leichtes Schwindelgefühl. Seine Stunde stand bevor. Der Moment, für den er bestimmt war. Der Moment, in dem sich entscheiden würde, ob Kellins Vertrauen in ihn gerechtfertigt war.

Er kam auf dem Podium zu stehen und blickte gebannt zur gegenüberliegenden Tür. Es dauerte nicht lange, da wurde sie mit einem energischen Ruck aufgestoßen und eine hochgewachsene Gestalt betrat den Saal. Versteinert sah Aiden zu, wie der Oberste Kontrolleur überrascht innehielt, als er ihn erblickte, dann aber entschlossen näherkam und sich bedrohlich am Fuße der Anhöhe aufbaute.

Wortlos standen sie sich gegenüber, jeder den anderen abschätzend musternd. Aiden schüttelte innerlich den Kopf über sich selbst. Wie hatte ihm die Ähnlichkeit damals nicht auffallen können? Kellin besaß dieselben eisig blauen Augen und den durchdringenden Blick wie sein Vater, und beide waren geübt darin, im Hintergrund die Fäden zu ziehen und ihre Umgebung zu manipulieren.

Der Blick des Obersten Kontrolleurs bohrte sich in den des Jungen, doch dieses Mal widerstand Aiden dem Drang wegzusehen, und erwiderte ihn.

Als der Mann sprach, war seine Stimme ruhig. Aber der warnende Unterton war nicht zu überhören.

»Ich habe nicht damit gerechnet, dass dieser Tag einmal kommen und sich genügend Narren finden würden, um die bestehende Ordnung in Gefahr zu bringen. Aber scheinbar habe ich eure geistigen Kapazitäten überschätzt. Ist euch überhaupt bewusst, was ihr mit eurer kleinen Revolution alles aufs Spiel setzt? Die königliche Garde wird jeden Augenblick vor den Toren auftauchen und jeden Aufrührer mit Gewalt niederzwingen. Das Volk wird sich in seinen Befürchtungen bestätigt sehen und weitere Restriktionen gegen die Magier fordern. Ihr habt gerade eure Zukunft verspielt, mein junger Freund, und es wird euch teuer zu stehen kommen.«

Beinahe mitleidig sah ihn Aiden an, gestärkt durch die Gewissheit im Recht zu sein.

»Ihr seid in Eurem verzweifelten Versuch, die Kontrolle zu wahren, blind für Eure Umgebung geworden. Während Ihr hier in Dunkelheit und Angst gesessen und euch an den Istzustand geklammert habt, hat sich draußen die Welt still und heimlich weitergedreht. Die Katastrophe von damals wird sich nicht wiederholen. Die königliche Garde wird nicht kommen, um ein neues Blutbad anzurichten. Die Bevölkerung ist über die wahren Zustände in der Feste informiert worden. Wir haben unsere Zukunft nicht verspielt, wir machen sie überhaupt erst möglich.«

Der Blick des Obersten Kontrolleurs verfinsterte sich zunehmend, während er den Worten des Jungen lauschte.

»Du weißt gar nicht, von was du redest, Bursche. Du bist doch nur ein Träumer, der nicht verstanden hat, wie die Welt funktioniert. Es wundert mich ehrlich gesagt nicht, dich hier stehen zu sehen. Du hast mich damals schon an meinen Sohn erinnert. Bevor er zur Vernunft kam, war er genauso uneinsichtig und rebellisch wie du. Ich habe eigentlich gehofft, er hätte einen positiven Einfluss auf dich ausgeübt, aber scheinbar hast du lieber den falschen Versprechungen der idealistischen Narren geglaubt.«

Aiden starrte ihn fassungslos an. Konnte es wirklich sein, dass der mächtigste Mann im Orden nicht einmal ahnte, dass sein Sohn ihm etwas vorgespielt hatte? Er konnte sich bei seinen nächsten Worten einer gewissen Schadenfreude nicht erwehren. »Oh, Ihr meint Kellin, den Leiter des Widerstandes in Serinis? Ich kann Euch in dieser Hinsicht beruhigen: Euer Sohn hatte einen sehr starken Einfluss auf mich.«

Der Oberste Kontrolleur lachte spöttisch auf. »Das ist wenig überraschend. Ich wäre doch sehr verwundert gewesen, wenn er dich ignoriert hätte. Du entsprichst genau seinem Typ. Aber Kellin, Leiter des Widerstandes? Ich bitte dich, du glaubst doch wohl nicht, dass es mir in all der Zeit nicht aufgefallen wäre, wenn er etwas Derartiges versucht hätte. Da hätte ich schon blind und verhext sein müssen, um ...«

Er brach mitten im Satz ab und sein Blick wurde glasig, als er sich an etwas zu erinnern schien. Sein Gesicht verlor plötzlich jegliche Farbe und die Knöchel seiner Hand traten weiß hervor, als er sie krampfhaft zur Faust ballte und leise murmelte: »Das ... das glaube ich einfach nicht. Wie konnte er mir das antun? Wie konnte er es wagen, seine Kräfte ...« Er verstummte abrupt und deutete drohend auf Aiden. »Das ändert gar nichts! Was ihr hier versucht, ist der reine Wahnsinn. Ich empfehle dir, beiseitezutreten. Ich möchte dir nicht wehtun, werde aber auch nicht zusehen, wie ihr alles zugrunde richtet, wofür wir so lange gearbeitet haben.«

Aiden verzog den Mund zu einer schmalen Linie. »Und wie viele Menschen habt Ihr ins Unglück gestürzt? Was ist mit denen, die eigene Vorstellungen haben, wie sie ihr Leben gestalten wollen? Diejenigen, die nicht damit zufrieden sind, ihr Leben von anderen bestimmen zu lassen? Was ist mit denen, die in den Kristallhöhlen langsam zugrunde gehen? Ist es das, wofür Ihr so lange gearbeitet habt? Gesteht Euch doch endlich ein, dass ihr euch verrannt habt und alle darunter leiden müssen, weil Ihr feststeckt und nicht wisst, wie es weitergeht.«

»Idealistisches Geschwätz!« Die Augen des Obersten Kontrolleurs funkelten vor Zorn. »Wir können froh sein, dass die Magier überhaupt noch existieren. Als ob sich jemals etwas ändern würde. Wir haben eine Lösung gefunden, die uns Macht und Ansehen verschafft und auch noch das verdammte Königshaus vom Hals hält. Es ist vielleicht nicht die glorreiche Vision, die wir einst hatten, und es erfordert das eine oder andere Opfer, aber weißt du, welchen Vorteil diese Lösung hat? Sie ist sicher. Dass manche nicht sehen können, dass dies die beste Lösung ist, ist ihre eigene Schuld. Und nun geh mir endlich aus dem Weg, Junge!«

Aiden rührte sich jedoch nicht vom Fleck. »Es scheint, als hättet Ihr wenig Vertrauen in eure Mitmenschen. Die Bewohner des Reichs sind bereit für eine Veränderung, für einen neuen Traum. Diesmal soll keiner davon ausgeschlossen werden. Diesmal wird nicht die Angst regieren.«

Der Blick des Obersten Kontrolleurs verhärtete sich. »Letzte Warnung. Du glaubst wahrscheinlich, dass du mich aufhalten kannst, da Kellin dir sicherlich erzählt hat, dass ich den Großteil meiner Kräfte verloren habe. Aber ich kann dir versichern, dass es immer noch ausreicht, um mit den meisten Magiern fertig zu werden, und du selbst stehst erst am Anfang deiner Ausbildung«, grollte er.

Aiden musste schlucken, aber er verharrte auf seiner Position und entgegnete trotzig: »Eure Zeit ist vorbei, Ihr hattet eure Chance. Euer Traum ist zu einem Albtraum geworden, und es ist Zeit, ein paar neue zu weben. Auch wir werden Fehler machen, aber es werden dann *unsere* Fehler sein, und nicht mehr ein Weitertragen der Euren.«

»Du hast es so gewollt.«

In einer fließenden Bewegung streckte der Oberste Kontrolleur die Hand aus, die für einen kurzen Moment von Flammen umhüllt war, bevor sich ein hell glühender Feuerball löste und auf Aiden zuraste.

Dieser hatte gerade noch Zeit, ein Stück Traumebene zu nehmen und um sich zu legen, bevor das Geschoss auf seinen Traumschild prallte und in Dutzenden Feuerschmetterlingen auseinander stob, die aufgeschreckt durch die Halle flatterten und schließlich in einem Funkenregen zerplatzten.

Aiden sah den schockierten Ausdruck auf dem Gesicht des Obersten Kontrolleurs, der nun aufgebracht all die elementare Macht heraufbeschwor, die ihm zur Verfügung stand. Eine riesige Flammenlanze entstand zwischen seinen Händen, die seinem Gegner brüllend entgegenjagte und den Saal in ein wild tanzendes Spiel aus Licht und Schatten tauchte.

Aiden spürte, wie plötzlich eine tiefe Ruhe von ihm Besitz ergriff und seine Angst verdrängte. Wie von selbst griff sein Bewusstsein tiefer als jemals zuvor in die Traumebene hinaus und verband sich mit ihr in inniger Symbiose. Die Zeit stockte und bewegte sich nur noch schwerfällig um ihn herum, während sein Verstand dafür umso schneller arbeitete und alles in ungewohnter Klarheit wahrzunehmen begann.

Er war sich mit einem Mal der unzähligen Entitäten bewusst, die ihn neugierig und aufgeregt umkreisten, und sie alle hießen ihn als einen der ihren willkommen.

Für eine Sekunde berührte er auch das Bewusstsein der Welt, und in diesem Bewusstsein waren die Träume aller Menschen enthalten, die auf ihr lebten.

Aiden nahm die Kraft dieser Träume und fügte sie seinen eigenen hinzu, um dem wütenden Ansturm des Obersten Kontrolleurs zu trotzen. Er griff nach der heranstürzenden Energie und verwob sie geschickt mit einer ordentlichen Portion Traumessenz. Die Flammenlanze verwandelte sich vor seinen Augen in einen Strahl bunter Papierschlangen, die harmlos zu Boden segelten.

Ungläubig knurrte der Oberste Kontrolleur: »Was ist das für ein fauler Zauber?«

Er ließ eine weitere Flammenlanze auf Aiden zuschießen, doch auch sie erreichte nie ihr Ziel, sondern wurde mitten im Flug zu einem majestätischen Phönix, der auf die Flügeltür zuraste und sich als heiß glühender Abdruck in ihr Metall einbrannte.

Aiden entschied schweren Herzens, dass es Zeit war, zum Gegenangriff überzugehen. Mit dem Feuer zu spielen entsprach nicht seiner Gabe. Das Umwandeln des fremden Elements verlangte ihm zu viel ab.

Ein weiteres Mal griff er nach der Traumessenz und wob sie in die Realität hinein, woraufhin sich der Boden unter den Füßen des Obersten Kontrolleurs zu wellen begann. Mit einem überraschten Aufschrei verlor dieser das Gleichgewicht. Sein Fall war weich, denn der Stein hatte sich blitzschnell in schwarzen Treibsand verwandelt, in den der Mann hilflos mit den Armen rudernd einsank und langsam tiefer und tiefer zu rutschen begann.

Aiden schüttelte traurig den Kopf. »Versteht Ihr denn nicht? Die Zeit der Angst und Gewalt neigt sich ihrem Ende zu, und die Menschen sind der Kontrolle aus fremder Hand müde. Sie sind es leid, gesagt zu bekommen, was richtig für sie ist und woran sie glauben sollen. Sie haben eigene Träume, und diese Träume wollen sie leben; nicht die eines anderen.«

Der Oberste Kontrolleur wand sich vergebens, doch seine Bemühungen ließen ihn nur schneller einsinken. So blieb ihm nicht viel übrig, als zähneknirschend hervorzupressen: »Wie machst du das? Woher nimmst du diese Magie?«

»Hauptsächlich von Euch. Es sind Eure eigenen Ängste und Schuldgefühle, die an Euch zerren. Ich habe ihnen lediglich eine Gestalt gegeben.

Der Mann kämpfte gegen den Griff des Treibsands, kam nicht frei und sah ihn mit wachsendem Entsetzen an: »Wer ... was bist du?«

Aiden lächelte, denn es war eine der wenigen Fragen, auf die er eine Antwort wusste: »Ich bin ein Traumtänzer.«

Er konnte spüren, wie der Oberste Kontrolleur angestrengt versuchte, Herr über seine Ängste zu werden, und es schien, als hätte er Erfolg. Der Magier war bis zur Brust in dem schwarzen Sand eingesunken, aber nun begann er, langsam wieder nach oben zu treiben. Aiden wusste, dass er schnell reagieren musste. Trotz seiner neu gefundenen Stärke würde er seinen Gegner nicht ewig in Schacht halten können, und seine eigenen Kräfte waren bald erschöpft. Es blieb ihm keine Wahl.

Er streckte seine geistigen Fühler aus und bohrte sie in das Bewusstsein des Mannes, dessen undurchdringliche mentale Abwehr unter dem enormen Druck ein paar Schwachstellen bekommen hatte. Zum ersten Mal gelang es Aiden, hinter die abweisende Fassade zu schauen, und was er dort fand, erschreckte ihn zutiefst und stimmte ihn traurig.

Der Oberste Kontrolleur hatte sich mittlerweile bis zur Hüfte freigekämpft und sah ihn triumphierend an. »Du wirst mich nicht ewig aufhalten können! Du verstehst nicht, was dieser Orden für mich bedeutet, und was ich bereit bin, dafür zu tun!«

Aiden hatte zwar nur kurz in den Geist des Mannes geschaut, aber er hatte genug gesehen. Mitleidig schüttelte er den Kopf und sagte leise: »Ich denke, ich verstehe jetzt sehr gut. Es tut mir leid.«

Und dann gab er der größten Angst des Obersten Kontrolleurs eine Form. Er hasste sich dafür, zu einer so brutalen Methode greifen zu müssen, doch er wusste nicht, wie er den Kampfgeist des Mannes anders brechen sollte.

Aus dem schwarzen Sand erhob sich die geisterhafte Gestalt einer Frau. Aiden war für einen Moment schockiert, erinnerte sie ihn doch sehr an seine Mutter. Welch hässlicher Zufall!

Ein ersticktes Keuchen drang aus dem Mund des Obersten Kontrolleurs, als er der Gestalt neben sich gewahr wurde, und plötzlich begann er wieder tiefer zu sinken, in einer Geschwindigkeit, als wäre der Sand zu Wasser geworden. Die gespenstische Frau streckte die Arme aus, packte ihn an den Schultern und verhinderte, dass er endgültig unterging.

Dann beugte sie sich vor und flüsterte in sein Ohr: »*Was hast du getan?*«

Aiden wandte sich schaudernd ab. Der gequälte Laut, den der Mann von sich gab, ließ Übelkeit in ihm hochsteigen, und die dunklen Wellen des Schmerzes drohten ihn beinahe zu überwältigen. Er hoffte inständig, dass er so etwas nie wieder würde tun müssen. Er wagte sich nicht vorzustellen, was Kellin für eine Aufgabe zu erfüllen hatte, die schlimmer als das hier sein sollte.

Er wusste nicht, welche Worte zwischen der Erscheinung und dem Obersten Kontrolleur gewechselt wurden, doch schließlich war der Spuk zu Ende, und zurück blieb ein regloser Körper auf den kalten Steinen der Feste. Nur das leichte Heben und Senken der Brust verriet, dass noch Leben in ihm war. So sehr der Mann Aiden auch zugesetzt hatte: Er hätte ihm in diesem Augenblick gerne Trost gespendet. Aber was hätte er schon sagen sollen? Der Leiter des Ordens war in seiner eigenen, ganz persönlichen Hölle gefangen, und nur er selbst konnte sich daraus befreien.

Aiden wäre am liebsten aus dem Raum geflohen. Er konnte jedoch den Blick nicht von seinem gefallenen Gegner lösen. Dort, nur wenige Schritte von ihm entfernt, lag ein Mann, der mit den zerbrochenen Scherben seines Traums ein Zerrbild seiner früheren Vision in die Realität geritzt hatte.

Es wäre leichter für Aiden gewesen, wenn der Mann abgrundtief böse gewesen wäre, doch die Wahrheit war weitaus grausamer. Was geschah, wenn ein Mensch seinen Traum verlor und starb, ohne es zu merken? Die Antwort befand sich direkt vor ihm und sie bereitete ihm unsägliche Schmerzen.

Er merkte kaum, dass auf einmal der Absorbierer um seinen Hals mit einem klagenden Laut erlosch und die Runen darauf dunkel wurden. Ebenso wenig bekam er mit, dass sich die Tür hinter ihm öffnete und er nicht mehr allein war. Kellin trat an seine Seite und starrte die zusammengesunkene Gestalt auf dem Boden an. Entsetzen, Trauer und Wut spiegelten sich in abwechselnder Folge auf seinem Gesicht, und so standen sie beide eine Weile reglos da, bis Kellin sich einen Ruck gab und Aiden zuwandte. Er drehte ihn sanft zu sich, sodass der Blick des Jungen auf ihm zu ruhen kam, wodurch er aus seiner Trance gerissen wurde.

»Du hast es geschafft. *Wir* haben es geschafft. Der Albtraum ist vorbei.«

»Ich habe mein Versprechen brechen müssen, Kellin«, entgegnete Aiden traurig. »Ich musste ihm wehtun. Ich habe ihn mit seiner größten Angst konfrontiert. Es tut mir leid.«

Ernst hob Kellin die Hand und berührte sein Gesicht. »Du hast alles versucht, um ihn in Schach zu halten, ohne ihn zu verletzen. Was meinst du, wäre geschehen, wenn die anderen Magier auf ihn getroffen wären? Selbst wenn sie ihn hätten bezwingen können, wären viele verwundet worden, vielleicht sogar gestorben, und das war das Letzte, was wir wollten. Was du getan hast, war hart, aber notwendig. Es wurde Zeit, dass mein Vater begriff, wozu er geworden ist. Ich hätte es selbst getan, wenn ich gekonnt hätte.«

Aiden nickte erschöpft und sagte mit bebender Stimme: »Ich fühle mich trotzdem fürchterlich. Ich glaube nicht, dass ich so etwas noch einmal tun kann.«

»Das wirst du auch nicht. Ich verspreche dir, dass ich alles daran setzen werde, dass wir nie wieder in eine derart hässliche Situation geraten. Und wie es aussieht, stehen die Chancen gut.«

»Was ... was ist mit den anderen Rebellen? Geht es ihnen gut?«

»Es ist leider an einigen Stellen zu Handgreiflichkeiten und dem Einsatz von Magie gekommen. Zum Glück hat es nur Verletzte und keine Toten gegeben. In der Enklave sind bei den Auseinandersetzungen Teile der Höhlendecke heruntergestürzt, aber Melody und die anderen haben ganze Arbeit geleistet und die Menschen durch die alten Ruinen in die Unterstadt evakuiert. Dort kümmert man sich um die Verwundeten und die Gefangenen, die gemacht wurden.«

Kellin lächelte müde. »Wir können uns glücklich schätzen, dass unsere Voraussagen sich größtenteils erfüllt haben. Nur wenige der ordenstreuen Kontrolleure hatten Lust zu kämpfen, erst recht nicht gegen Menschen, die sie seit Jahren kannten und mit denen sie teilweise befreundet waren. Und unsere Seite hat klargemacht, dass wir nicht an Macht und Herrschaft über andere interessiert sind, sondern für eine Zukunft gekämpft haben, mit der alle zufrieden sein können. Alles in allem war unser Aufstand ein Erfolg.«

Aiden atmete erleichtert aus, doch er war immer noch von seiner Konfrontation mit Kellins Vater erschüttert, und seine Gedanken kehrten stets zu den Eindrücken zurück, die er im Geist des Mannes gefunden hatte. Ihm wurde bewusst, wie recht er damals mit seiner ersten Vision gehabt hatte, als er auf den Obersten Kontrolleur getroffen war. In dessen Kopf hatte sich tatsächlich eine exakte Kopie der schwarzen Feste befunden. Nach außen hin mächtig, bedrohlich und uneinnehmbar, doch im Inneren tot und verbrannt.

Er taumelte, als ihn die Erschöpfung einzuholen begann, und wandte sich an Kellin: »Ich würde gern bei dir bleiben, aber ich fühle mich, als könnte ich an Ort und Stelle zusammenbrechen. Ich muss mich zurückziehen und regenerieren. Der Kampf mit deinem Vater hat mich alles gekostet, was ich an Kraft aufbringen konnte, und jetzt fühle ich mich leer und verbraucht.«

Der junge Magier schenkte ihm ein verständnisvolles Lächeln. »Tu das. Du hast dir die Ruhe mehr als verdient. Ich werde mich jetzt um meinen Vater kümmern und komme später zu dir. Ich denke, ich weiß, wo ich dich finden werde.«

Aiden erwiderte das Lächeln dünn und benutzte dann den letzten Rest Energie, den er besaß, um auf die Traumebene zu wechseln und den Weg zu seinem Refugium innerhalb weniger Sekunden zu überbrücken.

Kellin wartete, bis die Gestalt seines Schützlings verblasst war, dann ging er zu seinem Vater und kniete neben ihm nieder. Zögernd streckte er die Hand aus und berührte ihn am Arm. Er ließ ein wenig seiner eigenen Kraft in den Körper seines Vaters fließen und wartete, bis sich dessen Atem beruhigt hatte und er sich zu regen begann. Kellin erhob sich wieder und trat ein Stück zurück, während er darauf wartete, dass sich der Oberste Kontrolleur soweit gefangen hatte, dass er aufrecht stehen konnte.

Es verging einige Zeit, bis der Mann seine Sprache wiedergefunden hatte.

»Ich hätte es wissen müssen.« Der Oberste Kontrolleur klang müde, resigniert. »Zu glauben, du hättest dich mit deinem Schicksal abgefunden und würdest still und gehorsam deinen Dienst aus den Schatten deiner Kammer heraus verrichten, war töricht. Du hast nie wirklich an meine Vision geglaubt, oder?«

Vehement schüttelte Kellin den Kopf. »Wie konnte ich auch? Du hast das verdammt, das uns zu dem gemacht hat, was wir sind! Deinem Wort zu folgen, hätte bedeutet, mich selbst hassen zu müssen. Du wirst mir verzeihen, dass ich dieses Schicksal lieber dir überlassen habe.«

Sein Vater winkte müde ab. »Lass es gut sein. Du hast gewonnen, mein Sohn. Ich habe dich und deine Fähigkeiten unterschätzt. Besonders deine eigenartige Begabung, die du seit dem Unfall besitzt. Du hast sie gegen mich eingesetzt, nicht wahr?«

»Du hast mir keine Wahl gelassen, Vater. Als ich gemerkt habe, dass du gar nicht mehr an dem ursprünglichen Ziel interessiert warst, die Freiheit für alle Magier zu bewirken, habe ich angefangen, dasselbe Spiel zu spielen, wie du es einst getan hast. Dabei habe ich auch meine neuen Kräfte benutzt, das ist wahr.« Er grinste verbittert. »Ich muss dir im Übrigen danken. Durch das Versprechen, das die anderen und du gebrochen haben, mussten wir eine neue Lösung finden. Und die Lösung, zu der wir gelangt sind, beruht auf einem Kompromiss mit dem Königshaus und hat zudem nicht die Ächtung sämtlicher Magier zur Folge. Teilweise ist das eurer Arbeit zu verdanken, und das erkennen wir an.«

Sie duellierten sich eine Weile mit Blicken, bis der Oberste Kontrolleur nachgab und zu Boden sah. »Ich wollte die Kontrolle behalten. Ich wollte verhindern, dass sich so etwas wie damals wiederholt. War ich zu harsch? Vielleicht. Aber du wirst kaum leugnen können, dass es seit der Existenz des Ordens keine magischen Unfälle mehr gab und die Bevölkerung keinen Grund mehr hatte, uns zu fürchten.«

Spöttisch lachend erwiderte Kellin: »Was daran liegen könnte, dass uns kaum jemand zu Gesicht bekommen hat. Und gefürchtet und missverstanden blieben wir trotzdem, auch wenn das Volk uns all die Errungenschaften der mecha-magischen Forschung verdankte. Deine Motive in allen Ehren, Vater, aber deine Vision war ein Fluch für uns und ein Verbrechen dazu.«

Leiser und mit dünner Stimme fügte er hinzu: »Und glaubst du wirklich, Mutter hätte das hier gewollt?«

Der Körper des Obersten Kontrolleurs verkrampfte sich, als er um Fassung rang. Fast hätte Kellin Mitleid mit ihm gehabt, doch die Wut und Enttäuschung, die er gegenüber seinem Vater über all die Jahre aufgebaut hatte, wog noch zu schwer. Schließlich fing sich sein Vater und wandte sich ihm wieder zu. Zu Kellins Überraschung war ein blasses Lächeln auf seinem Gesicht erschienen, und in seiner Stimme klang eine Spur Stolz mit, als er sagte: »Du weißt deine Gabe vortrefflich zu nutzen, und du hast sie anscheinend ohne Hilfe und Anleitung gemeistert.«

Kellin straffte sich unangenehm berührt, da ihm das Thema ganz und gar nicht behagte. »Ich hatte hier und da ein wenig Hilfe, aber das meiste habe ich mir selbst erarbeitet, das stimmt wohl.«

Sein Vater lächelte mild. »Nicht so bescheiden, mein Sohn. Deine Fähigkeiten müssen beachtlich sein, wenn ich bedenke, was du hier geschaffen hast.«

Kellin versuchte sich seine Nervosität nicht anmerken zu lassen, doch es gelang ihm nicht, die Anspannung aus seiner Stimme zu vertreiben. »Ich kann mich nicht beklagen. Sie haben mir schließlich geholfen, den Widerstand aufzubauen und zu koordinieren und gleichzeitig die Aufmerksamkeit von unserem Treiben abzulenken.«

Der Oberste Kontrolleur hob mahnend den Finger und musterte seinen Sohn streng. Kellin hasste es, wenn er das tat, aber sein Ärger verflog blitzartig, als die nächsten Worte seines Vaters ihn trafen. »Ich meine nicht deine Rebellenbande, auch wenn du da sicherlich gute Arbeit geleistet hast. Nein, ich meine deinen kleinen Schützling. Er ist dein Meisterwerk, nicht wahr?«

Nun war es an Kellin, kreidebleich zu werden. Der Moment war gekommen, den er seit so vielen Wochen fürchtete. Mehr aus Trotz als aus Überzeugung, der Situation entgehen zu können, versuchte er auszuweichen: »Ich weiß nicht, was du meinst. Wir waren alle sehr dankbar, ihn gefunden zu haben. Mit seinen besonderen Talenten konnten wir endlich die Wende herbeiführen.«

»Seine besonderen Talente?« Sein Vater schnaubte verächtlich. »Hältst du mich für so senil, dass ich nicht merken würde, was mich da überwältigt hat? Nein, Junge, dein Freund Aiden besitzt nicht nur zufällig dieselbe eigenartige Begabung, die du hast. Er ist mehr als nur eine Laune der Natur, habe ich nicht recht?« Kellin schloss die Augen und wünschte sich, sein Vater würde verschwunden sein, wenn er sie wieder aufmachte. Leider tat er ihm diesen Gefallen nicht, sondern fuhr ungerührt fort: »Während des Kampfes sind mir einige Dinge klar geworden, Kellin, und die wenigsten davon haben mir gefallen. Und ich bin mir ziemlich sicher, dass diese Dinge auch deinem Freund nicht sonderlich gefallen dürften. Ich schätze, dass er sich selbst weder im Klaren darüber ist, was er ist, noch, in welchem Verhältnis du zu ihm stehst. Und ich meine nicht eure offensichtliche Zuneigung füreinander.«

Als Kellin darauf nicht antwortete, sondern nur weiter schweigend zu Boden starrte, nickte der Oberste Kontrolleur knapp.

»Du brauchst nichts dazu sagen, wenn du nicht willst. Ich sehe inzwischen deutlich, was geschehen ist. Du hast es erneut getan. Hast du denn nichts aus unserer Tragödie gelernt? Du hast mit etwas experimentiert, das dich Kopf und Kragen hätte kosten können, von den Gefahren für deine Umwelt ganz abgesehen. Muss ich dich wirklich daran erinnern, was damals geschehen ist, als deine Mutter und ich mit Kräften hantiert haben, die außerhalb unserer Kontrolle lagen?«

Er rückte seine Robe zurecht und sagte nachdenklich: »Deine Verantwortungslosigkeit sollte eigentlich bestraft werden. Vielleicht sollten deine Freunde wissen, wem sie ihr Vertrauen geschenkt haben, und wen sie als einen der Helden der Rebellion feiern werden. Wenn die Menschen schon uns Magier gefürchtet haben, dann will ich nicht wissen, wie sie reagieren werden, wenn sie erfahren, was für eine Kreatur dein junger Freund ist.«

Langsam, wie in Zeitlupe, sah Kellin auf, ein eisiges Funkeln in seinen Augen. Sein Blick bohrte sich in den seines Vaters und mit einer Stimme, in der Wut und Verachtung zu gleichen Teilen mitschwangen, fragte er: »Nur weil dein Traum damals zusammen mit Mutter gestorben ist, willst du mir den meinen nehmen? Ist es das, was du willst, Vater?«

Der Oberste Kontrolleur starrte ihn an, seine Gestalt mitten in der Bewegung eingefroren. Von einem Moment auf den anderen schien plötzlich alle Kraft aus seinem Körper zu weichen und seine Schultern sackten nach vorne. Mit tonloser Stimme sagte er: »Nein ... nein, das will ich nicht. Es tut mir leid, Kellin. Ich habe dir gegenüber versagt. Und ja, ein kleiner Teil in mir gönnt dir nicht, dass du mit ihm glücklich wirst. Aber sei unbesorgt, ich werde euer Geheimnis mit ins Grab nehmen. Und wer bin ich schon, dich kritisieren zu wollen? Ich habe dir immerhin einst vorgemacht, wie man rücksichtslos ist. Das hier ist nun eure Welt, eure Verantwortung, euer Traum. Mir bleibt nur zu hoffen, dass es euch besser gelingt als mir.«

Kellin versuchte, seinen rasenden Pulsschlag zu beruhigen. Er wusste nicht, was er getan hätte, wenn sein Vater Anstalten gemacht hätte, seine unausgesprochene Drohung wahr zu machen. Allein der Gedanke, Aiden der Furcht und Ablehnung ausgesetzt zu sehen, unter der er selbst all die Jahre zu leiden gehabt hatte, nahm ihm allen Mut. Er schwor sich, alles daran setzen, dass es nie dazu kommen würde. Dieses stumme Versprechen änderte allerdings nichts an dem Problem, wie er mit Aiden und dessen Geheimnis umgehen sollte.

Würde dieser ihm verzeihen, dass er geschwiegen hatte? Sollte er ihm überhaupt etwas über seine wahre Natur verraten?

Bevor er sich jedoch damit auseinandersetzen konnte, musste eine unmittelbare Frage geklärt werden. Kellin blickte zu seinem Vater. »Was wirst du jetzt tun?«

Der Oberste Kontrolleur sah überrascht auf. »Was soll ich schon tun? Ich gehe davon aus, dass die Henker des Königs darauf warten, um mich für meinen treuen Dienst am Reich angemessen zu entlohnen.«

Kellin machte eine grimmige Miene. »Du hast es immer noch nicht verstanden, oder? Wir sind der Gewalt müde, und nicht jeder von uns will den Richter über einen anderen Menschen spielen müssen. Ich habe über die Hofmagierin des Königs aushandeln können, dass sie dich gehen lassen, wenn du versprichst, keinen Ärger zu machen und dich in Zukunft nicht mehr in die Geschicke des Ordens oder des Reiches einzumischen.« Er zuckte mit den Achseln. »Es tut mir leid, Vater, aber es war das Beste, was ich erreichen konnte.«

Der Oberste Kontrolleur fixierte ihn entgeistert, dann brachte er schließlich mühsam heraus: »Ich danke dir. Das ist mehr, als ich erwartet habe. Dein kleiner Freund hatte recht: Ich habe wirklich kaum Vertrauen in meine Mitmenschen, aber vielleicht hätte ich zumindest dir vertrauen sollen, meinem eigenen Sohn.« Er seufzte. »Ich werde eine Weile fortgehen. Schauen, ob ich wiederfinden kann, was ich verloren habe. Vielleicht etwas Neues aufbauen. Und keine

Sorge, ich werde euch nicht im Wege stehen. Ich werde aus den Schatten heraus beobachten, wie ihr mit dieser Welt umgeht und ob ihr mehr Erfolg habt, als es mir vergönnt war. Sollte in dir einmal der Wunsch reifen, mich wiederzusehen, dann zögere nicht. Ich weiß zwar, dass ich meine Fehler im Umgang mit dir nicht ungeschehen machen kann, und wir werden immer unsere Differenzen haben, aber ich möchte dich nicht endgültig verlieren.«

Kellin wand sich innerlich. »Es wird seine Zeit brauchen, Vater. Ich werde dich finden, wenn ich so weit bin.« Mehr konnte er ihm nicht anbieten.

Der Oberste Kontrolleur lächelte müde und begab sich dann zu den Flügeltüren des Saals. Er strich mit den Fingern über den Abdruck des Phönix, der sich in die Tür eingebrannt hatte, und schüttelte den Kopf. Ein letztes Mal sah er zu seinem Sohn zurück, der ihn von der Mitte des Saals aus beobachtete.

Ein schwaches Lächeln umspielte seinen Mund, vielleicht das erste echte Lächeln, das man seit vielen Jahren bei ihm gesehen hatte: »Oh, und Kellin … Versucht bei euren Spielen nicht die ganze Welt in Flammen aufgehen zu lassen, ja?« Er lachte leise, und Kellin konnte den Laut noch immer in seinem Kopf nachhallen hören, als sein Vater längst verschwunden war und er selbst im rötlichen Dämmerlicht des Saals zurückblieb.

In der einsetzenden Stille sah sich der junge Magier der Frage gegenüber, über die er in all den schlaflosen Nächten in seiner Kammer nachgedacht und auf die er nie eine befriedigende Antwort gefunden hatte.

Wie sollte er bloß mit Aiden verfahren?

Fast hätte er laut aufgelacht. Sein Vater hatte recht: Er hatte etwas Verbotenes getan, etwas Verantwortungsloses, das noch nie jemand zuvor gewagt hatte, und das bedeutete auch, dass es niemanden gab, den er hätte um Rat fragen können.

Gab es überhaupt eine richtige Herangehensweise?

Kellin musste sich eingestehen, dass er nie ernsthaft über die Konsequenzen seines Handelns nachgedacht hatte. Er hatte ursprünglich geglaubt, eine Waffe gegen seinen Vater geschaffen zu haben, doch als er seinem Traum schließlich von Angesicht zu Angesicht gegenüberstand, war ihm klar geworden, dass seine Motive noch viel egoistischer gewesen waren.

Kellin spürte, wie ihm die Tränen über die Wangen liefen, und wischte sie ärgerlich weg. Er schalt sich selbst einen Narren. Er hätte ein Monster modellieren können, ein verabscheuungswürdiges Ungetüm mit abstoßender Hülle, bei dem er keinerlei Skrupel gehabt hätte, es nach seinem Willen zu lenken und auszunutzen. Was er jedoch getan hatte, war einen Traum zu weben, in den er all seine Sehnsüchte und all sein Verlangen gelegt hatte. Und nun stand er da und wunderte sich, dass er seinem Traum verfallen war und er weder loslassen konnte, noch wollte.

Kellin sank erschöpft auf die Knie und barg das Gesicht in beiden Händen. Kein Wunder, dass die Geister der Träumer ihn nicht kontaktiert hatten, als er in die Ruinen unter Serinis gegangen war. Ihm war die Ehre zuteilgeworden, nach langer Zeit der erste Traumweber dieser Welt zu sein, und was hatte er zum Dank dafür getan? Er hatte eine der obersten Regeln der Traumweberei gebrochen und seinem Traumkonstrukt nicht nur ein eigenes Bewusstsein und eine Seele gegeben. Nein, er hatte ihm auch noch einen Namen verliehen und dadurch den Schöpfungsakt vollendet.

Wie sollte Aiden ihm jemals verzeihen? Wie sollte er sich selbst jemals vergeben, in seiner Anmaßung Gott gespielt zu haben? All diese Überlegungen brachten ihn zurück zu der ursprünglichen Frage, die nach wie vor unbeantwortet blieb: Wie sollte er mit Aiden verfahren?

Kellin wusste später nicht, wie lange er auf dem Boden des Versammlungssaals im rötlichen Zwielicht gehockt und einen inneren Kampf mit sich ausgefochten hatte, bis er zu einer Entscheidung gekommen war. Er ballte die Hände zu Fäusten und stand auf.

Es half nichts, er fand keine Antwort, und es gab nur einen Weg, herauszufinden, wie die Zukunft für sie beide aussehen würde. Er würde zu Aiden gehen und vorsichtig nachfragen, wie der Junge sich seine Zukunft vorstellte, und hoffen, dass er bei ihm bleiben wollte. Sollte er den Wunsch äußern, von ihm fortzugehen, würde es Kellin zwar das Herz brechen, doch er würde ihn ziehen lassen. Er hatte kein Recht, ihm die Freiheit zu rauben, für die sie gerade eben noch gemeinsam gekämpft hatten.

Die Wahrheit konnte er ihm jedoch nicht sagen. Vielleicht würde er es nie über sich bringen, denn das Letzte, was er wollte, war, dem Jungen wehzutun. Und was würde Aiden wohl sagen, wenn er erfuhr, dass seine Vergangenheit nur eine konstruierte Geschichte gewesen war; dass sein Leben vor gar nicht allzu langer Zeit am Rande der Klippen begonnen hatte. Dass er nur ein Traum war. Kellins Traum.

Kellin strich sich die Haare zurück und ordnete seine Robe, dann wappnete er sich innerlich gegen die bevorstehende Begegnung und wechselte auf die Traumebene. Er würde keine Schwierigkeiten haben, seine Schöpfung aufzuspüren. Niemand kannte den Geschmack von Aidens Seele so gut wie er.

Es war in den frühen Morgenstunden, als Kellin ihn holen kam. Ein Morgen, an dem die Luft mit Möglichkeiten erfüllt war und die Schatten neue Versprechen in ihren Tiefen bargen.

Der Junge saß träumend am Rande der Zinnen und lauschte den Geräuschen der Stadt, die tief unter seinen Füßen langsam erwachte. Wind zupfte an seinen Kleidern und wehte ihm einzelne Strähnen ins Gesicht, die er geistesabwesend zur Seite strich.

Seine Sinne waren nach innen gerichtet, dort, wo eine Frage schwelte, die er sich seit dem Kampf mit dem Obersten Kontrolleur so deutlich wie nie zuvor gestellt hatte: Was war er eigentlich? Er war ein Traumtänzer, das hatte er von Anfang an gewusst, aber war das alles?

Er besaß nur die vagen Erinnerungen an seine Kindheit und Jugend und die Worte, die seine Mutter ihm mitgegeben hatte, doch all das war seit seiner Ankunft in Serinis zunehmend verschwommen. Es kam ihm vor, als wäre sein Leben wenig mehr als ein Traum gewesen, und vielleicht war es nicht einmal sein eigener.

Aiden schüttelte den Kopf und versuchte die bedrückenden Gedanken loszuwerden. Er hatte allen Grund, sich zu freuen. Die Macht der Kontrolleure war gebrochen und die Weichen für die Zukunft gestellt. Sie hatten es geschafft.

Doch trotz der Befriedigung, die er angesichts ihres Erfolges empfand, wurde er ein bestimmtes Gefühl nicht los, so sehr er es auch versuchte. Aus einem unerfindlichen Grund fühlte sich Aiden fürchterlich ausgenutzt. Aber warum? Vor allem, nachdem Kellin ihm versprochen hatte, dass er etwas wie den Kampf gegen den Obersten Kontrolleur nie wieder erleben musste?

Er seufzte und starrte gedankenverloren in die morgendliche Dämmerung. Er konnte Schritte hören, die langsam die steile Wendeltreppe heraufkamen, und er musste sich nicht umdrehen, um zu wissen, wer bald schon hinter ihm stehen würde. Regungslos blieb er sitzen und wartete.

So fand ihn schließlich Kellin vor, eine einsame, verloren wirkende Gestalt vor dem Hintergrund der sich endlos erstreckenden Stadt. Ihm brach fast das Herz bei diesem Anblick, aber er rief sich zur Ordnung. Wenn er jetzt die Nerven verlor, würde er das folgende Gespräch kaum überstehen.

Er nahm all seinen Mut zusammen und trat zu dem Sims, auf dem sein Schützling saß. »Wir müssen reden.«

Aiden richtete sich bei dem angespannten Klang in der Stimme des Magiers auf. »Was ist los? Ist etwas nicht in Ordnung?«

Kellin schüttelte sacht den Kopf. Als ihm auffiel, dass Aiden ihn gar nicht sehen konnte, fügte er hinzu: »Nein, es ist nur ... Ich weiß nicht, wie es jetzt weitergehen soll. Mit uns, meine ich. Was sind deine Pläne? Deine Ziele. Deine Träume.«

Aidens Antwort war so leise, dass Kellin angestrengt lauschen musste, um ihn zu verstehen. »Ich weiß es nicht. Ich habe nie darüber nachgedacht, was geschieht, wenn unser Vorhaben gelingen sollte. Jetzt, da es vollbracht ist, fühle ich mich irgendwie fehl am Platz. Nutzlos, so als habe sich mein Zweck erfüllt.«

Kellin war in diesem Augenblick sehr dankbar dafür, dass Aiden sein Gesicht nicht sehen konnte, denn den Schmerz, der ihn bei dessen Worten durchzuckte, konnte er nicht verbergen. In einer, wie er hoffte, beruhigenden Tonlage meinte er: »Du bist nicht nutzlos. Sag so etwas nicht. Du bist am Leben, und die ganze Welt steht dir offen.«

»Und was ist, wenn es nicht meine Welt ist?« Da war er wieder, dieser verlorene Klang in Aidens Stimme, der Kellin die Kehle zusammenschnürte.

Sanft legte er die Hände auf die schmalen Schultern des jungen Mannes. »Dann mach sie zu deiner Welt, Aiden. Du hast die Fähigkeit dazu. Sie muss dir nicht fremd bleiben und die Menschen darin auch nicht. Glaub mir, ich verstehe das Gefühl, in der Luft zu hängen, sehr gut. Mir geht es ähnlich. Auch ich habe nicht großartig weitergedacht als bis zu diesem Zeitpunkt. Aber sieh es als Chance. Wir können unsere Zukunft gestalten, wie es uns beliebt. Wir können einen neuen Traum weben, und danach noch einen und noch einen. Unsere Geschichte muss hier nicht enden, wenn wir es nicht wollen.«

Aiden schauderte kurz, als er die Wärme von Kellins Händen spürte. Wie konnte sich etwas gleichermaßen so richtig und so falsch anfühlen? Er wandte sich zu seinem Freund um und sah in dessen klare, eisblaue Augen. Er fand Antworten darin geschrieben, und auch wenn ihm einige nicht gefielen, war unter ihnen jedoch eine, nach der er sich schon lange gesehnt hatte. Leise raunte er: »Mein Platz ist an deiner Seite, Kellin. Ich will diese Welt nicht, wenn du sie nicht mit mir teilst. Lass uns gemeinsam träumen.«

Kellin hätte vor Erleichterung beinahe aufgeschrien, aber er riss sich zusammen und zog Aiden in seine Arme. Dabei fiel ihm auf, dass dieser nach wie vor den Absorbierer um den Hals trug. Verwundert fragte er: »Du hast das Band noch nicht abgelegt? Warum? Jetzt, wo seine Magie erloschen ist, kann man es einfach abnehmen.«

»Halt mich für verrückt, aber ich werde es weiter tragen«, erklärte Aiden. »Es gibt mir das Gefühl, Teil dieser Welt zu sein. Es bindet mich an sie, wie ein Anker, der verhindert, dass ich davontreibe.« Als er fortfuhr, trafen seine Worte Kellin wie ein Keulenschlag. »Ich brauche dich, Kellin. Wenn du nicht in meiner Nähe bist, habe ich das Gefühl, ins Nichts zu fallen, einfach zu verblassen wie ein ausgelebter Traum. Du gibst mir Halt, Substanz, das Gefühl gebraucht zu werden. Und du bist der Einzige, bei dem ich jemals dieses merkwürdige Gefühl verspürt habe, das mich allen Schmerz und Kummer vergessen lässt.«

Kellin versuchte krampfhaft, die Fassung zu bewahren. Aidens Worte trafen viel zu sehr ins Schwarze, wenngleich auch unbewusst. Sie zeigten ihm auch, welche Verantwortung er von nun an trug. Er konnte und wollte sich ihr nicht entziehen.

Bevor er sich fangen konnte, setzte Aiden mit einer leisen Frage nach, die ihm vollends den Boden unter den Füßen wegzog: »Du kennst mein Geheimnis, nicht wahr? Du weißt, was mit mir nicht stimmt.«

Der Magier starrte ihn an, unfähig ein Wort herauszubringen und zu sehr mit den widerstreitenden Gefühlen beschäftigt, die in seinem Herzen tobten.

Aiden lächelte sanft und lehnte sich an ihn. Dann schloss er die Augen und flüsterte: »Ist schon gut, Kellin. Du wirst es mir sagen, wenn die Zeit dafür gekommen ist. Frag mich nicht, woher ich diese Eingebung habe, aber mir ist mittlerweile bewusst, wie wir zueinanderstehen. Und weißt du was? Es stört mich nicht mehr. Nicht, solange du bei mir bleibst und mich nicht allein mit dieser mir so fremden Welt lässt.«

Kellin drückte sein Geschöpf mit einer Gewalt an sich, als wolle er es nie wieder loslassen.

Aiden schmiegte sich in seine Umarmung und murmelte: »Sag es. Ich will es hören.«

Der Magier zögerte und rang mit sich selbst. Noch vor wenigen Stunden wäre es ein Affront gewesen, diese Worte auszusprechen.

Noch einmal drang Aidens Stimme an sein Ohr: »Sag es, Kellin. Wir beide wissen, dass es die Wahrheit ist.«

Eine unsichtbare Hürde in Kellin gab nach, und plötzlich konnte er befreit durchatmen, vielleicht zum ersten Mal, solange er zurückdenken konnte. Er beugte sich vor und gab Aiden einen zärtlichen Kuss auf den Hinterkopf. Dann sprach er es aus, Geständnis und Urteil zugleich: »Du gehörst mir, Aiden. Bis in alle Ewigkeit.«

Und ein neuer Traum erwachte zum Leben.

C. Dewi

STAUB & STOLZ

Zwei Männer in einer archaischen Welt. Der eine von seinem Volk verstoßen und seines Namens beraubt, der andere dazu bestimmt, als Herrscher die Geschicke seines Reiches zu lenken.

Als Forlán zum Leibwächter des Kriegerprinzen Iain wird, gerät er in einen Strudel aus Gewalt und unterdrückter Anziehung. Zwischen den Männern entspinnt sich ein gefährliches Katz- und Mausspiel, bei dem es augenscheinlich nur Verlierer geben kann – denn Iains Weg als König ist vorgezeichnet. An seiner Seite ist kein Platz für einen Mann, der mehr als ein heimlicher Gespiele ist.

624 Seiten
erhältlich als Taschenbuch, ePUB und Mobi-Pocket